AKU-AKU

The Secret of Easter Island

THOR HEYERDAHL

复活节岛的秘密

[挪威] 托尔·海尔达尔 著

苏涛 译

四川文艺出版社

图书在版编目（CIP）数据

复活节岛的秘密 /（挪威）托尔·海尔达尔著；苏涛译 . -- 成都：四川文艺出版社，2023.1

ISBN 978-7-5411-6511-5

Ⅰ . ①复… Ⅱ . ①托… ②苏… Ⅲ . ①纪实文学—挪威—现代 Ⅳ . ① I533.55

中国版本图书馆 CIP 数据核字（2022）第 215500 号

著作权合同登记号 图进字：21-2022-361

FUHUOJIE DAO DE MIMI

复活节岛的秘密

[挪威] 托尔·海尔达尔 著　苏涛 译

出 品 人　谭清洁
策划出品　磨铁图书
责任编辑　李国亮　王梓画
责任校对　段　敏

出版发行　四川文艺出版社（成都市锦江区三色路 238 号）
网　　址　www.scwys.com
电　　话　028-86361781（编辑部）

印　　刷　北京世纪恒宇印刷有限公司
成品尺寸　166mm×235mm　　开　本　16 开
印　　张　20.25　　　　　　　字　数　290 千
版　　次　2023 年 1 月第一版　印　次　2023 年 1 月第一次印刷
书　　号　ISBN 978-7-5411-6511-5
定　　价　88.00 元

感谢

奥拉夫五世王储殿下

资助了本次考察

目录

第一章

去往天涯海角的考察

我并没有阿库－阿库。

也不知道阿库－阿库到底是什么。因此，即便有一个，也不知如何使用它。

在复活节岛，几乎每人都拥有自己的阿库－阿库。在那儿，我也曾拥有过一个阿库－阿库，但去复活节岛之前，从未听说过它，更别提拥有了。或许，这就是筹划这次行程会如此困难的原因吧，但从那儿返航却要容易得多。

复活节岛，恐怕是这个世界上最人迹罕至的地方。岛上的居民能看得见的，除了天上的月亮和星星，就只剩下茫茫的大海了。要想知道有没有更近的陆地，岛民们必须走得比任何地方的人更远才行。他们生活的地方似乎离星星最近，所以，他们所知道的星星的名字可比世界上城市和乡村的名字多得多。

太阳以东，月亮以西，在这个遥远的岛屿上，曾产生过人类最奇特的想法。没人知道究竟是谁想出了这个主意，也没人知道他们为何会产生这样的想法。因为在哥伦布带领白人到达美洲之前，就已然如此。哥伦布的船队打开了远航探险的大门，迈向伟大而未知的太平洋。当我们的族群仍然相信直布罗陀海峡就是世界尽头时，其他伟大的航海家已经看到了更远的世界。这些航海家走在了时代的前面，他们驶离南美洲荒凉的西海岸，在那未知的汪洋大海上乘风破浪。在距离南美洲很远的地方，他们找到了陆地，那是世界上最荒僻的海岛。他们在此登陆，打磨好自己的石斧，打造出古代最杰出的建筑工程。他们没有建造堡垒和城堡，也没有建造水坝和码头，而是打造出了一座座像房子一样高、像货车一样重的巨型石头人像，然后把它们拉到小岛各处，竖立在遍布全岛的巨型石台上。

在机械时代到来之前，他们是如何完成这项工程的？无人知晓。虽然石像的雕刻者已经逝去，但他们所崇拜的石像还依然耸立，笔直地指向天空。人们把死者埋葬在他们自己雕刻的巨石像脚下。岁月流逝，石像越来越多，埋葬的死者也越来越多。后来有一天，岩石表面上手斧凿刻的声响戛然而止，工具散落在此，随意摆放，许多石像只完成了一半，沉寂突然袭来。这些神秘的雕刻家一下便消失在上古昏暗的薄雾之中。

这是怎么回事？复活节岛上到底发生了什么？

我打开地图，平铺在桌子上，第一千次俯下身去。我的目光不停地扫视着这张以大比例尺绘制的太平洋航海图。在这张诱人的地图上，岛屿的名字通过醒目的大写字母标在上面，人们只要拿着尺子指点，就可以轻松地随着洋流来回航行。现在，我开始了解这片海洋了。马克萨斯群岛位于赤道以南，我曾在那儿的荒谷里像个当地人一样生活了一年，学会了用波利尼西亚人的视角观察大自然。在那里，我第一次听到老提泰图讲述的有关人神提基的故事。在社会群岛以南，在塔希提的棕榈丛林里，我曾拜大酋长特里耶鲁为师。他收我做义子，教我像尊重自己的民族那样尊重他的部族。也正是在土阿莫土群岛的珊瑚礁中，我们乘坐"康提基号"木筏登陆，并了解到仍然有人驾船在那未知的大海里来来往往，不断开辟出从南美洲通往那些遥远岛屿的航线。但是，无论这些岛屿多么偏远，它们都在印加族古老木筏能够到达的航程之内。

在加拉帕戈斯群岛，那干旱的仙人掌丛林给我留下了奇特的回忆。我们当时乘坐"康提基号"木筏，差点在那里登陆。后来我跟随另一支考察队去了那里，去探索这个遥远群岛上蕴藏的秘密。在那个童话般的岛屿上，在巨型蜥蜴和世界上最大的海龟之间，我和大家一起寻找一种名副其实的"阿拉丁神灯"。但是，这神灯已被打碎，碎片埋藏在仙人掌丛林里古老的废墟中。我们只需擦干净那些又脏又旧的碎片，就能看到上面刻有来自东方航线的巨大帆船的图案。看到这些图案，我们仿佛看到了印第安人的伟大先驱，他们乘坐木筏从南美洲海岸出发，驶向狂野的大海。一次、两次……不知经历了多少次，他们终于驶过这片海域，在加拉帕戈斯群岛干涸的悬崖处上岸。他们在那里安营扎寨。随着时间的流逝，他们随船带去的精美陶罐，一个又一个地被打碎。当时世界上还没有其他文明民族能制造出这种陶罐。我们在他们定居过的遗址挖出了罐子碎片，这些碎片如同那阿拉丁神灯一样，反映出它们主人的海上壮举，将他们智慧的光芒投射到史前时代的黑暗中。

从未有考古学家勘探过加拉帕戈斯群岛，自然也不会有任何发现。我们是最早相信印第安人进行过远航的人，因此，我们才去那里进行考察。我和考古学家里德与斯科尔斯一起已经挖掘出了两千多片古老的碎片，它们来自一百三十多个不同的陶罐。美国顶尖的科学家们像警探检查指纹一样，仔细地分析了这些碎片，最终确认，早在哥伦布打开美洲之门的一千年以前，印加人的祖先就已经打开了太平洋之门，并多次探访过遥远的加拉帕戈斯群岛。[①]

这是迄今为止太平洋岛屿上所发现的最古老的人类活动痕迹，表明在人类定居波利尼西亚群岛之前和在维京人航海去冰岛之前，南美洲的先驱就已经开始探索太平洋了。像冰岛远离挪威一样，这些先驱在远离家乡的岛屿立足生根。他们在那里捕鱼，种植本地棉花，在定居处留下了许多遗迹，但最后他们还是离开了这个并不宜居的干旱岛屿，前往未知的目的地。

汹涌澎湃的洋流从加拉帕戈斯群岛滚滚而来，有亚马孙河一百倍那么宽，

---

① 更多详细信息请参阅：托尔·海尔达尔和阿恩·斯科尔斯论著《前西班牙时期到访加拉帕戈斯群岛的考古证据》，1956 年发表于美国考古学会杂志第 12 卷。——原注。后文如无特别标注，均为原注。

而且还更快，仅仅几个星期后，这股洋流就能浩浩荡荡地涌入南太平洋的诸岛之间。

在海图上，这股洋流中部标着一个未确定的小圆点，旁边画了个问号。这是陆地吗？我们曾乘坐"康提基号"从那儿经过，当时只发现那里有涡流。但在这股涡流的最南端，也就是洋流南端的各支流分开的地方，还有一个小点，旁边标着它的名字——复活节岛。我没有到过那儿，而那里正是我想去的地方。我一直在思考，古时候的人是怎么到达这个不毛之地的？不过，现在的问题变成了我该怎么到那儿？如果我都不能解决自己的考察问题，却还想搞清楚石器时代的事，那就有些荒唐了。

"康提基号"顺着洋流向北航行，我们曾在月光下坐在甲板上谈论着复活节岛的奥秘。那时，我梦想着有一天能回到东太平洋，踏上那座孤岛。现在，梦想即将成真。

复活节岛属于智利管辖。每年只有一艘军舰会去岛上巡查，并为岛上的居民送去一些食物，然后就返回智利。智利与复活节岛之间的距离如同西班牙到加拿大那么远。除此之外，复活节岛与外界就再无联系了。

显然，军舰无法解决我的交通问题。比如让军舰停靠一周，在此期间我们去考察复活节岛——这点儿时间太短，没什么用；或者让我们与勤劳的科学家在岛上待一整年，等军舰第二年带我们回去——这同样是一个浪费时间的计划，可能一个月后就会发现无事可做；或者我们还可以乘一艘轻木筏从南美洲出发，随洋流而下，顺海风航行，最后也能到达复活节岛，但要是选择这样的小船，可能没有任何一位考古学家愿意同行，但复活节岛的考察又离不开他们。

所以，我必须自己弄一艘船，探险船。复活节岛上没有港口，没有可靠的锚地，没有码头通道，也没有燃油和水的供给。因此，这艘船必须足够大，能装下我们所有的补给，还必须能够装载足量的燃油和水，可以满足出航、返航及在我们考察期间的机动需求。所以，我们需要一艘相当大的船。我们还要设想：如果考古学家发现复活节岛不值得勘探，那么乘自己的船前往复活节岛就成了一个糟糕的计划，除非它还可以载我们继续前往其他未开发的南太平洋岛屿。波利尼西亚东部有很多人迹未至的岛屿，来自加拉帕戈斯群岛和南美洲的洋流汇合的水域，就有一大串令人向往的岛屿等待人类去探索。

在远洋航行的问题上，我常常咨询我的朋友托马斯和威廉，他们就职于弗雷德·奥尔森航运公司。那一天，我们一起坐在奥斯陆码头旁那间有些老旧但很舒适的航运办公室里时，我的计划还只是一个秘密，尚未说出口。我一走进去，托马斯就好像察觉到了我的来意，他拿出一个圆圆的地球仪，放在我俩之间。我转动地球仪，直到面前的图案都是蓝色，只有当广阔的南太平洋转到眼前，美洲、亚洲连同欧洲一起消失在地球仪的背面时，这种蓝色才会出现。

我指着复活节岛说："就是这儿，我们要怎么去呢？"

两天后，我们再次围坐在地球仪旁，威廉已经做了细致的盘算。

他说："最适合你的是一艘柴油驱动船，长约 45 米，速度为 12 节，能装 50 吨水和 130 吨燃油。"

毫无疑问，这对我来说确实最合适。我早就知道威廉的航海计算能力强，他曾帮我精准地估算出"康提基号"的航速。要是那天我们成功把缆绳扔上岸，没有让它漂过安加淘环礁，我们本可以在那儿靠岸。

几天后，威廉打电话给我。他告诉我斯塔万格的一家罐头厂在格陵兰的渔场有一艘合适的拖网渔船。如果我们从 9 月份开始租用，可以租一整年。

我看了看日历，已经 4 月底了，离 9 月只剩四个多月。威廉还说这艘拖网渔船是一条"裸船"，那就意味着我们要租一艘空船，既没有船员，又没有装备。

我的航行经验仅限于驾驶木筏。"康提基号"上的其他船员也没能力驾驶一艘正规的大船。此外，我们也没有许可证和其他各种证件。相比而言，乘坐印加人的木筏，各种问题会容易很多，需要的手续也简单得多。

正当我对选择哪种船犹豫之际，托马斯向我承诺，涉及的所有航海问题，他们都会助我一臂之力。

于是，我们决定尽快开会讨论此事。那天，我们坐在一张宽大的绿色会议桌旁，其他就座的有海运监督、授权签字人、调配主管、保险公司负责人，以及其他各级专家。大家讨论的结果是，我们租用的这艘拖网渔船完全可以成为一艘真正的航海船。那时，距离出发的时间只剩不到四个月了，我仿佛可以听到那艘大船已经发出了汽笛声。但事实上，那艘拖网渔船还停在斯塔万格港，烟囱里没有一丝生气，甲板上也空无一人，偌大的船舱里什么都没有，只有光秃秃的铁梁支撑在那里，像肋骨一样包裹着空空的肚子。

当你要带着全家出游时，总有很多事情要考虑，更何况这次除了家人之外，还要带着五个考古学家、一名医生、一名摄影师和十三名船员，还有各种船机备件、专用装置和所有人一年的食物，所以这次考察要考虑的事情不断翻倍。这种感觉就像一个指挥家一边忙着吃意大利面，一边指挥他的乐队演奏李斯特的狂想曲。我的办公桌乱作一团，上面堆满了护照、文件、证件、照片和信件，各样家具上也摆满了各种图表、清单和各类装备的样品。这种出发前的疯狂情绪充斥着整个房间。

报纸公开了我们的计划之后，就不断有人寄来信件，给我们提出了各种奇特的建议。我几乎每天都能收到来自世界最偏远地区的信件。写信的人们告诉我，复活节岛是一块已沉没于大陆、保留在水面上的最后残骸，有点像太平洋上的亚特兰蒂斯；他们还说，我们无法在岛上找到打开复活节岛秘密的钥匙，因为它的奥秘存在于小岛周围的海底。

甚至有人建议我放弃这个探险计划，他在信中写道："到目前为止，这场探险考察都是在浪费时间。你完全可以坐在自己的书房里，利用谐振原理来解决一切问题。如果给我发一张复活节岛石像的照片，再发一张南美洲古老雕像的照片，我将通过谐振原理告诉你它们是否源自同一民族。"他还补充道，他曾经用纸板制作了胡夫金字塔的模型，里面放了些生肉，一段时间之后，那个模型"谐振"得让人毛骨悚然，以至于他不得不把全家人送进了医院。

9月如期而至。一条流线型的格陵兰拖网渔船，停靠在奥斯陆市政厅前的C号码头。在阳光照射下，它像赛艇一样闪着白光，烟囱上用砖红色画有长着胡子的太阳神康提基的头像。船的前部，为了抵抗冰流，进行了加固，上面画着一个奇特的蓝色符号，是复活节岛上神圣的鸟人像——一半像人，一半像鸟。这个鸟人像是从一块珍贵的石板上复制下来的，上面还刻有尚未破译的象形文字。

船员们都已经签好了考察合同，他们将暂别妻儿一年，带着他们的惦念，前往神秘的南太平洋。此刻，烟囱正冒着热气，船以满负载状态停在海湾中，海水刚好与蓝漆绘制的吃水线齐平。船上一片忙碌兴奋的景象，岸上欢送的人群拥挤不堪，以至于在最后时刻运送行李和包裹的卡车难以通行。

一切都准备就绪了吗？当然，我们带了食物、挖掘工具、鱼钩及一些可以用来与当地人交换的布匹，也带了所有我们认为必需的东西。危险往往藏于未知。如果发生了与我们预期相反的情况，比如在水下发现了一具骷髅，我们是否带上了必备的化学药品来防止其碎裂？如果我们被迫驶向一处难以靠近的岩石或礁石，我们有办法到达吗？又或者，如果营地是在岛屿的一边，而船在恶劣天气下突然转向另一边，我们该如何解决联络救援人员和物品供应的问题呢？如果厨师把平底锅烧出一个洞，如果螺旋桨被一块珊瑚损坏，如果水手踩到有毒的海胆，我们又该怎么办呢？还有，如果冰箱停止运转，我们要如何处理所有的食物？我们已经带全能够想到的所有专用装备和备件了吗？现在，我们没有更多的时间来考虑这些事，我们必须在此刻就准备好应对一切可能出现的问题。这艘格陵兰拖网渔船正停在这里，即将启航前往复活节岛，那里没有任何工厂或商店，是世界上最偏远的地方。

船长站在驾驶台上，船员们在甲板上来回奔忙，有的正在准备封舱，有的正在拖拉绳索，身材高大的大副手持铅笔正站在那里，对着一张长长的清单核查货物。不管怎样，能准备的所有东西都已备齐，就连船长的圣诞树都放在冷藏室里了。

船铃最后一遍响起，船长向大副发号命令，只见画着太阳神头像的烟囱里，喷出一阵阵强劲的气流。人们在船舷内外彼此告别，互致最后的祝福。这时，登船的舷梯撤掉了，紧接着就听到锚链的溅水声和绞盘吱吱的声响，船舱下的轮机师们开始施展他们的魔力：船开动了。码头上的人群欢呼起来，他们挥动着手帕，好似树梢在大风中摇摆。船长按动汽笛，发出了几声长鸣。

汽笛声结束了这场忙乱的送别，既是送别的高潮，又为送别画上了句号。

此时的我还站在码头上嘈杂的人群中。并不是我忘了上船，而是因为我要先飞到美国，与三位同意加入此次考察的考古学家会面。出于礼节的需要，在这之后我还需要拜访智利，然后才能在这艘船经过巴拿马运河时与大家会合。

奥拉夫王储殿下欣然资助了本次考察，挪威外交部也已获得智利政府的许可，只要我们不破坏复活节岛上的古迹，探险队就可以开始考察。英国和法国也都给出了沿途岛屿的许可。所以，我们在东太平洋一路绿灯，足以应付可能出现的突发状况。

当船的白色船尾转向岸上的人群，缓慢驶离码头时，一个实习水手独自站在船尾。他正自豪地拉着锚链，一脸纯真的喜悦，犹如夕阳的光辉一样灿烂。而他的同学们正站在岸上朝他大喊，为他欢呼，原来他获得了校方离校外出一年的批准。

然后，这条小船就开到了一艘巨大的远洋轮船后面，驶离了我们的视野。它将载着探险者们，循着几个世纪以前航海家们的足迹，匆匆地环游半个地球。

第二章

世界中心——复活节岛

多么静谧啊!

这是多么完美的宁静。此时,发动机已经停止运转,船灯已经熄灭,穹顶繁星点点,瞬间便从人造的刺眼灯光中解脱出来。星光来回摇曳,绕着桅顶缓慢地旋转,清晰明朗。我仰坐在躺椅上,尽情享受着这份和谐恬静。这种感受就好像是有人拔掉了连接大陆的插头,阻断了来自世界各地电台源源不断的脉冲信号。世间已无他物,只剩下新鲜的空气、漆黑的夜晚和闪烁的星星。已经麻木的视觉和听觉再次清晰起来,犹如一阵微风从我的心头拂过。

在这里,没有记忆会被冲淡,没有感受会被压抑。在这里,没有城市的喧嚣,没有闪烁的霓虹灯牌,没有躁动的竞争,也没有嘈杂的娱乐活动。在刚刚离开的那个世界里,这些东西好像在与时间赛跑,竞相挤入我们的生活,毫无顾忌地冲击着人类脆弱的灵魂。但在这里,我们却有着如此的静谧,连时间也停了下来,静静地等待着什么似的。人们连咳嗽都要迟疑几分,好像不这样做就会打破难得的静谧,会唤醒那些导致世界不安的正在沉睡的因素。

黑夜中,有时会听到从远处传来的阵阵微弱的奔流声,像是风浪不时地拍打着悬崖发出的声响。船上的人们安静至极,这种静谧一定给他们带来了一种敬畏之感。在夜晚的宁静中，船微微摇晃，发出轻轻的、富有节奏的吱嘎声，只有站在船舱口，在海水冲击船身发出的清晰声响中，我才会偶尔听到一段简短的对话。

我们是沿着海岸线，避开风浪来到这里的。

一路上，我们忍受着引擎发出的急促轰鸣声，忍受着海浪无休止地拍打船头的巨响，忍受着海上暴雨的电闪雷鸣。终于，在夜幕再一次笼罩大海之前，我们潜入了一个寂静的海湾躲避风浪。就在那里，在暮色中，依稀看到了复活节岛。

我们悄悄地驶近复活节岛，渐渐可以看见灰绿色的山脊绵延起伏，还有海岸线上陡峭的悬崖。在小岛深处，石像零落地耸立在死火山的斜坡上，在绯红的暮色映衬下，这些石像就像黑葛缕子籽。我们通过回声测深仪和其他方法，规划出我们登岛后的路线，然后，船长便命令下锚。

岛上一个人影也没有，一片荒芜。有些石像伫立在远处的山脊上凝视着我们，另一些石像在沿岸熔岩形成的长斜坡脚下直挺挺地卧成一排。我们仿佛乘坐着一艘宇宙飞船，停靠在一个已经消亡的世界的岸边，在这个已经消亡的世界里，曾经生活着与我们地球人不同的生物。夕阳的影子拖得很长，岛上万物停滞，只有那火红的太阳徐徐坠入墨色的海洋，带来无尽黑夜，笼罩在我们周围。

严格来说，我们本不该在这儿下锚，而是应该穿过这片海域，绕到岛的另一边，然后向总督报告我们的到来。总督和全部岛民都住在小岛另一侧的小村落里。对于这个荒僻的小岛来说，任何船只来一趟都算是一年中最重大的事件。但我们的船刚好在黄昏时分到达，所以无论是总督还是岛民，都不会高兴。因此，即使这里的水域最不适合下锚，我们也要留在这个悬崖背风处过夜，这样，第二天一早，我们就可以高悬旗帜，高高兴兴地到达汉加洛村。

我的妻子伊冯小心翼翼地打开舱门，轻轻地走了出去。从舱内露出一道光，射到甲板上，停留了几秒钟。小安妮特在船舱里安静地睡着，如夜空般宁静，她一手搂着个洋娃娃，一手抱着个泰迪熊。

"尽管我们还未正式到达，今晚也该庆祝一下。"伊冯一边低声说着，一边饶有兴致地朝小岛方向点了点头。

经历了十四天的颠簸航行，这是她第一次可以稳稳地站着，第一次有心思来考虑这些事。我告诉她，船务总管已下令备好酒菜，船长也将在几分钟后把全体船员集合到甲板上。伊冯依然站在栏杆旁，颇为陶醉地注视着黑暗的小岛。此时，我们可以真切地嗅到大地母亲微微的气息，混杂着一阵清爽、夹带着盐味的微风，传来一种奇特的青草的干爽清香。

大家陆续来到甲板上。椅子摆在两个小艇中间，围成一个圈。他们坐了下来，看得出大家都精心打扮了一番，把胡子刮得干干净净，帅气得都快认不出来了。威廉·穆洛伊博士，也叫比尔，长得又高又壮，走路的样子摇摇摆摆。他一坐下来，就顺手把烟头弹进了海里，然后就若有所思地盯着甲板。在他身后不远处走来了又高又瘦的卡莱尔·史密斯博士，大家也叫他卡尔。卡尔的精神头儿不错，没有坐下，只是将身体半靠在拉索上，看着星星。他们分别是怀俄明州立大学和堪萨斯州立大学的考古学教授。接着来到甲板上的是我们的老朋友艾德，他的全名叫艾德温·费登，在新墨西哥州立博物馆工作。这三位美国考古学家中，只有艾德是以前就熟识的，他倚靠在伊冯身旁的横杆上，神采奕奕地眺望着小岛的轮廓。

船长阿恩·哈特马克从驾驶台上走了下来，他身材矮小，走起路来活像个弹力球。船长从事远洋航行已有二十年了，但他从未在望远镜里见到过像复活节岛这样的景象。在他身后，站着一个魁梧的大副，名叫桑内，是个和善快活的人，双手分别抓了一根绳索，看起来像一只温驯的大猩猩。还有二副拉森，他是世界上脾气最好的人，就算坐在电椅上，他也能找出些乐子来。拉森坐在两位谈笑风生的幽默大师之间，一位是强壮的轮机长奥尔森，他虽满脸皱纹，但永远面带微笑；另一位是消瘦的副机长，他刚在下巴上修出一小撮胡子，让自己看起来既像婚礼司仪又像魔术师。

耶辛医生也从舷梯上过来了，和大家打了个招呼，然后坐了下来。在他身后，考察队的摄影师厄林·谢文走了过来，他的一副眼镜在黑暗中闪闪发亮，为了纪念这一时刻，他还点了一支小雪茄。在两名身材魁梧的水手之间，稚气的小托尔终于在小艇上找到了个地方塞下自己细细高高的身材。厨师和船务总管默默地端上了佳肴，放在我们中间的桌子上，然后他俩也并排坐下了。无论整个航行有多么艰苦，格罗米尔总管和汉肯大厨都能在船上施展出他们高超的烹饪技术。随后过来的是水手长、电工、实习水手和桨手，还有阿恩·斯科尔斯和贡萨洛。考古学家阿恩是埃尔沃吕姆新建的博物馆馆长，他曾参加过加拉帕戈斯群岛的考察。贡萨洛·菲格罗亚是圣地亚哥大学一名考古学专业的学生，也是本次考察队的智利官方代表。我在邀请贡萨洛时没有对他做任何面试，所以对他能否同行心存疑虑。当船到达巴拿马时，贡萨洛兴致勃勃地登上了舷梯。他是智利的运动型贵族，同时拥有像变色龙一样适应各种生活条件的天赋。

最后，我们一共二十三个人齐聚甲板，大家组成了一个来自各行各业、人才济济的考察团。在船上航行的这些日子里，共同的愿望让我们聚到一起，成为亲密的朋友。我们共同的愿望就是踏上那座横卧在黑夜中的小岛。现在，所有人都已经集合完毕，发动机也停了下来。为了让大家对前路有些了解，是时候向他们介绍前人在复活节岛的经历了。

"没人真正知道那个岛的名字。"我开始介绍，"当地人称它为拉帕努伊，但研究者认为这不是它最初的名字。在最古老的传说中，当地人总是称它为'吉－比依奥－吉－赫努阿'，意为'世界中心'。但是这个名字，也可能只是一种古老而富有诗意的描述，而不是这座岛屿的真实名称，因为后来当地人也称它为'望见天堂的眼睛'或'天堂的边界'。我们这些生活在千里之外的人，之所以在地图上将它命名为'复活节岛'，是因为1722年那个复活节的下午，荷兰人罗赫芬和他的队伍来到了这里，成为驶入这片海域的第一批欧洲人。当时，他们看到了岛民发出的烟雾信号。在夜幕降临前，当这些荷兰人在日落之际抛下他们两艘帆船的锚时，他们又发现了岛上的奇特村落。荷兰人在船上最先接触的是一群高大壮硕的岛民。从外表来看，他们是皮肤白皙的波利尼西亚人，和我们在塔希提、夏威夷和南太平洋东部诸岛见到的波利尼西亚人一样。但是这里的岛民似乎不是完全单一的种族，因为其中一些人的肤色较黑，在当地人中格外显眼；而另一些人就像欧洲人一样'皮肤白皙'；还有少数几个人'皮肤微红，好像严重晒伤了一样'；还有，他们很多人都蓄着胡子。

"在岛上，荷兰人见到了三十英尺①高的巨型石头雕像，石像头顶有块巨大的圆柱形巨石，就像一顶皇冠。据罗赫芬本人描述，他看到岛民在巨型石像前点起火来，然后在石像前蹲下，双脚紧贴地面，虔诚地低下头，并将双手掌心合拢，高高举起，随后又放下。贝伦斯当时在另一艘船上，他告诉我们，第二天早晨太阳升起的时候，他们看到岛民点了几百处烟火，趴在地上，向太阳膜拜，所以荷兰人认为岛民点火是为了向神表达敬意。这是对复活节岛岛民膜拜太阳的唯一一次生动描述。

"在首批登上荷兰船只的岛民中，有一个'纯粹的白人'，比起其他人，他更讲究礼节。他的头上戴着一顶羽毛头冠；脱去头冠，其实他是光头。他的耳朵上戴着一个圆形白色耳饰，和拳头一样大小。这个白人的举止，体现了他在岛民中的重要地位，荷兰人认为他可能是一名牧师。他的耳垂打了孔，并人为地把耳垂拉长，一直垂到肩部。荷兰人注意到许多岛民都以这种方式把耳垂拉长。如果长耳垂妨碍了工作，他们就会把耳饰拿出来，然后将长耳垂折起来夹在耳朵的上缘。

"很多岛民浑身赤裸，但全身上下都刺有精美的文身，那是一种飞禽和奇怪图案组成的花纹。有些岛民则穿着染成红色或黄色的树皮斗篷。有些岛民的头上戴着羽毛头冠，羽毛在空中不停摆动，另一些岛民则戴着奇特的芦苇帽。所有岛民都很友好，荷兰人没有看到他们佩带任何武器。奇怪的是，尽管岛上人不少，却几乎见不到女性。但是，当少数几个露面的女人对陌生的来访者表现得特别热情时，岛上的男人们也没有流露出丝毫醋意。

---

① 1 英尺约等于 0.3 米。——译者注

　　"岛民们住在用芦苇制成的长形矮屋里——它们看起来像一条船底朝天的小船——屋子没有窗户，有一个开得很低的门，门矮得只能爬进一个人。屋子里只在地上放了几块垫子，还有一块石头当枕头。显然，大批岛民就生活在这些没有家具的屋子里。鸡是他们饲养的唯一家禽。他们还种植了香蕉、甘蔗，以及最重要的红薯。荷兰人把红薯称为当地的主食面包。

　　"毫无疑问，这些孤独的岛民无法成为活跃的航海家，因为荷兰人在那儿见到的最大的船，是八英尺长的独木舟，窄到只能勉强塞进两条腿，而且漏水还相当严重，人们花在排水上的时间和划桨的时间一样多。岛民们仍然像在石器时代一样生活，没有任何金属制品，食物在地里的热石上烹制。对荷兰人而言，在他们所生活的时代，世界上没有任何地方会如此落后。因此，当他们发现耸立在这座落后的小岛上的巨型石像时，当然会感到十分震惊。这些石像比他们在欧洲见过的任何石像都要高大。起初，他们对如何竖立起这些高大石像很感兴趣，那一定是一项壮举，因为他们发现岛民们既没有坚固的实木，也没有结实的绳子。但最终他们还是自以为是地找到了答案：他们在其中一个饱经风霜的巨像上，仔细检查了一个磨损面，然后便宣称这些雕像不是石头做的，而是一种由黏土制成的模型，内里填满了小石头。

　　"经历一天的考察后，荷兰人就划着小船离开了这座新发现的岛屿。当他们回到大船上时，发现丢了两个锚。随后，他们在航海日志中记录到，他们所见到的岛民开朗平和、举止礼貌，但又是非常高明的小偷。由于一个误会，一个岛民在一艘船上被枪杀，还有十几人在岸上被射杀，荷兰人由此挽回了一块桌布和几顶帽子的损失。要知道，这些帽子丢失时正戴在他们的头上。

　　"死去的岛民尸体躺在岸上，活着的岛民站在那里，愤怒地看着荷兰人的大船向西驶离，消失在远方。在那之后又过了五十年，外面的世界才有人再次来到这里。

　　"这次到访的是西班牙人。1770 年，在唐·费利佩·冈萨雷斯船长的率领下，两艘船出现在复活节岛的地平线上，他们同样也是被当地人发出的烟雾信号吸引来的。他们带着两名牧师和一大队士兵一起上岸，并列队登上了东岸高地的三座山顶，一大群好奇的岛民跟在队伍后面载歌载舞。西班牙人在三座山顶上各竖立了一个十字架，吟唱圣歌，礼炮致敬，然后宣布该岛为西班牙领土。为了证明这些程序都是合法的，他们给西班牙的查尔斯国王呈递了一封声明。在该声明的最后，西班牙人让站在周围的最大胆的岛民签上'充满喜悦与幸福的每一笔'，就是以鸟类和奇异人物的形状签署了自己的名字，西班牙人将此视为签名。所以，这个岛屿现在有了主人——西班牙国王，它也有了一个全新的名字——圣卡洛斯岛。

"西班牙人并不轻信这些巨石像是黏土制成的。他们用锄头用力击打一座石像，顿时火花四溅；很显然，这一点充分证明了它们是石头雕刻而成的。对西班牙人来说，这些巨石像通过何种方式竖立起来依然是个谜，他们甚至怀疑这些石像是否能在这个岛上制造出来。

"送给岛民的礼物和被岛民偷走的赃物，都不见了踪影。西班牙人怀疑岛民有个秘密的地下藏匿点，因为整个原野空荡荡的，也没什么树。在这里看不到任何小孩，整个部族似乎是由一大群成年男子和几个女人组成的，但这几个女人举止大方，毫不拘束。

"西班牙人在岛上遇到的男人大多身材高大，皮肤白皙。他们量了其中两个最高的男子身高，分别有 6.65 英尺和 6.5 英尺。西班牙人还注意到，许多岛民蓄着胡须，看起来和欧洲人很像，不像普通的当地人。他们在日记中写到，岛民的头发不全是黑色的：有些岛民的头发是栗褐色的，还有一些岛民的头发甚至是淡红色或棕黄色的。当西班牙人让岛民学着用西班牙语说出'万福玛利亚，西班牙国王查理三世万岁！'时，岛民们说得很清楚。西班牙人认为，这些岛民非常聪明，很容易教化。于是，他们满意地离开了这些新的西班牙臣民，再也没有回来。[1]

---

[1] 参见罗赫芬及冈萨雷斯记录复活节岛之行的古老航海日志及原始信件，这些材料的英译本记载于哈克鲁特学会的专题报告第 13 卷，1908 年剑桥版。

"复活节岛迎来的下一次外界到访，是由著名的库克船长率领的英国船队。在库克船长之后，法国人拉佩罗斯也曾到访。

"复活节岛上的居民已经见过足够多的外国访客。当库克船长登陆时，岛上的居民很少，一共只有几百人，这一数量让人震惊。并且这些岛民基本都身材矮小，处境悲惨，无精打采，态度冷漠。库克的同伴认为，在西班牙人到访之后，一定有什么不幸降临到岛上，使岛民处在濒临灭绝的险境。库克船长本人则持怀疑态度，他认为岛民或许进入了地下的藏身处，因为虽然他们派人进行全岛巡查，却几乎见不到女人。英国人在岛上的多处发现了堆积在狭窄隧道口的石块，他们认为这可能通向地下洞穴，但是每当他们想要探查究竟时，总会遭到充当向导的岛民拒绝。当时，在岛上的英国人饱受坏血病困扰，他们在离开时唯一的收获就是弄到了一些红薯，这也是他们在岛上见过的最重要的物产。但即便在红薯问题上，他们还是被骗了，狡猾的当地人在篮子里装满了石头，只在表面上放了几个红薯。最终，英国人只得在失望和绝望中离开了复活节岛。

"1786年，法国人拉佩罗斯也进行了一次突然到访，此时距离上次库克到访，仅仅过去了十二年。这一次，复活节岛上再次出现大量居民。像以前一样，人们的发色很浅，但成年女性几乎占了一半。同时，像任何一个正常的族群一样，岛上出现了各个年龄段的孩子。他们就好像是从地球深处冒出来的，直接出现在这个光秃秃的像月球一样的小岛上。

"事实上，他们就是从地下洞穴里爬出来的。法国人得到许可，能够自由地进入先前英国人被拒绝进入的那些狭窄的岩石隧道。他们证实了库克的猜测，岛民确实秘密地撤入了黑暗的地下石洞。在这里，岛上的显贵们躲过了库克船长的巡查；在这里，岛上的儿童和大多数妇女躲过了荷兰人的到访。拉佩罗斯明白，正是因为库克和他的队伍表现得如此温和，现在这几千岛民才敢鼓起勇气，悄悄地走到日光之下。

"当库克登岛时，虽然大部分岛民躲入地下时都随身带上了重要的东西，但他们怎么都带不走那些巨大的石像。这些石像还是傲然屹立在原处。库克和拉佩罗斯都认为这是古老时代的遗迹，在他们眼里，足以称得上是远古遗迹了。库克对那些默默无闻的建造者所达到的工艺水平印象深刻：他们不借助任何机械设备就使巨像屹立在高台上。无论这是如何做到的，石像终究被立起来了。库克认为，这足以证明在这个遥远的小岛上，古代的岛民是多么聪慧。而且他确信，现在的岛民与这些石像毫不相干，因为墙基早已腐烂，他们却没有尝试维护；这些石像也并不完全立在原处，有很多石像已经倒下，躺在它们自己的平台上，石像上面还有刻意毁坏的痕迹。

"库克察看了一些石像矗立的大平台，发现它们是由巨大的石块所砌成的，而且经过了精确切割和抛光，所以在没有砂浆或水泥的情况下，石块还能完美地契合在一起，这个发现令库克大为震惊。在任何墙壁上，甚至在英国最棒的建筑中，库克也没有见过如此完美的砖石工艺。但他又补充道：'所有的修护、努力和智慧都无法将这些奇特的结构保存下来，它们终将在吞噬一切的时间中毁灭。'

"库克的船上有一名来自塔希提的波利尼西亚人，他能听懂当时复活节岛居民所讲的一些方言。英国人通过他获得了一些零散的信息：当地人并不把这些石像视为普通的神像，而是把它们当作古老的阿尔吉斯的纪念碑，是用来纪念那些出身名门的死者的。部分头骨和骨架表明，石像所屹立的平台常被现居的岛民当作墓地。他们在各种场合下通过清晰的手势表明，人的尸骨被埋于地下时，逝者的灵魂就升天了。很明显，岛民们相信来世。

"这是外来者第一次尝试改变复活节岛的习俗：在拉佩罗斯停靠后的几个小时内，他就把猪、山羊和绵羊带上了岸，并在岸上撒下许多谷物种子。但是，在它们得以繁殖之前，就已统统被饥饿的岛民吃了个干净。结果，复活节岛还是这样，没有发生任何变化。

"直到 19 世纪初，才有人再次来到荒僻的复活节岛。与之前不同的是，当我们这个民族的人突然出现在岛上时，岛民们成群结队地聚集在沿岸的悬崖上，不再爬回他们的地下藏匿处。这一次到访的是一个美国纵帆船队的船长。在智利沿海的鲁滨孙·克鲁索岛上，美国人计划建造一个海豹捕捉站，因此船长在这里短暂逗留，目的就是为了寻找当地劳工。经过激战，船长带领手下成功掠走了十二个男人和十个女人，一起坐船离开。航行了三天之后，他在甲板上为俘虏们松了绑。结果，俘虏们立马跳下了船，朝着早已消失在视线中的复活节岛游去。船长也并不在意，只是掉转船头，再次向复活节岛发动了一次袭击。

"后来，过往的船只都无法登上那陡峭的海岸，因为岛民们会朝他们投掷石头，并筑起一道坚不可摧的防御墙。直到有一个俄国考察队借助枪炮才得以顺利登岛，但仅过了几个小时，他们还是败下阵来，重新回到了船上。

"又过了很多年，岛民们对外来人的信任慢慢地恢复了。每隔几年，就会有过往的船只来岛上进行短暂到访。岛民们扔石头的次数越来越少，岛上越来越多的女性也开始公开露面。但后来，发生了一场灾难。

"一天，一个由七艘秘鲁帆船组成的船队沿着复活节岛的海岸停泊。一群岛民靠了过去，没想到船员不仅迎接他们登上了船，还让他们在一张纸的底部写了几个花体字，这种待遇让他们非常满足。可没想到，原来这是一份契约合同，上面规定他们去秘鲁沿海的鸟粪岛当劳工。当岛民们毫无防备，开心地想回到岸上的时候，秘鲁人把他们绑了起来，扔进了船舱。

"随后，八名猎奴人带着衣服和色彩鲜艳的礼物，划船上岸，并把这些东西摆在岸上。许多好奇的岛民早已围聚在海湾周围的岩石附近，他们开始慢慢靠近，想去欣赏那些诱人的物件。结果，当好几百人挤在海滩上时，猎奴人突然发起了攻击。那些跪在地上拣礼物的岛民被抓住，双手被绑在背后，而那些试图从悬崖上逃跑或游到海里的岛民则被射杀。船上装满了俘虏，水面几乎接近船舷的上缘，就在最后一艘船即将起航的时候，有个船长发现了躲在山洞里的两个岛民。他尝试说服他们和自己一起走，当他发现无法做到时，就用枪打死了他们。

"所以，在 1862 年的圣诞节前夕，复活节岛上的人口锐减，非常凄凉。除了那些被射杀的和被掠走的岛民之外，其他活着的岛民都悄悄地爬进了他们的地下洞穴，再搬来大石头堵住洞口。一种极度压抑的寂静笼罩在光秃秃的岛上，只有浪花不断发出抗议般的声响。巨大石像的表情依然冷峻，而船上却传来那些不速之客的欢呼声和呐喊声。这些人直到庆祝完圣诞节后才起锚离开。

"'世界中心'的岛民们就这样经历了白人的圣诞节，对岛外的世界有了更多的了解。这些船载着一千名俘虏起航了，并最终把他们运到秘鲁沿海的岛屿上，干起挖鸟粪的活儿。塔希提的主教对此提出了抗议，政府被迫决定立即将这些奴隶送回他们自己的岛屿。但是，出于疾病和水土不服等原因，大约有九百人在送他们的船到来之前就死了。上船的约百名幸存者中，又有八十五人在返回岛屿的途中死去，最终只有十五人活着回到了复活节岛。结果这些生还者也把天花带了回来，天花像野火一样立刻在岛上蔓延开来，几乎给整个族群带来了灭顶之灾，即便是那些躲在最深、最狭窄洞穴里的人也未能幸免于难。全岛哀鸿遍野，惨不忍睹。最后，岛上的成年人和儿童一共只剩一百一十一人。

"在此期间，第一个外国人在岛上定居下来。这是一位孤独的传教士，老实说，他已尽其所能地去减轻他在这里看到的苦难。但是岛民偷走了他所有的东西，就连他穿的裤子也被偷走了。结果，他坐上第一次来岛的船逃走了。但后来，他又带着几个助手回到岛上，建起一个小小的传教点。几年后，当所有幸存的岛民都愿意接受洗礼时，一个法国探险家来到了这里，鼓动岛民对抗传教士。最终，岛民们赶走了传教士，也杀死了那个法国人。此后，岛民们除了继续演唱圣歌之外，传教士来过的所有痕迹都被抹去。

"在 19 世纪末，欧洲人发现复活节岛的巨石像周围是绝佳的牧场，那里草地肥沃，可放养成千上万只羊。最后，这个岛屿被智利吞并。现在岛上有一位总督、一位牧师和一位医生，岛民不再住在洞穴或芦苇屋里。在复活节岛上，新的文明取代了岛上旧的文明，正如文明同样取代了南太平洋诸岛的岛民、因纽特人和印第安人的文化一样。

"所以我们来这里，并不是为了研究当地岛民，"我总结道，"我们要去考察发掘，如果复活节岛之谜的答案仍然存在，那它一定是埋藏在地下的。"

有人问："之前没有人到这里来发掘过吗？"

"因为岛上连树都没有，所以人们自然认为这里的土地没有发掘价值。而且如果过去这里连林地都没有的话，那仅凭枯草是不会形成太多泥土的。"

实际上，有两支考古探险队曾来过这个奇怪的岛屿。第一次是由英国人凯瑟琳·劳特利奇率领的私人探险队。她于1914年乘坐自己的考察船来到复活节岛，测量了所有地面上能看到的东西，并绘制了地图。首先测量的是城墙、古道，以及四百多个矗立在岛屿各处的巨型石像。她在这次开拓性的工作中倾注了全部精力，但因为头绪过多，所以除了清理覆盖在部分石像四周由雨水带来的沙泥和碎石之外，她没有时间进行任何系统性的发掘。更不幸的是，所有关于劳特利奇探险队的考察笔记都丢失了。不过，在她描写环球旅行的一本书中，她曾写到，整个岛屿充满了神秘色彩，遍布着未解之谜。岛上这一切背后所隐藏的秘密都让她无比兴奋，她的好奇感与日俱增。她还说，那些已逝工匠的影子仍然统治着这片土地，谁也无法从中逃脱，他们比现在的岛民更为活跃和真实，那些沉默的巨型石像代表了他们对这片土地至高的统治。在某种动机的驱动下，这群人用粗石镐在山上开凿，并且改变了整个火山的形状，只是为了获得原材料，用来制作遍布全岛的巨型石像，来满足自己的狂热欲望。

"岛上的风无处不在。那无垠的天空、无际的海洋和深深的寂静包围着一切，笼罩着一切。那里的岛民总是在倾听连他们自己也难以名状的声音，不自觉地感受着超出他们认知的更广阔的东西。"[1] 这就是劳特利奇夫人对复活节岛的看法。她坦率地承认这种神秘，冷静地陈述自己所见到的事实，并把未知的答案留给后人。

---

[1] 凯瑟琳·斯考斯比·劳特利奇，《复活节岛的奥秘：远征的故事》（伦敦，1919），第133、165、391页等。

二十年后，一支法国、比利时的联合探险队乘坐一艘军舰登上复活节岛，随后另一艘军舰又把他们接回。其中的一位考古学家在航行途中遇难，但法国人梅特罗斯收集了岛民丰富的口头信息，进行了一项大规模的复活节岛民族志研究；比利时人拉瓦切拉则忙着考察数以千计的石雕和其他奇特的石制工艺品，这些石像在这个光秃秃的小岛上随处可见。因此，这次考察依旧没有开展发掘工作。

总的来说，联合探险队在岛上考察的目标与英国考察队的目标有所不同，石像并不是他们的核心关注点。梅特罗斯还是坚持认为岛上的神秘被过度夸大；也可能是来自西边岛屿上的居民，带着建造石像的想法来到这里，发现复活节岛上没有树木可以雕刻，就直接用了山上的岩石。

其他研究人员和不少环球航海家也曾登上复活节岛，他们的船在那儿大多停靠几小时，也有的停靠几天。在这期间，他们从贫穷的岛民手里收集有关该岛的传说和木雕，或者从同样贫瘠的土地上收集动植物。这个位于太阳以东、月亮以西的小岛已被慢慢地掠夺殆尽，岛上的东西被放在世界各地的博物馆和纪念品陈列柜里。只要是能带走的东西，全都被带走了。几个世纪以来，只有那些巨大的石像依然屹立在山坡上，脸上带着冷漠而高傲的笑容，对着那些来来往往的、盯着自己看的侏儒，说着"你好"和"再见"。神秘的面纱像薄雾一样继续笼罩着这个岛。

这就是复活节岛大致的历史。

船长轻声问道："当地人会不会还有些不为人知的传说尚未被记载？"

"你真是个乐观主义者。"我说，"明天你会见到一些像我一样的文明人。1886年，就已经出现了第一个收集这些故事的人，那是一位名叫汤姆森的美国出纳员。在白人来岛上定居时，已经长大成人的岛民都还在世。他们告诉汤姆森，他们的祖先乘着大船从东向西，一直朝着日落的方向航行了六十天，才来到复活节岛。岛上最初有两个不同的种族一起生活，分别是长耳族和短耳族，但是后来，短耳族在一场冲突中几乎屠杀了所有长耳族，从那时起，短耳族就独自统治了这座小岛。"

我补充道："如今在书中能读到的古代传说，有关古老的南太平洋的，几乎已经无迹可寻。"

"尤其是复活节岛。"贡萨洛插嘴说，"现在还有几个白人在岛上定居，他们还建起了一所学校和一所小医院。"

"是的，岛民对我们的唯一帮助就是可以为我们的发掘工作提供额外的支援。"我又说道，"或许他们还能为我们提供些新鲜蔬菜。"

一个轮机师喃喃地说："也许还会有几个美女可以教我们跳草裙舞呢。"这话立刻引得船上爆发出一阵快活的笑声和赞许声。

接着，我们突然听到一句嘶哑的、听不懂的话，大家都惊讶地四下张望。是谁在说话？大副打开灯照亮了漆黑的甲板，但甲板上一个人也没有。大家不禁觉得自己有点傻，于是轮机师又讲了一个草裙舞女孩的新笑话。就在这时，我们再次听到了那个声音。是有人落水了吗？我们冲到栏杆边，拿着手电筒照向黑色的水面。灯光并没有直接照到水面上，而是照在了一张张仰着的、瞪大眼睛的脸上，这是我们所见过的最可怕的海盗般的脸。他们在一条小船上紧紧地挤在一起，抬头盯着我们。

"拉－奥－拉纳。"我试着用波利尼西亚语打个招呼。

"拉－奥－拉纳。"他们齐声回答。

看来他们是波利尼西亚人，但我敢发誓，他们中也有好几个混种人。

我们给他们放下一架舷梯，他们一个接一个地爬上船侧，然后跳上甲板。他们大多数都体格强壮、身材魁梧，但几乎个个衣衫褴褛。第一个人爬上梯顶，出现在亮光里，他头上裹着一块红布，牙齿紧紧地咬着一个包裹。他光着脚越过栏杆，一下就爬上了甲板。他上身穿着一件破烂的汗衫，下身穿着一条卷着裤腿的破裤子。在他身后，又爬上来一个满脸麻子、光着腿的大个子，身上穿着一件破旧的绿色军大衣，肩上扛着一个大棒槌和一捆刻有雕花的木棍。紧跟其后的是一个头戴白色水手帽的当地人。他拿着一个眼珠凸出、咧嘴笑的雕像，雕像看起来如幽灵一般。这些衣衫褴褛的家伙一上甲板，就和他们身边的每个人一一握手，然后拿出一袋袋稀奇古怪的东西给大家传看。大家的注意力瞬间被这些极其罕见的木雕给吸引，已顾不上看它们的主人了。

在所有人的木雕中，都出现了一个特定的奇怪人像。这个人像垂着双肩，长着一个特别弯曲的鹰钩鼻，蓄着山羊胡，耳垂长长地挂了下来，眼睛深深地凹陷，脸上还带着邪恶的笑容，显得面目扭曲。他的脊柱和裸露的肋骨向外突出，而腹部则完全凹陷。这些木雕无论大小、身材，都全然相同。除此之外，还有一些稀奇古怪的木雕，最引人注目的是一个长着翅膀和鸟头的人形雕塑；另外还有一些精致的木棍、木桨和凝视状的面具；还有圆月形状的胸饰，上面刻有神秘的象形文字，这些文字至今无人可以辨认。所有的雕像都完美无瑕，打磨得非常光滑，摸起来像瓷器一样。其中，还有一些算不上精致的巨型石像复制品，以及一个漂亮的羽毛冠，配着一条同样是用羽毛做成的裙子，两者搭配在一起，极具艺术感，相得益彰。

在其他波利尼西亚人生活的岛屿上，我从没见过如此高超的工艺水平，往往那些岛屿的居民更愿意过简单的生活，而在这里，我们却见到了一群令人赞叹的木雕师。在一个不懂艺术的人看来，这些木雕师一定有着超凡的想象力，他们以创作为乐趣，才能雕刻出如此稀有的艺术作品。但是，在仔细观察后，你会很快发现，相同的奇怪形状反复出现，完全没有差异。原来这些雕像都是按照预先确定的模子，一成不变地被雕刻出来，没有任何变化。

在智利的国家博物馆里，我刚刚研究过莫斯塔尼博士从复活节岛收集来的现代民间艺术品。因此，当地人拿出木雕时，我能说出所有类型艺术品的名字，他们对此感到非常惊讶。事实上，最早来到复活节岛的欧洲人就已经见过这些雕像，今天的这些都是那些雕像的精美复制品，而那些真品如今都保存在博物馆中，成了无价之宝。正是因为这些珍品极其稀有，不在市场上出售，所以那些发现了商机的当地人才开始从事这种精美复制品的交易。

这些木雕师歉意地微笑着，手指着自己的破裤子和光大腿。原来他们是想用自己的雕刻品换衣服和鞋子。一刹那，整个甲板的人都投身到交易之中。在占有欲和同情心的双重情绪下，船员们纷纷回到他们的舱房，把多余的衣服拿了出来。突然，小安妮特穿着睡衣出现在甲板上。她站在人群中间，用手拉扯着一个形状怪异的鸟头人形雕像的腿，显得相当着迷。这个鸟头人形雕像正夹在一个衣衫褴褛的当地人胳膊下面，当他发现小安妮特喜欢这个雕像时，就立刻送给了她。伊冯见状，匆忙地跑回船舱拿了一个包裹回赠给那个当地人。

摄影师走过来，用肘轻推了一下我的胳膊，低声道："那边站着一个人，衬衫下面藏着一件奇怪的东西。他说那非常非常古老，是他曾祖父的父亲传下来的。"

我笑了笑，陪着他去见了那个人。那是一个身材瘦削、彬彬有礼的人，他面色苍白，留着希特勒式的小胡子，看上去很像阿拉伯人。

"晚上好，先生。"他用西班牙语说道，一边炫耀着自己的外语，一边流露出神秘的神情。接着他从怀里拿出一块小石板。石板的一面刻着一个鸟头人形象，这明显是新雕刻的。

在他再次提起自己的祖辈之前，我热情地说："不是吧！这真的是你自己做的吗？"

那一瞬间，他吃了一惊，表情在微笑与困惑之间挣扎，显得有些扭曲。然后，他红着脸，看着自己的杰作，仿佛在想：把功劳归功于别人终究是件很可惜的事。

"是的。"他自豪地回答，显然完全陶醉于自己的才华之中。事实上，他也无须后悔自己说过的话，因为摄影师还是很喜欢那块石板，并且把它买了下来。

突然，另一艘船靠了过来，船员告诉我有一个白人正在爬梯子。这是一位年轻英俊的海军军官，他自称是总督的助手，是来欢迎我们的。我们请他到休息室去喝一杯，并向他解释我们为什么要停靠在这里。他告诉我们，在目前的天气情况下，我们不可能在远离村庄的地方成功下锚。他建议我们第二天一早就转移到另一个避风港去，那里更靠近居民区；之后他们会设法帮助我们越过礁石，顺利上岸。

他还告诉我们，距离上一艘船的到访只过去了六个月。正如大家所猜到的，六个月前到访的是一艘智利军舰。去年，一艘豪华大客轮也到访过这里。客轮负责人曾问总督，岛上的酒店里有没有电梯，还问浮动码头上有没有泊车。总督回答，岛上既没有酒店也没有浮动码头。于是，客轮负责人就拒绝让旅客上岸，只允许当地人上船出售一些纪念品，并在甲板上跳草裙舞。随后这艘客轮就很快出发，继续它的太平洋之旅。

我们笑着开玩笑说："好吧，就算只能游过去才能上岸，我们也干。"说这话时，我们完全没有想到后来这竟成事实。

当我们送这位军官走向舷梯时，他还建议我们留一位当地人在船上，担任明早航行的向导。"要知道，他们见东西就偷。"他补充说，"所以你最好留下市长，对了，你们见过市长吗？"

我想应该没有见过吧。但是，当市长那些自豪的部下把市长叫来时，我发现，市长居然是刚才卖给摄影师小石板的那个人。此时，他的衬衫里已塞满了摄影师和他交易的物品。

"岛上现在已经没有酋长了，这位就是复活节岛的现任市长。"海军军官亲切地拍了拍那个留着胡子的男人的肩膀说，"他也是岛上最棒的木雕师。"

市长又用西班牙语说道："是的，先生。"他红着脸笑了，自豪得不知该抬头还是低头，他的朋友们则围在他身边，生怕失去这份由自己选出的市长所带来的荣耀。也有很多人看上去很警惕，其中不乏几位领导型的强壮男子。

"是的，先生。"这个小身板男人又重复道，然后挺直身子。这时，摄影师给他的旧裤子的一条裤腿，从衬衫前露了出来，"我已经当了二十八年的市长，他们每次都选我。"

我心想，他们居然选择了这样一个傻瓜，这太奇怪了，显然还有更合适的人选。

海军军官不得不动用他的权威让其他岛民和他一起下船，只留下市长一人。

我做梦都没有想到，这个人之后会在我所经历过的最奇怪的探险中，起到如此重要的作用。

　　第二天一大早，我在船锚锁链的碰撞声中醒来。我迅速穿上裤子，走到甲板上。此时的小岛已褪去了夜晚的黑色轮廓，阳光已经开始铺洒在小岛上，岛上的色彩被晨光唤醒，黄绿相间，十分和谐。远处山坡上依旧耸立着几尊亘古不变的石像，但没有人点火，也没有人朝拜这伟大的日出，岛上根本看不到人。小岛显得了无生机，不知道是不是岛民把我们当成了奴隶船，全都躲到地下去了。

　　"早上好，先生。"

　　"永远的市长"站在那里，正举着帽子向我们打招呼。那帽子应该是我们给他的，因为他昨晚上船时可没有戴帽子。

　　"早上好，市长。岛上看起来好像没什么人啊。"

　　"是啊。"他说，"岛的这一边已不再是我们的家园了，我们都住在岛另一边的村庄里。现在这边仅供海军放牧羊群。看那里——"他指向一个山头，我清楚地看见山坡上有一大群羊，看起来像一块灰色的地毯。

　　我们的船一直在行驶，昨晚停靠的峡湾已经被悬崖挡住，消失在视野里了。我让船长绕着海岸转一圈，以便上岸前就能对全岛有个大致的印象。我们此刻正沿着一个悬崖峭壁向前缓慢航行。火山爆发形成的海岸岩层，由于受到海浪的不断侵蚀，经年累月，变得高耸陡峭。悬崖呈现出红褐色、黄灰色等不同色彩，犹如蛋糕的切面，富有层次。在我们头顶上，高高的崖顶绿草如茵，还有古老的墙壁，像是随时会从悬崖上倒坍下来。毫无人烟的峭壁绵延不绝，一英里①接着一英里，直到岛上的地形出现了变化——从中心长满青草的圆丘和小山变成了与大海相接的布满石块的田野。岛上的草地没有直接与大海相

————————————

① 1 英里约等于 1.6 千米。——译者注

连，因为黑色熔岩块形成了天然的障碍，像城墙一样包围着小岛。只有一个地方，地形异常开阔，岛屿好像也在向我们致以微笑，露出一片广阔的阳光海滩，美丽而诱人。

"安纳根纳。"市长虔诚地低下头，"在古时候，历代国王都生活在安纳根纳。也正是从这片沙滩，我们的祖先霍图·玛图阿踏上了这座岛屿。"

"现在有谁生活在这儿？"

"没人在这儿生活，只有几个牧羊人盖了一间小屋。"

我叫来船长，给他指出了这个地方，他也认为这是一个绝佳的露营地。

船继续前行，一片荒芜的海岬挡住了海湾。这里同样是一片熔岩海岸，悬崖峭壁和松散的岩块环绕着小岛，直到西边，陆地终于迤逦而下，缓缓倾向大海。这里遍布着汉加洛村所有的房舍。一幢幢刷成白色的小房子，周围是精心照料的花园，也能零星见到几棵棕榈树和其他小树，山脊上还有片种着桉树的田地。一道栅栏把村子围了起来，栅栏外面都是海军的牧羊场。

"那就是我家。"市长满脸自豪地向大家介绍，他的房子确实非常漂亮。市长也一定注意到，大家都静静地站在甲板上，目不转睛地眺望着岛上的房舍；就连小安妮特都一动不动地坐在伊冯的怀里，像是被催眠了似的，望着湛蓝天空下玩具般的村庄。突然，整个村子都躁动起来：到处都是人，有的在奔跑，有的骑着马，朝我们的方向而来。

"你见过这样的地方吗？"小托尔喊了起来，"这就像电影一样。"

船长升起了所有的彩旗，甚至连表示有无霍乱病和有无邮件的信号旗都挂了起来，整条船仿佛升起了一道彩虹，五颜六色，在微风中荡漾。我们用汽笛和彩旗向他们行礼致意，岸上也有人在唯一的桅杆上高高地升起智利的国旗作为回应。

市长用衬衫袖子擦了擦眼泪。

"先生，"他说，"这就是霍图·玛图阿的家园，也是我的家园，我已经在这里当了二十八年市长。如果没有我，复活节岛会成为什么样呢？可能什么都不是。复活节岛就是我，我就是复活节岛。"他边说边捶打自己的胸口，声音逐渐铿锵起来。

我原以为留着小胡子的市长是一个希特勒似的人物，但我错了。这个傻瓜太好了。他对自己所拥有的东西很满足，非常满足，他甚至从未想过要夺回栅栏另一边的牧羊田野。

"先生，"市长开始了他的长篇大论，"咱俩是这个岛上仅有的名人。每个人都知道我，又有谁知道总督呢？人们大老远从德国来，从我耳朵上采集血液样本；从格拉斯哥和奥地利也寄来很多信，要订购复活节岛市长做的木雕。全世界都知道我。先生，请伸出您的友好之手！"

我按他说的和他握了握手，他便礼貌地问，是否可以叫我康提基先生。

我们的船又绕过了一个新形成的岬角，海岬两边高耸陡峭，村庄消失在一片垂直的峭壁和熔岩形成的荒岛后面，这荒岛和峭壁就像耸立在凶险的悬崖脚下的废弃城堡和黑色尖塔。这时浪花泛起泡沫，船在海浪和岩石的猛烈反冲中上下翻腾。市长晕船了，跌跌撞撞地走到甲板上，在一把椅子上坐下，但他还是咕哝着告诉我们，说这里曾有鸟人活动，说着便指了指小安妮特放在洋娃娃床上的那个鸟头人形木雕。

穿过这个不平静的岬角，我们就来到了一个开阔的海湾，尽管海岸仍然又高又陡，但悬崖已经不像之前的那样直插云霄了。刚才那些骑马和奔跑的人抄了一条近路，从内陆穿过海岬，已经挤在那片绿色的斜坡上，看起来就像黑色岩石上的蚁群一样。他们把一条放在礁石上的小船推到海里，乘着小船来迎接我们。船长尽力将船停到了离岸最近的地方，市长便忙碌起来。

他低声对我说："在我们的方言里，'拉－奥－拉纳－克鲁阿'意思是'大家好，真是美好的一天'，上岸的时候用这个打招呼，大家会喜欢你的。"

划过这片波涛汹涌的水域是件难事，我只选了几个人和我一起上岸。一个翻腾着泡沫的浪头把我们高高托起，抛到了一个巨大的熔岩块边上。舵手是个当地人，在这儿巧妙地转了个弯，让我们在下一个浪头扑过来前就差不多进入了避风处。这里没有港口，也没有防波堤，只有大自然的狂野。在离岸最近的像防风堤一样的石块后面，当地人站成一排，站在熔岩脊的斜坡边缘等我们上岸。这片熔岩像天然的台阶一样从上向下延伸，形成天然的阶梯。他们就一动不动地站着，凝视着。

"拉－奥－拉纳－克鲁阿。"当我们踏上他们的土地时，我用最大的声音和他们打了招呼。

"拉－奥－拉纳－克鲁阿。"从高处传来了排山倒海似的喊声。突然，每个人都动了起来，跑过来扶着我们上岸。他们是一个混合族群，男女老少都有，看起来岛上的九百多名居民都到了。他们虽然都是波利尼西亚人，但血统十分混杂，他们穿着来自欧洲大陆的各式服装。我刚从翻腾的小船上走下来，一个戴着头巾的驼背老太太就抓住了我。

"我有个秘密，先生。"她用嘶哑的声音低声对我说，然后拿出了一篮子红薯。她把一个大大的红薯推到一边，神秘地朝红薯下面的一块布角看了一眼。

"谢谢你给我看这些。"我边说着边往前走。其实，我什么也没看见，但当整个悬崖上都挤满了盯着我看的人时，也没有什么大秘密能够泄露出来。站在悬崖边上的许多人都带着木雕和袋子，但谁也不想拿出来。当我们从他们身边走过时，他们一个接一个地轻声道："拉－奥－拉纳－克鲁阿。"

高处黑压压的一群当地人在等着我们。在他们中间，有一个穿着白色长袍的人，他站在那儿，长袍在风中飘动。我马上就猜出了他是谁，他就是塞巴斯蒂安·恩格勒神父——全岛最有影响力的人。他写过一本关于复活节岛的书，我在智利听说他是复活节岛的无冕之王。他们和我说，如果能和他成为朋友，在岛上将畅行无阻，但如果他不喜欢一个人，那人也将大祸临头。

现在他就站在我面前，腰背宽大，挺得笔直，两腿微微分开，腰间系着一根带子，脚上穿着擦得锃亮的大靴子。他的白色长袍兜帽朝后，光秃秃的脑袋和飘逸的胡须映衬着蓝得出奇的天空，活像一个使徒或先知。

他面色红润，目光如炬，脸上布满了皱纹。我把手伸了过去。

"欢迎来到我的岛屿。"这是他说的第一句话。我注意到他说了"我的"。

"是的，我一直都说这是我的岛屿。"他补充道，笑容在他脸上绽开，"因为我认为它是我的，我不会为了几百万的钱把它卖掉。"

我明白了，于是我告诉他，我们准备听从他的指挥。

他笑了起来。

"你喜欢当地人吗？"他突然问道，并且死死地盯着我。

"越是地道的当地人，我越喜欢。"我回答。

听后，他的脸色豁然晴朗。

"那我们会成为好朋友。"

我向他介绍了贡萨洛、船长、医生和其他几个和我一起上岸的人，然后我们慢慢地走向一辆吉普车。这辆车就停在空旷的熔岩堆和正在吃草的马群旁。我们驾车出发，一路颠簸，穿过村庄。最终，我们拐进栅栏，把车停在了总督家的独栋小屋前。

一个身着卡其色军服、身材瘦削的矮个子男人走了出来，热情地欢迎我们到来。在他的办公室里，一切手续都快速而轻松地办妥了。现在，我们坐在岛上的两个重要人物面前：一位是年老贤明的塞巴斯蒂安神父，另一位是年轻的军人总督阿纳多·柯蒂斯上尉。神父已经在复活节岛生活了二十年，并将终老在岛上。总督则乘坐上一艘军舰而来，代表智利政府管理该岛，任期两年。那么，到底是谁在掌管复活节岛——是靠经验，还是靠权力？我们很快有了答案，两者密不可分，他们两人每天都聚在一起，共同解决问题。而这些最奇怪的问题只会出现在这全世界最荒僻的岛上，出现在这群最不寻常的居民中。

当船长向总督提交了船上所有人员的名单，随行医生提交了健康证明后，就办完了所有的手续。

"祝你们的发掘工作一切顺利。"总督握着我的手说，"您只有两条限制：不能给当地人武器，也不能给当地人酒。"

这两点很容易实现。

"还有一件事。"他搔着脖子说，"对当地居民来说，您已经算是个名人了，所以您的到来是我们岛上一个真正的麻烦。"

神父笑了笑，捋了捋他的胡子。

"不过，至少你的船现在可以接替守卫的工作了。"总督笑着说道。

一开始，我们不太明白这话是什么意思，后来有人给我们解释了这件事。原来，早在我驾着"康提基号"木筏向北航行，并且在南太平洋岛屿上安全登陆的时候，消息就传到了岛上，当地人对此很感兴趣，跃跃欲试。既然他们的祖先能够在这样的冒险中生存下来，那他们为什么不能做得更好呢？于是，在这个几乎没有树木用作木筏材料的小岛上，有几个人拼凑出一条小木板船，一起远航出海捕鱼。但潮水把他们卷走了，复活节岛消失在他们的视野中。他们就像"康提基号"一样，顺着海流向西漂去。五周后，他们又饿又累，终于在土阿莫土群岛的雷奥环礁上岸，他们从那里又向塔希提进发。

这激起了当地人航海的欲望。另一拨人也造出一艘敞篷的木板船，并打算出海捕鱼。总督发现船上装满了水罐，甚至还发现了老鼠的痕迹。他们驾着这种船出海将会十分危险，总督下令把船拖上岸。尽管如此，还是有不少当地人试图出海，总督不得不指派一个当地人担任守卫，看守船只。结果，这个守卫在夜深人静的时候和其他人一起出海了，不仅没看住船，还增加了一位出航的船员。这艘船也顺着洋流向西漂去，并且比第一艘船漂得更远，一直漂到了比塔希提还要往西的阿蒂乌岛。一看到陆地，船上的当地人便兴致勃勃地跳上了岸。

从那时起，造船远航的热潮就席卷了复活节岛。现在又有两拨人已经造好了船只，正放在小岛的内陆整装待发。岛上的人都知道他们的计划，总督不得不派出一个白人，不分昼夜地值班看守，尽管岛上的白人寥寥无几。

总督说："如果我告诉他们，现在他们一出海，我就可以用您的船把他们拖回来，那么，我就可以撤去守卫了。"

我答应了总督的要求。

"我们在其他地方倒是需要警卫。"他说，"当地人什么都偷，过去一年，他们从栅栏的另一边偷了两千多只羊。我们有一个专门用来关押盗窃犯的监狱，但这不起什么作用，因为囚犯必须回家吃饭。如果我们在监狱里提供食物，那他们会为了被关在里面白吃白喝而去犯罪。但在其他方面，他们都是不错的人。"总督继续说道，塞巴斯蒂安神父也点了点头，"只要你们了解了他们，就会知道，这里从来没有发生过严重的骚乱或是斗殴。偷窃算是他们最坏的品质，但我们也必须记住，他们虽然会随意地偷窃，也会慷慨地施舍帮助他人。在他们看来，钱财是一种很容易流通的东西，对他们来说并不重要，他们不像我们一样如此看重钱财。"

塞巴斯蒂安神父挑选了几个精壮的当地小伙，他们会作为助手帮助我们发掘。神父还帮我们核算了合适的人工酬劳和食物的支出。因为岛上没有商店和电影院，甚至都没有理发店，所以与各种金币和钞票相比，我们选择的易货物品具有很高的交换价值。

关于探险队露营地的选址，我们一致认为岛屿另一侧的安纳根纳湾是最佳地点。选择此处综合了许多因素：它是整个小岛最美丽的地方；它是岛上唯一一个像样的沙滩，我们可以用木筏把所有的装备都运到那里；它离村子很远，可以最大程度上防止盗窃和其他事故的发生；此外，它还是传说中著名的国王谷，传说是霍图·玛图阿第一次登陆的地方。所以，综合以上因素，没有比这更合适的地方了。

在总督的平房里享用了一顿美餐之后，我们回到了船上。悬崖上依然还站着成群的当地人，看在塞巴斯蒂安神父的面子上，凡是想上船参观的人，都能如愿以偿。我觉得他们今天穿得好多了，衣服干净，不像第一次登船时那么破破烂烂。市长也回家换上了一件完好的衬衫，我和他随口提了这件事，他给了我一个狡黠的微笑。

"这是我们的老把戏了。"他笑着承认，"如果我们穿上旧衣服，木雕就能多卖些钱。"

海上波涛汹涌，没有多少人上船参观，所以我们答应下次再邀请他们上船。正当我们要把最后一批上船参观的当地人送回岸上的时候，船长拿着访客记录本匆匆跑了过来。

"我们必须知道上过船的人的名字。"他微笑着提议。他把这个本子给了一个看起来很机灵的人，并请他让大家写下自己的名字。那家伙若有所思地拿起本子和笔走向了其他人。他们把脑袋凑在一起，互相喃喃地说着什么。然后，这个男人拿着本子严肃地走了回来，上面一个签名也没有。

"大家都不会写自己的名字吗？"船长问道。

"不，很多人会写。"这人回答说，"但他们不愿意。"

贡萨洛听完便拿起了本子走向人群，边走边说自己是智利人，所以大家可能更听得懂他的西班牙语。但当他试图要求大家签名时，人群中爆发出强烈的抱怨声，最后居然发展成一场真正的争吵——其中一个访客甚至要把记录本扔掉。见势不妙，我赶紧费力地将贡萨洛从人群中拉了出来，他衣衫不整、披头散发地拿着本子走开了。

"他们简直不可理喻。"他愤愤道，"他们拒绝签字，居然说他们的祖先就是这样被骗到秘鲁当奴隶的！"

"他们不可能还知道这个。"有人说了一句。

但当我们开始往回算的时候，我们才意识到遭受奴隶贩卖的正是这些人的祖父辈，那个时候，他们中一些人的父亲可能已经出生了。

我们赶快收起了访客记录本，同时我向岛民解释说我们就要开船了，他们现在必须上岸。可没有人离开。我们鸣起汽笛，发动引擎，但仍旧没有效果。最后，我只好陪其中几人来到舷梯，让他们爬上在那儿等候的两条当地人的小船。但我发现一条小船灌满了水，另一条小船正拖着它离开。我对着他们大喊，让他们把我们船上的当地人也给带走，他们却回答，他们得先上岸，把水舀干净，然后马上回来。

过了好一会儿，虽然我们不断鸣笛，但依旧没有人回来。我们必须赶在天黑之前转移锚地，因为我们不太熟悉这一带水域，所以也没办法用我们的船绕过火山石礁，把他们送回岸上。最后，我们只能起锚，带着所有的新乘客离开。而他们都很自然地接受了这一情况。当我们自己的晚餐准备好时，厨师也为这十六位新乘客提供了食物，他们享受了一顿丰盛的美食。过了一会儿，船开始摇晃，新乘客们因为晕船，都跑到栏杆边待着去了。

我们停在了和头天晚上一样的那片悬崖避风处。即使在这里，我们也没办法打发走这批新乘客。夜幕降临，开始下起小雨来。我想，要是让这批乘客进了船舱，晚上我们会被偷得一干二净。因此，我给了他们两个选择，要么睡在甲板上的舱口处，要么分两批坐铝质的筏子上岸。结果，他们选择了筏子，于是我们把铝筏放下水。可是，没等出发，他们突然都要求第二批走，最后我们不得不打消了摆脱他们的念头。他们吃得饱饱的，十分快活，在甲板上拿出一个吉他，跳起了草裙舞。事实证明这个活动效果不错，船员们很久没有上岸看过表演了，音乐使他们都快活起来。不管我们喜欢与否，既然岛民都上了船，为什么不充分利用这个机会呢？整艘船充满了令人激动的歌声和弦乐声，还有富有节奏的拍手声，在四周的黑暗中，船灯为表演打起了舞台脚灯，甲板上一派欢乐的景象。

"合塔拉塔－哇咔奥－霍图－玛图阿……"这些无忧无虑的岛民具有很强的感染力，科学家和水手们都无法抗拒这种魅力，全部加入了舞会，和他们一起尽兴地唱着、跳着。这时，市长和三个当地人坐着一条小船，突然出现在阴冷的黑暗里。我们商量一番，很快同意他们四人上船过夜，作为交换条件，他们得让另外十六个人划船上岸。为了让大家都高兴，我答应大家都可以在船上再玩上一个小时。市长高兴地答应了，等他一上船，他就立即问我们是否他的同伴也能像其他人一样吃一顿。

"可以。"我应声道，"但得等到你把另外十六个人都送上岸。"

他欢快地踱到吉他手面前，鼓了半分钟的掌。随后，他又匆匆地走过来，对其他人说他们必须赶紧上岸，否则他们在回家的路上会被淋湿。

这时，市长开始大喊大叫，让音乐停下。于是我改变了策略。

"既然如此，你可以现在去用餐。"我说。

市长瞬间乐得开花，径直冲向了厨房。他的嘴里塞满了食物，还探出头来，看另外三个人有没有跟上。

最后市长遵守了他的诺言，时间一到，那些人就坐上了自己的船，在笑声和音乐声中，颠簸着驶向漆黑的海岸。这是一个成功的派对。

"噢哦！合塔拉塔－哇咔奥－霍图－玛图阿……"

第二天清晨，我们就顺利到达了国王谷。此时，"世界中心"的市长正睡在我们休息室的茶几上。

第三章

火山形成的通道

我们派出的第一支探险队从海滩出发，想在平地上寻找适合搭帐篷的地方。此时的安纳根纳山谷空无一人，队伍走着走着，远处的山岭上出现了一个人影，孤零零地骑着马。原来是当地的羊倌，他从马上跳下来，走过来向我们打招呼。他说，他在山谷的西边有一间刷得雪白的小石屋，他就住在那里，负责照管那片地方的羊群。当他得知我们要住在安纳根纳山谷时，他立刻指了指一条由流水冲刷而成的沟壑。羊倌告诉我们，沟里有几个很大的洞穴，那曾是霍图·玛图阿住过的洞穴。霍图·玛图阿是复活节岛的第一位国王，也是小岛的真正发现者。最初他带着随从上岸时，就住在那里。后来，他们用生长在淡水中的芦苇搭建了很大的茅屋。羊倌绘声绘色地讲述着霍图·玛图阿的故事，犹如英国人谈论维多利亚女王一样自然。在当地人心中，霍图·玛图阿是复活节岛的生命之源，集基督教的亚当和伟大的哥伦布于一身。要是有人没听说过霍图·玛图阿，这简直不可思议。

我对羊倌说，我们不需要住在洞穴里，因为我们有现成的防水帐篷。听到这儿，他立刻指向了相反的方向。

他说："如果你们有帐篷的话，那就可以穿过海滩，住在霍图·玛图阿的遗址那里。"

他陪我们越过那片平地，来到一座穹顶状的小山脚下，这里地势非常平坦，那些已经销声匿迹的伟大文明的痕迹，在这里尽收眼底。从海滩的中部向内地走去，只见中间及两边都有三个像神殿似的露台，由巨大的石块建成，面朝大海。这三个露台位于沙滩上方。要不是露台后面灰黄色的巨型石像已歪倒在地，露台貌似还有几分堡垒的样子，像是要保护平地免受潮水的侵袭。显然这些露台曾是这些石像的底座。所有这些石像都是脸朝下，头顶朝向内地，这表明在它们倒下之前，一定是背海而立的，在露天的神殿广场上注视着内地。在中央的那个露台旁，一整排巨石像并排倒下，曾经平衡在它们头顶上的锈红色巨大石柱已经滚落在平地上。

在海湾最东端的角落里，有个颇为壮观的露台，原本有座石像孤零零地矗立在上面，后来也脸朝地倒下了；与旁边露台上那座瘦长的石像相比，它看上去后背更宽大、更结实。霍图·玛图阿国王本人曾经就住在这个高大的石像旁边。羊倌恭敬地指了指国王遗址那坚实的墙基，它依然矗立在地面上，清晰可辨，后面还有个奇特的五边形石灶，那就是国王曾经的厨房。显然，我们应该从这里开始此次的发掘工作，所以我们在石灶附近，也就是在歪倒的石像头部前面那片平坦的神殿广场上驻扎下来。

羊倌饶有兴趣地看着我们忙来忙去，不停地重复这是国王的遗址，直到确保我们都完全听明白了他的意思。为了答谢他，我们给了他一包烟，随后他便高高兴兴地骑着马离开了。

不久之后，我们开始把船上的装备运送上岸。首先，为了安全起见，我们同前一晚住在我们船上的几个当地人一起，乘着铝质小筏在海湾里划行，目的是先了解礁石和海浪的情况。海湾中央处的海滩没有礁岩，拍岸浪花也很微弱，因此，我们就把摄影师及他所有的摄影装备都送上了岸。然后我们又掉头划向登陆艇，它正停泊在考察船和我们坐的小筏中间。我们的小筏一直向前划行，一切进展顺利，这时我们看到考察船为躲避来势汹汹的骇浪袭击正全速驶向大海，但一阵巨浪就能把它高高抛起。我们跟在考察船后面，拼命地向前划，挺过了这波浪头。紧接着第二波巨浪向我们翻滚而来，越来越高，形成一堵水墙，说时迟那时快，我们被甩到了这道垂直的水墙上，铝筏也被高高卷翻，底朝天来回打转。我的头被筏子重重地撞了一下，为了避免再一次被筏子撞到，我快速潜到水底。在水下，我闭上眼睛，以免翻滚的沙子钻进眼睛，我竭尽全力地游，后来不得不游到水面换气。那时，其他人已爬上倾覆的筏底，海面也逐渐恢复了之前的风平浪静。

在我们开始把重要的装备运送上岸之前，这次经历对我们来说是一次宝贵的经验。就算这种惊涛骇浪不是很常见，我们也得时刻提防那些不经意间从安纳根纳湾滚滚而来的大浪，虽然这是我们最不希望遇到的。为了应对巨浪的冲击，我们把最大的救生筏固定在海湾里，救生筏就像一个小型的浮动码头，可以远离惊涛骇浪的侵袭。登陆艇载着从考察船上卸下的装备安全抵达这个浮动码头，我们在这里把所有的东西再转移到一个小的救生筏上，只要不出现之前的惊涛骇浪，它就可以随着海浪直达海滩。

我们所有的人员和装备都是以这种方式陆续运送上岸，登陆艇由考察船上的汽笛声和岸上发出的旗帜信号指挥。最后一段，我们得下船走着上岸，所以裤子难免会弄湿，有的人不停嘟囔咒骂，有的人说说笑笑。海浪凶猛时，厨师和船务总管不得不把刚烤好的面包装在防水的橡胶袋里，然后背着袋子游到岸上。虽然海水有点冷，但岸上的沙滩温暖宜人，在阳光普照的国王谷中，我们大家都很愉快。

不久，绿色的帐篷一个挨一个地搭好了，在倒下的巨像和霍图·玛图阿王朝遗址之间的神殿广场上组成了一个宁静的"小村庄"。帮助我们运送装备的四位当地朋友，看到我们在高墙后面搭起的帐篷，觉得非常有趣。市长深深地吸了一口气，郑重其事地说："先生，霍图·玛图阿国王就是在这里盖起了他的第一幢房子。看，这里是基墙，那里是厨房。"

虽然这几位当地人一遍又一遍地重复这些话，但并没有人反对我们选择这个地方扎营。夜幕降临之前，四个当地人牵来了几匹没有马鞍的马，他们收下礼物，谢过我们，便朝着村子策马而去。

那天晚上，我躺了许久未能入眠。月光洒在薄薄的绿色帐篷布上，我躺在帐篷里凝视着头顶上的月光，倾听着海滩上的涛声。霍图·玛图阿就是在这里登陆的，我特别想知道他是乘什么样的船来的，又说的哪种语言呢？

霍图·玛图阿来的时候，这个山谷是什么样子呢？在那个时候，这里也像南太平洋诸岛一样有树林吗？会不会是霍图·玛图阿的后代伐木，最后破坏了整片林地，以至于连绵起伏的山丘连一棵树木都没有了？想到岛上所有平地和山丘上都没有任何树木或灌木，我不禁有些担心。也许，复活节岛本身并无可发掘之处，最终只是徒劳；也许它自始至终都是现在这番模样，因为没有腐烂的植物能年复一年地促进土壤形成地层。要不是海岸上的沙丘和石间的羊粪，这片干燥而又贫瘠的土地，仿佛自霍图·玛图阿时代以来丝毫未变。

事实上，虽然霍图·玛图阿的遗址成了专门的旅游景点，墙基在地面上依然清晰可辨，但显然那里的土壤很贫瘠，获得新发现的机会也微乎其微。惊涛拍岸传来震耳欲聋的隆隆声，我不由得揉了揉头上撞的鼓包。既然我们已经成功到达这里，就不能轻易放弃，至少要先试着发掘一番，再前往其他列入考察计划的岛屿。

登陆之后的头几天，几位考古学家便去岛上各处勘察情况，其他人则负责把装备搬上岸，并详细规划探险队的各项考察活动。整座岛上都不见小溪的踪影，却发现了三座古老的火山，火山口的下面有沼泽和部分地表水，里面长满了芦苇。我们必须从四英里外的维特亚捡些木头，弄点饮用水。维特亚是位于小岛中央高地上的牧羊场。20世纪，欧洲人曾在这里种了一小片桉树林，用管子从拉诺·阿罗伊火山引水。当第一批欧洲人到达该岛时，他们发现这片土地贫瘠荒芜，正如我们所见；在最深的拉诺·考火山口底部生长着几簇托罗米罗树，除了浮木和后引进的林木外，这些原始树木迄今一直是复活节岛居民做木雕的专用木材。

在一个风平浪静的日子里，从格陵兰岛租的拖网渔船已经绕到了汉加洛湾的锚地，总督借给我们一条当地人自制的驳船，这船十分结实，之前那几个当地人就是乘这种船划到我们的考察船那儿的。我们成功地把探险队的吉普车弄上岸并开到了村里，有了车，取木材和饮用水就不愁了。

复活节岛上有旧时道路的痕迹，牧羊场的场长把碍事的石头搬走，就多出了几条路，这样，我们就可以开着吉普车一路颠簸，穿过大约十英里长的岛屿。塞巴斯蒂安神父和总督帮我们弄了许多马匹和当地自制的木鞍。就连岛上最穷的当地人也至少有一匹马骑；没人在岛上徒步行走，因为遍地都是火山熔岩的碎渣，就像大块儿红褐色和黑色的焦炭一样，无法下脚；只有马蹄能在空隙中落脚。复活节岛的孩子们刚学会走路就开始学习骑马，我们经常看到小孩儿骑着无鞍的马，在布满乱石的野外驰骋。有一次看到三个小孩儿骑一匹马，领头的小孩儿紧紧抓住马鬃，后面的孩子紧紧抱住前面的孩子。

沿着海岸，有许多古老的水井，井壁用切割过的石头砌成，技术非常精湛。以前的岛民曾发现几条地下溪流，从地表下流入大海，他们就截住这些溪流，把水引上地面，他们已经习惯了饮用这种咸水。现在，这些石砌的古井上架起了风车，当地人用这些咸水喂羊。我们用井水饮马，然后运一些水回营地洗涮。

与此同时，水手长（他也是个木匠）给东倒西歪的大帐篷做了搁板和桌子。因为很久以前岛上就引入了苍蝇，所以为了安心地吃饭和工作，我们在帐篷里挂起了蚊帐。

伊冯说："我想我们得把迎风的那一侧帐篷放下来，尘土都透过蚊帐吹进来了。"

"岛上有尘土？"

"是的，看这儿。"她说着用食指在书架上抹了一下，这道指印还挺清晰。

我很满意伊冯的发现。心想，照这样下去，一百多年后，会积起相当厚的一层尘土。也许发掘复活节岛还是值得的！岛上没有树林，山丘久经风吹雨打，干燥的尘土吹落到低地上，好似下雪一般。毫无疑问，大部分尘土都落到海里了，或许也有一些飘到了草坡上，这样就会盖住一些东西……

考古学家们考察归来，收获颇为有趣。他们看到了古老的石墙，石墙的种种迹象表明，在欧洲人来岛之前，岛上可能已经存在两种完全不同的文明，且都进行过石墙的建设，所以他们希望日后再去考察一下。为了更好地了解当地情况，他们决定先在安纳根纳营地附近小范围挖掘一下，然后再开始进行其他的发掘工作。

首先要挖掘的是霍图·玛图阿国王厨房里的五边形炉灶，以及旁边的船形墙基。这种挖掘工作一般不使用镐和铁锹，而是用一把石匠用的小铲子，用它往地下刮，每次慢慢刮一点，以免损坏挖到的东西。刮下来的土，要用细网筛一筛，有价值的东西就可以留在筛子上了。当然，我们注意到草皮下面还可以往深里挖，挖得越深，发现的东西年代就越早。

考古学家先是在草皮下面挖出了一块古老的石碗碎片、一些矛和其他由黑曜岩制成的利器。当考古学家继续小心翼翼地往下刮时，他们又发现了一些鱼钩碎片，既有用人骨制成的，也有用打磨得十分精致的石头制成的。在炉灶旁的那块区域，他们挖到一英尺深时，小铲子碰到了一些石头。在把周围泥土清理干净后，他们发现这也是个五边形炉灶，和地面上的炉灶如出一辙。如果说地面上那个炉灶是该岛最早的发现者霍图·玛图阿建造的，那么在那之前又有谁曾居住在此处并用同样的方法做饭呢？对此，当地人也一无所知。无论是他们自己，还是所有来这儿的游客，都认为地面上的废墟就是霍图·玛图阿的遗址，因为完全可以肯定的是，这里是他曾经居住过的地方。

我们继续往下挖，越挖越深，离那个地下炉灶也越来越远，我们发现了许多鱼钩的碎片、贝壳、骨头碎片、木炭和人类的牙齿。我们现在一定是挖到古代的地层了。接着，比尔挖出了一颗漂亮的蓝色威尼斯珍珠，他认为这是两百年前欧洲人和印第安人交易时用的珍珠。所以说到底，我们还没有挖到第一批欧洲人来此之前的地层。因为珍珠最早传入复活节岛的时期应该是该岛的发现者罗赫芬时期。所以，我们还没有挖到 1722 年以前的地层。

我们查阅了罗赫芬发现复活节岛时写的航海日志，发现他赠送给第一位登上他船的当地人两串蓝珍珠、一面小镜子和一把剪刀。当然，一些珍珠自然而然地会被送到位于安纳根纳的王宫里。我们又往下挖了一点，仅挖到一些碎石，没发现任何人类活动的痕迹。

现在，有一点是可以肯定的：多年来，在不长树木的复活节岛上，曾一度有冲积平原或者沙丘。所以，这里还是值得一挖的。我们应该向当地人寻求帮助，因为在我们的计划中，有一两个项目需要的人手会很多，仅凭我们的一己之力远远不够。

这几天，我们很少能见到当地人。为了避免丢东西，塞巴斯蒂安神父明确告诫我们，要禁止没有特殊任务的当地人靠近营地。他完全明白，要阻止我们的人去接触岛上活泼开朗的姑娘是办不到的。但如果这些小伙子想要自娱自乐一下，他们可以骑马到村子里去。否则，全村的人很快都会搬到我们这里来。我们同意了这样的安排，在营地周围拉了一根绳子，当作"禁区"界限的标志。当然，除了少数羊倌，没有人真正有机会在岛的这一边闲逛，因为有栅栏围着，以防当地人偷羊。但是，在这样一座小岛上限制人们的行动实属不易。

头几天的一个晚上，营地里的两个水罐被偷走了，划分"禁区"界限的细绳也被割断带走了。塞巴斯蒂安神父认为，偷走绳子可能是为准备出海的小筏子做索具用的。随后，总督派村里的两名当地警察卡西米罗和尼古拉斯在我们营地附近巡逻。

老卡西米罗又高又瘦，而尼古拉斯又胖又壮；老卡西米罗的长相与复活节岛木雕上那些步履蹒跚、弯腰驼背、稀奇古怪的人物惊人地相似。要不是这个木雕在库克船长时期就为人所知，人们很可能认为它就是卡西米罗的复刻。卡西米罗身上挎着一个手枪皮套，里面装着一把老式的左轮手枪。如果他在营地看到村民，不论性别和年龄，他都会大声吼叫，挥舞着左轮手枪，直到他们不见踪影。不一会儿他就弓着腰、摇摇晃晃地走回来，在"禁区"的帐篷旁找个地儿坐下。

我们都喜欢老卡西米罗，他似乎有点笨，但脾气非常好，也很谦虚。尼古拉斯也很讨喜，但好像没有人同情他。厨房里最美味的剩菜剩饭总是先给瘦骨嶙峋的老卡西米罗吃，他吃饭的样子就像一辈子都没吃过这种美味佳肴似的。卡西米罗喜出望外，心情好极了。他总是在帐篷旁的阴凉处闲逛，裤兜里装满了我们送的香烟，手里摆弄着他的大左轮手枪。

有一天，他觉得他必须为我们做点事来报答我们的热情款待。他来到我的帐篷里，低声透露了个秘密：在鸟人岛上有一个洞穴，里面藏着一些"重要的东西"。小时候，他曾与父亲和其他几个孩子一起去过那里。父亲让孩子们在一旁等着，他自己走到一块岩石后面，爬进一个隐秘的山洞。尽管老卡西米罗从未见过那个洞口，因为洞口被石头堵住了，但如果我们用船把他带到那里，不让村子里的人知道，他就会指出他自己曾经等待父亲的地方。如果我们真能找到这个山洞，我们就平分找到的宝贝，说着说着，老卡西米罗两眼闪闪发光。

然而我并没有把这太当回事，因为之前劳特利奇探险队和塞巴斯蒂安神父都听说过所谓的"秘密"。在他们获得了当地人的信任后，总会有人告诉他们知道某个地方，那里有一个封闭的秘密山洞。在这些山洞里，他们的祖先曾藏着刻有象形文字的木板，岛民称之为"朗戈－朗戈"。这些朗戈－朗戈木板价值连城，因为世界上所有的博物馆加起来一共才收藏了二十块，当地人很清楚这一点。但是，每当有人同意带一群人去探寻藏有朗戈－朗戈木板的秘密山洞时，总是徒劳无获，根本找不到隐蔽的入口。到了那时，当地人就会说，是塌方挡住了洞口，洞口消失不见了，这真是太可惜了。

第一个星期天到了。

塞巴斯蒂安神父暗示说，如果我们想听当地人唱歌，他们会在教堂里欢迎我们。于是，我把所有人召集到一起，也包括科学家和水手，向他们解释说，在南太平洋诸岛，在教堂做礼拜是一件非常重要的事情。在当地人眼里，它不仅仅是一成不变的信仰、一个他们梦寐以求的中心，寄托对提基和马克－马克的古老信仰，也是唯一一个当地人都盛装出席的社交场合，因为这里素来没有礼堂、剧院或市场。有些当地人是新教徒，还有是天主教徒或摩门教徒；这完全取决于哪个教派的传教士最早来到这个地方并建立起教堂。当地人是他们教堂的狂热信徒，如果一个人星期天不去做礼拜，那么剩下几天就不准露面。如果游客不参加礼拜，就会被解读为一种示威、一种敌对的攻击，所以不知情的外地人很容易得罪当地人。

我们当中有个人说："我是个无神论者，从来不去教堂，不过，如果您认为十分有必要的话，我还是很乐意一同前往的。"

就这样，我们一大群人中，有无神论者，有新教徒，也有天主教徒。我们骑上营地的马疾驰而往，吉普车夹在马群中间颠簸着前行，大家要到塞巴斯蒂安神父的乡村小教堂外面集合。教堂广场上到处是身着红色和彩色衣服的当地人，他们的衣服洗得干干净净，烫得平平整整，鲜艳夺目。我们和虔诚的男女老少、新生婴儿及未出生的胎儿一起走进这个没有塔尖的小教堂。教堂里座无虚席，那些坐在每排凳子两端的人，只能半个屁股坐在长条板凳上。与此同时，村子里空空荡荡，与教堂形成了强烈对比。塞巴斯蒂安神父的教堂里充满了阳光：鲜艳的色彩，快乐的脸庞，太阳从屋顶和墙壁之间的缝隙射进一束束阳光。几只小鸟也从这些缝隙中钻了进来，它们无所畏惧地飞来飞去，在椽子间叽叽喳喳地叫着。

塞巴斯蒂安神父在他的白长袍外面套了一件新绿的十字褡（举行弥撒时神父穿的无袖长袍），他站在那里，高大而又和蔼，像一位留着长胡子的慈祥老爷爷。教堂里弥漫着歌剧表演一样的气氛，仪式的高潮是用波利尼西亚语演唱赞美诗，而且大多是用古老的当地曲调。除了我们之外，教堂里的每一个人都放声歌唱，而我们只是竖起耳朵听，这样美妙的歌唱节奏和音色，也只有南太平洋的当地人能唱出来了，所以机会难得！

塞巴斯蒂安神父的仪式很简单，他的讲解深入浅出。在我们周围，当地朋友和活泼热情的姑娘们紧紧地坐在一起，认真倾听着神父的讲解，仿佛像孩子们看西部牛仔片一样，听得十分入迷。其中有一句话是为欢迎我们这些外地人而讲的，他说，愿探险队一切顺利，愿岛上的男男女女竭尽全力帮助我们，即使我们与他们的教义并不完全一样，但是我们都是基督徒，怀着同样的信仰。

从那一天起，可以说我们就成了当地居民中的一员了，如果连塞巴斯蒂安神父都信任我们，那我们肯定不是坏人。

礼拜结束后，探险队的所有成员应邀参加在总督府举办的晚宴。在这里，除了总督和塞巴斯蒂安神父之外，我们还见到了几位白人侨民：其中有两位修女，她们管理村子北面的那个麻风病防治站，还有一位正在筹建机场的智利空军上尉，以及总督的两名助手。还有两位没有到场，他们是乡村医生和小学校长，这两人我们一直未见，甚至在教堂里也不曾谋面。我记得那天总督还邀请我们探险队的医生为他诊治心脏病。

傍晚，在我们返回营地的路上，一位个头不高、身体敦实的男人拦住了我们，他有一双黑溜溜的眼睛和一头乌黑油亮的头发。原来他就是村里的医生，他来邀请大家去跳草裙舞。草裙舞是当地的特色，我们怎会拒绝呢？

舞会在市长妹妹的小房子里举行。我们到那儿时，里面已经挤满了人，为了让我们从门口进去，不得不让屋里的几个人先从敞开的窗户爬出来。我进去时，看到人们正在传一只大酒罐，里面装的酒和威士忌的颜色差不多，每个杯子都倒得满满的，这令我震惊不已。后来得知那是阿呱普拉（西班牙语），一种"纯净水"，也就是人们收集的从屋顶上滴下来的雨水。现场的气氛无比欢快热闹，当姑娘们把害羞的水手和肢体不协调的科学家们拉拽到舞池时，他们像上钩的鳝鱼一样来回扭动，引得哄堂大笑。大家用四种语言发出的欢笑声都快把屋顶掀翻了。屋子里熙熙攘攘、人声鼎沸，要不是外面还有不少人挤来挤去，想从挤得水泄不通的窗户往里看一眼，凑凑热闹，那几堵墙就都被里面的人挤得向外倒塌了。这期间，那位村医左推右挤地来到我面前，想与我深入地讨论些严肃的话题。他说："我的目标是为这些人打开通往世界的窗户。"

我想，这倒是件好事，因为房间里很快就没有新鲜空气了。但他显然不是那个意思，我只好硬着头皮到外面去听他的心里话。他和小学校长的想法与岛上那些白人的意见相左。他指着自己那两只闪闪发光的黑眼睛说："我们的血管里流淌着印第安人的血液，我们想让当地人离开这个岛，去了解大陆上的世界。"我想塞巴斯蒂安神父可不想这样。因为他害怕当地人到了一个可以肆意喝酒的地方后，他们会把自己喝得失去理智。他害怕当地人被剥削压榨，生活大不如前，进而走向灭亡。医生继续说："我们想把当地的生活水平提高到现代化水平，我们希望那些现在光着脚走路的人都能穿着鞋走路。"

我想，塞巴斯蒂安神父会认为那是个错误的想法。因为我有一次听他说过，在岛上穿鞋走路，很容易被尖利的火山熔岩石磨坏，而那些从来不穿鞋的当地人，无论是在岸上还是在海上都过得很好。那些已经开始穿白人鞋子的人，他们脚底的皮肤会变薄，每当他们的鞋子磨坏时，脚底便被割出一道一道的口子。不，我想，所有这些问题都具有两面性，或许塞巴斯蒂安神父用了几十年的时间来思考这个问题，而那位年轻的医生则是去年才随一艘战舰来到岛上的。

穿鞋也好，不穿鞋也罢，舞会还在继续进行。最后，当我们返回国王谷时，我们都觉得我们结识了一个真正友好的民族。

我们现在已经得到一大批当地人的帮助。他们有些人还住在自己家里，每天早上要骑马过来，另一些人则搬到了挖掘处附近的洞穴里。为了尽量腾出我们的人手，我们雇来了四位当地妇女来帮忙照看营地、洗涮衣物。其中一位叫埃洛莉娅，她干活麻利，不知疲倦。在那些不熟悉她的人看来，她好像一直都很沉闷，甚至感觉她像雷雨来临前的乌云一样吓人。但其实让她兴奋起来也很容易，她也会露出灿烂的笑容，脸上的愁云会像晨露一样突然消失。多年来她一直是塞巴斯蒂安神父家里的管家，她能力突出，完全可靠，所以神父临时把她借给我们照看营地。

说来也怪，埃洛莉娅和她头发灰白的嫂子玛丽安娜，是岛上对寻找洞穴最感兴趣的人。她们带着满满一袋蜡烛，在山间穿行，寻找有人居住过的洞穴，不时地用一根小铁棒在地上扒土，找到祖先的石器或骨器就交由塞巴斯蒂安神父来收藏。塞巴斯蒂安神父说："只有在洞穴里能找到些有用的东西，带上埃洛莉娅和玛丽安娜吧，让她俩带你们去看看她们已经发现的那些古老洞穴。"

探险队的其他成员还在有条不紊地进行发掘工作，而我和摄影师则备好了四匹马，与埃洛莉娅和玛丽安娜一同骑马去探寻洞穴。有些洞口没有被堵住，我们可以弯下腰走进去；有些洞口则被石头堵得严严实实，只留下一个长方形的小口，我们只能爬进去。但大多数洞口只有老鼠洞那么大，我们既走不进去，也爬不进去，所以我们只能穿过一条细长而又非常狭窄的竖井，双膝绷直先把腿伸进去，再把胳膊举过头顶，像蛇一样扭动着身体。竖井的墙壁都很光滑，大多是由切割过的石块砌成的，技术十分精湛。在有些洞穴里，竖井像一条水平隧道穿过岩石，或者向下倾斜；但在另一些洞里，它却像烟囱一样垂直向下。我们只能用大腿和肩膀撑着洞壁控制速度，从洞顶慢慢下降滑到漆黑的洞底。大多数的洞顶很低，我们只能弯着腰；在有些洞穴里，我们甚至只能蹲着或坐着。

古时候，复活节岛上的居民曾住在这些地下洞穴里，他们觉得身处动乱的时期，住在地面上的芦苇屋里无论如何都不够安全。当早期欧洲船只到来时，他们就藏身于此。这些住过人的洞穴，大多只有普通浴室那么大，而且里面黑漆漆的，伸手不见五指，只能靠那狭窄的井口射进的亮光四处摸索。地上的泥土冷冰冰的，以前的垃圾废弃物堆积得厚厚实实。数不尽的人来回爬行，地面被压得就像汽车轮胎一样坚硬。洞顶和四周的洞壁满是光秃秃的岩石，尽显石工精巧的手艺。

在一个洞穴里，我们一直往里爬，爬进一个有墙围着的大井般的通道。当爬到洞底后，我们得再爬进一个狭窄的洞里，洞外是三个倾斜的大洞，一个比一个高。埃洛莉娅对这个洞穴格外尊敬，因为她的祖父曾住在那里，所以那儿曾是她的家。两位妇女早已用铁棍将这里翻了个底朝天。我从松散的泥土中拾起一块锯齿状的人骨，它的末端钻了孔，可以挂在脖子上当护身符。

我们朝着海岸又走了一会儿，玛丽安娜指向一堵杂草丛生的墙基，那是一间古老的船形芦苇屋的遗迹，这种屋子的痕迹在岛上随处可见。她的公公，也就是埃洛莉娅的父亲，就出生在那里。他是最后一代住在那里的人，后来岛上所有的人都搬到汉加洛村皈依基督教。

"这么说，这里的遗迹也不算太久远。"我心想，疑惑地望着这两位穿裤子的妇女。从她们的外表和举止来看，她们的祖先可能是从诺亚时代开始开化的。墙基和一艘中型划艇的大小形状相类似，两端尖尖的，由坚硬的玄武岩砌成，岩石切割得完美无瑕，弧度恰到好处；墙基的最上面有几排深洞，柔软的树枝曾卡在里面，纵横交错，形成芦苇屋的曲线形墙基。假如我们在岛上发现的这些墙基的完整芦苇屋都曾在同一时期住过人，那么，曾经的复活节岛上会有众多人口居住。

这两位妇女已经发现了很多古老的洞穴居所。大多数洞穴已经被她俩用铁棍翻得一片狼藉，但她们也带我们去看了一些没有"打开过"的洞穴。换言之，自从最后一批居民搬出洞穴，并用熔岩石堵在洞口之后，冉也没有人进去过。有一次，我想爬进那个狭窄的小洞里，便用力把堵在洞口的一块熔岩石推开，却发现十四只蝎子一动不动地躺在石头下面。还有一次，洞口太窄了，我不得不把口袋里的东西掏空，脱去衬衣又试了几次，才勉强钻了进去。在漆黑的洞底，顺着手电筒的灯光，我发现了一些人骨和雪白的头盖骨。我小心翼翼地掀起头盖骨的一侧，发现它下面有一个闪闪发光的黑曜石矛尖和一个多年的马蜂窝。谢天谢地，马蜂窝里没有马蜂，不然还没等我从狭窄的洞口挤出去，就会被叮得鼻青脸肿了。

下午，回家的路上，我们骑马翻过营地西边高地上布满石头的高原。地面比较平坦，但是上面厚厚地铺散着大量的熔岩石，大多是低矮而紧凑的小石堆。我们在其中一处石堆旁下了马，因为玛丽安娜的儿子曾告诉她，他在那里发现了一个前往"神秘"洞穴的坡道，或者说是一个避难的洞穴。我实在想不明白，怎么可能在这一大片布满石头的地方准确找到所说的地方，况且这个岩洞的"地址"还是玛丽安娜听儿子口述的。但是，从另一层面来说，她可能永远无法在迷宫般的城市街道中找准方向。

此时，这两位穴居人的后代已经把我和摄影师训练成了专家，可以在狭窄的竖井里进出自如。对于她们的建议，我们不假思索，言听计从，在进洞穴时总是先把脚伸进去，将胳膊举过头顶；如果竖井不是垂直的，就总是仰面慢慢滑行。

这一次，老玛丽安娜先用手电筒小心翼翼地照了照这个长方形的垂直坡道，然后让我面朝一个方向地把下半身往洞里伸。我在重力牵引下慢慢下滑，大腿和肩膀与石砌的洞壁摩擦减速。这个洞十分狭窄，我必须伸直胳膊，双臂紧扣举过头顶。坡道走到头了，我被困在坡道底部，双手朝上紧扣在一起，显得无能为力。坡道壁的底部有一个长方形的洞，我慢慢让身子向下沉，呈蹲坐的姿势，调整位置把腿伸进去，膝盖上方、头部和胸前满是大砖石。随后上半身也顺着僵硬的双膝进入狭窄的侧道，我向下扭动着身子，两只胳膊仍然朝上紧紧地夹着，最后，我才仰面躺在了水平的通道里。

让我拥有一幢带电梯的现代化公寓吧！我紧紧躺在封闭的洞底，面前全是岩石，双臂也被迫高举过头，动也不能动，这种感觉太不是滋味了。双臂被困住时，你会感到特别无助。坚实的岩壁似乎比以往任何时候都逼得紧，它们仿佛呼喊着："举起手来，你被囚禁了。"你应该听不到这叫声，也不用试着松开你的手臂，因为这是不可能发生的事。你不应该胡思乱想，而是要先扭动肩胛骨，然后用脚后跟向后蹬，用脚推着自己移动，直到你注意到自己可以弯曲膝盖到处踢为止；或者你的脚底已经碰到了坚硬的岩石，无法在竖井中继续前进。

如果发生这种情况，就意味着通道的路线又转了一个直角。这时，如果你双臂高举过头躺着的话，那就需要翻过身来趴着，然后用脚沿着狭窄的岩壁摸索，才会找到新的垂直通道。然而，这个通道的尽头又是和上一个一样会急转弯。到了那里，你仍旧被四周的岩壁紧紧围着，直到你用力扭动身子，成功进入第二个水平通道，岩壁才会突然消失。此刻，你终于可以爬进洞穴了。不大一会儿，你就可以把胳膊放下来，恢复自由。在打开手电筒之前，只要别让头撞到洞顶，你就可以弄掉眼周的沙子，随心所欲地活动了。

我已经去过两三处这样的洞穴了，学会了在洞里爬行时身后挂着一个小手电筒。只有这样，我才能在移动过程中看清身后的通道。通道都是用没有灰泥的光滑石块整齐砌成的，截面方方正正，犹如细长的烟囱一般。有些石头上凿有对称的小孔，很明显这些经过打磨的石头是从旧芦苇屋的墙基上拆下来的。这表明，建造这些洞穴入口的人拆除了前人恬静宜人的芦苇屋，转而建造了这些鄙陋不堪的"老鼠洞"。

为了爬进这个未有耳闻的"神秘"洞穴，我事先把口袋里的东西小心翼翼地掏干净，甚至连根火柴都没带。洞底的地面很滑，所以我就只是待在原地，像个瞎子一样在黑暗中等待着。我贴着耳朵听通道的动静，听到有人下来了。几分钟后，老玛丽安娜站在我身边，点燃了她随身带着的那根蜡烛头，蜡烛虽然点着了，但也没起太大作用。四周满是漆黑的岩石，微弱的烛光在黑暗中显得微不足道。我只能看到玛丽安娜那双闪亮的眼睛，眼睛周围满是深深的、幽暗的皱纹，蓬松的灰白色头发就像蜘蛛网似的，整张脸犹如紧贴在玻璃窗上的那种怪模样。她给了我一支蜡烛，用她那支点燃。我们把蜡烛举起来，逐渐可以看清凹凸不平的洞壁，还有地面上的黑曜石矛头，洞壁上还映着我们和岩石的影子。

现在，埃洛莉娅也下来了，虽然她在坑道里拖了好长一段时间，累得气喘吁吁的，但是不管怎么说她还是下来了。她俩告诉我，这不是一所普通的住处，而是战时专门用来避难的洞穴，因为没有敌人能找到这里。如果是这样的话，从洞穴底部坚硬而厚实的垃圾便可判断，这场战争一定是频繁反复，持续了很长时间。我一直想不明白竟然有人敢在战时爬进这种"老鼠洞"里避难；敌人只要用石头把通道堵住，里面的人就会被永远封住出不来。然而，他们使尽浑身解数让这些避难所更为隐秘，不被发现。这样一来，他们钻到这些"老鼠洞"里，推来一块石头堵住身后的小缺口，敌人便难以找到这些逃亡的居民了。

我在一处洞壁的岩石之间发现了一条小通道，我爬了进去，玛丽安娜和埃洛莉娅紧跟在我后面。这时，我们进入了另一个更大的洞穴，我们扭动着身子从洞穴后墙上的小洞穿过来，进入了一个大房间，房间很高，举着蜡烛都看不见顶。我们穿过岩壁继续前进，有些地方像铁路隧道一样又高又宽；而有些地方我们必须在石头和瓦砾上缓慢爬行；还有些地方我们得紧贴地面趴着向前挪动；最后，洞顶又开阔了，出现了一个洞顶很高的大房间。

每次我在回头确保她俩都在跟着我时，总会看到玛丽安娜布满皱纹的脸紧挨着我，可谓寸步不离。她让我留意洞顶上松动的石块、洞底的破洞和裂缝。其中一个房间里，有地下水流经我们的爬行路线，沿着一条侧道缓缓地流淌，我们顺着侧道，蹑手蹑脚地爬了进去。旧时人们曾在这里施工，在洞穴的地面上凿出一条狭窄的水槽集水，水槽向下延伸到几个人工凿成的凹地，就像洗脸盆一样。我在最低的那个凹地洗了洗手，在最高的凹地用手捧了一把水喝起来。比起自来水，这种水尝起来犹如最上等的葡萄酒——冰凉可口、干净清澈、沁人心脾。现在，我们从金属管道里得到的只是些低质量的水。我想知道，那些穴居的古人是否比我们更了解水的优劣之分。

在洞穴深处，分成了几条通道，最里面的通道形似狭窄的地下墓穴，地面平坦，顶部和墙壁呈优美的拱形，丝毫没有不平整的痕迹。虽然看起来像是人为建造的，但这些通道其实是气体爆炸，炽热的岩浆喷出，流经熔岩而形成的通道，当时复活节岛还只是一座正在喷发的火山。有几条通道延伸得很长，但光滑的拱道不断收缩，变得越来越狭窄，紧紧箍住我伸展的身体，就像为我量身定做的一般。有些通道延伸到岩石深处，最后形成菱形的小圆顶，而另一些通道则被石头堵住了，或者变得很窄，没法钻进去。

后来，我们参观了一些大洞穴，洞里面的房间一个接一个，像穿在绳子上的珍珠埋在地下。巧的是这些房间的入口都被堵住了，人们只能从狭窄的坑道进去，这些坑道口形状十分尖锐，呈锯齿形，任何想进去的人都毫无办法。几个最大的洞穴里有水，其中两个洞穴里有正规的地下水池。在第三个洞穴的洞底，我们发现了一口水井，水井的外面用石头堆砌围住，里面的水冰凉，周围还有一个用石头精心打造的平台，约十英尺高。

一个这种巨大的避难洞足以容纳复活节岛的全部人口，但种种迹象表明，每个洞穴曾经只住着一户或者几户人家。有一段时间，血雨腥风的内战波及全岛，没有人可以安居于老旧的芦苇屋里。我在最前面这个黑漆漆的避难洞里踱来踱去，心想，这些生活在阳光普照的南太平洋岛上的人，宁愿选择居住在洞穴里的生活方式，也不愿与他们的邻居在阳光下和平相处，真是愚不可及。但接着，我又想到，20世纪的今天，由于恐惧，我们也开始把自己连同最重要的装备深埋在地下，因为我们自己和邻国都开始捣鼓原子弹。这样一想，我就理解了埃洛莉娅和玛丽安娜未开化的祖先。过去和未来的幻象交织在一起，萦绕在我周围的黑暗中，我急忙向上面爬去，在这个又长又曲折的通道中继续钻行。我爬出洞穴，再次沐浴在阳光灿烂的世界里，周围只有在草地上吃草的羊群，还有在略带咸味的海风中打瞌睡的马匹，我心中感到幸福无比。

我们一会儿爬行，一会儿步行，总共花了一个小时二十分钟才爬完第一个大洞里的所有通道。当我们再次爬到地面时，我们发现摄影师已经被吓得够呛了。原来，他爬了半截通道，突然卡住了，顿感恐惧与不适，所以宁愿挣扎着爬回地面等着我们。在此之前，我们进洞穴考察从来不会太长时间，而这次摄影师在耐心地等了四十五分钟之后，变得焦躁不安，于是把头伸到洞口大声喊我们。但下面无人应答，他真的着急了，于是，他继续对着洞口大喊大叫，通道里回响的都是他的声音。唯一能听到他喊叫的人是老卡西米罗，他从远处赶来，手里挥舞着左轮手枪。当我们从洞里爬出来时，我们看到他满脸真诚地守在摄影师身旁等着我们。

玛丽安娜从一块石头上捡起她的大芦苇帽。她让我们务必随身拿一顶帽子或者其他什么东西，如果我们独自爬进这些洞里，就可以把它们留在地面上做标记。她告诉我们，曾经有几个智利寻宝者和一名当地人一起爬进一个洞穴，他们抵达洞穴深处时，灯突然灭了，他们在黑暗中完全迷失了方向。恰恰是他们丢在地面上的帽子和外套救了他们的命，因为另一个当地人发现了这些东西，才知道地下有人。

我们的考古学家曾挖掘了许多洞穴的底部。当年，居民们曾把他们所有的垃圾就近扔在洞里，因此洞底的地基越来越厚，都快堆到洞顶了。鱼骨和贝壳乱糟糟地堆在那里，混杂着家禽的骨头和零星的龟骨。就连老鼠和人也未能幸免，他们被放在地上那些灼热的石灶上烘烤，由此推断这些洞穴里曾住过食人族。除了土生土长的小老鼠之外，这种两条腿的敌人是他们在陆地上唯一能捕捉到的猎物。他们围坐在石灯旁，周围黑漆漆一片，把许多人骨制成的细针扔在洞底的垃圾堆里。我们就发现了这些东西，以及其他一些由人骨、石头和黑曜岩制成的原始工具，还有一些用骨头和贝壳制成的简易护身符，别的就没什么了。

这事又有点说不通。难道这些原始的食人族曾是雕刻这种贵族统治者造型的古典巨型雕像的大师吗？难道是他们让这些雕像遍布在岛上的村子里？被追捕的穴居人又是如何培养出如此天赋异禀的工程师及心灵手巧的艺术家，又创造了这些不可思议的历史遗迹的呢？这些人甚至不是住在一个村子里，而是到处躲躲藏藏，分散在岛上狭窄的地下坑道里，他们之间又是如何组织协同完成这项庞大的工程的呢？

我爬进一个洞穴的通道，比尔正坐在那里，借助煤油灯，用一把石匠的镘刀小心地挖着。他身边有一袋烧焦的人骨。

"同样的原始文明。"他边说边从脚下的泥土里刨出两颗臼齿，"看，这些家伙干着伤天害理的事，一直坐在这里吃人，然后把牙齿吐在地上。"

在这个岛上，吃人肉不仅仅发生在嫁娶丧葬仪式这些正式的场合，直到今天，当地人还流传着这样的传说：他们的祖先宁愿吃自己的族人，也不愿吃鱼肉或家禽。岛上还流传着一个更久远的传说，他们的祖先短耳族与另一个民族长耳族和平相处。长耳族强迫短耳族干太多活儿，最后导致双方发生了冲突，几乎所有的长耳族人都被烧死在一道沟里。从那天起，岛上再也不雕刻石像了，并且许多矗立着的雕像都被他们用绳子拽倒了。在接下来的一段时间里，内战冲突、家族不和、同种相残时有发生，直到五十多年前，尤金尼奥神父来到岛上，心平气和地把村民们聚集在汉加洛村。

塞巴斯蒂安神父深信两个不同的种族来到了复活节岛，他们拥有不同的文化，当地人也坚定不移地肯定了这一点。神父还指出，这里的居民在许多方面都和南太平洋上的普通土著居民大相径庭。此外，这里的居民有着明显的白种人的痕迹。[①]注意到这一点的不仅仅是罗赫芬及最早发现本岛的人。塞巴斯蒂安神父还指出，根据岛上流传的传说，当地人的祖先在古时候就有很多是白皮肤、红头发和蓝眼睛。当尤金尼奥神父作为第一个欧洲人在当地人中定居下来，并把所有的人聚集在汉加洛村时，他惊讶地发现，在棕色人种中有许多完全就是白种人。就在四十年前劳特利奇探险队来访时，当地人仍旧根据肤色把他们的祖先分为两类，他们还告诉劳特利奇夫人，就连岛上的最后一个国王也是个白人。就像南太平洋诸岛一样，这类白种人受到人们的敬仰和尊敬，所以一些首领必须经过特殊的肤色漂白过程，以便尽可能地像他们被神化的祖先一样。

一天，塞巴斯蒂安神父带我们去了阿纳欧凯克，那是内鲁处女们脱色变白的圣地。"内鲁"是指那些专门挑选出来的年轻少女，过去她们被幽禁在一个深洞里，尽量避光变白，以便在特定的宗教节日里在公众面前露面。长久以来，那些少女过着不见天日、与旁人隔绝的日子，她们的食物由指定的妇女送到洞口，然后从洞口推进去。如今，当地人还记得，当奴隶们从大陆回来后，天花在岛上肆虐，而内鲁少女们并没有感染，但她们在洞穴里饿死了，因为再也没有人给她们送食物了。

阿纳欧凯克处女洞的入口位于岛的最东端——波伊克半岛，洞穴名字的意思是"太阳惠顾的洞穴"。为了到达那里，我们经过了岛上最东边的卡提基火

[①] 详见 P. 塞巴斯蒂安·恩勒特，《霍图·玛图阿的土地》，（智利，1948），第203—205页。

山，火山后面有三个小丘，西班牙人曾经在那里建造了他们的第一个十字架。那里还有一个窑居，洞穴旁边的岩壁上刻有一个可怕的巨人头像，雨水顺着巨人的大嘴巴流进洞里。我从大嘴处爬了进去，毫不费劲地就可以躲在巨人下嘴唇的后面，里面的空间很大。

塞巴斯蒂安神父领着我们继续往前走，一直走到那令人胆战心惊的悬崖边上，这高耸的半岛三面环海，悬崖宛如在海面上拔地而起。神父开始沿着悬崖的边缘轻松地走起来，我们四个同行的人叫住神父，恳请他往里面走走。异常猛烈的东风呼啸着吹向悬崖，我们的衣服也被刮得不成样子，感觉人快要被吹倒了，毫无安全感可言。神父穿着黑色的大靴子，白色长袍被风刮得到处乱飘，可他还是继续沿着最外沿的悬崖边飞快地行走。他正在寻找那个地方，但已记不清它的确切位置了。突然，他的脸上露出喜色，举起双臂喊道："啊，它在这儿！"他掰掉一块松散的黄褐色岩石，告诉我们岩石由于风化已经磨损得很厉害了，所以我们走路时必须小心翼翼。然后，他径直走到悬崖边上，只见一阵雷鸣般的狂风卷起他的长袍，我们一声喊叫，塞巴斯蒂安神父就不见了。

卡尔瘫坐下来，抓着帽子，不知所措。我小心翼翼地往外爬，从悬崖边缘往下看。一眼望去，我看见山崖脚下白色的海浪正拍打着峭壁。空中回响着海风和海浪的咆哮声。我在左边的一块狭窄而突出的岩石上看到了塞巴斯蒂安神父的白色长袍，这才如释重负，松了口气；风吹打着他的长袍，神父紧贴着峭壁，侧着身往下移动。那天风刮得很猛烈，一阵阵狂风拼命地吹着我们，因为峭壁阻碍了风向，所以风向不定，一会儿从这边刮过来，一会儿从那边刮过来。我突然非常钦佩这位老神父，他攀登悬崖时充满信心，把现实与自己的信仰融为一体，丝毫不畏惧那些皮肉伤。我甚至相信他能在水上行走自如。

这时，他转过身来对我微笑，用手指着脚下，然后又指了指嘴，示意我必须把食物包带上，因为我们要到下面去吃午饭。由于风忽大忽小，风向不定，所以我感觉很难站稳，于是从悬崖边退了回来，脱下被风吹得凌乱的衬衫，拿起一袋食物，鼓起勇气爬向塞巴斯蒂安神父站着的那块凸出来的又窄又扁的岩石。

当我开始往下爬时，他已经不见踪影了，连他的长袍也看不见了，只有六百英尺下拍岸的白浪。登山不是我的强项，我小心翼翼地爬到那块凸出的岩石上，心里惶恐不安。我把肚子紧贴着峭壁，沿着塞巴斯蒂安神父的路线向前爬，心都快提到嗓子眼了，每走一步都要先试试岩石能否承受住我的重量。但是最让人讨厌的还是风。我爬到了悬崖的一个小拐角，那里唯一的支撑物是个看起来像硬土块的东西，它与悬崖之间有一道裂缝。如果它能承受住塞巴斯蒂安神父的重量，那自然也能承受住我的重量。我小心翼翼地踢了踢它，不敢踢得太狠。

我转过头，向凸出的岩石那边看去，又看到了塞巴斯蒂安神父。他躺在岩壁的洞穴里，只把头和肩膀露出洞口。这个洞口大约是狗窝的一半高。他面带笑容，就像复活节岛上的第欧根尼（传说他住在桶里）一样，鼻梁上架着一副无框眼镜，身着白色宽袖衫，胡子浓密，他的形象将永远印在我的脑海里。当他看到我时，挥舞着双臂喊道："欢迎来到我的洞穴！"

由于风太大，我几乎听不见他在说什么。洞口下面，陡峭的岩壁笔直而下。他往后缩到岩石的裂隙里，胡子垂到那狭窄的岩板上，这样也就有我下脚的地方了。我爬到岩洞前的那块凸出的岩石上，跟着他挤进洞里，一切噪声、狂风怒吼和光线顿时都消失了。洞里面很窄，但往里一点，洞顶就变高了。在这悬崖深处，一切都这么平静，犹如仙境一般。一缕光线透了进来，我们便能看清彼此。我打开袖珍手电筒，发现弧形的洞壁上雕刻着稀奇古怪的符号和图案。

原来这里就是阿纳欧凯克处女洞。过去那些可怜的少女，在这儿一等就是好几个星期，也许是好几个月，一直等到皮肤变白，才能出去露面。这个洞穴不到五英尺高，面积也不大，如果姑娘们顺着岩壁坐成排的话，最多只能容纳十几个姑娘。

不久，又有人爬进洞了，洞口的光线变暗了，原来是陪我们一起来的那位当地朋友。塞巴斯蒂安神父又派他去接卡尔和摄影师。六十八岁的神父亲自带路，可不允许他们打退堂鼓。

很快，大家都到齐了，我们就坐在一起吃午饭。塞巴斯蒂安神父指着后墙上的一个小洞说，如果我们从那儿爬进去，还可以再往岩石深处爬四百码。但那是他有生以来最糟糕的一次经历，他再也不会进去了。因为走到一半时，有一段很长的通道十分狭窄，一个人勉强能挤进去，而通道里面到处都是人齿和残骨，就像进了坟洞一样。神父觉得迷惑不解，死人是如何被抬进去的呢？因为把尸体放在前面推着进洞是不可能的，如果放在身后拖着进洞，那么就会挡住回去的路。

我穿上衬衫，决定去一探究竟。塞巴斯蒂安神父一想到我进洞之后的遭遇，便放声大笑。他笃定我看到那里的情况之后，会马上掉头原路返回！当我爬进那个小洞时，只有那位当地人愿意和我一起进去。

这个小洞分成了两条小道，过了一段，又在一条狭窄的通道处合成一条道，这里的通道十分狭窄，我们只能匍匐爬行。爬了一会儿，洞顶越来越高了，我们不知不觉进入了一条长长的坑道，又高又宽敞，我们都可以站起来跑了。随后，手电筒的光也不太亮了，只能发出微弱的光。出发之前由于贮藏室的一次事故，电池损坏了。为了安全起见，我在裤兜里放了一截蜡烛和一盒火柴。为了省电，我不断地切换手电筒的开关，关手电筒之前看清前面的路，然后在黑暗中奔跑、行走、爬行。即使这样，我们的头还是撞到了洞顶两三次，水滴状的小颗粒像玻璃一样叮当作响，掉到头发上，又落在脖子里。又走了很长一段路，我们来到一个满是泥水的地方，这里的洞顶越来越低。我们别无选择，只能伏身在淤泥中爬行，但洞顶变得更低了，最后，我们只能前胸贴地慢慢向前蠕动，冰冷的泥浆浸透了我们的衬衫和裤子。

"这路可真不错。"我回头喊道。

我身后的同伴在淤泥里匍匐前进，礼貌地笑了笑。路变得越来越难走了，现在，我明白了塞巴斯蒂安神父放声大笑的原因了。但如果他曾经都克服了困难，进了洞又出去，那我们就没有理由半途而废。又爬了一会儿，我真有点后悔进洞了。虽然我趴在地上，但身子浸在泥浆里，而且洞顶落得很低，也找不到别的通道。我平趴着，身底压着手电筒，虽然手电筒防水，但是想让它的玻璃不沾上泥巴是不可能的。手电筒微弱的光线告诉我们，这条通道不仅又低又窄，而且根本没有其他通道可以走。塞巴斯蒂安神父之前就是从这里爬过去的。我慢慢地缩紧胸膛，觉得只要路况不会变糟，爬过这个通道还是有可能的。通道里上下都是坚硬的岩石，都快把我压扁了。身底下的泥浆被挤到两侧，我费力地一寸一寸地挤进这个裂缝里。那幅情景简直太可笑了，我忍不住对跟着我的可怜虫抱怨道："路真好走啊。"但这次他不再感到任何幽默。

"路太不好走了，先生。"他咕哝道。

这段通道像钳子一样夹住我们的肋骨，足有五码长，我们竭尽全力向前蠕动。随后，终于穿过这段针眼大小的通道，来到了遗有骸骨的洞里。这里不像前面那段路那么潮湿，洞顶也渐渐变高了，我们又可以交替着四肢着地爬行或者慢慢地在通道里行走。可怜的内鲁少女们长期待在洞中，如果想要稍微活动一下，连浪漫的月光漫步也无法享受。我身上潮湿，沾满淤泥，四肢冻得十分僵硬，浑身发抖。我打开手电筒照向身后，看看我的当地朋友是否还跟着我，我发现他完全变成了一个泥人，要不是他那闪闪发光的眼睛和白亮亮的牙齿，在黑漆漆的洞穴中根本认不出他来。

洞的尽头是一个平整而又陡峭的土坡，顺着这个土坡向上直通洞顶上的一个窟窿。我爬了很久却只能爬上去又滑下来，一次又一次，最后终于爬上了洞顶，来到了一个菱形的小穹顶处，看上去像是人造的，但那只是一个古时瓦斯气泡所形成的。塞巴斯蒂安神父曾在那儿留下了一截蜡烛。因为基本都是爬行，我背后相对不是那么潮，蜡烛还在我的裤子后袋里。我试着点燃塞巴斯蒂安神父留下的蜡烛，但火柴受潮了，根本点不着。这里的空气太闷了，不一会儿我就汗流满面。我急忙从土坡上滑下去，回到同伴那里，他还是站在那儿等着我，满身是泥。然后我们又沿着光线昏暗、洞顶低矮的通道尽快往回走。

我们一会儿蹲着走一会儿爬着走，我们自己都觉得自己活像两个怪物。当我们到了那可怕的针眼大小的通道时，我们一边开着玩笑，一边在泥浆里爬行，硬挤在裂缝里。那位当地朋友的头贴着我的脚，我们慢慢地向前挪动，无情的岩石像钳子一样夹住我们的胸膛，丝毫不容我们两个通过。我们进来时花了很长时间，但似乎出去更费事。想到马上就可以爬出洞，我俩想开个小玩笑，但我已经筋疲力尽了，汗流浃背，身上又湿又脏，而且里面空气还不好，我感到很不舒服。过了一会儿，我们都沉默不语，只是努力用双臂撑着身体匍匐向前，我尽量不让手电筒的玻璃沾上泥。

按道理洞顶不应该早就变宽敞了吗？然而现在这里反而变得更窄了。这条狭窄的通道一直没有变宽敞，我们并没有到达外面的那条通道。我的大脑已经疲惫不堪，茫然地思考着，身体只是机械地继续向前推挤，只想赶紧通过这个钳子一样的通道。紧接着，在手电筒微弱的光线下，我看到眼前突然出现了一个向上倾斜的小弯道，看样子我的身体似乎无法通过，也许从相反的方向更容易通过。一开始我并没有意识到返回的路途是如此困难。奇怪的是，我一点也不记得进来的时候是怎么通过这段弯道的。我用尽全身的力气往前爬了一点，试图看一下那个狭窄的小洞，这时岩石无尽的重量直压我的背部和胸部。我发现情况不妙：想从这个弯曲的通道爬出去比登天还难。

这时，我已经满头大汗，我对趴在身后的伙伴说："我们不能往前爬了。"

"继续爬吧，先生，我们无路可走了。"他边叹气边回答道。

我扭过头想在岩石间的狭窄缝隙中找到一点空间，虽然我的胸腔被挤压得厉害，但我只能硬往前挤，身体稍微往前挪动了一点儿。我用手电筒往上照了照，发现上面的那个洞比我的头还要小，所以根本穿不过去。我马上把手电筒关掉了。现在，必须节省电量，前面的路肯定还会遇到麻烦。虽然身陷黑洞，但我们还可以思考。我突然感到整个波伊克半岛的山体都压在我身上，压得越来越紧、越来越重，如果我使劲推它，它便会变本加厉。唯一能做的就是放松下来，让自己尽可能缩得小一点。但即使这样，岩石还在不断地上下夹击。

"往回爬吧。"我对趴在脚后的伙伴说，"这里过不去。"

他断然拒绝这样做，恳求我继续往前，因为在他看来，没有别的办法能摆脱这地狱般的鬼地方。

情况不可能像他说的那样。我再次打开手电筒，察看眼前这片地方，使劲把身体往后移了移。这个小斜坡似乎是泥土和半干的泥浆混合形成的。我胸前这片地方清晰地印着衬衫和纽扣压过的痕迹，还有来时留下的手印，前方是泥土和碎石，以及没有动过的人骨和兽骨。于是，我又把手电筒关了，这里的空气很沉闷，我被挤压得喘不过气来，全身已经大汗淋漓，难道是我们进洞时大声说话或者使劲往前爬的时候，使这个古洞的通道塌了吗？如果洞顶塌了堵住我们前面的通道，那么我们现在根本没有空地把泥土和石头弄到身后，我们又怎么能挖出一条通道出去呢？在其他人意识到里面发生了什么，并挖出一条通道来找我们之前，我们又能在这种恶劣的空气中坚持多久呢？或者我们可能是爬行时把路线弄错了，进入了另一条死胡同？这怎么可能呢？整个处女洞只有一条狭窄的通道，而且只能容纳一个人，我们现在不就在这儿吗？

那个当地人从后面完全堵住了我的退路，还非要让我往前爬。我弄得满身是泥，悬崖无尽的重量都压在身上，越是觉得现在的情况危急，它好像压得越重。

"往回退吧！"我叫喊道。

他开始绝望地往前推我的脚跟，因为他没有看到前面那个小洞，我又没法让他过去亲自看，不然他就能明白了。

"往回退！往回退！"

这位当地伙伴简直快要疯了，十分惶恐不安。我对他大声吆喝道："退！退吧！"然后用脚底踢了踢，终于有了效果。他开始一点一点往后退，我紧随其后。我们慢慢挪动，每次只能后退一点点；我们不能退得太快，否则头会被岩石紧紧卡住。我最怕头被夹住，因为头不像胸部那样能承住压力。退了很久，突然，我们头顶上的空间变大了。我十分纳闷，这是怎么回事？憋闷的空气让我感觉头昏脑涨。我们难道正好回到那个满是尸骨的地方了吗？我再次用手电筒照了照，看到前面有两个岔道，右边的那个略微向上倾斜。我们就是从这儿走错的，我们刚才爬的是左边的，没往右边爬。我对当地朋友叫喊，但他只是继续往后退，好像神志不清了一样。

"就是这条路！"我叫喊道，竟又向前爬进了左边的岔道，当地朋友机械地跟在我后面。我们的声音在这个洞里听起来阴阳怪气的。通道又变得越来越窄了，太可怕了！最后我用手电筒照了照前面，发现这还是之前那个过不去的小洞。然后，我意识到我的大脑已经糊涂了：尽管我很清楚我应该爬另一个洞，但还是爬错了。

"回去！"我叹息道。

现在我们所有的动作似乎都是机械且无意识的。我们又得倒回去，我心里默念着：右面，右面，右面。我们又看到了这两个岔道，我机械地朝右爬去，很快我们就不用再趴着前进了，且感到通道里传来阵阵寒意，空气也变新鲜了。我们能够蹲着走了，最后我们走出了这段通道，进入了舒适的洞穴，洞壁上刻着铭文符号，我们的朋友正坐在那里等着我们。能从这种峭壁深邃的古洞里爬出来，死里逃生，感觉真是美妙极了。能重见光明、再享无限的空间，又一次见到悬崖峭壁延伸到无边无际的大海和蔚蓝的天空，这简直妙不可言。

"你们是不是走了一半就回来了？"塞巴斯蒂安神父关切地问，看见我们满身是泥、狼狈不堪的样子，他放声大笑。

"没，我们走到头儿了。"我回答说，"我现在明白了洞穴里为什么会遗留下骸骨了。像这种洞穴，活着进去容易，活着出来真难！"

当我们回到营地时，伊冯问道："你是说你去处女洞了，是吗？"从我们的状态看，不像是去过的样子。

我径直走到海滩，连衣服都没脱，就纵身跃进海浪中。

第四章

巨像之谜

任何一个梦想去月球旅行的人，可以先在复活节岛死火山的锥形山丘上爬一爬，预先体验一下月球之旅的感觉。这座岛似乎远离繁华喧嚣的世界，犹如一轮明月挂在天空与大海之间，古老的火山口沉寂地朝天张着嘴，周围不见树木，却长满了野草和蕨类植物，景象很容易给人一种身处月球的幻觉。岛上到处都是这样沉寂的火山，里里外外长满了青苔。上次火山爆发已经是很久以前的事情了，一些大型火山口的底部形成了碧蓝的湖泊，湖边嫩绿的芦苇随风舞动，信风吹拂下的朵朵云彩映在湖泊上。

其中一座底部已形成湖泊的火山被叫作拉诺·拉拉库，岛民似乎曾在此处忙碌地工作过。现在当然看不到他们了，他们早就放下手头的事，匆忙逃离此地。但你会有一种感觉，他们只是躲在这里隐蔽的地洞里罢了，而你却在草地上来回踱步考察他们中断的工作。

拉诺·拉拉库现在仍然是人类史上最宏伟壮观、最奇特珍贵的历史遗迹之一，来纪念那些早已消失、不为人知的过去，向我们警示人类和文明稍纵即逝。整座山体已经变形了，火山像一块糕点一样被切得面目全非，尽管用钢斧砍削岩石测试其硬度时，仍会火花四溅，但是几十万立方英尺的岩石已经被开采，不计其数的石头也被运走了。在火山的裂口中间，躺着一百五十多个巨型的石像，有的刚开始雕刻，有的已经雕完，还有的处于不同的制作阶段。山脚下矗立着石像的成品，它们并肩而立，宛如天兵天将。

无论是骑马还是沿古道开着吉普车，来到这个昔日雕刻家们的工作场地时，你会感觉自己异常渺小。在一块巨石的阴影处下马，你会看到这块石头的底部有些特别之处，原来这只是一块歪倒的巨像的头，巨大无比。我们探险队的二十三名队员都可以爬到它下面，真是个遮风挡雨的好地方。这些雕像的腹部深埋在土里，当你走向最前面的雕像时，你会大吃一惊，发现自己甚至连巨像的下巴都够不到。如果你试着爬到那些仰面平躺着的石像上，你就会觉得自己完全就是一个小矮人，连爬到它们的肚皮上都绝非易事。一旦爬上这些躺着的巨像，你就可以在它们的胸部和腹部自由行走，或者平躺在它们的鼻子上——和普通的床一样长。身高三十英尺的石像有很多。最大的那座巨石像还未完工，斜靠在火山的一侧，长达六十九英尺。如果一层楼是十英尺的话，这巨石像有七层楼那么高。

在拉诺·拉拉库，你可以近距离感受复活节岛的奥秘，连空气里都充满了神秘的气息。一百五十张没有雕刻眼睛的面庞默默地注视着你。除了头顶上飘浮的云朵，一切都是静止的。雕塑家们离开时就是现在我们所看到的样子，以后也将永远保持原样。那些年代最久的成品石像紧闭双唇，骄傲地站在那里，仿佛在挑衅我们：不管是什么样的凿子、多大的力量都不能使它们开口说话！

即使这些巨像的嘴巴闭得死死的，如果你在山坡上这些东倒西歪、未完工的石像间穿梭，也会受益颇多。无论我们爬到哪里，驻足何处，周围满是硕大的面孔，这些石像的脸极其相似，我们仿佛置身于一个满是镜子的大厅里。

我们的前后左右都矗立着石像，所有的石像都面无表情，长长的耳朵非常奇怪。我们爬过一些石像的鼻子和下巴，也踩过它们的嘴巴和硕大的眉毛，然而那些耸立在高处岩石上的石像，身材巨大，依然向我们倾斜着身子。慢慢地，我们逐渐能够分辨石像和山上的岩石了，我们发现，整座火山从山脚到山顶的悬崖顶端，都是一群石像的躯体和脑袋。在这高出平原五百英尺的高地，这些巨像的半成品并排倒着，凝望着苍鹰翱翔的苍穹。这群石像甚至绵延到高高的山脊上，朝向火山内部，一个都不掉队，一直排到火山湖边郁郁葱葱的芦苇地上，像一群呆呆的机器人在盲目地寻找生命之水。

拉诺·拉拉库火山雕刻石像的集体活动早已中断。但是，其巨大的规模、雄伟的气魄，依然令我们感到极为震撼，赞叹不已。

只有小安妮特对此不为所动，但当我在火山脚下把她从马鞍上抱下来时，她也被这些石像深深吸引住了，兴奋地说："看那些石娃娃。"

但当我们走近时，这些石娃娃的尺寸大得超乎她的想象。她绕着它们的脖子玩捉迷藏，丝毫没有察觉到这些石像的大脑袋早已高耸入云。当她妈妈抱着她爬上一块她自己爬不上去的凸出岩石时，她并不知道自己原来正从一个躺着的巨像的上唇移动到它的鼻尖上。

当我们开始发掘时，惊喜不断。矗立在复活节岛火山脚下那片斜坡上的巨像头部已经够庞大、够引人注目的了，但当我们沿着巨像喉咙往下挖的时候，发现其身躯更是大得惊人。先是挖出了它的胸部，胸部下面是肚子和胳膊，整个巨大的身体一直延伸到臀部，细长的手指交叉在凸出的腹部下面，手指上还雕刻着庞大又弯曲的指甲。我们不时地在雕像前面的地层中发现人骨和烧火的遗迹。这些巨像头部看起来和百科全书里的插图大不相同，只是这种发现也丝毫无法解答复活节岛的秘密，这不过是劳特利奇探险队在我们之前已经见到过的迷人景象罢了。

我们想把绳子抛过最高的石像头，但难度极高，只有最优秀的攀岩者才能试着把绳子绕过去，因为当这些雕像完全被挖出时，有些高达四十英尺。从眉毛往上的最后一段是最难爬的，因为绳子紧紧地压在巨像的额头上，根本抓不住。

不带任何东西，空手拉着绳子爬上耸立的巨像头顶就已经很困难了，所以我们无法理解的是，怎么能把一顶大"帽子"弄上去，还正好放在石像头顶上呢？特别是考虑到这顶"帽子"也是石头做的，体积有两百立方英尺，足足有两头大象那么重！

既没有起重机，附近也没有地势高的地方，人们怎么可能把两头大象那么重的"帽子"抬到四层楼高的石像头顶呢？石像头上只能容纳几个人，他们不可能把一块巨大的石柱拖到那块狭小而又平坦的头顶上，因为那里是他们唯一的立足点。虽然石像脚下那片地方可以容纳许多人，但他们在石像面前都是小矮人，伸直胳膊也够不到石像的下半身。那么，他们又怎能把两头大象那么重的"帽子"抬到这么高的地方，越过石像的胸部和高大的头部，直接抬到石像头顶呢？那时的岛上既没有金属，也没有树木。

连轮机师们都无可奈何地摇了摇头。我们觉得自己就像一群小学生，面对眼前的难题，万般无奈。那些很久以前安身于洞里的穴居者似乎在向我们夸耀："猜猜这工程是怎么完成的？猜猜看，我们是怎样把这些巨大的石像从陡峭的火山岩壁上运下来，想搬到哪儿就搬到哪儿的！"

光在这儿瞎猜有什么用啊！我们首先必须仔细地考察四周，看看昔日的天才们是否粗心大意地留下了线索，哪怕给我们提供一丁点暗示也好。

为了从根本上解决这个问题，我们首先研究了大量倒在采石场岩架上未雕刻完的石像。很明显，所有的工作都是突然中断的：不计其数的石镐仍搁在露天的工作场地，这些石镐外表粗糙简陋、未经打磨；由于各组雕刻家同时雕刻了许多不同的雕像，所以眼前的石雕体现着不同的雕刻进度。昔日的石匠们首先打磨光秃秃的岩石，然后凿刻出雕像的面部和身体正面。然后他们沿着身体两侧刻出小凹槽，雕出巨大的耳朵和双臂，细长而纤细的手指总是交叉在肚子下方。然后，他们顺着整个雕像的身体两侧凿刻，这样石像的背部就是船形，有一个狭窄的龙骨与岩石相连。

当石像正面的每个细小部分都雕刻完成之后，就要进行擦洗，然后彻底磨光。只有一道工序是雕刻师留下不予雕刻的，那就是不在长长的眉毛下刻上眼睛。所以，这时的石像是个瞎子。最后，凿断背后的龙骨，同时堆起石块把雕像夹在中间，防止石像滑入深渊。石像应该在垂直的石面上刻出来，还是在水平的石面上刻出来？石像的头是应该朝上还是朝下？对于这些问题，雕刻师们毫不在意，因为未雕刻完的石像满山皆是，东倒西歪，有横着的、有竖着的，还有斜着的，各种姿态都有，唯一的相同点就是要等到最后才把连接脊背和岩壁的龙骨凿断。

当龙骨凿断之后，石像就开始沿着悬崖运往火山脚下。有时，好几吨重的巨像沿着一面垂直的悬崖被吊下去，然后从较低的岩架上移过去，那里也在进行雕刻工作。虽然许多雕像在运输过程中破损了，但绝大多数都完好无损。这些石像没有雕刻双腿，每一座雕像雕到腹部就结束了，在腹部末端有一个粗大的切口。它们像是被拉长的半身像，但是有完整的躯干。

在悬崖脚下堆着一层厚厚的砾石和已风化的岩石，常常堆积成山岭和齐整的小丘，这是石匠从采石场搬出来的大量石屑。石匠们在碎石中挖了坑，如此一来，巨像可以暂时被立在这里，于是石匠们开始继续雕刻未完成的背部。当背部雕刻成型时，再在腰部雕刻石环和符号构成的腰带做装饰。这些雕像没有多余的装饰，这条小腰带是它们身上唯一的衣服。除了一座石像外，其他的巨像都是男性。

但是，这些巨像的神秘搬运进程并没有在碎石坑中结束，当背面也雕琢完成后，就要把它们移到露天的神殿。大多数石像都已经被运走了，只有少数几座石像还在排队，等着被从火山脚下的碎石坑中运走。所有完工的石像，都慢慢地在岛上移动着，一英里一英里地被运到小岛各处。有些石像已经相距它们最初诞生的采石场十英里了，快要到达目的地了。要知道，小石像都重达二至十吨呢。

塞巴斯蒂安神父在这座酷似月球的荒岛上，担任野外博物馆的馆长。他翻山越岭，在所发现的雕像上都标上了数字，总共有六百多座。石像全都是用同一种灰黄色掺着黑色颗粒的石头雕琢而成的，这些色彩特别的石头，都是从拉诺·拉拉库火山陡峭山坡上的采石场被开采出来的。只在那里才有这种颜色的石头，如果知道了这一点，即使这种颜色的石像倒在远处的其他巨石中，单凭颜色也可辨认出来。

最奇怪的事情是，人们运到小岛各处的并不是经得起磕碰的大石块，而是非常光滑的石像，这种石像只有眼窝处尚未雕刻，除此之外，从耳垂到指甲根，身体的各部分都是经过精雕细琢、反复打磨的。古人是怎样将一座座石像完好无损地运到岛上各处的呢？这实在是太奇怪了！至于原因，无人知晓。

把这些没有雕琢眼睛的石像运到目的地后，不是简单地把它们放进坑里竖立起来就行了，而是要把它们抬到离地面几码高的地方，放在"阿胡"——神殿平台上，石像一直矗立在那里，基座离地面几码高。最后，雕刻师再把石像的眼睛雕出来。现在，这些巨人终于可以看到它们身处何处了。然后是最后一步，加上装饰品，把重达二至十吨的"帽子"戴在石像的头上。

事实上，称其为"帽子"有些欠妥，尽管现在每个人都这么叫。以前当地人叫这种巨大的头饰为"普卡奥"，也就是"顶髻"，这是发现复活节岛时岛上的男性普遍戴的发饰。昔日的石匠为什么要把这个"普卡奥"放在巨像头上呢？为什么他们不在同一块石头上把它和雕像一起刻出来呢？这样岂不是更简单？原来，关键是"顶髻"的颜色。为此，他们要走到岛的另一端，离拉诺·拉拉库的采石场有七英里远，来到一个芦苇丛生的小火山口，那里有一种非常特殊的红色岩石。他们就是想用这种红色的石头来做雕像的"顶髻"。于是，他们从岛的一边把灰黄色的雕像拖拽过来，从另一边弄来红色的"顶髻"。然后，把石像一个一个竖立在海岸周围五十多个神殿台上。大多数平台上都矗立着两座并排的雕像，也有的平台上有四座、五座或六座，还有一个平台上，至少并排矗立着十五座戴着红色"顶髻"的巨像，石像的底座离地十二英尺高。

如今，这些戴着红色"顶髻"的巨像没有一座还矗立在昔日的神殿平台上。就连库克船长，可能连罗赫芬也来得太晚，未能一睹石像昔日矗立在原地的风姿。但第一批探险者确实记录下了许多雕像矗立在原来的位置上，头上戴着红色的"普卡奥"。19世纪中叶，最后一座巨像也从神殿平台上倒了下来，红色的"顶髻"像蒸汽轧路机血红色的辊子一样,滚到神殿广场的地面上。现如今,只有火山脚下碎石坑里那些没有刻上眼睛的秃顶石像依旧挺拔耸立,目空一切。它们深深地埋在这些碎石堆里,那些企图搞破坏的人根本无法将它们推倒在地,想要用斧子把它们的头砍下来的想法也落空了,因为曾经有人做过这种尝试,斧子只能劈到石像脖子一掌之深。

1840 年,附近的一个山洞里举行食人盛宴时,最后一座石像从阿胡上被推倒。石像高达三十二英尺,"顶髻"的体积达二百立方英尺,身下的平台几乎一人之高。它重达五十吨,是从二点五英里外的拉诺·拉拉库采石场运到这里的。

试想,我们把十吨重的铁路运货车翻过来——因为当时在波利尼西亚还不存在车轮这种东西,接着把一节车厢翻过来放到另一节翻过来的车厢旁边,然后把两节车厢紧紧地绑在一起,再把十二匹马和五头大象赶进两节车厢,这样车厢就达到五十吨了,可以开始运了。我们不仅要移动这个重物,而且要穿过布满石头的地面,并把它拖到二点五英里外,还得毫发无损。如果没有大型机器,这是不可能办到的吧?如果是这样的话,复活节岛古代的居民是如何办到这事的呢?

有一点可以肯定,这些石雕绝不是那群乘独木舟登岸的波利尼西亚木雕师雕刻的。如果认为他们来到岛上之后,仅仅因为找不到树木雕刻,就开始在光秃秃的岩石表面上雕刻也不太可能。这些头戴红色"顶髻"的巨像设计简洁典雅,一定是出自大陆的航海家们,他们世代与巨石打交道,积累了极其丰富的经验。

即使我们把这重达五十吨的石像运到了地方也没完事,还必须把这个三层楼高的石像吊到平台上立起来,然后再把"顶髻"安到石像头顶。在这种情况下,单是"顶髻"就有十吨重,还需从直线距离七英里的采石场运过来,因为只有这个采石场有这种红色岩石。在复活节岛上,七英里是很长的一段路,石像高达三十二英尺,这本就遥不可及,况且"顶髻"的重量相当于二十匹马的重量,把一块超过十吨重的"顶髻"安到石像头上,真是难上加难。到了1840 年,所有一切都毁于一旦，岛上所有的石像都被食人族推倒了，他们还破坏了平台的基石，在一个山洞里吃掉了三十个邻人，以此来庆祝他们的所作所为。

我站在拉诺·拉拉库火山口的顶部，俯瞰着这座长满野草的岛屿，一览其壮丽景色。在我身后，是一个相当陡峭的斜坡，一直通向杂草丛生的火山内部。在那里，天蓝色的湖泊周围长满了一大片嫩绿的芦苇，我从未见过如此之绿的芦苇。也许是因为现在正值旱季，野草已经开始变黄了，与全岛的野草对比，芦苇显得分外翠绿。面前有一条陡坡，沿着采石场的挡土墙一直延伸到火山脚下的平地，探险队的成员们在那里挖掘着巨像周围的棕色泥土，他们在巨像的衬托下宛如蚂蚁一般。马拴在巨像周围，与高大魁梧的巨像相比显得非常矮小。站在这里，我可以好好地想想过去所发生的一切，这里是复活节岛之奥秘的焦点，是这些雕像的出生地。此刻我正站在一个茁壮的"胎儿"身上，守望着我前后斜坡上成群的"胎儿"。在山坡的底部，无论是火山口的内部还是外部，这些"新生儿"没有眼睛，没有毛发，静静地等待着被拖走。

从这里，我可以看到运送石像的路线。火山口内已经雕刻完成的两座石像正待运走，其中一座石像刚从火山口边缘运出来，另一座已经从火山口边缘的一条岩沟里运下来了。这时，运输工作突然停止。它们都倒在地上，不是背着地，而是趴在地上。沿着平地一眼望去，零星地看见一些被丢在路上的石像，有的石像孤零零地倒在那儿，有的石像则三三两两倒在一起，毫无规律可循。这些石像也没有雕刻眼睛，头上也没有戴红色的"顶髻"，这表明它们从未被竖立起来过，而是从拉诺·拉拉库运往神殿平台的过程中就突然被半路遗弃了。

西面地平线之外，是普纳帕乌小火山和红色"顶髻"的采石场。从我所站的地方看不清那个采石场，但我已经去过那里了，看见里面全是血红色的岩石，六七个"顶髻"像巨大的石柱一样倒在陡峭的小火山口。一些体积巨大的"顶髻"已经被搬上了陡坡，放在外面的废石堆里，等着被运走。另外一些显然是在送往目的地的半路上被遗弃的，因为你在平地上到处都能看到孤零零的"顶髻"被扔在那儿。我量了一下从红色火山口里抬出来的那个最大的"顶髻"，其体积为六百五十立方英尺，重约三十吨，相当于六十匹马的重量。

仅凭我一己之见，想搞清楚古老的复活节岛工程技术方案是远远不够的，我只好向当地的羊倌请教，他默默地站在我身边，凝视着平地上那些被遗弃的巨像。

我说："莱昂纳多，你是个踏实能干的人。你能告诉我，以前这些石像是怎么被运到各处的吗？"

莱昂纳多回答说："它们自己走的。"

要不是他那严肃而近乎虔诚的神态，我还以为他是在开玩笑呢，因为莱昂纳多的文化水平和智力并不比外面世界的普通人差多少。

我又说道："可是，莱昂纳多，它们只有头和身体，又没有腿，怎么能自己行走呢？"

"它们就像这样，扭动身体。"莱昂纳多一边说一边把双脚合在一起，僵硬的膝盖在岩石上移动，以此来做示范。他用宽容的态度反问我："那你认为这是怎么回事？"

我瞬间哑口无言，而且我肯定不是第一个向莱昂纳多发问、对此迷惑不解的白种人，所以他用自己父亲和祖父的经验来解释也很合情合理。答案就是这么简单！为什么还要提那些多余的问题呢？

回到营地后，我走进厨房帐篷里，老玛丽安娜正坐在那里削土豆皮。

我问她："你听说过以前那些石像是如何被人们搬运的吗？"

她肯定地说道："听过，先生。它们自己走的。"玛丽安娜开始讲述一个很长的故事，石匠们雕刻这些巨像时，在拉诺·拉拉库住着一个老女巫。她给这些巨大的石像施了魔法，赋予它们生命，让它们去该去的地方。但是有一天，石匠们吃了一只大龙虾，女巫发现时只剩下了空壳，没给她留一点儿，她十分恼怒，施法让所有的雕像鼻子着地倒在地上，从那以后那些雕像就再也没有动过。

四十年前，当地人也给劳特利奇太太讲述过这个故事，也就是女巫和龙虾的故事。我惊讶地发现，所有与我交谈过的当地人仍然接受这种随便解释奥秘的说法。除非有人能给他们一个更合理的解释，否则他们会永远坚信女巫和龙虾的故事。

一般来说，当地人当然不是一无所知。不管有没有合法的理由，他们总是想尽办法，找借口离开村子到营地去卖木雕。这里几乎所有人都会雕刻，他们中有几个是名副其实的能手，但其中雕得最好的要数市长。每个人都想要他的木雕，尽管都雕刻同样的人物，但他的木雕线条优美、抛光完美，别人望尘莫及。因此，营地里好多人都找他买木雕，忙得他都做不过来了。

跟当地人以物换物时，美国香烟、挪威鱼钩和色彩鲜艳的英国布料最受欢迎。和其他许多岛屿一样，复活节岛的居民也非常喜欢香烟。第一天晚上登上我们船的几位当地人，用木雕换了几包烟并没有自己抽完，而是快马加鞭，跑到村子里挨家挨户地把亲戚朋友叫醒，好让每个人都体验一下香烟的味道，因为上次军舰送来的香烟，几个月前就已经抽光了。

在这些精美的木雕中，不时夹杂着刚雕刻完但质量很差的雕像，要么是简简单单地仿制一座大石像，要么是漫不经心地在不像样的头像上刻上眼睛和鼻子。起初，这些卖木雕的当地人试图让我们相信，这些是在地下或神殿平台上发现的古老雕像。但当我们嘲笑他们的时候，大多数人都放弃了弄虚作假，只有少数几个人还想耍小聪明。

其中一位妇女骑马向我走来，她说在一堆废旧石堆中发现了一个奇怪的东西。我和她走到那里，她开始小心翼翼地搬开石头，我看见石堆中正好露出一个色彩鲜艳的、新近雕刻的小石像模型。

我对她说："别碰它，这是新雕刻的，有人把它放在这儿捉弄你！"

这位妇女的脸拉得老长，她和她的丈夫再也不想愚弄我们了。

过后，有个小伙子在天黑后气喘吁吁地跑来告诉我们，他在海边钓鱼时，用手电筒照到一个婴儿模样的雕像埋在沙滩里。如果我们想要得到它，必须马上摸着黑过去，不管我们能不能看清楚，因为他正要赶着回家。我们开着吉普车到那儿，把前灯全打开了，肉眼可见他很懊恼。草地上放着一个雕刻粗糙的小木雕，木雕被刻意地抹上了沙子，把沙子弄干净后还是个新刻的木雕。其余的人在一旁大笑，小伙子不得不把他拙劣的木雕装进袋子里回村子了。没准儿下一艘军舰上的水手会买下它。

这种事情还发生了第三次。一位当地人想让我看一个没堵住洞口的岩洞，里面有个水坑，洞顶上有一些稀奇古怪的雕刻，上面的图形和真的似的，还有瞪大眼睛的古老鸟人，我十分高兴。带我来这里的小伙子看似很老实，但当我研究洞顶的图案时，他漫不经心、自娱自乐地往水坑里扔起土块来，突然他大叫一声。我看到土块慢慢地融化，水中出现了一个像洋娃娃一般的石雕，就像一只破壳而出的小鸡。这实在太好笑了，我笑得比那个小伙子还厉害，此后他再也没有跟我耍过花招。

然而，一些当地人迫切地想从我们这里换想要的东西，也确实在地下找到了古物。一天，一对年轻夫妇来到营地，带我去看他们找到的四颗奇特的石首。这个地方靠近总督宅邸东边的羊圈。一到那儿，我们就遇到了一位老妇人和她泼妇似的女儿，我以为她们会把我们的眼睛挖出来呢。她们怒不可遏，大声喊叫，语速很快，也就只有波利尼西亚语才能达到这个速度。那对年轻夫妇试着插话，结果被劈头盖脸地骂了一顿。我和摄影师坐下来，等她们消气。过了一会儿，老妇人冷静了一点。

她说道："康提基先生，这两个人是小偷，是流氓。这些是我的石雕，谁都不能碰它们。我是霍图·玛图阿的后裔，这里一直是我家的地盘。"

那对年轻夫妇打断她说："但现在不是了，这里现在是海军的牧羊场。石雕是我们的，因为是我们第一个发现的！"

老妇人又气疯了。

"你们先发现的？骗子，小偷！这些石像是我们家族的，你们这些贼！"

当双方为石像的所有权争吵得喋喋不休时，我顺着他们的手势看去，突然明白了他们口中的石像原来是这几座。老妇人和她的女儿现在各自坐在其中的一座石像上面，我不知不觉地坐在了第三座上面，那对带我们过来的夫妇则站在最后一座石像旁。它们看起来与普通的石首并无大异，一点也不像值得争来争去的东西。

此情此景，我想起了智者所罗门的故事，当两位母亲都说孩子是自己的时，他拿起一把剑，准备把孩子劈成两半。我现在手头有一把大锤，也可以照葫芦画瓢试一试。如果我举起锤子，那对年轻夫妇估计会同意这么做，那老太太可一定会抓狂。

我对老妇人说："让我们看看你的石像吧，我们保证不碰它们。"

她未作回应，只是让我们把那些又大又圆的石首滚过去，让它们底朝上。这四座石像的脸怪模怪样的，圆圆的眼睛大得像茶盘一般，茫然地望着天空。它们一点也不像那些传统的雕像，而是让人联想到马克萨斯群岛上诸神的圆形脑袋，样子十分恐怖，令人印象深刻。老妇人和她的女儿看上去绝望至极，而找到这些石像的年轻夫妇则踌躇满志，以为他们可以大赚一笔。

当我们把那两个怪模怪样的石首脸朝下滚回原处时，双方都显得十分紧张。然后我们谢过他们就走了。那对年轻夫妇目瞪口呆地看着我们。时间会证明老妇人将牢记此事，不会忘记这一切。

在此期间，又发生了一件令我们大惑不解的事。在我们这些白种人进入太平洋时，复活节岛上的居民和波利尼西亚其他地方的人一样，对陶器一无所知。这种情况很奇怪，因为陶器艺术是南美洲早期的一个重要文化特征，在印度尼西亚和亚洲文化中则更为久远。我们在加拉帕戈斯群岛发现过大量的南美洲陶器碎片，但那些岛屿是古时海上航行的大船经常停靠的地方，而且这些古代遗迹几乎没有任何泥土覆盖。复活节岛就不同了，史前的航海家们不可能经常从大陆找到通往复活节岛的路。他们到达复活节岛后，带来并打碎的几只坛子今天可能早已深埋在地下了。无论如何，我还是随身带了一块陶器碎片，想问问当地人是否见过类似的东西，因为零星的碎片对于考古学家的考察来说，不亚于一本书的价值。

首先，令我们大吃一惊的是，有几位当地人见到这块碎片时都不约而同地叫它为"梅恩戈"，他们彼此未曾商量过。塞巴斯蒂安神父甚至都不知道有这么个说法。其中一个人从他的祖父那里听说，梅恩戈是人们早期使用的一种古老的东西。许多年前，有人试图用泥土做梅恩戈，但不太成功。埃洛莉娅和玛丽安娜想起她们在一个山洞里看到过一些类似的碎片，但是她们四处寻找了两天，也一无所获。总督的妻子在花园里挖土时也曾拾到了一些。还有一位当地人来营地，神秘兮兮地告诉我们，他家里也有一块这样的碎片。

这名男子名叫安德烈斯·豪亚，他过了好几天才把陶器碎片带给我们。惊喜的是，它是按照美洲印第安人特有的方式手工制作的，而不是像欧洲人那样借助制陶轮的转动制成的。我答应他，如果他告诉我们是从哪里发现的碎片，我就给他很多香烟。这样，我们自己就能证实那个地方是否可以找到碎片。然后，他带我们来到一座巨大的阿胡，那里有一排歪倒的雕像和巨大的阶梯墙，与南美洲安第斯山脉的印加人的古城墙惊人地相似。他指着上面平台的台面说，几年前他在那里发现了三块这样的碎片。在当地人的帮助下，我们小心翼翼地抬起了一些石板。在平台里面，我们发现了两具完整的尸骨并排摆放，这在复活节岛上是一种不同寻常的埋葬仪式。在这两具尸骨旁边，我们发现了一个斜坡，通往两个黑暗的房间，每个房顶都由一块巨大的、切割精美的石板盖着，里面杂乱地散落着很多古老的头盖骨。但我们并没有发现陶器碎片，安德烈斯也就没有得到全部的报酬。

第二天，卡尔带着考古装备和一个发掘小组又回到了那个地方。因为，不管怎样，阿胡特佩乌显然是一座值得深入研究的建筑。一起挖掘的还有一个当地老人，他突然从地上捡起几块陶器的碎片，但碎片小得可怜。他是唯一发现碎片的人，他居然发现了它们，真是太奇怪了。然后阿恩和贡萨洛从村里策马而来。他们从一位当地妇女那里听说，安德烈斯·豪亚曾经给了这位老人一些陶器碎片，以便帮安德烈斯·豪亚得到全部的报酬。我们把这些新的小碎片和之前从安德烈斯那里得到的大碎片做了比较，顿时发现其中的一块只是大碎片的一角。

我们识破了他的骗局，安德烈斯对此感到非常愤怒，他不愿告诉我们他到底是在哪里发现的那块大碎片。他气势汹汹地走到塞巴斯蒂安神父面前，把三个完整的陶罐摆在他面前的桌子上，塞巴斯蒂安神父大吃一惊。

"听着，"安德烈斯气愤地说，"我不会把这些给康提基先生看的，因为他说我是个骗子。我不是骗子。"

塞巴斯蒂安神父在复活节岛上从未见过这样的陶罐，他问安德烈斯是在哪里找到的。

安德烈斯回答说："我父亲有一次在一个山洞里发现了这些陶罐，说用它们装水挺好的。"

这显然是一个新的谎言，因为他的罐子根本就没有装过水的痕迹，甚至连他家里也没有水。这一点许多朋友都可以证明，大家经常串门的，了解邻居家里的每一个角落。

那三只神秘的陶罐很快就消失得无影无踪了，就像它们来的时候——只有塞巴斯蒂安神父一个人看到过它们一样。所以，我们又多了一件神秘的事情要琢磨。陶罐没有拿回安德烈斯家，它们被藏在哪里了？到底发生了什么？

与此同时，我们又遇到一个伤脑筋的问题，我已经决定应老警察卡西米罗的邀请，到传说中的鸟人岛去，寻找他父亲口中藏有朗戈－朗戈的秘密洞穴。那些刻着象形文字的古老木板仍被藏在封闭的洞穴里。当地人津津乐道地讨论这些木板，任何在岛上生活久了的人都会逐渐对此产生好奇心。

当地人说："曾经有人出价十万比索买一块朗戈－朗戈木板，所以实际上一块至少值一百万比索。"我内心觉得他们这么想是对的。但我也知道，如果他们中有人找到了藏有朗戈－朗戈木板的洞穴入口，他们也不敢进去。因为在他们祖先生活的时代，每一块朗戈－朗戈木板都被视为神圣的财产，而在尤金尼奥神父引入基督教的时候，那些有学问的老人已经把神圣的朗戈－朗戈木板藏在山洞里，并下令禁止触碰这些刻着象形文字的木板，违者只有死路一条。

当地人对此深信不疑。

这种朗戈－朗戈木板，世界上所有博物馆的收藏加起来也就二十块。迄今为止，世界上没有一位学者能辨认木板上象形文字的意思。这些符号是一种富有艺术价值的书写符号，在其他任何民族中都找不到。这些符号精致地刻成行，符号的线条蜿蜒曲折而不间断。今天保存下来的木板，几乎都由当地人珍藏在家，最后献出来。不过，塞巴斯蒂安神父给我们讲了最后一块木板被运走的故事。它是在一个禁止人们入内的山洞里被发现的。发现洞穴的当地人经不住诱惑，把一个英国人带到了洞穴附近的一个地方。他让那个英国人在那里等着，用小石头在他面前围了个半圆，不许他越界。然后那个当地人就不见了踪影，回来的时候带着一块朗戈－朗戈木板，那个英国人便把它买了下来。没过几天，那个当地人突然发疯了，很快就死了。塞巴斯蒂安神父说，这件事让当地人备加恐惧。从那之后，他们再不敢违禁进洞找木板了。

最终，我还是接受了老卡西米罗带我去秘密洞穴的提议，可不知什么原因，他却打退堂鼓了。他说他感觉不太舒服，提议让老帕科米奥带我们去那个地方。小时候，当卡西米罗的父亲独自进洞时，他们只能站在外面等着。老帕科米奥是女占卜师安加塔的儿子，早在四十年前劳特利奇探险队到达时，安加塔就搞过很多迷信活动，惹出了许多麻烦。我通过塞巴斯蒂安神父找到了他，神父最终说服帕科米奥给我们带路。

老帕科米奥满怀敬意地爬上我们的汽艇，我们出发来到遍地岩石的鸟人岛——摩图努伊。在我们身后是复活节岛上最高的悬崖，高悬在我们头上。悬崖的顶端是古代祭祀中心——奥伦戈荒凉的遗址。艾德和手下的人正在那里发掘、勘察。我们几乎看不到他们，他们就像隐隐约约的小白点。当然，朝下望去，我们的汽艇也不过是沧海一粟。

直到 19 世纪，岛上强壮的男人还常常这样做：在巍峨峭壁上半露出地面的石屋中，他们一连在里面坐上几个星期，守候着当年第一批迁徙的燕鸥，这些燕鸥就在悬崖下面的小石岛摩图努伊筑巢。当地人会划着小芦苇筏去到那个岛，然后寻找燕鸥产下的第一枚蛋，这是当地一年一度的比赛。找到第一枚蛋的人将被人奉为神，人们会把他的头发剃光涂成红色，列队将他送到拉诺·拉拉库火山脚下石像林立的一个神圣小屋里。到了那里，他必须在黑洞洞的屋里待上一年，不得与凡夫俗子接触，专门有人给他送食物。这个人也就成为当年备受崇敬的神圣鸟人。艾德现在发掘的那片废墟旁边，整个岩石表面都刻着许多人像浮雕，这些浮雕弓着背，长着钩形的鸟喙。

我们登上传说中的鸟人岛后，连一根羽毛都没看见。所有的燕鸥都迁到了另一个陡峭的岩石岛屿上了，那个岩石岛离海岸更远了。当我们乘汽艇驶过鸟人岛时，一群燕鸥在空中盘旋，像火山口上方的烟云一般。

在其中几个洞穴里，沿着墙壁摆放着一些发霉了的人骨和头盖骨。在其中一个洞里，刻有一个长着山羊胡子、恶魔似的红色头像，它就像一个胜利纪念碑似的从洞顶凸出来。劳特利奇夫人曾经去过其中的两个洞穴，当时帕科米奥不耐烦地站在外面等候。他还清楚地记得劳特利奇夫人。但他要给我们看的并不是这些洞穴，他带着我们爬到半山腰，突然停了下来。

他指着前方的地面低声说："我们就是在这里烤鸡的。"

"什么鸡？"

"卡西米罗的父亲在进洞之前必须在地上烤一只鸡，以求好运。"

我们没有听明白，帕科米奥也无法进一步解释，只说这是一种习俗；只有老人可以站在能闻到烤鸡香味的地方，孩子们只能站在土灶的另一边，这样就闻不到烤鸡味了。小孩也不被允许去看洞里的东西，但他们知道这些东西价值连城。帕科米奥和卡西米罗被允许站在附近，并且知道长辈在洞内寻宝，这也算是一种十分自豪的经历了。

我们当然没有找到那个秘密洞穴。我们里里外外花了很长时间，在羊齿蕨和砾石中寻找那个神秘的入口。帕科米奥认为，老人可能是为了骗他们故意走那条路，所以洞穴没准儿在相反的方向。我们又朝相反的方向走了一会儿，开始感到没意思了。太阳火辣辣的，我们放弃了寻找。我们发现一个岩石裂缝，那里灌满了从石缝流进去的清澈的海水，于是，我们一头扎了进去。我们潜入水底，抓了一些紫色的海胆，帕科米奥直接就生吃了。我们的鼻子不时地和这些游动着的色彩奇特的鱼撞在一起，它们的颜色宛如艺术家的调色板。这些鱼从自己的藏身之处游出，张着嘴巴，打探着摩图努伊天然水族馆来的新成员。耀眼的阳光射进岩石缝，照在这些海洋生物身上，五光十色，就像点燃的烟花一样闪闪发光。那里的海水清澈明净，我们感觉像鸟人一样在飘零的秋叶中盘旋。这里真是太美了，简直就是海底的伊甸园。我们都不想爬上岸了，外面的岩石被太阳烤得火辣辣的，也许只有那些没有眼睛的海胆和色盲鱼，可以永远独享水中无限的美好景色。

在复活节岛上，我们的眼睛还有其他用处，因为我们开始用镐和铁锹在阳光下挖掘了，当地人几百年来都未曾见过这种东西。村里的人开始议论开来。他们对现在所发生的事情做了解释，掺杂了一点迷信的色彩。一个外国人，怎么可能知道长着青草的地下埋藏着古物呢？除非他是在"马那"即神力（尤指波利尼西亚人、美拉尼西亚人和毛利人信奉的无所不在的超自然力）的帮助下，直接掌握复活节岛的历史。最初，还没有几个人这么说，但有一两个过来问我是否真的是肯纳卡人（夏威夷及南洋群岛的土著人），或者是当地人，而不是外国人。我的白皙皮肤和金色头发说明不了什么问题，因为他们的祖先中有些也是白皮肤、红头发。关于复活节岛上的波利尼西亚方言，我只懂得几个词，这一事实只能说明我在塔希提、挪威和其他国家住得太久，连自己的本族语都忘得差不多了。一开始，我们谁也没有把他们的话当真，只是将其当作波利尼西亚人的一种恭维，万万没想到他们说的是真心话。特别是考古学家在地下发现的东西越多，当地人就越觉得康提基先生确实不简单。

事情还得从比尔的挖掘队开始说起。比尔做了一件令人兴奋的工作。他是第一位研究复活节岛最著名的遗址——维纳普大阿胡的考古学家。所有见过这座与众不同的作品的人，都惊叹其与印加帝国宏伟的壁画建筑有惊人的相似之处。在浩瀚的太平洋里成千上万的岛屿上，并不存在这样的东西。维纳普是印加人及他们祖先经典杰作的真实写照，由于它出现在离印加海岸最近的波利尼西亚岛上，所以更引人注目。

秘鲁那些技艺高超的石匠会不会也在这里工作过呢？会不会是他们的后裔最早登岸并开始在复活节岛上凿出巨大的石像呢？

虽然有证据证明了这一点，但确实还有另外一种可能性，这为科学界所青睐。工艺手法相似、地理位置接近可能纯粹是偶然和巧合。由于复活节岛不受外界影响而独立发展，这座小岛的岛民可能自己创造出了这种技艺精湛、结构复杂的建筑。如果这种说法是正确的，那么维纳普的古老墙壁便是当地技术发展的最后阶段。到目前为止，理论上的研究已经接受了这一观点，但尚未实地调查过废墟遗址。

比尔带着二十个人在维纳普挖掘研究了四个月。在头几个星期，我们就得到了心里急切期待的答案。维纳普的中央石墙，用古老的石头砌筑，属于复活节岛最古老的建筑时期，这与之前所有的理论大相径庭。阿胡曾两度被重建，后来又被能力远不如前的建筑师们重建，这些建筑师不再精通精巧复杂的印加工艺。艾德和卡尔一直分开行动，研究过去重建过的其他阿胡，但他们各自都得出了与比尔完全相同的结论。

我们首次发现，复活节岛神秘的历史可划分为三个明显独立的时期。第一个时期是一个具备高度专业文明的民族，他们使用特有的南美石工技术在复活节岛上进行雕刻。我们用碳-14年代测定法证实，本岛的最早发现者比今天的波利尼西亚人的祖先还早一千多年来到这里。这个时期的古老建筑与后面几个时期的建筑相比，独一无二。那时，人们像切奶酪一样将巨大坚硬的玄武岩切成块，然后小心翼翼地拼接起来，不露一点缝隙或小洞。这些长期矗立在陡坡上的神秘石像遍布全岛，看起来像祭坛一样，部分像阶梯式的堡垒。但是，第二个时期开始后，大部分早期古老的建筑被部分拆毁、改建，人们靠着内墙铺建了一条斜坡，他们将巨石像从拉诺·拉拉库运过来，背朝大海竖立在这些重建的庞大建筑物之上。现在，岛民们经常可以在这些巨型建筑物的内部发现墓室。

当这项宏大的任务在第二时期达到高潮时，一切却出乎意料地突然停滞下来，战争和同类相食的浪潮席卷了该岛。又过了几代人的时间，1722年罗赫芬船长率领欧洲人登岛。随着真正的波利尼西亚人的到来，所有的文化生活都戛然而止，复活节岛开启了悲剧性的第三个历史时期。这一时期，没有人雕刻石像了，人们也不再尊崇这些雕像，并毫不留情地推倒了它们。这些巨石和尚未成型的石块被堆在了一起，沿着阿胡的石墙形成了坟堆，而倒下的巨像通常用来当作那些墓室的临时屋顶。这些墓室是马马虎虎搭建的，没有任何技术含量。

随着考古学家们不断挖掘，岛上神秘的面纱逐渐被揭开了。复活节岛的历史第一次展现在世人面前。解开了一个谜，也就进一步推动了揭开整个奥秘的进程。现在，我们了解到，特有的南美壁画建造工艺，是以一种完全成熟的形式传入复活节岛的。最先登上本岛的人就使用了这门工艺。

极为关注这件事的当地人，成群结队地前来参观维纳普的发掘工作，比尔小心翼翼地打开阿胡隐藏的后墙，以便让每位参观者都能清楚地看到三个历史时期的不同层次。

在这段时间里，有一天，比尔在挖掘点后面的平地上，被一块与众不同的红色石头绊了一下。他打电话给我，问我是否和他一样认为那块石头雕刻了两只手，还有手指。那是一块砖红色的长石头，形状像一根四棱柱子，只有一边刚露出地面。无论是形状还是材质，它和复活节岛的那些石像完全不一样，甚至不是用拉诺·拉拉库的石头雕刻的，也不像复活节岛上那六百座雕像那样，将手指刻在石柱底部。当地人礼貌地笑了笑，解释说这只是一块哈尼－哈尼，也就是一种红色的石头而已。

然而，这些摆在面前的文物，让我想起了另外一些非常特别的东西——安第斯山脉印加人以前竖立的红色圆柱形雕像。印加人古时制作的模拟人像的四棱石柱上刻有长着胡子的头，我曾将那个头像画在了"康提基号"木筏的船帆上，那根石柱和这根一模一样，都是用精选的红色粗纹石凿成的。

是的，确实如此，那有可能是手指。但是看不见脑袋，也看不见其他像人的特征。

我说道："比尔，我们必须得挖一挖了。我曾在南美洲的喀喀湖畔（秘鲁与玻利维亚之间的一个湖泊），见过类似的四棱红色石柱！"

有一次，塞巴斯蒂安神父在给复活节岛上所有立着或倒着的石像上标号时，就停在这根石柱前。埃洛莉娅曾指了指那些像手指一样的纹路，但塞巴斯蒂安神父摇了摇头，拿着油漆刷子走开了。复活节岛上所有的雕像都是一种类型，没有任何一座与这座埋在地下的柱形红色石像类似。

我们小心翼翼地在石像周围厚厚的草皮上挖了一条深沟，然后用小泥刀慢慢地在柱子两侧挖。那纹路究竟是雕刻的手指，还是偶然在石头上留下的沟纹呢？我抠掉了覆盖在石像手部的第一块草泥时，激动万分，屏住了呼吸。那确实是手！前臂和上臂也露出来了，我们将完整的石像挖出，正反面都一样。这座石像甚至还雕刻着两条短腿。迄今为止，复活节岛上还没有出现过这种雕像。但雕像的头部已经被人故意敲掉了，还在心脏的部位钻了一个很深的洞，这真是太遗憾了。

我们拍拍比尔的肩膀，激动地和他握手。塞巴斯蒂安神父一直负责管理复活节岛上这些古老的石像，他像卫士一样默默守护着复活节岛，没想到又出现了一个无头的四棱红色"战士"，他比任何人都更为震惊。

他说道："穆洛伊博士，这是当代这个岛上最重要的发现。这座雕像绝对不是复活节岛的产物，它是南美洲的产物。"

"但我们是在这里发现的呀。"比尔笑道，"这才是最重要的。"

我们用起重滑车把红色雕像吊起来，二十个人在一旁拉着它，直到石像用笨拙的短腿立在地上的一个坑里。那些拉着绳索使劲拉拽的当地人，对眼前的这个石像感到惊讶，因为这毕竟不是哈尼－哈尼，可我们外国人又怎么可能知道这是什么呢？

　　然而这仅仅是个开始。不久之后，艾德在拉诺·考山顶的鸟人遗址——奥伦戈村附近发现了一座不知名的神殿，从地下挖出了一个面带笑容、形状怪异的小雕像。塞巴斯蒂安神父、总督及成群结队的当地人前往那里一探究竟。阿恩和他的队员们在拉诺·拉拉库的采石场里挖掘，也挖出了一些奇特的东西。最让人印象深刻的是一座体积庞大的石像，和维纳普的红色雕像一样，以前在复活节岛都没有见到过。当阿恩开始挖掘时，只看到一块石头的小角处刻着两只眼睛。在这之前，有数不尽的人来来往往，却没有注意到这块石头在盯着他们，更没有想到地下还有更多这样的石头。这双眼睛原本刻在一座重达十吨的巨像身上，这座巨像隐藏在地下，只在草丛中露出了眼睛。

　　一层厚厚的碎石，还有从废弃的采石场里扔出的一大堆破旧的石器，把这个巨像埋了起来。当我们把它挖出来的时候，发现这座石像和旁边那些呆板、没有雕刻眼睛和腿的石像完全不同。考古学家和当地人都感到非常惊愕，又把塞巴斯蒂安神父和总督请了过来。这个雕像十分与众不同，躯体雕刻得很完整，还有完整的双腿，宽大的臀部压在脚后跟上，手没有放在腹部，而是放在膝盖上，跪在地上，栩栩如生。它不像其他雕像那样赤身裸体，而是穿着一件庞乔斗篷，有个方形领口。石首是圆形的，留着特有的山羊胡，眼睛里的瞳孔刻得十分奇怪。石像向上凝视，其面部表情在复活节岛的其他巨像上从来没有见过。

　　我们花了一个星期的时间才把这个巨像吊起来，甚至还动用了吉普车及我们所有的装备，当然许多水手和那些对此格外关注的当地人也帮了不少忙。这座石像就在那里谦卑地跪着，虔诚地仰望着天空。它似乎在竭尽全力寻找其他星球，寻找一个已经消失的世界。它和我们这些毫不知情的外来者有什么关系呢？它那忠心耿耿的老仆人身在何处呢？雕刻山上那些鼻子很长的石像时，凿出了很多碎石，把这个巨像埋了起来，那些长鼻子石像又是谁呢？

　　这座刚吊起来的石像矗立在那里，比起我们这些外来者更像是一位异客。人们纷纷摘下帽子，擦去额头上的汗珠。然后他们挺直身板盯着那座雕像，好像在期待发生什么事情似的。然而，那座雕像只是一动不动地跪在那里，对我们毫不理睬。

老帕科米奥悄悄提议道，现在是时候给这座岛起个新名字了，因为现在这座岛已经不再是拉帕努依岛或复活节岛了。他说一切都变了。卡西米罗和整个挖掘队的人都赞同他的说法，但市长说，如果那样的话，他们还得为奥伦戈、维纳普及拉诺·拉拉库起新的名字，因为岛名一改，其他名字也都要跟着改。我建议，他们还是保留原来的名字，因为唯一的变化就是旧景重现了。

帕科米奥说："康提基先生，过去的景象对我们来说就是新的事物。如果一个人在复活节岛上生活了一辈子，他会记住看到的每一件小事。但现在，我们却不记得周围的一切，所以这座岛也不再是复活节岛了。"

我开玩笑地说道："那你们就把它叫作'世界中心'——'吉－比依奥－吉－赫努阿'吧。"

他们都高兴地点头笑了，因为他们听过这个名字。

市长笑着道："以前人们就是这么称呼我们岛的，所以你是知道的。"

我回答："哎呀，这不是尽人皆知的嘛！"

"不是每个人都知道，因为你是肯纳卡人。"这句话是站在雕像后面的一位老人说的。他诡秘地点了点头，表示他已经知道了我的秘密。

这座新石雕从地下挖出来后，跪在山坡上，成为岛上这个小小世界的一部分。当地人还从未见过这种石像。对于贡萨洛和我来说，这座石像几乎是老朋友了。我们俩都去过蒂亚瓦纳科（玻利维亚地名），那是印加人以前在喀喀湖畔最古老的祭祀中心。在那里，我们看到过类似这样跪着的石像，与这里的石像风格、特征和姿势都很相像，所以很可能由同一位石匠雕刻。石像已经跪在蒂亚瓦纳科一千多年了，旁边还有留着胡子的红色雕像和僵直的、象征神秘人物的四棱石柱，周围是整个印加帝国规模最庞大、工艺最出色的巨石建筑。

的确，放眼整个古代的美洲，没有任何东西能与这雄伟壮观的巨石建筑相媲美。考古学家们已经发现，挖掘出来的最大切割石像重达一百多吨，也是从平原上慢慢运输过来的，然后这些石像被竖立起来，摆在一起，仿佛它们是空纸板箱一样。在这些露天墙壁和露台的废墟中间，古代的石匠大师们竖立起了奇怪的石像。最大的高达二十五英尺，其他大多数石像与最大的相比要小得多，但仍然比常人高很多。

蒂亚瓦纳科位于山间平原之中，遍地是石像和切割过的石质工艺品，显得神秘而荒凉。印加人说，当第一位印加人来到此地时，这些石像就被遗弃在那里，不知道是谁雕刻的。他们说，那时雕刻大师们已经移居到广阔的太平洋了，把这块地留给了乌鲁和艾马拉印第安人原始部落。销声匿迹的蒂亚瓦纳科创建者的传说一直流传至今。现在我们抛开传说，向地下挖掘，希望找到真相。但是，目前我们只找到了不会说话的石像。或许那些原始部落的传说，能够解开这些没有生命的石像的谜底。

复活节岛雕像的奥秘之一，是这些雕像都是同一类型，彼此间异常相似，而且都具有复活节岛独一无二的特色。全世界没有任何雕像能与复活节岛的雕像和谐一致。在史前时期，从墨西哥一直到秘鲁和玻利维亚，以及秘鲁洋流所到达的波利尼西亚最东部的边缘地区，一些我们尚不知道的文明已经抛弃了这些巨型石像，没有一个岛屿的石像是复活节岛这些石像的风格。甚至在太平洋的西部地区，偏亚洲的地方，根本就没有雕像。既然其他地方都没有类似的雕像，那复活节岛的巨型雕像的雕刻者是怎么受到外界影响而获得灵感的呢？因此，大多数研究人员都相信，雕像的灵感是这个独立于外部世界的海岛自发产生的，尽管整个雕刻过程规模庞大、令人费解。想象力更丰富的研究人员则相信大陆沉没海底的理论，他们认为在海底一定会发现类似的这种雕像。

但是，现在我们陆续在复活节岛发现了许多不同类型的雕像。比如，在一些神殿平台的墙体里，发现了一些与众不同的雕像，其中一些在第二历史时期就已经被砸成碎片，仅作为建筑石材和填充材料。那时，人们改建了古代的平台，从拉诺·拉拉库运来的巨像作为巨大的纪念碑被放置其上。塞巴斯蒂安神父也突然想起，他曾偶然发现过几座由坚硬的黑色玄武岩雕刻的石像。他见过其中一个石像被压在墙下，当作古代阿胡正面墙体的基石，只有石像宽厚的背部露在外面。塞巴斯蒂安神父和当地人帮我们把另一个有双腿的粗壮厚实的石像立了起来。结果这座雕像也属于一种不同寻常的原始类型，它同维纳普的无头石像一样，均由红色的石头雕刻而成。

现在我们离目标又近了一步。我们发现，在第一历史时期，修建这些精美的南美式墙体的石匠，他们所雕刻的石像不同于拉诺·拉拉库的石像，而拉诺·拉拉库的石像才真正使复活节岛闻名于世。这些石像的头很圆，脸很短，眼睛也大大的。有的是用红色凝灰岩刻成的，有的是用黑色玄武岩刻成的，但也有的是用拉诺·拉拉库那黄灰色的石头刻成的，这种石头便是接下来的第二个历史时期石匠首选的材料。岛上这些最早雕刻的石像与复活节岛那些有名的巨像几乎没有什么共同之处，除了一点：通常这些石像也是弯曲双臂将双手放在腹部，手指相对，保持着一个姿势。这也是昔日印加人雕刻的石像及波利尼西亚附近岛屿上石像的共同特点。

现在，我们终于和复活节岛上那些沉默不语的雕像"对话"了。最先"开口"的是那些被封在墙里、受尽委屈的家伙，它们还带动起神殿平台上面的及采石场里的那些傲慢又目中无人的石像。这些石像的家谱始于另一个世界，那个世界给复活节岛带来了新的想法、技术及传统的雕刻工艺。后来被推倒在平台下的那些矮胖的石像、维纳普平地上的无头红色柱形雕像，以及拉诺·拉拉库山脚下那些被埋在碎石下呈跪姿的巨大石像，都是第一历史时期的产物。

进入第二历史时期后，当地的雕刻家们独创了一种更为精美且独特的风格，雕刻出体积庞大的红发巨像，然后把它们运到无数重建起来的平台上。雕刻家们不断地积累经验，新雕刻的巨像尺寸越来越大。那些已经竖立在阿胡上的石像已经足够大了，但是许多遗弃在半路的石像体积更为庞大。火山脚下矗立着的那些石像的背部尚未雕刻，它们的体积也很庞大。其中最大的是那座高达七层楼的巨像，它还没有雕刻完，仍矗立在采石场，其背部仍与坚硬的山体岩石相连。

复活节岛石像的这种演化是如何结束的呢？最终可能达到的极限又是什么

呢？这一点谁也不知道。因为在达到极限之前，便出现了阻止石像继续演化的灾难，石像演化的步伐戛然而止，它们全都被推倒在地。现在岛上的人们相信，这一切都是因为女巫没有吃到龙虾。但是，当时的斗争很可能是为了争夺比龙虾更肥美的肉，因为石像雕刻的进程正好在第三个历史时期开始时便结束了，而食人族突然登上了历史舞台。

如今的岛民便是在第三个时期凯旋的善战部族的后裔。当他们的波利尼西亚祖先从棕榈群岛向西迁移时，便打破了以往的平静。我们很快就从岛民那里听到了许多传说，关于他们来到这里发生的斗争，关于那些倒下的雕像，关于用来凿刻石像的扁斧变成劈人的工具——他们自己的祖先经历了那个时期，而且起了主要作用。虽然当地人已经接受了西方文明的习俗和信仰，虽然和平相处、宽以待人的风气在岛上盛行，但是第三个时期所带来的影响还未销声匿迹。

第五章

长耳人的秘密

在安纳根纳的营地，生活一如既往。

我们的白色大船停靠在礁石外的海湾里，在阳光的照耀下，显得耀眼夺目。这艘考察船似乎已经成为复活节岛的一部分，成为海岸的地标，就像鸟人岛一样。没有船只在复活节岛停留过这么长的时间——除了那些受到海浪冲击撞到了岩石上，现在沉睡在海底的船只，它们桅杆的顶端远在信风的控制范围之内。

岸上的大风吹得帐篷呼呼作响。这时，船务总管就会急急忙忙跑到船上，尽量多拿些补给。因为在这种情况下，船长常常会鸣笛，用对讲机告诉我们必须把船开走。接着船就会沿着海岸，开到我们第一次下锚的海岬，停靠在后面的峭壁下躲避风浪，那里恰好位于拉诺·拉拉库火山脚下。接下来的一两天，营地前面的海湾看起来非常空旷，就像一幅熟悉的照片突然变了样。但是，之后的一个清晨，当我们爬出帐篷时，船已经停在往常的位置上了，摇曳在晨光之中。

无论离开安纳根纳营地一天还是一星期，回到这里的感觉都非常美好。当我们看到黑色的岩石后面停泊着白色的大船，岩石前方黄色的草地上搭着绿色的帐篷，还有那洒满阳光的沙丘——一切都被蓝色的大海和辽阔的天空所包围，就会感到这里是我们的家。辛苦了一天之后，海浪大声地呼唤着我们沐浴其中，船务总管不停地敲打着平底锅，吆喝我们来享用美味的晚餐。晚上，我们三五成群地躺在草地上，或在星空下或在月光下畅聊。有的人坐在帐篷里的灯光下读读写写，听留声机；有的人则跳上马背，疾驰越过山脊，不见踪影。水手们到了岸上就变成了地道的牛仔。当人们动身前往汉加洛村时，帐篷前面古老的神殿广场简直就成了马戏场，到处都是嘶叫的马儿，跃起前蹄乱踢。有个水手抄近道穿过碎石堆时，摔断了一只胳膊，医生只能给他接骨。但是，当远处村子举办诱人的草裙舞会时，为了尽快赶到，还有什么牺牲做不出来呢？

我们很快就认识了村子里的大多数人。但是，我们很少见到眼睛乌亮的村医，连参加草裙舞会的人也很少见到他。至于他的朋友，那位小学校长，我们是一次也没见过。他俩从不到塞巴斯蒂安神父的小教堂参加礼拜，也从不参加礼拜仪式后在修女院或总督府举行的主日聚餐。这让我们感到非常奇怪，因为不管信仰哪种宗教，当神父打开教堂的门进行简短的布道并歌唱优美的歌曲时，如果你不在场，你的眼睛和耳朵就失去了欣赏复活节岛一大乐事的机会。确实，当地人在那里创造的气氛极富感染力，那是他们的盛会，是岛上一周的大事。所以，每当教堂司事约瑟夫拉动钟绳时，哪怕是村子里最懒的人，只要能走得动爬得动，都会穿上最讲究的衣服，庄重而又从容地向教堂走去。

但是，有一天，命运出其不意地把这位校长带进了我们的世界。总督已经代表学校询问过好几次，能否让岛上的孩子们乘坐考察船做一次环岛旅行，这是孩子们梦寐以求的事。孩子们可以在安纳根纳上岸，在营地前野餐，下午继续乘船航行，当晚就可以返回村子。塞巴斯蒂安神父告诉我，孩子们没有从大海上眺望过复活节岛，除了从村边海湾处望一望。最后，我答应让船长把船开到村子的附近。事实上，整个主甲板简直就是为孩子们量身定制的，因为甲板两侧有很高的船舷，向内弯曲，小孩子无法爬越。此外，正如当地人所说，岛上的小孩像鱼一样擅长游泳，他们早在上学之前，就开始在海里嬉闹了。

一天清晨，天气晴朗，我们在汉加洛村沿岸下锚，一百一十五个当地小孩登上了考察船。孩子们占全岛人口的八分之一。校长本人、村医及其助手、总督助理、三个修女，还有七个当地成年人一起上船照看孩子们。整个甲板洋溢着欢呼和喊叫声，孩子们唱着歌，激动得手舞足蹈。但当考察船起锚、鸣笛与村子告别时，大多数孩子似乎安静下来，略显悲伤地望向岸上的家园，好似他们要进行环球旅行，而不是环岛游玩一天。毕竟，这个小岛就是他们的整个世界。

　　船开始在波光闪闪的浪涛中轻轻颠簸，孩子们毫无例外地都晕船了。不一会儿，船舱口就躺满了昏昏欲睡的孩子们，整个甲板上也睡满了孩子。孩子们一动不动，好像是一捆捆待洗的衣服。在所有的客人中，只有校长状态尚可。他从上船那刻起，就显得精力充沛。他说他曾经在各种各样的天气里经历过无数次航行，从来没晕过船。校长一头乌黑的头发和一双有神的黑眼睛，让我们想起了他的村医朋友。校长立马表现出和村医同样的政治倾向，他们认为当地人虽是智利公民，却不享受公民权。当校长在宣传自己的政治主张时，那双乌黑的眼睛像煤块一样坚毅。但当他掏出铅笔在日记本上勾画海岸起伏的轮廓，又或是有机会轻拍孩子的头时，脸上还是会浮现出一丝温柔的表情。校长身体结实，在甲板上不停地走来走去，用自己的波利尼西亚语安慰着那些晕船的孩子，一会儿坐在孩子们的身边，分发药片，一会儿又搀扶起一个瘦弱的小男孩，跌跌撞撞地走向栏杆。小男孩的姿势让大家明显感到需要为他让出一条路。

　　我们绕过海岬后，海面变得平静下来。有些大一点的孩子忘记了晕船，不听我们的劝告，不愿意待在颠簸最少的船中央，想要走到船头，看海浪被船冲向两边。校长看到这一幕瞪大了眼睛，很快把他们拉了回来，叫他们躺到舱口的位置。在我们抵达安纳根纳湾之前，孩子们都没有什么快乐可言，当船进入海湾后，他们突然活过来一般，用波利尼西亚语演唱的歌声在船上回荡。

　　船照例停靠在营地附近的安纳根纳湾，孩子们下了船，参观我们搭建在霍图·玛图阿遗址上的营地。随后，负责照看孩子的修女把孩子们带到一个神殿平台前，在墙脚下的草地上野餐。有几个当地人骑着马前来帮忙。他们把六只羊放在滚烫的石块之间，用波利尼西亚人的方式烤熟了给孩子们吃。另一队孩子由一个修女领着，热情高昂地唱着他们祖先的古老歌曲——霍图·玛图阿之歌，很快一下午就过去了。

校长看了看手表，拍了拍手，告诉孩子们准备坐船离开。海面依旧很平静，温柔的浪花轻轻翻涌着，小汽艇照旧停在离岸不远的大筏子旁。孩子们把大筏子当作跳板玩。轮机师陪同第一组孩子乘坐小汽艇去大船，以便把准备工作安排妥当。汽艇回来时，校长站在沙滩上集合第二组孩子。有几个孩子跳进水里，在筏子旁游泳，想用这种方式告别。另外一些调皮的孩子游过去爬到筏子上，想多玩一会儿。校长为了更好地照看孩子，自己也游了过去。当汽艇运送第二组孩子时，他也在其中。其他负责照看孩子的大人则留在岸上，把孩子们分组，等候登船。

灾难犹如晴天霹雳，突然降临了。汽艇正平稳地前进，绕过距离大船最远的岬角时，孩子们都争先恐后地想要看看汽艇激起的浪花。尽管校长使出浑身解数来维持秩序，但是，此时此刻，孩子们连波利尼西亚语的命令都不听了，汽艇的舵手也冲着孩子们大吼让他们坐回去。就在此刻，一个浪慢悠悠地打过来，结果灾难发生了。汽艇载重两吨，但只装满了半船人，船头一下就扎进了巨浪里，汽艇瞬间灌满了水。顿时，海面上只能看见船尾和一个个露出的人头。

大船立刻放下一只救生艇，考察队的医生和我跳上沙滩上的登陆筏，其他人都跑向岬角的尽头，那里距离出事地点只有八十码。我们急忙划着筏子赶过去，这时，一些孩子向岬角游去，但大部分孩子都在船尾附近的水中上下挣扎。

我们很快到达了那里，径直划向舵手和一个当地的男孩——他俩正在并肩游着搭救两个不会游泳的孩子。我们把他们拉上船之后，认出其中一个是市长十三岁的女儿，她是一个非常漂亮的小女孩，皮肤白皙，头发金黄微红。我也跳入水中，让医生待在筏子上四处划动，把孩子纷纷拉上船。

此刻，船长也带着几个会游泳的人从岬角赶到了。我们把孩子一个个捞起，推到筏子上。落水的大部分孩子都无动于衷，只是让自己浮浮沉沉，不做任何自救的努力。筏子快载满孩子的时候，船长和舵手拉着校长游了过来。校长肥胖的身体不用划水也能漂浮着。好几个人一起使劲才把校长的上半身拉到筏子上。此时，我们岸上所有的水手、村医的助手和六个当地人都赶到了出事地点。这些人开始把筏子向海岬方向推。尽管筏子上所有的孩子都挤压在医生身上，他还是疯了一样地使劲划水。

我和船长又继续在周围游了一会儿，确保没有漏掉任何人。这时，大船上的救生艇也赶到了，轮机师从救生艇上跳进水里查看，船底除了丢弃的衣物，什么也没有。四十八个孩子都已经上了船，然后又仔细数了数岸上的孩子，确定没有人漏下。

我们到达海岬之后，筏子上所有的孩子都被送上了岸，安置在岩石上。我们自己的医生在给孩子们做检查，村医的助手和旁观的人也都在帮忙。村医一直站在岬角上，搀扶从筏子上走下来的人。当他发现无法把笨重的校长拖到岸边的火山岩上时，就直接跳上筏子向海滩划去。

夜幕笼罩着复活节岛，接下来的时间十分难熬。在村子里最强壮的人的帮助下，村医忙着在海滩上救治校长，而岬角上其他的人都在抢救孩子，将近十二个孩子需要救治。人们拿着毯子和衣服，提着煤油灯到处跑来跑去。在我们的营地，伊冯把所有的帐篷门都打开，为大家提供热饭。黑暗中，村子里的人骑马陆陆续续赶来，簇拥在我们周围。

这一夜令人恐惧，我永生难忘。

恐怖的气氛笼罩着安纳根纳海湾，一道奇怪的灰色彩虹，阴郁地横在漆黑的夜空，更平添了一丝恐怖的氛围。孩子们一个个苏醒过来，被大人们抱进帐篷里，抚慰着睡觉。但是，几个小时过去了，还有两个孩子没有任何动静。其中一个就是红头发的小女孩，市长坐在她身旁一动不动，平静地说道：

"她很幸运，一直是个乖巧的小姑娘，现在她和圣母玛利亚在一起。"

我从未如此近距离地感受过发生在自己身边的无限悲伤，也从未见过人们如此平静地对待死亡。失去孩子的父母默默地握住我们的双手，仿佛在说，他们理解我们虽然有救生艇，但对所发生的事情也无能为力。那些得救的孩子的父母则一把搂住我们的脖子，感动得不停抹泪。

八个人终于从海滩上回来了，他们用担架抬着校长。天空一片漆黑，灰色拱形的怪异彩虹仍横在夜空，像是一个镜框，罩在摇曳在夜色中的八盏灯笼之上。村医用他那双乌黑的眼睛平静地看着我，说："先生，这个岛失去了一个好人。他以身殉职了，临终前说的最后一句话还是'踩水，孩子们'。"

再一次见到村医是在塞巴斯蒂安神父的小教堂里。村医摘下帽子，光着头，一动不动地站在他朋友的棺材旁。两个孩子昨天已经下葬，葬礼仪式朴素庄重。整个村子的人都加入了送葬队伍，为两个升入天堂的孩子柔声吟唱挽歌。今天，神父讲话简短而温暖。

"你一直深爱着学生，愿你们在天堂重逢。"神父语毕。

前往墓地的路上，我们听到村医喃喃自语："踩水，孩子们，踩水。"

岛上的居民以难以置信的速度忘却了这次灾难，死者的亲属立马动手杀牛宰羊，因为按照当地习俗，每次亲人逝去后都要大摆宴席。他们甚至骑马给我们送来了公牛后腿和很多别的肉。但是，最让我们惊讶的是当晚发生在帐篷里的事。两个世纪以来，复活节岛上居民偷窃的行为臭名昭著，他们会拿走所有能拿的东西。但在那个漆黑悲伤的夜晚，并没有设置看守，所有的当地人可以随意进出帐篷，我们所有的东西也摆在明面上。我们当时以为，不可能再见到那些东西了。但我们大错特错，所有的物品完好无缺：就连一顶帽子、一把梳子、一根鞋带都没少。所有借给孩子用的毯子和干衣服，他们都洗好熨烫之后，又送了回来。总之，什么也没丢。

但是，我们的一个水手跳进水中救人时，把手表放在岸上的帽子里，被待在岬角的一个当地人偷走了，要知道，当时水手还在水里救人。这个行为虽然可耻，但我并没放在心上。悲剧发生之后，我在教堂院子里再次见到塞巴斯蒂安神父时，我能说的仅是："这对孩子们来说，太糟糕了。"

塞巴斯蒂安神父眼也不眨地说道："但手表被偷了更糟糕。"

我对这个回答很震惊，问道："神父，您这是什么意思？"

神父把手放在我的肩膀上，平静地说道："我们终有一死，但并不是非偷不可。"

我永远不会忘记这些话。当时我只是惊奇地凝视着神父，突然意识到，我在复活节岛上遇到了一位伟大的人，他拥有令人敬佩的品质，他可能是我一生所知中最伟大的人。他的教义对自己来说就是真实的生活，而非为周日布道准备的说教。

几天之后，我再次遇到了塞巴斯蒂安神父。这些天我停下了所有的工作，但当地人可不喜欢这样。太阳升落，昨日已然过去，今天又已到来，他们想要工作，想得到更多的食物、收入和物品。市长坐在门前的台阶上，在一块大木头上雕刻着一个鸟人，他动作灵巧轻快，碎屑四处飞溅。当我们的吉普车在他门前驶过时，他微笑着向我们摆手，展示自己的作品。

塞巴斯蒂安神父的小房子靠近教堂，我们在屋外将车停下，透过车窗看见了他。神父示意我到他的小书房去。他坐在桌前，桌子上摆满了各种文件和信件。他身后靠墙有个书架，上面放满了各种语言文字的书籍，这些书籍为这位年老的智者提供了一个多姿多彩、富有学问的世界。神父坐在小桌子后面，他留着胡子，身材魁梧，穿着白色的长袍，兜帽翻在身后。这幅书房的画面，让我印象深刻。我突然觉得桌子上缺少一支插在墨水瓶里的羽毛笔，有了它，这幅画就更加完美了。但神父有一支钢笔。此外，还有一个古老的石质扁斧放在桌上作镇纸用。

年迈的神父是 20 世纪非同寻常的一个人。尽管他只是待在家里，待在我们身边，却像极了中世纪画作里任何一位满腹经纶的修道士，抑或是古罗马的圣人，抑或是希腊花瓶和古苏美尔泥板上的学者肖像。塞巴斯蒂安神父仿佛可以和任何民族的人一起生活几千年，还依然保持着自己的本来面目。他那双碧蓝的眼睛里仍闪耀着生活的喜悦和年轻的气息。

那天，塞巴斯蒂安神父满腔热情，脑子里始终在考虑着一些特别的事情。

他想让我开始挖掘岛上一个非常特殊的地方，因为按照当地人的传统，挖掘那里更合乎情理。

我已无数次听说艾寇壕沟的传奇，那里也被称为长耳人的土灶。凡是来过复活节岛的人，都听说过这个传说；凡是写过岛上神秘故事的人，都对这里有所描述。当地人曾带我去看过地上的标记，那里是艾寇壕沟的遗迹，所有人都热切地告诉我这个故事。塞巴斯蒂安神父在自己的书里也记载了这一传说。现在，他又亲口讲了一遍，并希望我派出一支队伍对艾寇壕沟进行发掘。

神父说："我相信这个传说。我知道，科学界声称艾寇壕沟是天然形成的，但是科学家也会犯错。我了解当地人，艾寇壕沟的传说太逼真了，不可能只是幻想。"

长耳人挖掘防御沟的故事，可以追溯到很久之前。艾寇壕沟始于巨石像雕刻工作中断的时期，所以关于艾寇壕沟的传说，描绘了一场终结复活节岛黄金时代的灾难。

岛上曾有两个民族一起生活。其中一个民族相貌奇特：男人和女人的耳垂上都穿了孔，挂上重物，人为地把耳朵拉长垂到肩膀，因此他们被叫作长耳人；而另一个民族则被叫作短耳人。

长耳人精力充沛，一心想改造小岛。短耳人辛勤劳作，帮助长耳人建造石墙和雕刻石像。长耳人的最后一个想法是清除岛上所有多余的石头，使全部土地可以耕种。这项工程起始于波伊克高地，高地位于小岛的最东部。于是，短耳人需要把每一块乱石都运到悬崖边上，然后扔进海里。因此，今天的波伊克高地绿草如茵，没有一块乱石，而复活节岛的其余地方则密密麻麻地覆盖着黑红色的岩屑堆和熔岩石块。

短耳人觉得长耳人做得过分了。短耳人疲于帮长耳人搬石头，所以他们决定向长耳人开战。长耳人从岛上各处逃离，最终逃到东部已经被清除乱石的波伊克高地定居。长耳人在首领艾寇的指挥下，挖了一条近两公里的壕沟，把波伊克高地和岛上其余地方隔开。长耳人在艾寇壕沟里放置了大量的枝条和树干，远望过去，艾寇壕沟简直变成了一个巨大的柴堆。如果住在平原上的短耳人想要袭击他们，长耳人就点燃壕沟里的枝条。波伊克高地像是一个巨大的堡垒，沿岸是六百英尺高的悬崖直落大海，所以，长耳人认为可以高枕无忧了。

但是，有一个长耳人娶了短耳人为妻。她叫莫可平杰，和丈夫住在波伊克高地上。莫可平杰是一个内奸，她给住在平原上的短耳人定了一个暗号。当短耳人看到她坐着编筐时，就可以从她坐着的地方潜入波伊克高地。

一天晚上，短耳人的侦察人员看到莫可平杰坐在艾寇壕沟的一边编筐，短耳人就从悬崖边缘爬到她坐着的地方，然后一个个悄悄地潜入波伊克高地。他们从高地的外沿偷偷潜入，最后完全包围了波伊克。另一批短耳人则从平原大张旗鼓地向艾寇壕沟进军。长耳人未加怀疑，列队迎击敌人，并且点燃了整个壕沟里的柴堆。这时，已经埋伏起来的短耳人突然从高地冲杀出来，一场血腥激战之后，长耳人几乎都被烧死在自己挖的艾寇壕沟里。

最终，只有三个长耳人跳过火海，逃往安纳根纳，并幸存下来。一个叫奥罗罗伊纳，一个叫瓦伊，第三个人的名字却被遗忘了。他们躲在一个洞穴里，岛上的居民现在还可以指出那个洞穴的位置。结果，短耳人还是在洞穴里找到了他们，用锋利的棍子捅死了两个，只有那个奥罗罗伊纳被留下活口，成为唯一活着的长耳人。短耳人把他从洞里拖出来时，奥罗罗伊纳用自己的语言大喊着"奥罗，奥罗，奥罗……"但是短耳人听不懂这种语言。

奥罗罗伊纳被带到了短耳人皮皮·霍瑞克的位于特阿特阿山脚下的家里。在那里，奥罗罗伊纳与短耳人哈娥阿家族中的一个女子结了婚，并生儿育女，其中一个孩子叫印阿克－卢克，另一个叫佩阿，这两人又有很多后代，最后一代子孙至今仍生活在岛上的短耳人当中。

这就是塞巴斯蒂安神父讲述的长耳人传说。我知道，在我们之前的两支探险队，也都听过类似的传说，也去察看了艾寇壕沟的遗址。劳特利奇夫人对传说很是怀疑，她倾向于认为艾寇壕沟是天然形成的大坑，只是被长耳人用作防御。梅特罗斯则比她更进一步，他认为艾寇壕沟是天然形成的，整个传说则是当地人的突发奇想，因为他们想解释地理上的奇特形状，所以长耳人和短耳人的故事是人们在最近时期才编造出来的。

一位地质专家也曾来看过长耳人的壕沟，他认为艾寇壕沟是天然形成的，具体成因是：史前时代复活节岛中心的岩浆流动，和波伊克高地上较早凝固的熔岩相遇。结果，就在相遇的地方形成了一个类似于艾寇壕沟的结构。

对于专家们的结论，当地人感到很困惑，但他们仍坚持自己的立场：这是长耳人用来抵御的壕沟，是长耳人的土灶。塞巴斯蒂安神父也这样认为。

神父说："如果你们真的在那里发掘，对我个人来说也意义非凡。"当我表示同意的时候，神父激动得几乎要跳起来了。

最终，我们决定由卡尔负责带队进行艾寇壕沟的发掘工作。第二天，我们带了五个当地人，乘坐吉普车，行驶在清理过的路面上，穿过满是石头的平原，一路颠簸地前往波伊克高地。波伊克高地的草坡非常平坦，像一条绿色的地毯。而在高地的周围却是岩屑堆，像是裹上了一层黑色的焦炭。在波伊克高地，我们本可以开着吉普车到处逛，但还是在山坡脚下长满青草的地方停了下来。整个山坡从北到南，隐隐约约可以看见地上有条沟，这条沟里，有的地方下陷得很深，有的地方下陷又不那么明显，接着又明显起来，这种情况一直延伸到高地两边的悬崖为止。在这条沟的两侧，随处可见像泥土堡垒一样的小丘。这就是艾寇壕沟，长耳人的土灶。

卡尔想在正式挖掘之前在地上选几处测试一下。我们在沟周围缓慢走着，每隔一段较长的距离，就留下一个当地人，让他们在自己的位置垂直向下挖一个长方形的坑。我从未见过当地人这么热情高涨地拿着镐和铁铲使劲干活。因为他们这种挖掘方式不会对埋在地下的东西造成破坏，所以我们就放心地沿着高地转了一会儿。当我们回到山坡察看第一个坑时，发现挖坑的那位老伙计足足挖了六英尺深，边劈边挖，汗流浃背。我们在他周围芥末黄的坑壁上看到一圈红黑色的水平条纹。那是一层厚厚的木炭灰！"这片土地上曾有过一场大火。"卡尔肯定地说，"而且当时火烧得很旺，不然就是火烧了很长的时间，否则灰烬绝不会这样红。"没等卡尔说更多，我已经越过土堆去察看下一个坑了，卡尔马上追上来跟在我后面。

不远处，村子里的教堂司事约瑟夫从坑里仰起笑脸，他也发现了同样的大火遗迹，抓了一把碳化的枝干和木片给我们看。我们一个坑接着一个坑地察看，发现每一个土坑的情形都一样，坑壁四周都有明显的燃烧过的红黑色灰烬带，是黑色的炭灰夹杂着红色的木炭。

塞巴斯蒂安神父被我们喊来，白色长袍下摆在微风中飘动，他从一个坑跑到另一个坑，察看坑壁红色的灰烬。随后，我们乘坐吉普车回安纳根纳吃晚饭，在路过拉诺·拉拉库沉默的雕像时，我看到神父兴奋得脸上放着光。他一边回想着今天的重大发现，一边盼望着享受一顿美食及好喝的丹麦啤酒。我们即将返回营地饱餐一顿，为明天激动人心的工作充满电，真正的挖掘工作就要在波伊克高地上开始了。

第二天清晨，我们派出了一支挖掘队伍，去挖掘那条沟的横断面。接下来的几天，卡尔带队进行了一系列挖掘工作，以揭开艾寇壕沟的全部秘密。这条沟的最上层紧贴着一道古代熔岩流的边缘，这确实是自然形成的。但是，再往深处，就是人类勤劳的劳动成果。他们在岩石上开辟道路，开凿了人工防御艾寇壕沟，底部呈长方形，沟深十二英尺，宽约四十英尺，横跨山坡长达两英里，这真是一项巨大的工程。我们在灰烬里发现了投掷用的石弹和雕刻的石板。当时，人们利用从艾寇壕沟底部凿出的沙粒和碎石来建造壕沟上部的防御墙，那里堆积的碎石表明，人们曾经用编织的筐子把碎石从壕沟里运出来。

我们现在了解到，艾寇壕沟是一项防御工程，人们巧夺天工地沿着山坡建造了它。壕沟的底部确实曾堆积着大量的木材，被一场大火燃尽了。我们看着当地人，现在轮到我们目瞪口呆了，因为这一切他们早就知道。他们世代相传着这个传说，这个填埋的大坑就是艾寇防御工程的遗迹，也是最后屠杀长耳人的地点。

对考古学家来说，用古代大火遗留的木炭测定年代简直小菜一碟。由于木炭的放射性强度每年会以一定的速率减小，只要测量木炭的放射性，就可以把木炭的年代确定在一定的时间范围内。这就是碳－14年代测定法。长耳人土灶的大火距今大约三百年。但艾寇壕沟里整套精湛的防御工程，早在那一场灾难之前就已经建造了，因为抵御短耳人的柴堆建成和点燃时，艾寇壕沟里已经是半坑的沙子了。再往下挖，可以看到大火的遗迹，艾寇壕沟最初的建造者曾把碎石堆在地面上，盖住了原来的土灶，而那个土灶大约建于公元400年，这是迄今为止在波利尼西亚各地确定的最早年代。

现在，无论是在村子里，还是在安纳根纳营地，长耳人的故事又注入了新的活力。这对那些长着比格犬般奇长耳朵的巨人雕像来说，似乎还有更深远的意义。

一天夜晚，我在拉诺·拉拉库火山脚下的长耳石像群中散步。我有很多问题需要思考，而独自在星空下思考效果最佳。人如果没有在一个地方睡过觉，就不会真正了解这个地方。我在不少奇异的地方睡过觉，比如在巨石阵的石柱群里，在挪威最高山顶上的雪堆里，在新墨西哥州空无一人的洞穴村落的土坯房里，还有在的的喀喀湖的太阳岛上第一个印加人出生地的废墟旁边。今晚，我想睡在拉诺·拉拉库古老的采石场里。倒不是因为我迷信，认为长耳人的亡灵会出来泄露他们的秘密，只是因为我想要彻底融入此地奇异的氛围中。于是，我爬过躺在岩架上的巨大石人身体，直到自己置身于一群巨大的石像中间，雕刻于此的一个大石像被移走了，基石空空荡荡的，像是一个不带顶棚的剧院包厢。

身在此处，乡间的壮丽景色尽收眼底。而且，如果大雨倾盆，在这里也不会被淋到。此刻，天气棒极了。在复活节岛的另一头，拉诺·考火山巍峨陡峭。在火山的轮廓后面，太阳即将落下。感觉像是太阳之神想休憩，在其床前，红色、紫色、淡紫色的云团汇成了一条美丽的帷幔。然而太阳终究还是透过云层，泻下了几道银光，投在远处的朵朵浪花之上。海浪不急不慢、悄无声息地涌往海岸，拍打着海岛远处的角落，一刻也不停歇。夕阳给隆起的山顶镶上了灿烂的银边，山脚下银白色的尘埃飘浮在空中。如此美景，应是众神所享。而我一个凡人，此时正独坐在众神之间。

我拔下几簇硬硬的野草，来到巨人们留下的石床脚下，把泥沙和羊粪清扫干净。然后，我沐浴在夕阳的最后几道微光之中，用野草和羊齿蕨给自己做了一张舒适的床铺。突然下方的平地上有两个姑娘在唱波利尼西亚情歌，十分婉转动听。远处，有个羊倌在回茅屋的路上停下来，点燃了野草。因为旱季早已开始，野草又枯又硬，只有把它们焚烧之后，鲜绿的新草才能长出，供羊食用。枯草一点燃，只见从草上升起一层灰雾，笼罩了平原。这时，夜已至，黑暗虽吞噬了浓烟，但依然能看见火光。天色愈暗，火光愈亮。又过了一会儿，簇簇无辜野火好似夜里千百个烧得通红的火葬堆一般。

忽然，从上面的峭壁吹来一阵冷风，我赶紧把睡袋往上拉了拉，只露个头在外面，静静地躺着感受夜晚的沉寂，陶醉在长耳人采石场的氛围里。四周巨石像魁梧的黑影像是装点剧场舞台的漆黑背景。此刻，下方漆黑的平原才有动静，野火一簇接一簇地在新的地点冒起，好似上千个短耳人，手持火把，悄悄冲向广阔的前线，偷袭采石场。时间再一次停滞了。眼前仿佛只有这深夜、星空和舞弄火把的人。

这种印象深深烙刻在我的脑海里，不知不觉正要睡着时，我忽然听见好像有东西正轻轻地在干草上移动。我心想，这时候谁会来到采石场，如此小心地摸索前进呢？莫非是当地人借着夜色前来搜寻我身上的东西？接着，一阵噼噼啪啪声在头旁响起，我便扭了个身，打开手电筒一照，一个人也没有。只有那可怕的眉毛和几只巨大的鼻子从草地里伸出来，在岩石上投下怪诞的影子。天空已经乌云密布，开始下起小雨来了，但我躺的地方淋不到雨。我关上手电筒，打算继续入睡，但周围同样的声音再度响起。借着手电筒的光亮，这一次我瞥见了一只拇指大的褐色蟑螂。我乱摸一通，握住了一把笨重石镐。采石场里，到处可以见到这种石镐。我正要敲上去时，看见旁边还有蟑螂，一只、两只……

一动不动。在复活节岛上我从未见到过如此巨大的蟑螂，它们正成群结队地趴在我旁边的岩石壁上和脑袋上方的石头上，有两只竟已经趴在我的睡袋上。于是我拿起石镐，敲死离我最近最大的一只，然后抖掉睡袋上其余的蟑螂。这时，我猛然瞥见两只恐怖的眼睛，正直勾勾地看着我，眼睛下面一张无齿的嘴巴像是在笑。这并不是一场噩梦，这张狰狞的脸实际上是雕刻在旁边岩石上的一座可怕的鸟神星神灵雕像，看上去，在遥远的古代它就已经刻在了我脑袋旁边的石墙上。

我又打死了一些蟑螂，但最终还是屈服于它们"人多势众"，不然我会整晚坐在那儿打蟑螂。本来想把睡袋的风帽拉到头上，准备打个盹儿，可是岩石坚硬很不舒服，我根本睡不着。我想，这么坚硬的石头过去是怎么被劈开的呢？于是，我抓起石镐，有多大力气便使出多大力气地砍向采石场的石壁。我之前就砍过，很清楚石镐会从石壁上弹回来，除了一块轻微的印记，尘土飞扬，什么痕迹也不会留下。实际上，船长之前和我来过一次，他想用锤子和凿子碰碰运气，结果花了半个小时，只砍下一块自己拳头大小的石块。我们计算过，从我们站着的地方，到能看见的山边岩石处，有超过七十万立方英尺的硬石块被凿了下来，考古学家们认为这个数字太过保守，完全可以再增加一倍，这简直不可思议。存在很久的一个想法又回到了我的脑海。为什么不做个实验呢？反正石镐仍原封不动地躺在被雕刻家们丢下的地方，而且最后一代长耳人的后代也还生活在村子里，也许采石场的工程可以再度开启。

第二天一早，金色的阳光洒在原野上，我周围是一堆数不清的翅膀和弯折了的腿。显然，昨晚蟑螂的入侵不是一个梦。我挂上马鞍骑上马背，飞驰在长满野草的古道，往村子的方向奔去。

见到塞巴斯蒂安神父后，我告诉他昨晚我的经历和我现在的想法。他冲我调皮一笑，立刻表示支持我的计划，只要我们选择采石场里一个偏僻的角落，从下方的平原看不到拉诺·拉拉库的外观被损坏就行。但是，我并不想随便找一个人帮我雕刻石像。我知道塞巴斯蒂安神父是知晓当地家谱的权威，还出版过复活节岛的家族谱系研究成果，所以我告诉他，我想找长耳人的后代来做这件事。

神父说："现在只有一家是奥罗罗伊纳的后代，基督教在 19 世纪引入本岛时，他们选择'亚当'为姓，当地人称为'阿坦'。其实，你认识他们家族的长兄，他就是市长佩德罗·阿坦。"

"市长！"我十分惊讶，然后情不自禁地笑了出来。

神父向我保证说："对，就是他。虽然他看上去有点滑稽，但绝不愚笨，是个特别好的人。"

我答道："但他看起来一点也不像当地人，嘴唇薄薄的，鼻子窄而尖，皮肤白皙……"

神父接着说："他有着纯正的当地人血统，现在当地人里只有八十到九十人可以称为纯粹的当地人。而且，他的父亲是真正的长耳人，所以他是真正的直系长耳人。"

我立刻骑上马，沿着村子崎岖不平的小路，直奔市长白色的小屋。他正坐着雕刻一副精致的棋子，棋子的形状有雕像、鸟人和其他常见的复活节岛题材。

市长自豪地向我展示他小巧别致的杰作，说："先生，这是送给你的。"

我夸道："佩德罗先生，你真是一个艺术家。"

他油嘴滑舌地答道："可不是，我是岛上最棒的艺术家。"

"你也是一个长耳人，对吗？"

市长极其严肃地说："是的，先生。"他说着跳了起来，像一个被召出列的士兵一样立正。

市长拍着自己的胸脯，激动地说："我是长耳人，一个真正的长耳人，我以此为豪。"

"那些巨大的石像是谁雕刻的？"

市长坚定地回答道："先生，是长耳人。"

"可听其他当地人说是短耳人。"

"先生，那绝对是在撒谎。他们是在借用我祖上所做之事往自己脸上贴金呢。长耳人造了所有的东西。你没看到那些雕像都有长耳朵吗，先生？那些雕像是用来纪念长耳人自己的首领的。"

市长很激动，胸膛一起一伏，薄嘴唇还在微微颤抖。

我说："我相信是长耳人雕刻了这些巨石像。现在，我自己想找个人帮我雕刻一座石像，只想请长耳人帮忙。你觉得你行吗？"

市长站着一动不动，嘴角奇怪地抽动着，过了好一会儿，他猛地回答说："先生，我保证完成。你要雕多高的？"

"好的，中等就行，十五到二十英尺高。"

"噢，如果雕这么高，那必须有六个长耳人。我们只有兄弟四人，但还有几个是母系长耳人。行吗？"

"当然可以。"

于是，我骑马跑到总督那儿，说服总督暂时让佩德罗·阿坦卸下市长的职务，并批准佩德罗和他的亲戚去拉诺·拉拉库火山雕刻石像。

工程开始的前一天，他们要求我给长耳人准备一些食物。按照当地的规矩，谁定制了石像，谁就要给石匠准备饭菜。但是一天过去了，没有任何人来取食物。晚上，营地里，我们的人一个接一个地就寝了，伊冯和安妮特也进入巨石像旁边的帐篷去睡觉了。不久，除了我、贡萨洛和卡尔还坐在混乱的帐篷里写东西之外，营地的灯都灭了。

突然，我们听到一声奇特、轻微的低哼。紧接着，草地上有节奏的重击就开始了。贡萨洛赶紧起身，一脸疑惑，卡尔睁大了双眼，而我则如痴如醉地听着。在波利尼西亚经历了那么多奇异的事情，还从未听到过这样的声音。然后，我们拉开帐篷的拉链，走入一片漆黑之中。摄影师穿着睡衣，也摇摇晃晃地走出了帐篷。这时，帐篷里的灯一个个亮了。

借着从帐篷蚊帐里透出的微弱灯光，我们看到一群人驼着背，正坐在营地中间，手拿雕刻奇特的战棍敲打地面，还不停地舞动着船桨和石镐。每人的头上都戴着一个用叶子做的羽毛形状的叶冠，在这群人的旁边还有两个小个子，他们各戴着一张象征着鸟人的纸面具，上面有一对大眼睛和长长的鸟喙，面具罩住了整个头。两个人跪着不停地点头，其他人则摇摆着身体，唱着歌，用脚跺着地面打节拍。这种曲调比我们以往听过的任何音乐都让人印象深刻：这是来自消失世界的真切问候。深沉的男声合唱中夹杂着一种刺耳的声音，带来一种无法形容的奇怪效果，是神秘合唱的点睛之笔。我的眼睛慢慢适应了微弱的光线，我辨认出这声音里有一位骨瘦如柴的老太太。

他们神情严肃，一直不停地唱着，直到我们中有一个人提着灯走出了帐篷，合唱戛然而止。他们低声说"不"，赶紧用手捂住了脸。当灯光消失后，歌声又起。一个男声领唱，其他人一起合唱，随后老太太也加入合唱。这歌声让我感觉突然远离了南太平洋诸岛，说来也奇怪，音乐里的某些情感又让我想起新墨西哥的普韦布洛印第安人，同行的考古学家们也说有相同的感觉。

音乐结束后，我给他们端来了一盘香肠，这是船务总管放在帐篷餐厅里的。演唱者站起身，手拿香肠退回到暗处。这时，我才看清戴着面具的两个鸟人原来是两个小孩子。

市长送回了空盘，表情非常严肃，他的头上仍戴着羽毛状叶冠。我笑着赞美他们的表演，但是市长脸上的肌肉却绷得紧紧的。

市长庄重地说道："这是一个非常古老的仪式，歌曲是古老的石匠之歌，歌颂他们最伟大的神——阿图阿，为即将开始的工作祈求好运。"

那晚，市长有些奇怪，歌曲和演唱的方式也有点奇怪，让我意识到这不是纯粹为我们娱乐的演出。波利尼西亚的居民们除了为游客穿上草裙表演舞蹈之外，已经放弃了几乎所有古老的习俗。居民们唱歌表演时，总免不了使用外来的草裙舞音乐；他们讲的故事，大部分也都是从白人所著的书籍里听到的传说。但是这一晚的仪式有些特别，显然这并不是专门为了我们。我们只是碰巧与他们有点关系，因为是我们邀请他们雕刻石像的。

我故意和市长还有他的伙伴们开玩笑，但是失败了。他平静地抓住我的胳膊，说这个仪式在某种程度上是"有些严肃"，因为这是一首献给上帝的古老歌曲。他接着说："我们的祖先了解得不多，他们以为上帝叫阿图阿。我们今天了解得更多，但必须原谅祖先，因为过去没有人教他们我们现在知道的东西。"

然后，市长和他的伙伴们带着全部道具消失在夜色中，他们要去霍图·玛图阿洞穴过夜。

第二天早晨，我们前往拉诺·拉拉库采石场。到那儿时，我们发现市长和另外五个长耳人早就到了，他们正四处收集丢弃的旧石镐。在凸出的岩石上面，到处都是旧石镐，至少有几百把。这些石镐看起来像尖尖的大犬牙，镐头十分锋利。我睡过觉的那个平台上，有一堵巨大平坦的侧壁，那是悬崖表面一道很宽的裂缝，但从下面看却什么也看不见。古时的雕刻家曾在这里凿出了一条路。从这面侧壁我们可以向岩石的深处走去，岩石表面古老的切槽像是巨大的抓痕。

我们的长耳人朋友一开始就清楚要做什么。他们沿着要凿刻的岩壁摆了大量的石镐，每个人旁边都放了一葫芦水。市长还戴着昨晚的叶冠，忙前忙后，确保一切都已准备就绪。然后，他沿着岩石的表面，时而伸直双臂，时而展开手掌，做了一系列的丈量。显然，他根据自己做木雕的比例，计算出巨石像各部位的尺寸。随后，他用石镐在不同的地方凿下印记，但没有立即开工。市长礼貌地请求我们原谅他，然后就和伙伴们消失在一块凸出的岩石后面。

显然，他们要准备一场新的仪式，我们急切地等待着，看看会发生什么。过了一会儿，他们严肃地慢慢走回来。他们六个人沿着岩壁，挺直身体站成一排，人手一把石镐。看来，需要举行的仪式已经在岩石后进行过了。市长示意一下，他们又唱起之前唱过的石匠之歌，每个人都举起胳膊，和着曲调的节奏，敲击着岩石表面。所见所听，简直妙极了。我还想着老太太的和声，但是石镐击打岩石的回声也是极佳的替代。场面如此富有感染力，所有在场的人都看呆了。

歌手们刚刚算热了身，非常兴奋，他们的笑容灿烂，边凿边唱，边唱边干。站在队尾的一个高个子老头儿特有意思，他不仅边干边唱，还跳起了舞，摇摆着臀部。他们一下接着一下地敲击，岩石虽然很坚硬，但石头碰石头时，尖尖的石镐更加坚硬，岩石必须让步。叮叮当当，远处平地上的人们一定能听到凿击岩石的声音。几个世纪以来，凿击岩石的声音又一次在拉诺·拉拉库响起，多么令人激动啊。

歌声已经消失，但是凿击声仍旧不间断地继续着。六个长耳人继承了祖先被迫放弃的工具和技艺。虽然每一次凿击没有留下多少痕迹，仅是少许灰色的尘土，但是在原处一次又一次的击打后，明显的变化就会逐渐显现。每隔一会儿，长耳人便会抓起葫芦，把水泼到岩石的表面，软化要切割的地方，防止碎屑飞入眼睛。

第一天就这样过去了。无论在采石场的哪个地方，都能听到从悬崖上那些一动不动的巨人之间传来的叮叮当当的凿击声。那晚睡觉时，石匠们那棕褐色背部上坚实的肌肉，以及锋利的石镐劈入岩石的画面，仍浮现在我的眼前。尽管采石场一片寂静，敲击的声音仍在我耳畔回响。市长和他的伙伴们已经筋疲力尽，在霍图·玛图阿的洞穴里安然入睡。那个老太太此前过来取了一大盘肉、满满一袋面包、黄油和白糖，这样那些长耳人就可以饱腹入睡了。

接下来的一天，采石场的工作继续着。长耳人挥镐凿石，汗流浃背。到了第三天，岩壁上的巨人轮廓已清晰可见。长耳人在岩石的表面又劈又凿，弄出来几条平行的凹槽。然后他们横切凹槽的左边缘，把它们凿掉。他们凿一会儿，就洒上点水，并且不断地更换石镐，因为石镐的尖很快就钝了。

以前的研究人员认为，石镐一旦磨损，石匠就会把它直接扔掉，这也解释了为什么采石场会有数量惊人的石镐。但是，实践证实这是错的。石镐变钝后，市长抓住它的末端，像是手握小木棍那样，猛击地上的另一把石镐。只见碎石屑在空中四处飞溅，一把新的锋利石镐就此诞生，市长制作新的石镐尖就像售货员削铅笔一样简单。

这让我们明白，采石场里大部分没有折断的石镐都在同一段时间内被使用过，而且每一个雕刻家都一个接一个地使用过很多石镐。雕凿一个石像并不需要很多石匠。雕凿一座大约十五英尺高的普通石像，大概需要六个人。两三百个石匠，足以同时雕凿相当多的石像。这就解释了为何人们能同时雕刻那么多的石像。此外，在整个工程完全停止之前，出于纯粹的技术原因，也有很多的石像被放弃了。有些时候，雕刻家在岩石里发现无法弥补的巨大裂缝；还有些时候，碰到一种像火石一样坚硬的黑石就无法凿刻，石像自然无法完成，在石像的鼻子或者下巴上可能还会留下一个很大的无法雕凿的石块。

市长和他的伙伴们，现在已经向我们展示了雕刻家们的技术。但是，我们最感兴趣的是，完成这样一座石像需要花多长时间。据劳特利奇夫人的计算，需要十五天的时间。梅特罗斯也认为，在"不太硬的石头"上雕刻的时间比想象中少，即使十五天也是一个保守的数值。他们一定像我们和许多人一样犯了同样的错误——根据石像的表面来确定岩石的硬度。第一批西班牙人曾经用鸭嘴锄凿击石像，切口很深，火花四溅，但我们还没有一个人这么做过。石像内部的结构和外表一样坚硬，雨水未触及的岩石也同样坚硬。

第三天以后，长耳人的速度开始减缓。他们的手指已长满老茧，他们对我说，虽然他们是木雕家，整天与扁斧和凿子打交道，但都不是训练有素的摩艾人，也就是石像雕刻家。所以，他们无法像祖先那样，一周又一周地保持同样的工作速度。我们静静地坐在草地上，估算着完成一座石像需要的时间。市长得出的结果是，两队人马夜以继日地轮流干，完成中等大小的石像需要十二个月。高个儿老头说，需要十五个月。比尔曾经独自研究过岩石，他得到的结论和市长一样：完成一座石像需要一年。此外，还有搬运石像的问题。

雕刻家们很擅长自娱自乐，他们在未完工的石像上雕刻手指和整修五官，用古代石匠们留在采石场里的浮石打磨雕像表面。

那晚，我把小安妮特放在肩膀上，和伊冯一起，来到长耳人在安纳根纳峡谷另一侧的洞穴。我们到达时，他们正坐在洞里面带笑容，有节奏地摇摆着身体，轻吟着一首关于霍图·玛图阿的颂歌。这是复活节岛上一首古老的名曲，听村子里的草裙舞歌手演唱时，已经觉得很悦耳了，但在霍图·玛图阿的洞穴里更好听。即使年仅三岁的小安妮特，也知道曲调和全部的波利尼西亚歌词。她和两个波利尼西亚小孩一起从洞穴里走出来，唱唱跳跳。伊冯和我钻进洞穴，坐在芦苇垫子上，长耳人给我们挪了挪地方。他们很高兴有人参观他们的洞穴。

市长双手放在肚子上，笑容满面地感谢我们的厨师每天给他们准备可口的饭菜，尤其感谢我们送给他们的香烟，那些香烟无与伦比。市长和另外两个男人坐在地上，用小的扁斧雕刻传统的木雕。其中一个男人刻了一个长胡子怪模样的人，又把白鲨的椎骨和黑曜石放入雕像怪异的头上当眼睛。照料这些男人的老太太正坐着编帽子。一个黑色的水壶在洞穴外面的火上噼啪作响。

我问市长："你不休息吗？"

市长答道："先生，我们长耳人喜欢工作，无时无刻不在工作，晚上也睡不了很长时间的。"

"晚上好。"话音从一个男人那儿传来，我们之前并未注意到他，因为他躺在一个黑暗的小洞里，身下垫着羊齿蕨编的床垫，"我们在这里不舒服吗？"

我必须承认他们很舒服。外面的天色渐暗，老太太拿出了一个底部凹陷的铁罐子，里面盛着羊脂油和一个自制的灯芯，这个罐子模仿老式的石灯，点燃时会发出非常明亮的光。一位瘦弱的老人向我们解释道，在他们祖先生活的时代，晚上没人用灯，因为害怕被敌人看见。

市长补充说："勇士们必须习惯在黑夜里看清东西。但是，现在我们习惯了使用煤油灯，在黑暗中几乎看不见任何东西。"

接着，大家你一言我一语。

"那时候，他们可从来不像我们这样睡觉，他们是这样睡的。"一个老头儿平躺着向我们展示，他嘴巴张开，双臂舒展，好像在打呼噜。然后，他翻了个身，肚子着地，蜷缩成一个球，胸膛贴在双膝上，额头则贴在两只攥紧的拳头上，头顶对着我们，手里还拿着一块尖石。

这位老人咕哝着说："这样，他们一醒来，就可以跳起来攻击敌人，并杀死敌人。"为了展示这个动作，他突然像箭一样吼叫着冲向我，这一举动可把伊冯吓坏了，她本能地发出一声尖叫，洞穴里响起一阵笑声。

老头儿又说："那时候他们吃的也不多，并且从不吃热的食物。因为他们害怕长胖，我们把那个时期叫作'胡里－摩艾时期'，或者是'推倒雕像时期'，那时候他们必须一直做好战斗的准备。"

躺在小洞里的男人解释道："之所以叫这个名字，是因为在那个时期勇士们推倒了雕像。"

我问："他们为什么这么做？长耳人不是已经被烧死了吗？"

市长告诉我："短耳人这么做是为了相互对抗，他们那时拥有一切，每一家都有自己特定的区域。领地上有巨大雕像的人会很自豪，当他们去打仗时，一家就会推倒另一家领地上的雕像。我们长耳人才不这么好斗。康提基先生，我们有一句格言：'放轻松，慢慢来。'"

市长把手搭在我的肩膀上，摆出抚慰的姿势，以表现自己爱好和平的气质。

我小心翼翼地问道："你如何确信自己是长耳人？"

市长听后把手伸出来，开始数手指。

"因为我的父亲何塞·亚伯拉罕·阿坦是长耳人图普塔希的儿子，图普塔希又是长耳人哈尔·凯·哈瓦的儿子，然后，哈尔·凯·哈瓦的祖先是昂加图、尤西、莫土哈、佩阿、伊那奇和奥罗罗伊纳，而奥罗罗伊纳是艾寇壕沟之战后唯一幸存的长耳人。"

我说："那就是十代人了。"

市长说："噢，我数漏了一代，我是第十一代。"说着，又开始数起自己的手指。

"我也是第十一代，只不过我排行最小，佩德罗是我们这代最年长的，也是知道最多的，这是他成为我们家族首领的原因。"躺在小洞里的那个人插嘴道。

市长指着自己的额头，狡猾一笑："佩德罗有脑子。这也是为什么佩德罗是长耳人的首领和这个岛的市长。我并不是真的老，但我喜欢把自己想成一个老人。"

"为什么？"

"因为老人更智慧，他们见多识广。"

我努力地想找出一些在短耳人灭绝长耳人之前，或者"推倒雕像时期"之前发生的事，但是什么也没发现。长耳人的家族史始于奥罗罗伊纳，在他之前的一切无人知晓。当复活节岛被发现时，长耳人已经和霍图·玛图阿一起来到这里了。长耳人又说，短耳人声称他们的家族史也和长耳人的一样。短耳人之所以这么说，是因为他们想把建造这些巨像的荣誉据为己有。但是，霍图·玛图阿到底来自东方还是西方，也无人记得。躺在小洞里的那个男人认为，霍图·玛图阿来自奥地利，但是没有人支持他的观点，他也就放弃了自己的看法，补充说他是听一个大船上的人说的。这些长耳人都乐于谈论"推倒雕像时期"，因为对他们来说，这一时期太真实了。尤其是当市长谈到编筐子的女叛徒时，变得非常愤怒，眼泪都溢满眼眶。这个故事会继续流传，当然，一起流传的还有他们的那句"放轻松，慢慢来"的格言。

市长说："我们的祖先中不乏相貌英俊之人。这个岛上有两类人：一些人皮肤黝黑；另一些人就像你们从挪威本土来的一样，皮肤白皙，头发金黄透红，是真正的白种人。他们也是土生土长的复活节岛人，血统非常纯正。我的家族里有很多皮肤白皙的人，被称作金发人。我的妈妈和姨妈的头发比康提基先生的要红多了。"

躺在小洞里的那个"弟弟"同意道："确实红得多。"

"我们家族过去有很多这种类型的，我们兄弟俩却不像那样。但是，我那个淹死的女儿，有牛奶般白皙的皮肤和一头红发，我那已经成人的儿子胡安也是如此。他是继奥罗罗伊纳之后的第十二代长耳人。"

的确如此。市长和他弟弟两人都是红头发，跟那些薄嘴唇长耳的巨石雕像上的"顶髻"一样红，这些石像曾经装饰过岛上第二历史时期的阿胡。这个种族在波伊克岛上被消灭，雕像也被推倒，但红发人确是有迹可循的，比如巨大的普卡奥雕像，还有复活节岛最早的发现者和传教士们所描述的活生生的人，以及和市长血缘最近的奥罗罗伊纳子孙。

我们离开霍图·玛图阿洞穴，迈步朝营地走去，当走到原野另一边漆黑的帐篷时，我们甚至感觉自己就是红头发的长耳人。

几天之后，我和市长站在一起，看着倒在营地前神殿广场上的一排巨石雕像。比尔从维纳普向我报告说，当地的挖掘者用一种奇特的办法，把一块巨大的石头抬起来放到石壁上。这个情况，再一次勾起我的思考，思考古时候人们如何搬运和摆放巨大的雕像。这些人当然会采用他们在维纳普用过的方法，或许是他们从祖先那里继承来的绝技？谁知道呢。我记得曾经问过市长，雕像是如何从采石场运走的。他的答案和其他人的一模一样：雕像是自己走过来的。现在有机会我又问了一遍：

"市长，既然你是长耳人，难道你不知道那些雕像是怎么立起来的吗？"

"先生，我的确知道。没什么难的。"

"没什么难的？这可是复活节岛最大的谜团之一！"

"但我就是知道。我可以立起一座摩艾。"

"谁教你的？"

市长变得严肃起来，在我面前挺直了身子。

"先生，我还是个小男孩的时候，我必须笔直地坐在地上，爷爷和他年老的妹夫波罗图坐在我前面的地上。他们教我很多东西，就像现在的学校一样。所以，我知道的很多。我必须一遍一遍重复他们教我的东西，直到一字不差。同时，我学习了很多歌曲。"

市长看似十分真诚，我都不知道该信什么了。在采石场的时候，市长无疑已表现出他绝不是无足轻重之人，且拥有丰富的想象力。

"如果你知道雕像是如何立起来的，那你为何不告诉所有曾经来到这里，并且早于我们询问此事的人呢？"我怀疑地问道。

市长骄傲地回答："没有人问过我。"他显然认为不必再做更多的解释。

我还是没有相信他的话。在我们商量将安纳根纳最大的雕像竖立在神殿平台上时，我提议给市长一百美元。我知道，整个岛上，没有一座雕像竖立在古老阿胡原来的位置上，也确信不会见到哪一座雕像可以立起来，除了拉诺·拉拉库山脚下暂时立在坑里的那座无眼雕像。

市长轻松地说："先生，那我们一言为定。"然后把手递给我，"如果我乘坐下一班舰艇去智利旅行，会用到美元的。"

我笑着祝他好运。我总觉得市长这人有点怪。不久之后，他的红发儿子骑着马从村里过来，带着用一张小纸片写的几行笔记。他的父亲想让我跟总督谈谈，并安排市长和另外十一个人回到位于安纳根纳的霍图·玛图阿洞穴，以便把那座最大的雕像立起来。

于是，我骑马去见总督。总督和塞巴斯蒂安神父都嘲笑市长，说这只不过是吹牛罢了。但是唐·佩德罗市长站在我们面前，手里拿着帽子，双唇颤抖着。我想我必须信守诺言。最后，总督批准了我的请求，并在一张纸上写下自己的祝福。

之后，市长和他的两个弟弟，还有一帮市长选定的长耳人亲戚——都是母系传代的长耳人亲属，一共十二个人，等船务总管把食物等配发给他们后，他们再一次进入了霍图·玛图阿洞穴。

就在日落之前，市长来到营地，在我们帐篷之间的地上挖了一个很深的洞，然后他就不见了。

天空一片漆黑之时，营地里静悄悄的，一声奇异神秘的音乐突然响起，就跟之前的音乐一样，但是这次奇特的捶击声变得更大了。领唱的老太太声音嘶哑，合唱声越来越响，越来越高亢。整个营地都点起灯火，所有的帐篷犹如巨大的纸灯笼，透出幽灵般的绿色。但是当我们走进夜色时，谁都没带灯，因为从上一次的经历大家已经知道，这种歌曲必须在黑暗里演唱。

这是一场与众不同的表演。演唱者用叶子和树枝装扮自己。有些人心醉神迷地摇动着身体，边跳舞边跺脚。领唱的老太太一直紧闭双眼坐着，发出古怪的声音。市长的弟弟站在新挖的坑里，后来我们才看到一个空的容器已经放在里面，上面用一块薄石板盖着。市长的弟弟光着脚，有节奏地在石板上跺着，发出一种空心鼓声,这种鼓声好像为整个表演制造出一种地下世界的阴郁氛围。借着帐篷四周透出的微弱绿色光线,我们几乎无法辨认出这群幽灵般的人是谁。突然,一个曼妙的身影从暗处登场,我们所有人都瞪大了眼睛。

这是一个年轻的姑娘,光着腿,披着长发,身着宽松的长裙,似仙女一般走到这群人的中间,轻盈地在鼓手面前跳舞,没有摇摆臀部,也没有跟随草裙舞的节拍。那个场面如此优美,我们几乎不敢喘气。她是如此优雅庄严,却带着一丝羞涩,身体柔软、苗条,舞姿优美,跳舞时似乎双脚未曾着地。

她从何处而来?她是谁?水手们渐渐意识到自己是站在坚实的土地上时,才发觉这不是梦。大家开始窃窃私语,并向玛丽安娜和埃洛莉娅小声打听。水手们一直以为他们认识岛上每一个漂亮的姑娘,却没见过这个姑娘。长耳人难道把这位仙女藏在那个让肤色变白的洞穴里了吗?后来,我们得知她是市长的侄女,因为太年轻,所以从未和其他人一道去过草裙舞派对。

此刻,歌唱和舞蹈仍在继续,完完全全把我们迷住了。这种表演我们一共欣赏过三次,但是只明白歌曲结尾的叠句,大意是关于一座摩艾石像,这座石像在康提基的指挥下,将会被竖立在安纳根纳的一个阿胡之上。这首曲调与石匠之歌迥异,但是同样富有节奏感。当鼓手从坑里爬出来,并且所有穿戴树叶的舞者都准备离开时,我们又给了他们一些食物带回去。

我们有一个人问他们,是否可以再表演一些寻常的草裙舞,他们拒绝了。市长说,他们可以再唱一遍石匠之歌,但是演唱其他类型的歌曲都不合时宜。这两首严肃的歌曲可以给我们的工作带来好运,而其他的歌可以在别的日子里唱,因为他们不想亵渎祖先,破坏他们所祈求的好运气。所以,我们又听了一遍石匠之歌,之后他们离开营地,穿过神殿广场,消失在黑夜里,那位仙女也和他们一道离开了。

第二天一大早,十二个长耳人就从岩洞赶来,开始观察石像,并研究如何解决可能遇到的问题。这个安纳根纳最大的雕像可是一个大块头,就躺在我们帐篷旁边的土里,鼻子朝下。雕像的身材魁梧结实,肩宽近十英尺,重二十到三十吨。这就意味着每个人要抬起超过两吨的重量。难怪这十二个人围着巨人石像站成一圈，不停地抓耳挠腮。但是，市长似乎很有信心，他绕着石像踱来踱去，镇定自若地打量着这个大块头。

看着这个巨石像，想到要把它立起来，轮机长奥尔森也挠着脖子，摇摇头笑了。

"好吧，如果市长可以解决这个难题，那他真的了不起。"

"他绝对不会做到的。"

"对，绝对不会！"

首先，这个巨人石像躺在墙角，头略微向下倾斜，位于坡下。此外，石像的下半身与原来站立其上的大石板底座相距四码。市长还让我们看了看石板底下那些恼人的小石头，他说这是短耳人为了推倒石像塞在石板下面的。

接着，市长就开始极其镇定地组织工作，好似他生来就是做这件事的。他仅有的工具就是三根圆木棍，而且后来又减到了两根，还有许多巨大的圆石和一些从附近搜集的大石头。今天的复活节岛除了几处新栽的桉树丛以外，几乎都是光秃秃的。即使如此，拉诺·考火山脚下的火山湖周围依然生长着树木。最早的考察队在那里发现了槐树和木槿组成的树林，所以长耳人现在用的三根木棍是可以找到的。

石像的脸深深埋在了泥土里，然而长耳人还是把木棍的顶部塞到了雕像的脸下面，三四个长耳人抓紧一根棍子的末端使劲往下压，市长则趴在地上，往石像脸下面塞小石头。这十一个人猛地用力往下一压，我们看到巨像微微地动了一下，如果不猛地用力，巨像根本就不动。只有市长一直趴在地上翻找着石头。随着时间一分一秒地流逝，市长能找到和塞进石像下面的石头变得越来越大。夜幕降临，石像的头部下面已经塞满了石头，石像头部离地面足有三英尺高。

第二天，他们拿掉了一根木棍，剩下的两根木棍，每根各有五个长耳人操控。市长让最年轻的弟弟把石头塞在石像下面，自己则站在阿胡上，双臂展开，像是乐团的指挥，一边按照节拍进行指挥，一边朝长耳人大喊：

"一，二，三！一，二，三！抓紧，往下压！再来一次！一，二，三！
一，二，三！……"

那天，他们把两根木棍都塞在石像的右边身下，石像只是向一边微微倾斜。
一开始的时候，石像几乎纹丝不动，但是后来，这种倾斜的角度开始变成几毫
米，又从几毫米变成几英寸 ①，继而变成几英尺。接着，他们又把两根木棍移到
了石像的左边，采取跟右边相同的方式，石像也缓慢地向上倾斜，无数的小石
头被仔细地塞在石像下面。他们之后又折回到右边，然后再回到左边，如此循
环往复。通过这种方式，石像平稳地升高。总体来看，石像还是水平地躺在不
断升高的小石头堆上。

第九天，巨石像的腹部趴在由小石块精心堆积起来的石塔顶处，这座塔的
顶部高出斜坡近十二英尺。看到这个近三十吨的巨石像舒展地趴在上面，比我
们头顶还要高出一个人的高度，着实让人害怕。这时，长耳人已经无法够着木
棍往下压了，于是，他们把粗绳牢牢系在木棍的末端，使劲拽着绳子往下拉。
然而，巨石像并没有向直立的方向倾斜，我们暂时还无法看到石像的脸，因为
它依然趴着，整个前身都紧紧地压在石塔之上。

巨石像就这样趴着，看起来极其危险。大家再也不允许小安妮特推着娃娃
车到石像旁给市长送鹅卵石了。现在，只有身体强壮的人能光着脚摇摇晃晃地
在石像上走动，就像尼安德特人那样。市长非常细心，认真地检查每一块石头
的位置。巨石像的体重很大，一些小石块在重压之下像糖块一样被压碎了，一
块小石头位置放不对就可能酿出大祸。

但是，一切都是经过深思熟虑的，每一步进程都经过了精确又合乎逻辑的
计算。我们看到，长耳人还在不停地往石塔上堆石块，他们光着脚丫子踩着石
头之间的缝隙往上爬，还要把更多的石块放在合适的位置上。看着这一幕，我
们的心都提到了嗓子眼。每一个长耳人都很警觉，市长也一刻都不敢放松。他

---

① 1 英寸等于 2.54 厘米。——译者注

掌控着全局，一句废话也不说。之前我们并不了解这样的市长。日常生活里，他总是一个讨人厌的小丑，又无趣，爱吹牛。虽然他的木雕作品在岛上首屈一指，但他的要价高得出奇，所以市长之前绝对算不上受营地欢迎的人。但是，现在的市长冷静、自信，简直是天生的组织者和务实的天才。

第十天，长耳人把趴着的石像升到了最高位置。他们让石像的脚对着阿胡的方向，一点一点地挪动石像。第十一天，长耳人把石像脸部和胸部下面的石堆垫得更高，第一次慢慢将石像推到倾斜的位置。到了第十七天，一个干巴巴的老太太突然出现在长耳人的队伍中。她和市长一起，用鸡蛋大的石头，在距石像底座一定距离的一块大石板上垒出一个半圆形，石像即将在这块石板上落脚。这是一种预防性的法术。石像此刻的角度倾斜得厉害，非常危险，随时都会因为自身重量滑倒，一直滚到沙滩上。除了这种滑倒的情况，当石像被推离石塔，在底座竖立起来时，也可能会朝任何方向翻倒。市长自有妙计，只见他在石像的额头上拴了好几道绳子，然后将绳子另一端紧紧系在打入地里四个方向的木桩上。

接着来到了第十八天。一些人牵着绳子向沙滩拉去，另一些人紧紧抓住缠在营地中央木桩上的绳子。大家开始小心翼翼地用木棍撬动石像。突然，石像明显地移动了，此时市长发出命令："加油！加油！"

石像使出全身的力量，开始直立起来，支撑的石堆顿时失去了平衡，石块从最上面一个个滚了下来，掀起一片烟尘。石像只是微微晃动了几下，就完全竖立起来了。石像肩膀宽大，直挺挺地站在那里，目光俯视着营地。尽管石像上次站在同样的底座上，也俯视着同一座神殿广场，但它丝毫不为眼前的变化所动。

巨石像的块头很大，从海上老远的地方就可以看到。石像脸部的影子，投射在神殿平台下所有的帐篷上。不论我们走到哪里，都感觉石像巨大的头部近在咫尺。这让我们感觉在霍图·玛图阿的遗址上再也不能像以前那样自由自在的了。当晚上我们在营地里走动时，这个魁梧的食人魔就像从繁星点点的夜空中翻滚而来似的，即将要压垮那些在暗夜里闪着绿光的帐篷。

几个世纪以来，终于有一个复活节岛上的巨石像重新矗立在阿胡之上。总督和他的家人、神父和修女们都坐着吉普车赶过来了。帐篷外马蹄声响个不停，每个可以从村子过来的人都去安纳根纳朝圣，欣赏市长的杰作。长耳人自豪地把那座碎石堆起的石塔拆掉，市长则理所当然地陶醉在来自四面八方的赞美声里。他早就知道自己可以解答复活节岛最古老的谜题。唐·佩德罗·阿坦，一直以来都是一位智者，是复活节岛的市长，也是一位德高望重的长耳人，人们对他的期望会少吗？只要有报酬，他会把整个岛上的每一座雕像都竖立在阿胡上，一切都会恢复昔日壮观的景象。他会把现在挣的钱和朋友分享，如果他被允许乘坐下一艘军舰去智利的话，他甚至会让总统亲自把一沓沓钞票扔到桌上，这样所有的雕像都可以被立起来。他只花了十八天的时间，在十一个人手和两根木棍的帮助下，就把这个巨石像立起来了！如果有更多的人力和时间的话，他有什么做不成呢？

我把市长带到一个安静之处，恭敬地请他站在我面前，我把两只手搭在他的肩膀上。此时的市长像个规规矩矩的小学生一样站在那里，急切又满怀希望地看着我。

"唐·佩德罗市长，"我说，"现在，也许你可以告诉我，你的祖先是如何在岛上移动这些石像的了吧。"

"它们自己走过去的，自己走过去的呀。"市长油腔滑调地答道。

我失望又有点愤怒地说："胡说八道。"

"消消气！反正我认为它们是自己走的，我们必须尊敬祖先，他们说石像就是自己走过去的。但是跟我们这样讲的祖先并未亲眼所见，所以谁知道他们的祖先有没有用两个木手指呢？"

"那是什么？"

市长用木棍在地上画了一个"Y"形图案，并解释说这是一个由带杈的树干制成的类似雪橇的东西。

市长以让步的口吻补充说："不管怎么说，他们曾用这些东西运送大石块来建造石墙。而且祖先们还用黄槿坚硬的树皮做成粗绳，就和你们船上的缆索一样粗。我可以给你做一个样品，也可以做一个木手指给你们看看。"

一位考古学家刚刚在离营地几步远的地方，挖出了一座全部埋在了沙子里的石像，所以之前塞巴斯蒂安神父从未给它编过号。这座石像没有眼睛，因此它在没有到达竖立之地前，就被遗弃了。我指着这座石像说：

"你能让你的人从平地上把这个摩艾拖过去吗？"

"不可能，还得有村里的其他人帮忙才行，可他们是不会帮忙的。即使加上你那边所有的人，我们的人手也不够。"

这座石像不算大，甚至可以说是中等以下的尺寸。我想到一个主意，让市长帮我在村子里搞来了两头健壮的公牛，接着长耳人把牛宰掉，放在一个大土灶的火热石头上烤熟。然后，我们邀请村里的人来参加这场盛大的宴会。很快，帐篷外的整个平地上就挤满了人。

长耳人小心翼翼地把盖在灶上的沙土除去，露出了一大包热气腾腾的浸满肉汁的香蕉叶，然后把这些不能吃的叶子卷起，便露出了两头已经烤熟的公牛。世界上最美味的牛排香味，立刻在这群快乐的人中散开来。男男女女成群结队地聚在草地上，手里拿着冒着热气的大块牛肉。长耳人端上一堆又一堆新烤的红薯、南瓜和玉米棒子分给大家，这些东西都是和牛肉一起，放在密闭的地下土灶里烤的。人群的四周，披着马鞍的黑色和棕色的马正在吃草。人们在神殿广场里弹吉他、跳草裙舞，歌声和笑声此起彼伏。

与此同时，长耳人已经做好了拖运这座无眼石像的准备，一百八十个当地人，吃得饱饱的，兴高采烈。他们挨个紧紧抓着系在石像脖子上的长绳。市长穿着一件新的白衬衫，系着条纹领带，看上去心情极好。

"一，二，三！一，二，三！"

嘭！绳子断了，男男女女一股脑儿地摔倒在地上，一片混乱，紧接着传来一阵狂笑。市长尴尬地笑了笑，命令他们将绳子对折，用两股绳子紧紧绑在石像上。现在石像移动了——开始只是短暂的颠簸，但后来似乎突然挣脱了束缚，开始滑动。石像滑过平地时，市长的助理拉扎勒斯跳到石像的脸上，站在上面挥舞着手臂，像庆祝胜利的勇士一样欢呼。长长的队伍仍然耐心、艰难地往前拉着，他们用最高亢的声音，带劲地喊着。石像移动得很快，他们就好像在拉一个空的肥皂盒。

又向前拖了一段，我们让队伍在离平地不远的地方停了下来。现在可以确定：一百八十个当地人在饱餐一顿之后，他们就可以把一个十二吨重的石像拖过原野，如果有更多的人手，还可以拖动一个更大的。

我们终于明白了，只要有足够的时间，用水和石镐就可以把雕像从坚硬的岩壁上凿出来。我们也已经看到，只要有足够的人手、有足够的绳子和木头做的滑动装置，就可以把石像从一个地方移到另一个地方。我们还清楚，只要方法得当，就可以把石像运到阿胡上立起来。现在，只剩下一个谜团：如何把这个巨大的"顶髻"放到一个耸立着的石像头上？其实，答案已经揭晓。可以保留辅助石像立起来的石塔，直接够到石像的头部，采用同样简单的办法，就可以沿着斜坡向上把红色的"顶髻"安到石像头上。石像和"顶髻"都就位后，再搬走所有的石头。石像就静静地待在那里，等待未来，在雕刻家死后，这就成了谜。

一个勤劳智慧的民族，来到了这个无限宁静的小岛。没有战争、时间充裕，再加上古老的传统技术，这些条件足以使他们建起复活节岛的通天塔。最早发现复活节岛的人们，在这个岛上生活了数百年，只有鱼、鲸为邻。我们的发掘结果表明，一直到第三个历史时期开始时，岛上才出现一种叫矛头的武器。

在我们帐篷的不远处，放着一个巨大的红色圆柱。它是从岛另一边的托普科特采石场运过来的，距离我们的营地有七英里。市长想把它放在原木上，慢慢搬运几百码，运到营地，然后再把它放到刚刚立起的石像头上。但是，就在长耳人立起石像的时候，一个新的复活节岛之谜出现了。这个谜团打乱了我们的整个计划，这个红色的"顶髻"就暂时被放在一边了。

现在，我们还有其他事要考虑。

第六章

迷信重重

一盏油灯吊在从帐篷顶垂下来的绳子上，灯光在薄薄的帆布墙上投下了长长的影子。我把灯芯捻到最小，准备脱衣睡觉。另一侧，靠墙放着伊冯的睡袋，她已经钻进去了。一块帆布把帐篷隔成两个小间，小安妮特在她的小间里已酣睡许久。整个营地一片漆黑，只能听到海浪的咆哮声。突然，我听见帐篷外面有人用指甲摩擦帐篷布，并用蹩脚的西班牙语低声说道："康提基先生，请问我可以进来吗？"

我又穿上了裤子，小心翼翼地拉开帐篷的门帘，借着夜色看到一个模糊的身影，他腋下夹着一个包裹。这个身影后面，躺倒的石像那庞大的轮廓矗立在星空下。这是长耳人试图将石像竖立起来的第七天。

这个人再次恳求，低声问道："我可以进来吗？"

我慢慢地把门帘拉到一侧。他一下溜了进来，佝偻着腰站在那里，环顾四周，好像很着迷的样子。我认出了他，他是市长组织的队伍里一位年轻的成员，一个所谓的"混血长耳人"。他名叫埃斯特万·帕卡拉蒂，是个异常英俊的二十岁小伙子。帐篷太低了，他没法站直，我就让他坐在床脚。

他坐了一会儿，脸上的微笑略显尴尬，好像要说点什么，他笨手笨脚地把一个用皱巴巴的牛皮纸包着的圆形包裹塞给了我。

他说："这是给您的。"

我打开牛皮纸，里面是一只母鸡，一只用石头刻成的母鸡，形状非常逼真，和活鸡一样大，这和我之前在复活节岛上见过的所有石雕都不一样。

我还没来得及说话，他就急忙补充道："您给了我们这么多东西，村里的每个人都说康提基先生是神派来赐福给我们的。并且所有人都抽您的烟，大家都对您心存感激。"

"不过，你是从哪里弄到这件石雕的？"

"它是一只莫阿，一只母鸡，我妻子要我把它送给您表示感谢，因为您每天给我的所有香烟都让她给抽了。"

这时，伊冯从睡袋里钻出来，从手提箱里拿出一块布料，但是埃斯特万坚决拒绝接受。他说，这不是物物交换，这是专门送给康提基先生的礼物。

我说："这是送给你妻子的礼物。"

最终，他不太情愿地接受了，为我送给他及其他长耳人的所有东西，再次表示感谢。然后，他和来时一样，悄悄地离开了帐篷，消失在夜色里。他要去村子里过夜，离开之前，他恳求我把石雕藏起来，千万别让其他人看见。

我又看了看这只雕刻精致的母鸡，它简直是一件杰作。奇怪的是，不知为何，这只母鸡闻起来好像有点烟味。这件石雕让我感到十分困惑，因为根本无法在岛上的雕塑模子里找到它的影子。这是我第一次在复活节岛上看到一件艺术品，而不仅仅是千篇一律的木雕，或是抄袭岛上大型石像的模型。我把这件非同一般的石雕放在床下，然后就吹灭灯睡了。

第二天晚上，万籁俱静之时，又响起了那个低声。他这次想干什么？今晚他带来了一件新的石雕。这是一个蹲着的人，长着一张长长的鸟嘴，一只手拿着一个鸡蛋。它是一件在扁平的石头上刻出来的石雕，是鸟人村的岩石雕塑的变形。这又是一件精美的作品。埃斯特万说，他妻子收到了我们送的布，所以把这件石雕送来当作回赠。这是妻子父亲雕刻的，但我们不能让任何人看到它。

我们又给他的妻子送了一份礼物。

我把新的石雕收起来时，发现这件石雕也有很浓的刺鼻烟味，并且表面十分潮湿，看上去刚用沙子细细擦洗过。我感觉其中有些蹊跷，可又不知到底是怎么回事。

第二天，我对着这些散发着烟味的石雕思考许久，困惑不解。它们闻起来很奇怪，雕刻却异常精美。最后，我实在忍不住了，在下午晚些时候，我把市长请到我的帐篷里，并把蚊帐外的帆布放下来。

"我想问你一件事，但你必须保证绝不对任何人说一个字。"

市长的眼神里充满了好奇，答应什么也不说。我从手提箱里拿出两块石雕，问："你觉得这些怎么样？"

市长像手指烧伤了似的往后退了退，他的眼睛瞪得好大，就像在看一个邪恶的灵魂或一把枪的枪口，脸色变得煞白。

"你从哪里弄来的？你从哪里弄来的？"他嘶哑地低声说道。

"我不能告诉你，不过，你怎么看？"

市长仍旧瞪着双眼坐在那里，背靠着帐篷壁。

他说："这个岛上除了我，没有人能做出这样的石雕。"市长说话的样子看上去好像突然和自己的灵魂面对面地站在一起。他坐在那里盯着石雕，突然似乎想到了什么，凑近看了看。我觉得他在确定一些我无法理解的东西，然后他悄悄地转向我，说道："把这两件石雕都包起来，放到船上，这样岛上的人就看不见了。如果有人再给你，即便看起来像新的，你也收下，然后把它们都藏到船上。"

"但这些石雕是什么呢？"

"它们都很重要，是家族祖传的石雕。"

市长这种古怪的行为，更让我一头雾水，但我意识到自己可能已经卷入某些棘手的事情中了。难道埃斯特万的岳父在做什么奇怪的事？我决心把真相弄个水落石出。

当埃斯特万再次偷偷溜进我的帐篷时，我让他坐在床边，试图和他谈谈。这次他一口气带了三件石雕，他太激动了，急于拿给我看，根本没心思听我讲话。看到他把三件石雕摆在我的睡袋上时，我又一次瞠目结舌。

其中一块石雕上刻了三个奇特的头像，每个头像都留着八字须和长长的胡子，非常精致，极具艺术性。这三个头像被雕成一个圆，一个头像的胡须与另一个头像的头发交织在一起。第二块石雕是一根刻有眼睛和嘴巴的石棍。第三件石雕是一个站着的男人，他牙齿紧闭，咬着一只大老鼠。这种石雕的主题和风格不仅在复活节岛上从未见过，在世界其他地方也从未见过。有那么一会儿，我真不相信这些石雕是埃斯特万的岳父做的。这些石雕身上有一种冷峻的、似乎是异教徒的感觉，埃斯特万注视它们的神情和摆弄它们的态度也体现了这一点。

一时间，我竟想不出更合乎情理的问题，便问道："为什么这个人嘴里叼着一只老鼠？"

埃斯特万靠近了一点，小声告诉我，这是他们祖先的哀悼习俗。如果一个人失去了妻子、孩子或任何一个他喜欢的人，他就必须抓住一只本地老鼠，然后用嘴叼着老鼠，沿着海岸跑，并杀死所有挡路的人。

埃斯特万解释说："这是一种武士表达悲伤的方式。"语气中透露出一股对古代武士的钦佩之情。

"到底是谁雕刻了这个哀悼的人呢？"

"我妻子的祖父。"

"其他的石雕都是她父亲刻的吗？"

"我不确定。她父亲雕刻一些，祖父雕刻一些。她亲眼见过她父亲雕刻呢。"

"她父亲还在为我雕刻吗？"

"不，他去世了。这些是神圣严肃的石雕。"

这越来越令人费解。他又重复了一遍，村民们说我是被神派到岛上的。这种说法简直是无稽之谈。

"在你岳父死后，你们夫妻俩把这些石雕藏在哪里呢？藏在屋里？"

他坐在那里，稍微挪动了一下身子，然后说："不是，藏在一个山洞里，是家族之洞。"

我什么也没说，他便接着介绍，说洞里全是这些石雕，但是没有人能找到这个洞，只有他的妻子知道洞在哪里，她是唯一能进去的人。虽然他大致知道洞在哪里，但他从未见过这个洞，因为妻子进洞拿石雕时，他要在附近等着。妻子告诉过他，洞里堆满了石雕。

现在，我已经知道了埃斯特万的秘密。于是，第二天晚上，我们的谈话变得轻松多了。他告诉我，妻子在把石雕送给我之前，已经用沙子和水擦洗过了；她害怕一些当地人看到石雕，发现她从家族之洞里拿走祖传的东西。他开始以为气味是从洞穴中带来的，直到他突然想起石雕在被清洗之后，是放在厨房的火上烘干的，才晓得原来气味是这样来的。他觉得既然我不喜欢这个味道，他就不让他妻子再擦洗石头了。埃斯特万的妻子问我，是否想从山洞里得到什么特别的东西。但对我来说，知道想要什么并不容易，因为即使是埃斯特万也无法告诉我那里有什么。我能确定的仅仅是，从岛上某个隐秘之地开始流出无价的民族艺术珍品。

埃斯特万小声提议说，他想说服他的妻子带我去山洞里看看，然后我可以选择自己最喜欢的石雕，因为石雕太多了，不可能都带给我。但埃斯特万又解释说，最棘手的问题是，他的妻子在这件事上态度异常坚定，所以他本人都从未被允许进入过这个洞穴。但是万一她答应了，那我们必须在半夜偷偷溜进村子，因为山洞离他家不远，在村子的正中央。

埃斯特万来找我时，恰逢市长和其他长耳人暂时住在霍图·玛图阿的洞穴里，忙着竖立起石像的那段时间。对市长来说，注意到哪些人在晚上离开洞穴是一件简单的事情，或者他也可能发现埃斯特万溜进了我的帐篷。不管怎样，有一天市长把我拉到一边，带着一副会意的表情向我吐露，在埃斯特万的岳父去世之前，他和这位老人一直都是好朋友。市长还说，埃斯特万的岳父是岛上最后一个制作"重要"石雕的人，这些石雕是留给他们自己的，不是用来卖的。

我问："他们用这些石雕做什么呢？"

"在节日期间，他们会在举办宴会时拿出来展示，有时他们也会带着石雕去参加舞蹈大会。"

至此，市长在这件事上再未多说一句。

后来，我又和埃斯特万见了一面。那天晚上，他又拿了好几块石雕来，但在那晚之后，他的深夜拜访就戛然而止了。我派人去叫他，只见他垂头丧气地走进帐篷。原来他的妻子发现，守护她洞穴的两个幽灵对她拿走这么多石雕很生气，所以埃斯特万就再没带石雕给我。现在，他的妻子断然拒绝带我一起进洞。埃斯特万自己愿意为我做任何事情，却不能说服自己的妻子。小伙子重复道，她太强硬了，意志像石头一样坚定，正是因为这个，她的父亲才选择让她来继承家族之洞的秘密。

在埃斯特万深夜来访期间，岛上还发生了许多其他事。考古学家不断有令人惊讶的新发现，当地人迷信的一面也愈加明显。艾德在拉诺·考火山顶上，发现了一处不为人知的神殿墙，目前在一队当地人的帮助下，正在那里挖掘。一天，我去找艾德时，碰上两个当地的发掘工人。

一见到我，其中一个人就说："康提基先生，你就是我们家族的一员，因为我们家族中有个人很多年前就离开了复活节岛，你就是他的后代，快承认吧。"

另外一个接着说："我们都知道这件事了，你不妨告诉我们真相。"

我笑着告诉他们，我是一个纯正的挪威人，来自地球的另一边。但是他们两人不肯罢休，他们认为，他们已经揭开了我的秘密，那我为什么不能承认呢？他们听过一个传说，说有一个人很久之前离开了这个岛，再也没有回来。而且，如果我以前从没在岛上待过，怎么能直接去安纳根纳，把营地建在霍图·玛图阿第一次登岛时的地方呢？

我试图一笑而过，因为我知道，再解释也是徒劳。

那天，阿恩让当地人在拉诺·拉拉库的小路附近翻一块很大的方形石头。

他觉得这块石头看起来很奇怪，每个人都知道那块石头，而且很多当地人一定在上面坐过，但直到现在，它才被翻过来。令所有人吃惊的是，它原来是一张很奇怪的脸，有厚厚的嘴唇、扁平的鼻子和大大的眼袋。这张大方脸与复活节岛雕像已知的艺术风格毫无共同之处。新东西的出现让当地人感到困惑，是谁提示阿恩先生把那块石头翻过来的呢？当地人再次告诉阿恩：康提基先生与神灵有联系。

后来，有一天傍晚，我和伊冯去了霍图·玛图阿的山洞，市长和他的长耳人也在那里。他们躺在那里，正在享用涂有黄油和果酱的面包，洞外的文火上正煮着咖啡。

市长惬意地拍着肚皮说："我们在家只吃红薯和鱼。"

点燃装有灯芯的罐子，大家又开始谈论过去，那时有一位名叫图·考·伊胡的国王，在红色悬崖下的采石场里制作"顶髻"时，发现了两个熟睡的幽灵。两个幽灵都是长耳朵，耳垂一直垂到脖子，他们还留着胡子，长着长长的鹰钩鼻，瘦得肋骨都从胸部突出来了。国王怕忘记两个幽灵的样子，赶紧回宫把他们的形象刻在木头上，这就是长耳鬼怪摩艾的起源。这个奇怪的形象在复活节岛的木雕中总是一成不变，反复出现。这些当地人一吃完饭，就拿出一块块木头，开始雕刻长耳鬼怪或鸟人，一些年长的人则继续讲故事。

岩壁凹凸不平，灯光的影子在我们周围摇曳，营造出一股说鬼故事的奇妙氛围，让人感觉毛骨悚然。我们听到的鬼怪故事五花八门，有人说食人鬼晚上会来吃人的肠子。还有人说有一个女鬼住在海里，有一只长长的胳膊，她会把独行者从悬崖上拉到她身边。还有人讲人被鬼推进海里之类的。市长助理拉扎勒斯说，他的祖母就被一个恶鬼推下了悬崖。当然，也不乏许多友好的精灵，乐于帮助人类。大多数精灵只对一个特定的家庭友好，而对其他人怀有敌意。当地人称所有这类的精灵为"阿库－阿库"。

神鬼故事一个接一个，直到他们突然想起那天发生的事情。

其中一个人对我说："你当时也在场，可你看上去一点也不惊讶。"

接着他们解释道，虽然在岛上移动雕像时有祖先神灵的帮助，但竖立雕像时，还必须用木棍和石头；也许当时某个神灵也在场，也搭了把手，因为那天他们都看到了此前从未经历过的东西。一个隐形的阿库－阿库帮助他们立起了雕像，这样的好运气是唱祭歌赢来的。

他们用一个小的雕像和两根棍子给我们演示如何从一边把雕像推起来，突然，巨人的头自己上升了几英寸，但没有任何人碰到它。

这段时间，小托尔正在火山边的鸟人村协助艾德，需要给鸟人村的废墟画地图。艾德和比尔作为总督的客人，住在火山脚下的平房里，总督夫人一直对我们很热情，她邀请小托尔也住在房子里，因为离营地太远了。但是小托尔身上蕴藏着男孩喜欢冒险的天性，他想住在悬崖顶上的鸟人村。那里有一些古老的石屋还可以住，虽然地面很硬，屋顶也很低，但小托尔认为他能在那里抵御各种天气，并且能看到全世界任何地方都看不到的旖旎风光。

站在这些古老的石屋前，整个汉加洛村和岛屿的大部分都从小托尔的脚下延伸开来，太平洋绵延不绝，与天空融为一体。半露出地面的鸟人石屋紧挨在一起，火山顶部刀割似的边缘有一些形状奇特的岩石凸了出来，石屋就与此为邻。正对石屋不远处，就是直入海里的悬崖峭壁，足有一千英尺高，鸟人岛就位于那里。往石屋相反的方向走几步，巨大的陨石坑深得令人眩晕，从一边到另一边足有一英里宽，坑底有一个危险的绿色沼泽地，遍布小小的水洼。

小托尔带着睡袋和食物去石屋时，当地人变得惊慌失措。他们恳求小托尔下山过夜，还专门去找艾德，让艾德把小托尔叫下来。我在安纳根纳接到消息，告诉小托尔不能独自睡在鸟人村的废墟里——他会被阿库－阿库抓走的。但是警告没有用，小托尔已经找到了他的梦中城堡，他将独自在鸟人村露营。

黄昏时，其他人都下山了，但小托尔还是坚持在山上过夜。艾德手下的当地工头非常担心，派了三名志愿者陪小托尔过夜。夕阳西下，信风在漆黑的深渊里咆哮，小托尔头一次感受到了恐惧。这时，三个影子走进废墟——原来是三个本地女孩自愿在山上过夜。女孩们一走进暗夜里的废墟就吓坏了，其中有一个几乎吓疯了。她把从漆黑的坑里传来的回声当作阿库－阿库，坑底的黑色水洼映照出一颗颗闪耀的星星，她又在星星里看到了另一个阿库－阿库。总之，她感觉到处都是阿库－阿库。第二天天亮时，三个女孩都为能再次回村而高兴不已。

接下来的几晚，小托尔都是独自住在山上。每天早上，艾德和当地的工人从山谷爬上来时，小托尔都高高兴兴地坐在那里欣赏着日出。这种勇气很快使小托尔成为当地人眼中的英雄，每天都会有人送来很多甜瓜、菠萝和烤鸡给他吃。所以，要说服小托尔下山住就更难了。最终，他在那里住了四个月，阿库－阿库未曾打扰过，当地人都认为：小康提基（也就是小托尔）一个人在鸟人村很安全，他有保护自己的神灵。看来，这件事并没有破除当地人的迷信，反而让他们更加迷信了。

就在我从年轻的埃斯特万那里探知家族之洞的第一个秘密的时候，当地人拉扎勒斯找到了我，他是市长的左膀右臂，也是岛上最重要的人物之一，他是当地人选举的三个代表中的一员，市长说他非常有钱。拉扎勒斯是长耳人和短耳人的混血儿，还有一点欧洲来访者的血统。尽管达尔文不会借用他的五官来证明进化论，但是拉扎勒斯的相貌堪称是自然的杰作。他前额低斜，眉骨凸出，同样凸出的还有他的下半张脸，长了一个小小的下巴，一张大大的嘴巴，一口整齐的牙齿，一个高高的鼻子，还有一双动物般警觉的眼睛。尽管拉扎勒斯相貌奇丑，但他绝不是一个蠢货。相反，他聪明过人，异常警觉，极富幽默感，但是也非常迷信。

一天，艾德报告说，鸟人村有一间被毁的房屋，他在屋顶的一块大石板上发现了几个类型不明的岩石雕刻品。大约在同一时间，阿恩在拉诺·拉拉库火山脚下，发现了埋在地下的跪姿人像。那天傍晚，长耳人结束了一天的工作，拉扎勒斯一脸神秘地把我带到一旁："你现在只缺一块朗戈－朗戈了。"他边说边狡猾地打量我的脸，看看我听了他的话会有何反应。

一时间，我意识到正在发生一些特别的事情，但我还是装出毫不在意的样子。

我回答说："岛上现在已经没有朗戈－朗戈了。"

拉扎勒斯谨慎地说："不，岛上还是有一些的。"

"但是这些板子已经腐朽了，一碰就会碎。"

"不会的，我的堂兄就摸过两块。"

他看出来我并不相信他的话，就让我和他一起去神殿的墙后面，石像就躺在那儿的一堆石头上。这时，拉扎勒斯悄悄告诉我，他有一对双胞胎堂兄，名叫丹尼尔和阿尔贝托·伊卡，阿尔贝托比丹尼尔晚出生一个小时，却被选中继承家族之洞入口的秘密。洞里满是奇特的宝贝，甚至还有几块朗戈－朗戈书板。

两年前，阿尔贝托曾进入洞里，拿出来两块朗戈－朗戈书板，并把它们带回了家。它们都是用木头做的，其中一个形状像一条带尾巴的扁形鱼。两块书板上都刻有小的人像，几乎是黑色的，尽管年代久远，书板却异常坚硬。拉扎勒斯和许多其他人也见过这种书板。但由于阿尔贝托把书板从洞穴里拿走，破了禁忌，夜晚熟睡时，一个阿库－阿库对他又戳又捏，直到他醒来。接着他向窗外望去，看到成千上万的小个子男人要爬进他的房间。阿尔贝托快被吓疯了，径直回到洞里，把两块书板放回原处。藏有朗戈－朗戈的洞靠近汉加奥特奥山谷，拉扎勒斯会尽其所能让他堂兄鼓足勇气，再次进洞拿出书板。

我渐渐从拉扎勒斯那儿探知，他家不止一个家族之洞。拉扎勒斯自己可以进入另一个汉加奥特奥山谷附近的洞穴，尽管那里没有朗戈－朗戈，但有许多其他宝贝。我试图让拉扎勒斯带我去这个山洞，但他不肯，眼神威严地看着我，说如果带我进洞，我俩都会完蛋的。他们家的阿库－阿库就住在这个洞里，还有两具他祖先的遗骸。如果一个人未经授权，试图进入，阿库－阿库就会进行可怕的报复，洞穴的入口是所有秘密中最神圣的秘密。我嘲笑他的这种想法，试图劝他理性一点，但就像对牛弹琴，无济于事。

在我的不懈努力之下，拉扎勒斯终于被说服，他承诺会亲自从山洞里给我带件东西来。但是我想要什么呢？是要手里拿着蛋的鸟人，还是手里不拿蛋的鸟人？除了没有朗戈－朗戈，这个洞里几乎什么都有。我建议他拿出几样不同的东西，好让我看看再选。但他觉得这么干不行，洞穴里都是奇特的东西，他只能冒险带一件东西。这时，有人来找我，打断了我们的谈话，拉扎勒斯说了声再见就走了。

第二天，我在观看长耳人往石像身下塞石头时，市长和拉扎勒斯一起来找我，说要聊聊。

市长低声说："你看，阿库－阿库正在帮我们，没有神灵的帮助，只靠我们十二个长耳人是不可能做成这件事的。"

他们告诉我，那天为了让石像更快地被抬起来，他们在洞穴附近的土灶里烤了一只鸡。

我嘲笑他们迷信时，却遭到了拉扎勒斯和市长的强烈抗议。当我坚定地说这个世界上不存在阿库－阿库时，他们居然像看白痴一样看着我。在他们看来，以前的整个岛上到处都是阿库－阿库，虽然现在没有那么多了，但两人还是可以随口说出岛上很多地名，在这些地方仍住着不少男阿库和女阿库。与阿库－阿库说过话的人讲，阿库－阿库嗓音尖细，所以，还是有很多证据能证明阿库－阿库确实存在。

我本想极力说服他们，告诉他们这个世界上不可能存在阿库－阿库这样的神灵，但我知道，这简直比登天还难。很明显，岛上的居民对这种疯狂的迷信深信不疑，而这种情况就像一个无法撼动的屏障，使得洞穴里的秘密至今仍不为外界所知。

我开上吉普车去找塞巴斯蒂安神父，没有任何人比他更了解复活节岛和岛上的居民，而且我敢肯定我对他说的话，他一定会保密。在他写的那本关于复活节岛的书中，我读到了下面这段话：

"秘密洞穴是特定家庭的财产，只有家族里最重要的人才知道各自秘密洞穴的入口。这些洞穴用来藏匿一些类似朗戈－朗戈书板或小雕像等的贵重物品。如果家族中知晓洞穴秘密的最后一人死亡，那秘密洞穴入口位置的秘密，也会连同死者一起，永远被埋进坟墓。"

我告诉塞巴斯蒂安神父，我有理由相信，岛上仍有人在使用家族之洞。他听后吃惊地往后一缩，捋了捋胡子，说："哦，不可能！"

我把神秘石雕的事告诉他，但没有提到当地人的名字。他听完立刻兴奋起来，想知道山洞的具体位置。我只能告诉他我大致了解的情况，并强调正是因为当地人特别迷信阿库－阿库，所以我无法进入洞里。

身着白色长袍的塞巴斯蒂安神父一直在房间里轻快地踱来踱去，突然，他停下来，用双手抱住头，绝望地说："岛上的人迷信得无可救药。前几天老玛丽安娜还来找我，神情严肃地告诉我说，康提基先生一定不是人类。他们的迷信根深蒂固，指望在一代人的时间里，把他们脑子里的迷信完全消除是绝不可能的。他们对自己的祖先极为崇敬，这一点当然是可以理解的，但他们也是虔诚的基督徒。哦，但他们太迷信了！"

神父无可奈何地告诉我，他都无法说服他那令人钦佩的女管家埃洛莉娅，让她不要相信她是一条搁浅在奥图伊蒂海湾的鲸鱼的后代。埃洛莉娅只是说，即使他是一个神父，他也不可能知道所有事情，因为她是听自己的爸爸说的，爸爸是听祖父说的，而祖父又是听曾祖父说的。曾祖父理应是最清楚的，因为曾祖父就是那条搁浅的鲸鱼！

我俩一致认为，这是一个非常棘手的问题：让当地人带我们去他们认为有妖魔鬼怪镇守的洞穴绝非易事。由于当地人非常崇敬"圣水"，所以塞巴斯蒂安神父提出要借给我一些"圣水"。如果把"圣水"洒在洞口，也许他们会鼓起勇气。然而，我和神父都认为，神父不可公开露面，因为神父曾说过，他自己是当地人最不愿带去接触这种秘密的人。但我们必须尽可能保持联系，如果我能进入一个秘密洞穴，即使是在半夜，也必须来见神父。

我很难理解为何复活节岛上的这些聪明人会有如此疯狂迷信的行为，但当我开始把它和自己熟悉的世界进行对比时，发现这也不难理解。我听说过二十层楼高的大楼里没有第十三层，也听说过飞机上的座位编号从十二直接变成十四。是否有人真的相信邪恶的幽灵在守着数字十三——一个无名的灾难之灵？邪恶的阿库－阿库就如同数字十三一样。

我也听说过有人害怕把盐撒了，害怕打碎镜子，或者认为见到一只黑猫穿过马路就会影响自己的前途。这些人其实都相信阿库－阿库的存在，只是不这样称呼罢了。那么，这个世界上最荒僻岛屿上的居民认为他们的祖先能施展魔法，认为祖先会在代表他们的巨大石像里显灵，又有什么值得大惊小怪的呢？复活节岛的居民想象着在漆黑的洞穴里，头骨和遗骸中有阿库－阿库存在，而我们却把一只温驯的黑猫在一个阳光明媚的夏日穿过马路视为不祥之兆，两者相比，显然复活节岛居民的迷信更应该被理解。

复活节岛上的迷信已经深入人心，且世代相传。有些岛民在大白天都不敢去岛上的一些地方，更别说黑夜了。起初，我并没有考虑到这一点，这疏忽是个很大的缺陷，至今仍限制着我真正走进当地人的内心。事实证明，试图用理性去浇灭当地人迷信的火焰是徒劳的，所谓的理性对他们来说都不起作用，就像一场真正的森林大火无法用水去扑灭，所以必须以毒攻毒，就如同只有烧掉一部分树林，才能阻断火势的蔓延。因此，控制住火势，才是战胜大火的关键。

我绞尽脑汁地思考这个问题，得出的结论是，要以毒攻毒就要用迷信破除迷信。那些相信我与他们的祖先有联系的当地人，也应该相信我从他们的祖先那里带来的口信，告诉他们要破除一切陈旧吓人的符咒和禁忌。为什么不这么做呢？我躺在睡袋里，辗转难眠。伊冯觉得这是一个疯狂的计划，但无论如何，都应该尝试一下。

第二天，拉扎勒斯、市长和我在营地后面的岩石上进行了一次长谈。首先，我告诉他们——这也是事实——我对此禁忌的秘密十分了解。然后，我向他们描述了自己曾经在法图伊瓦的经历。法图伊瓦有一个不为人知的地下山洞，山洞内有一大片水域，当地人称之为瓦伊坡。在瓦伊坡是禁止划船的，当地人说谁要是触犯这个禁忌必遭惩罚。而我是第一个在瓦伊坡划独木舟的人。在法图伊瓦，还有一个被称为禁忌之屋的密室，我也曾进去过，也没有任何不祥的后果。市长和拉扎勒斯都瞪大了眼睛好奇地听着，他们没想到，除了复活节岛有禁忌之外，还有很多其他的岛也有禁忌。我对禁忌这一套的了解足以给两人留下深刻的印象，特别是我还可以转述从法图伊瓦当地人那里听到的故事，这些故事描述了各种各样的人，因触犯了祖先的禁忌都遭受了最离奇的灾难，但我毛发未损。

市长听得脸色苍白，浑身发抖。过了一会儿，他尴尬地笑了，他承认一听到这种故事，就算站在炎热的阳光下，他都会冷得瑟瑟发抖，因为他们自己在复活节岛也有过类似的触犯禁忌的经历。现在，该换我静静地听市长讲述当地人因触犯禁忌所导致的可怕后果了：全家都得了麻风病，被一条鲨鱼咬掉了一只胳膊，一场可怕的洪水淹没了芦苇屋里所有的人，还有许多人发疯了，因为他们不堪忍受阿库－阿库夜复一夜对他们又戳又拧又捶。所有这些都是因为违反家族之洞的禁忌而招来的恶果。

拉扎勒斯怀着病态的好奇心问道："你在法图伊瓦发生了什么意外没有？"

我说："啥也没有。"

拉扎勒斯看上去很失望。

拉扎勒斯说："那因为你有马那。"马那是一种魔法，是一种神力的来源。

市长狡猾地对拉扎勒斯说："康提基先生不仅有马那，还有一个能带来好运的阿库－阿库。"

于是我抓住这个时机说："所以我可以进入那些禁入的洞穴，保证不会发生任何事。"

拉扎勒斯指着自己，苦笑着点头，说："你是什么事也没有，可是如果带你进洞的话，我们可就要遭殃了。"

我争辩道："我的神力很强的，和我在一起的话，你们不会有事的。"

但是拉扎勒斯很难理解我的话，因为他家的阿库－阿库会报复他，即使我的阿库－阿库保护了我，却无法阻止对他的报复。可是如果只靠我自己，就算洞穴就在我的面前，我也一辈子都找不到入口。

市长帮他的朋友吹嘘道:"拉扎勒斯家族显赫,他有许多洞穴,很富有的。"

拉扎勒斯骄傲地啐了一口唾沫。

市长继续吹嘘他自己的神力:"你们要知道,我也有神力的。正是我的阿库-阿库,帮助我们把石像顺利地竖了起来。我在拉佩劳斯湾的一个小阿胡墙里有三个阿库-阿库,其中一个是鸟的形状。"

现在,我们都意识到,坐在岩石上谈话的三个人都不是一般人。接着,他们两人开始争论谁最了解"好运气"和"坏运气"的来源。我发觉那天自己编造的故事,糊里糊涂地让我通过了他们的考验,取得了他俩的信任。市长告诉我,他怀疑我知道"好运气"的秘密,因为早上我在帐篷的绳索上打结时,他一直在看着我,我是从右边而不是从左边打结的,这就证实了他的猜测。

见市长这么说,我乘胜追击,使出了最后的绝招。我说我知道他们的祖先将家族之洞称为禁地,只是为了保护藏在洞里的珍贵物品。唯一会招来"坏运气"的是,把洞里的雕像卖给游客和水手,这些人可能不了解这些宝物,过一段时间后也许就会把它们扔掉。但是如果把这些宝物卖给科学家就会带来"好运气",因为科学家会把这些宝物保存在博物馆里。博物馆有点儿像教堂,人们只能在里面静静地走动,透过玻璃展柜欣赏这些雕像。博物馆是得到保护的地方,没有人可以破坏或者扔掉雕像。邪恶的精灵会和雕像一起离开洞穴,所以,岛上就没有什么好怕的了。

我察觉到这番话给拉扎勒斯留下了非同寻常的印象。我的直觉没错,当天晚上又有人小声喊着"康提基",还用指甲摩擦着帐篷布。这次不是埃斯特万,而是拉扎勒斯。他给我一个布袋,里面装着一个古老的扁平石制头像,五官十分奇特,留着细长的胡须。头像的小孔里还有蜘蛛网丝,既没用水洗过,也没有用沙子擦过。

拉扎勒斯把他去过的那个秘密洞穴的情况,详细地介绍给我。他说,洞穴里面全是雕像,他见过一只刻着三个头像的石碗、奇异的动物像、人像和石船的模型。这个洞穴位于汉加奥特奥附近,是拉扎勒斯的曾祖父传下来的,拉扎勒斯和他的三个姐妹共同拥有这个洞穴。现在，既然没有"厄运"降临到他身上，拉扎勒斯打算和两个姐姐谈谈，是否能从洞里拿出更多的东西。拉扎勒斯不需要征求妹妹的意见，因为她才二十岁，不懂这些事情。

拉扎勒斯去过洞穴，觉得自己是个英雄。拉扎勒斯家有四个山洞，堂兄阿尔贝托去过的那个洞里有朗戈－朗戈书板，它应该就在拉扎勒斯去过的那个洞穴附近，但只有阿尔贝托才知道洞穴入口。维纳普的悬崖附近也有一个秘密洞穴：拉扎勒斯知道此洞的位置，他打算找个晚上去那里。第四个洞穴就在雕像之山拉诺·拉拉库的垂直岩面上。三个不同的家庭共同拥有这个重要的洞穴，每家在洞里都有自己特定的一块区域，里面全是骷髅。拉扎勒斯不知道入口在什么位置，即使知道，他也绝不敢踏进去。

我问拉扎勒斯，如果三家人都知道这个洞口的位置，是否偷过彼此的东西。拉扎勒斯说，绝对不会发生这种事，因为每家的区域都是确定好的，并且都有自己家的阿库－阿库守护。

我给了拉扎勒斯几块布料送给他的两个姐姐。拿了礼物之后，他就消失在了夜色里。

第二天，市长像往常一样平静地站在阿胡墙上，有条不紊地指挥着长耳人在木棍两端进行劳动。从他的举止上，根本看不出他也有家族之洞。他站在那里，冷静又自信，像一个训练有素的工程师一样组织工作。如果拉扎勒斯家都有四个洞穴，而长耳人的首领却一个洞也没有，那就奇怪了。看来，的确需要一剂猛药才能让市长开口。

那天傍晚，我找了个机会又把这两个人拉到一边。我不知道市长到底有没有洞穴，但无论如何，他一定很了解洞穴的事情。谈话中，我问他是否很多家庭都有秘密洞穴。市长承认有些家庭有，但对于自家的洞穴，旁人几乎一无所知。通常，每个家庭只有一个家庭成员负责掌握入口的秘密。有时这个人在选定接班人之前就去世了，这样一来就再也没有人能找到入口了，所以这个方法真是非常精妙。大批的家族之洞就这样消失了，市长和拉扎勒斯都说正是这种损失带来了"厄运"。

我插了一句："应该杜绝此类事情，这就是应该把宝物转移到安全的博物馆的原因，在那里没有人可以偷走宝物，也不会丢失，会有保安一直看管这些宝物。"

市长沉思片刻，不太信我说的话。因为制作这些东西的古人说过，应该把它们藏在秘密洞穴里，而不是藏在房子里。

我跟他解释道："那个时候的芦苇屋不安全，这些洞穴是当时他们能找到的最安全的地方，但洞穴也不是真的安全，因为每当入口被遗忘时，一切都会消失。然而，没有人会忘记博物馆的门在哪儿。"

市长没有完全接受我的推理。在市长看来，祖先的话显然比我的所有神力更有权威。毕竟，市长也有神力和阿库－阿库。再说，他也没有看到任何迹象，表明他的祖先改变了对禁忌的态度。

我已经无计可施了，就连拉扎勒斯都似乎动摇了。一定有什么办法可以让迷信的市长看到一个令人信服的迹象，使他相信祖先已经放弃了严厉的禁忌。为此，我决定实施一个疯狂的计划。

在营地旁边的平地上，有一个阿胡底座，那儿躺着一些倒下的石像。这里，原来的阿胡墙在第二个历史时期被严重破坏。墙的前面有一片沙石地，到处都是石料和原石。一个星期天，比尔去察看那堵被破坏的墙，当他把石板上的沙子除掉时，发现了刻有鲸鱼鼻子形状的浮雕。另一块大石头压在这块石板上，盖住了浮雕的其余部分。比尔在骑马回维纳普之前，把这个发现告诉了我。我和摄影师去那堆石头旁搜寻，终于找到了比尔看到的东西。当我们移开压在石板上的那块石头时，一个大约三英尺长的鲸鱼石像就出现了。我们把石板往下滚，滚到下面的沙土上，让石板粗糙的一面朝上，看起来跟散落在周围的岩石没啥两样。

这件事突然启发了我，没有人注意到我们刚才做了什么。我打算请市长和拉扎勒斯午夜时分到营地来，那会儿一切都是黑漆漆的，又安静。到时我们举行一场神秘的降神会，乞求他们的祖先显灵，将他们制作的石雕通过沙土地显现出来，如果能够显现，就表示同意子孙公开秘密洞穴。这么做如果成功的话，那岛上秘密洞穴的禁忌也会解除。

市长和拉扎勒斯都很期待这场降神会，天黑时他们偷偷溜进了营地。就在他们到达之前，埃斯特万又一次拜访了我。伊冯一想到今晚不知会发生什么事，就特别害怕，其他人都睡着了，她还清醒地躺着，一直在听着帐篷外的动静。我向市长和拉扎勒斯解释说，我们必须站成一列，后面的人双手抓住前面人的肩膀，然后沿着一个大大的圆圈慢慢走一圈。这样的话，等到第二天早上，我们就会在圆圈里找到祖先制作的一件石雕，那就表明他们的祖先已经同意我的说法：没有人会再因为打破古老的禁忌而受到阿库－阿库的惩罚了。

于是我们行动了，我双手交叉着走在前面，身后是市长，他用双手抓住我的双肩，拉扎勒斯同样抓着市长的双肩。我根本看不见自己的脚在哪里，憋着笑，浑身抖动，几乎被脚下的石头绊倒。但我身后的两个人却是如此严肃，如此专注于这个降神仪式，他们像是被一条皮带拴住一样，紧紧地跟在我后面。走完一圈后，我们再次回到帐篷前，大家都没说话，生怕打破了这神圣的仪式，然后互相深深地鞠了一躬，就悄悄地回去睡觉了。

天一亮，市长就赶了过来，告诉我夜里在霍图·玛图阿的山洞外面出现了两束神秘的光，不是吉普车发出的，所以这光肯定是某种"好运"的预兆。在安排好考察队当天的活动后，我就让市长和拉扎勒斯挑选出复活节岛最可敬、最善良的人，让这个人来帮助我们在前一晚走过的圆圈里搜寻石鲸。市长马上选择了他最小的弟弟阿坦·阿坦，一个留着八字胡、长着一双无邪大眼睛的小家伙。他天真地向我保证，选他准没错，因为他是一个心地善良的好人，如果我不相信，可以去问村里的任何人。我们把阿坦带到那堆石头前，开始寻找。我让他们把散落在沙地上的每一块石头都翻过来，看看有没有他们祖先雕刻的艺术品。为了增加戏剧性，我让他们从圆圈的外边开始寻找，以免他们很快就找到鲸鱼。

阿坦碰巧是第一个发现艺术品的人——一块精巧的红色石头。然后我自己找到了一个旧的石头锉刀和一个漂亮的黑曜岩小扁斧。过了一会儿，我们听到了阿坦的喊声，他掀起一块大石板，把底部的沙子拂掉。市长、拉扎勒斯和我跑了过来，我们看到石板上有一个美丽的鲸鱼浮雕，但不是我之前翻过来的那一条鲸鱼，所以肯定有两条。

一时间，所有在石像前干活的长耳人都跑过来看，厨师、船务总管和摄影师也都跑了过来。市长的眼睛瞪得老大，呼吸急促，好像刚刚完成了一次剧烈的冲刺。市长和阿坦对我满是钦佩，低声称赞我的神力。拉扎勒斯的表情变得非常严肃。他说这个区域属于他的家族和他们的阿库－阿库。市长哆嗦了一下，所有当地人都看着我，好像我是一种奇怪的动物。我胸有成竹，知道自己还有一个更大的惊喜让他们吃惊。

我问："你们之前见过这样的雕刻品吗？"

没有人见过。但他们每个人都看得出来，这是一个鲸鱼的图案。

我说："那我就让圆圈内再出现另外一个一模一样的雕刻品。"

市长让他的长耳人回去继续为大石像捡石块，而我们四个人继续寻找。我们把石头一个接一个地翻过来，我们正在接近目标。突然，船务总管大声喊午饭准备好了，马上开饭。于是，我让其他三个人先停下，等我回来一起找，因为只有我才会让鲸鱼出现。

我们坐在餐厅帐篷里吃饭的时候，听到远处传来争吵声，市长跑过来找我，他看起来相当着急。原来，两个年轻人在市长没看到的情况下，走进了那个圆圈，自己找了起来。他们找到了那条鲸鱼，并把它带到了霍图·玛图阿的洞穴里，打算卖给我。市长看起来很绝望的样子，我站着直揉鼻子。现在能有什么法子呢？那两个家伙已经找到了我的宝贝，现在我不能凭空变出保证会出现的鲸鱼。于是，我又回到了那里。

拉扎勒斯把两人带了回来，他们很不情愿地拖回了那条石鲸鱼，把它放在了发现它的地方。但他们确定没放错地方？现在轮到我困惑了，竟一时语塞。

我自己的鲸鱼仍底朝天，还没人碰过它。看来他们发现了第三条鲸鱼，不过相当小。我安慰他们说，别着急，慢慢来，等我吃完饭，我会再找出一条更大、更精美的鲸鱼。

吃过饭，我们一起继续找，走到圆圈最后剩下的一块区域，我注意到三个人都完美地错过了那块要找的石头，而把其他每块石头都翻了过来。最后，他们认为整个圆圈都被找遍了。

市长略显惊讶地说："石头都翻完了。"

我指着那块终极之石说："你们还没翻那块石头呢。"

拉扎勒斯回答："不对啊，我们翻过了。你看不到它的灰白面在最上面吗？"

我突然意识到，这些大自然的孩子只要看一眼石头就能分辨出是不是被翻过。这块石头灰白的阴面朝上，所以他们认为已经翻过它了。

我说："翻过了也没关系，再翻一次。你们还记得阿恩先生在拉诺·拉拉库翻那块大石头时发生了什么吧，那块石头你们是如此熟悉。"

拉扎勒斯帮我紧紧抓住那块石头，我们一起把石头翻了过来。尽管阿扎勒斯累得气喘吁吁，还是吃惊地喊了一声："快看！"然后，他站在那里，瞪大眼睛看着石头傻笑，而阿坦则大声欢呼。

市长震惊至极，只能结巴地说："太重要了——太重要了。多么强大的阿库－阿库啊！"

在石像那边干活的长耳人和我们营地上的人，都兴冲冲地跑过来看第三条鲸鱼。这时候，连那两个趁市长不注意找到小鲸鱼的年轻淘气鬼也被深深地震撼了，而我和摄影师却很难继续绷着脸，让自己不笑出来。因为这件事实在太离奇了。

埃洛莉娅欣喜若狂地看着这三条石鲸鱼，然后摇了摇头，走过来平静地告诉我，我已经有了"好运气"，货真价实的"好运气"。我心想，对埃洛莉娅来说，这就是一场她的家族肖像画展，因为她从父亲那里得知自己是鲸鱼的后代。但是老玛丽安娜有更多的事情要告诉我。她和牧羊人莱昂纳多住在山谷另一边的一个小石屋里，莱昂纳多的老哥哥多明戈昨晚在他们那里过夜。老人早上醒来时，告诉两人自己做了一个梦，梦见康提基先生抓了五条金枪鱼。

市长立刻脱口而出："那么我们还差两条。"我都还没搞清楚状况，人群又开始翻起所有的石头，一些人特别心急，都已经走到这个圆圈外寻找石鲸鱼了。他们都下定决心要找到另外两条，让多明戈的梦变成现实。快到傍晚时，大家又找出了两个模糊不清的鱼雕。当地人立即认定它们就是另外两条，然后大家把五个石雕在沙地上摆成一排，得意扬扬。

市长捡起一块小石头，在雕像前面的沙地上画了一个弧形，然后在弧形中间挖了一个小洞，说："好了。"

他和拉扎勒斯站在弧形前，唱了一小段古老的霍图·玛图阿的歌曲，还像跳草裙舞一样有节奏地摇摆着臀部。接着，他们又唱了一段，然后陷入沉默，沉默片刻后又重复唱唱停停。他们一直唱到夜幕降临，所有人都回了家。

第二天一早，拉扎勒斯肩上扛着一个麻袋过来了。他偷偷把麻袋带到我的帐篷里，没让外面的人看见。他放下麻袋时，麻袋里传出一阵石头的撞击声。从那天起，一到深夜拉扎勒斯就来我帐篷做客，他白天和其他人一起工作，到了晚上和大家一起在山洞里睡觉。只有在黑暗的掩护下，拉扎勒斯才能悄悄地跨过一个个熟睡的同伴，骑上马，奔向他家族的秘密洞穴。

接下来三天，市长如坐针毡，到了第四天，他再也没法控制自己。于是，我们走上碎石坡，聊了很久。市长告诉我，他的一个朋友在花园里藏了一个巨大的红色雕像，这个雕像没有标号，这位朋友答应我把雕像带上船，以祈求获得"好运"。我解释道，没有人可以拥有这类雕像，它们是受到保护的。市长显然很失望，自己的殷勤并没达到预期的效果。

市长显然渴望赢得我的青睐，最后平静地说，他会和自己的人谈谈。其中几个人拥有家族之洞，他会试图说服他们带石雕给我。但是，他还强调，如果有人给我带来的石雕看起来像新擦洗过的，即使主人说是自己发现或者制作了这些石头，让我也不要相信。

市长说："人们害怕公开谈论这些事情。此外，他们会清洗洞穴里的石头，保持石头干净。"

我强调说："他们绝不能那样做，那样会毁了石雕。你只需要掸走灰尘，否则石头表面会磨损。"

市长认为这个说法很明智，他会把我的这个想法告诉别人。但他担心小草根和虫卵会钻进多孔的火山岩石头。在没人看管的洞穴里，有许多石雕都开裂损坏了。他没意识到自己不知不觉中已经说漏了嘴，透露了其实他每个月都会清洗石雕。

我听到这件事后，没有任何惊讶的表现，结果市长的话匣子还在继续打开。他跟我坦白说，他要花十五个晚上才能把所有石雕清洗一遍，因为作为最年长的哥哥，他要负责四个洞穴。而他在忙着清洗石雕时，妻子只能出去捕鱼，因为她属于另一个家族，没办法帮他一起清洗。

一直以来，市长必须一个人走进秘密洞穴，在洞里不可以发出任何声音。动作必须迅速，抓起几块石头——这里抓一块，那里抓一块——然后赶紧带出洞清洗。其中一个洞穴里还藏着铁钱。这些洞穴里都相当潮湿，所以没有藏匿木制的雕像。市长还继承了另一类型的叫安娜米罗的两个洞穴，里面藏满了木刻的东西。但到目前为止，他还没能找到这两个洞穴的隐藏入口。他曾经三次到过这两个洞穴的大致位置，并在土灶里烤鸡，希望发出的气味会帮助他找到隐蔽入口，却一直没起作用。但市长会再次尝试。

最后，市长告诉我，尽管自己的父亲告诉他千万不要从洞穴里拿走任何东西，但他的阿库－阿库最近总是托梦给他，让他从其他洞穴里拿些东西交给康提基先生。如果我给他一条裤子、一件衬衫、一小块布和几美元，他就会把这些藏在洞穴里，等亲戚真正需要的时候再拿出来。接下来我们就等待这样的时机。

市长想要的东西，我都给了他，但过了一段时间，毫无动静。与此同时，立起巨石像的工作已经进行到了第十六天，不久巨石像就会重新矗立在岛上了。

长耳人争分夺秒地工作着，因为总督收到电报，"平托号"军舰正在来复活节岛的路上。岛上已是二月份，军舰一年一度访问该岛的日子即将到来。

市长迫切希望赶紧把巨石像竖起来，这样军舰舰长就能亲眼看到巨石像真的矗立在岛上。因为舰长从上岸的那一刻开始，就是岛上的最高权威，市长希望舰长向智利总统汇报时，能为复活节岛多美言几句。

第十六天当天，市长过来要绳子，因为雕像竖立的时候需要通过拉绳子保持平衡，但是考察队带来的所有绳子现在都在岛上的其他地方用着。于是，那天晚上我们开车去见总督，问他是否有多余的绳子。我们到那里时，总督告诉我们，他收到了一封电报，说"平托号"军舰将在第二天到达，该船已出发十天了。市长的脸耷拉了下来，因为他无法在这么短的时间内把雕像立起来。此外，"平托号"到达后，每个人都会忙着装载羊毛，卸载面粉、糖和岛上急需的物资。尽管总督也很遗憾，但他还是要求所有的长耳人和我所有的当地工人第二天必须去他那里报到。

我们垂头丧气地开车穿过村庄，来到塞巴斯蒂安神父家，向他汇报工作的最新进展。我在他耳边低语道，除了船上现在放着的那些雕像之外，所有进入家族之洞的努力都无济于事。去神父家的路上，市长突然提议，我俩可以虔诚地祈祷各自的阿库－阿库帮助我们拖住"平托号"，别让它准时到达，这样就能多出一天来完成工作。他坐在车子的工具箱上，随着车子一起不停地上下颠簸，但神情十分虔诚庄重。当我们从塞巴斯蒂安神父家回来，吉普车再次穿过村子，正要在十字路口左转时，突然看到总督正站在车前灯光下，指着路边的一卷绳子说，他刚刚收到另一封电报，"平托号"要到后天才能到达。这简直太令人匪夷所思了。

我靠在座位上，无声地笑了，摄影师则坐在方向盘前咯咯地笑着，这真是所有巧合中最奇怪的了。只有市长理所当然地接受了，他在我耳边低声说道："嘿，你瞧。"

我无话可说，只是坐着，惊奇地摇头，车子在黑暗中颠簸前行。到目前为止，没有人知道，长耳人立起雕像还需要两天，而不是一天。但是市长没有注意到这一点，他坐在那里为我俩联合起来的阿库－阿库的神力而备感兴奋。过了一会儿，他的自满情绪被一股隐隐的怀疑所取代，他觉得可能是我的阿库－阿库显了灵，而不是他的，所以开始主动向我低声说洞穴里发生的不可思议的事情。他从来没有从洞穴里拿走过他继承的任何东西，但现在阿库－阿库却不断地托梦劝他这么做。

接着就是第十七天了，大家都期待着那天能把雕像立起来。就在此时，有位年迈的老太太出现了，她在雕像将要矗立的巨大石板上，用石块围成一个半圆。之后她给了我一个黑色石头做的大鱼钩，形状优美，打磨得像黑檀一样明亮。就在那天，她"发现"这个石鱼钩是"好运气"的象征。我以前从未见过这个年迈的老太太，她体形瘦小，弯腰驼背，但透过她满脸的皱纹，依旧可以看到一张非常美丽、拥有贵族气质的脸庞和一双炯炯有神的眼睛。市长悄悄告诉我，她是他最后一位健在的姑姑，名叫维多利亚，但她更喜欢别人称她塔胡·塔胡，意思是"女巫"。她整晚都在洞前为长耳人舞蹈，给他们祈求"好运"，防止巨石像在石堆中倾斜时突然倒下。

巨石像没有倾覆，但也没有笔直地竖立起来。第十七天过去了，它仍然斜躺着。第二天只需要再多移动一点儿，巨石像肯定会矗立到石板上。但是第二天，长耳人必须待在村子里，参加这一年的盛事，那便是迎接军舰的访问。令市长失望的是，当舰长亲自视察时，这座巨石像注定要保持倾斜的姿势，歪歪斜斜地靠在顶到鼻尖的石头堆上。

夜幕降临，只有我们的警卫留在营地，其余的人都已经上了船，因为天一亮我们就要出海，护送军舰进入村庄的海湾。周围一望无际的海洋，使地平线看起来像一条悬挂在两种不同色调之间的纤细蜘蛛丝。随后一天的早上，当村子里的人醒来时，我们的两艘船已并排停泊在村子外面。

在过去几天里，当地人还频繁地使用了第三条船。这条船的船身不是用钢铁做的，而是把金色的淡水芦苇编在一起制成的，并在安纳根纳下水。现在这条芦苇船正躺在我们大船的甲板上，在阳光下闪闪发光。这艘船的建造本是有实际用途的试验品，但是一下水之后，它就马上卷入家族洞穴的秘密中了。

这个秘密始于立雕像的初期。艾德在鸟人村悬崖边上狭窄废墟中的石板下爬来爬去，发现了与岛上此前已知不一样的墙壁雕刻作品。其中，最奇怪的是一个典型的美国印第安人的哭泣眼睛的图案，他还在洞顶发现了几艘刻有桅杆的新月形芦苇船图案。其中一艘芦苇船的两侧有横向系索，船上还有一面巨大的方形帆。

我们知道，欧洲人最早来到复活节岛时，岛上的居民已经制作了很奇特的单人和双人芦苇船，印加印第安人和他们的祖先自古以来就在秘鲁海岸使用这种船。但是从来没有人听说过，古时的复活节岛人曾造出过足以装下船帆的大芦苇船。我自己出于特殊的原因，对此很感兴趣。我曾乘坐这种芦苇船在的的喀喀湖上航行，船员是来自蒂瓦纳科平原的高山印第安人。我知道这些船的工艺精湛，承载力和速度都不可思议。在西班牙人征服时期，这种大的芦苇船在秘鲁海岸外的公海上曾投入使用。印加时代以前的陶罐上的图画表明[1]，在秘鲁文明的最古老时期，人们用芦苇建造常规船只，就像古埃及人用纸莎草建造船只一样。用筏木制成的轻木筏和用淡水芦苇造的小船，都是不会沉的水上运输工具，秘鲁人喜欢在航海时使用它们。我也知道，芦苇船可以在水面上漂浮好几个月而不会漏水。秘鲁的朋友们把一艘来自的的喀喀湖的芦苇船驶进海里，船像一只天鹅一样轻松地在海上航行，速度比轻木筏子快两倍。

现在，在复活节岛最大火山的火山口边缘，在艾德的十九号石屋废墟里，我们突然见到了石屋古老的天花板石刻中有芦苇船的图画。更让人惊奇的是，在这个石屋里，我们不仅见到了芦苇船的图画，还找到了制造这种船只所必需的芦苇。在这个石屋的一边，我们可以看到浪花愤怒地拍打着岩石，激起阵阵

---

[1] 参见托尔·海尔达尔《太平洋上的美洲印第安人》（奥斯陆、斯德哥尔摩、伦敦、芝加哥，1952），第588—589页的图版 LXXXI 和数字。

泡沫。在另一边很深的地方，有一个寂静的火山口湖，湖水里长满了高高的芦苇。这就是古代复活节岛人使用过的大芦苇。每个当地人都可以说出他们称为"波拉"的小船，为了争夺鸟人岛上第一颗鸟蛋，每个人都为自己制作过波拉。

事实上，这种特殊的芦苇引起了植物学家们的好奇。植物学家认为它是一种美洲淡水芦苇，与秘鲁印第安人在的的喀喀湖沿岸用来造船的那种芦苇相似。在那些地方，因为没有制作筏子用的筏木，人们只能在秘鲁荒芜海岸的人工灌溉的沼泽地中，辛苦地培育这种芦苇。所以，当在复活节岛的一个火山口的湖里发现这种芦苇时，着实让人惊讶。那么，这种极其重要的美洲淡水芦苇，是如何一路来到复活节岛的呢？

当地人有自己的解释。根据塞巴斯蒂安神父记载的一个传统说法，芦苇最初并不像岛上的其他植物一样也是野生的。在当地人的第一代祖先里，有一个名叫乌鲁的人，他带来了芦苇，并精心地在火山湖里培育。乌鲁带着芦苇的根茎走到了拉诺·考火山口，种下了第一棵芦苇，当这棵芦苇繁殖开来时，他又采了新的根茎，先种在了拉诺·拉拉库的火山湖，然后又去了拉诺·阿罗伊。高高的芦苇逐渐成为岛上最重要的植物之一，不仅可以用来制造船只，还可以用来建造房屋，编制席子、篮子和帽子。直到今天，当地人还经常去火山口湖割芦苇。在石屋下面的拉诺·考沼泽中央的一个银光闪闪的池塘里，我们用双筒望远镜看到了一只大芦苇筏，那是专门为孩子们做的，供他们在池塘里洗澡时乘用。

我也想做一条波拉。除了早期来过复活节岛的欧洲人画过波拉，当代人没有一个见过它的样子，也没见过它如何在岛外的公海上航行。

塞巴斯蒂安神父对我提出的新问题饶有兴致，说："帕卡拉蒂兄弟应该能帮到你，他们是四个有趣的老伙计，对造船和钓鱼的事了如指掌。"

佩德罗、圣地亚哥、多明戈和迪莫特奥说："没错。"他们就是帕卡拉蒂四兄弟，他们答应给我造一条波拉，但我必须给他们每人几把好刀和足够的时间，以便他们去割芦苇，并把芦苇晾干。四个老伙计拿到了刀后，就去了拉诺·拉拉库的火山口湖。老迪莫特奥解释说，芦苇船有两种，一种是专门用来去鸟人岛寻找鸟蛋用的单人船，另一种是在公海捕鱼用的双人船。我让他们两种各做一条。芦苇比四个老伙计高出很多，他们从根部割断，然后把割来的芦苇放到制作石像的采石场最里面的地上晾干。之后四个老伙计骑着马，在岛上四处寻找马胡特和黄槿树，他们要用这些树的树皮制作古时用的绳子，这样可以用传统的方式把芦苇捆扎起来。

等了很久，老伙计们才准备好芦苇，因为他们刚一离开晾晒芦苇的地方，其他当地人就会牵马过去，大捆大捆地把芦苇拿走。用芦苇编制的席子和床垫都很受欢迎，拿走现成的芦苇可比割那些还长在沼泽里的芦苇简单得多。所以，老伙计们就不得不再次拿着刀去割芦苇。

一天，绿色的芦苇还在晒着的时候，我带着帐篷来到了拉诺·考火山，火山的边缘是鸟人村的废墟。小托尔向艾德请了假，跟着我一起顺着火山口陡峭的岩壁爬进了火山内部。我们又沿着火山口唯一的小道往下走，没有发现一寸平坦的地面，只有一个地下渗水形成的污泥塘，像绿色的菠菜一样躺在一口大锅的锅底。四周的悬崖绝壁直插云霄，这是我们在岛上见过的最荒芜的景象。摄影师也和我们在一起，他可以像山羊一样敏捷地攀登山峰和悬崖，但他在火山口底部的沼泽中却无法行动自如。我们所站的斜坡，底部非常陡峭，如果我们踏进沼泽，就算不栽倒，也会感到脚下踩的泥地像一艘摇船一样晃晃悠悠。

我们必须在斜坡的底部用树枝搭建一个铺满芦苇的小平台，然后才能有足够的平地来搭帐篷，不然就会滚进沼泽。无论我们走到哪里，头顶上方要么是笔直的悬崖，要么是无尽的岩石堆，陡峭至极，任何攀登的尝试都有可能引发岩石崩塌。少数几个不太陡的山坡可以攀爬，但大树和灌木却在我们前面形成了一片茂密的丛林，挡住了我们的去路。目前为止，复活节岛的人们就是从这个火山口的深处砍伐木材的。这一次，因为我们有大量的柴火，所以享受了一场篝火熊熊燃烧的奢华，死火山里又重新燃起一团可爱的火焰。最后，当我们回到帐篷过夜时，大家都称赞了默默无闻的领航者乌鲁，是他给予了我们一个如此美妙的芦苇床垫。

迄今为止，还没有人在这个巨大的沼泽中进行过勘探，做过任何的测试和研究。想到这儿，我们打算在火山底待上几天几夜。毕竟，根据传说，造船用的芦苇首先是在这里开始种植的。当然，我们知道这种芦苇是从南美洲引入的。第一批从秘鲁来到岛上的西班牙人，认为这种重要的淡水芦苇是印加人的香蒲，现代植物学家已经证明这批西班牙人的想法是对的。现在我们打算先在沼泽里钻洞，用我们二十五英尺长的钻头所能钻的深度，钻入沼泽，尽可能多地采集草泥样本。因为我们知道，像这样的沼泽是非常适合长时间保存各种花粉的地方。回国后，斯德哥尔摩大学的奥洛夫·谢林教授会分析这些标本，并确定复活节岛各个时期古植物的生存状况。

如果我们幸运的话，埋在草泥中的花粉会告诉我们，复活节岛是否曾经被森林覆盖，也会告诉我们这种南美的淡水芦苇何时被种植在火山口湖。任何人都可以看出，那是很久以前的事了，因为巨大的火山口湖有三百多英亩，却长满了厚厚的绿色香蒲，就像一个巨大的甘蔗种植园，中间夹杂着青苔和缠绕在一起的枯萎芦苇秸秆。

似乎在沼泽里稍作移动就会万劫不复，但当地人世世代代以来，一直摸索着穿过沼泽地的道路，他们深谙通向一些露天水池的安全地点和道路。当村民们遭遇旱灾时，他们不得不先爬上高耸的火山，再爬入这个很深的火山口，从沼泽里取水。当地人相信这个湖没有底，塞巴斯蒂安神父曾告诉我们，有人在一片露天水池里，放下一条五百英尺长的绳子，都没有触到湖底。

太阳很晚才照到火山深处，我们睡醒后，把冒烟的火堆重新吹旺来煮早上的咖啡和食物。艾德的本地工头特帕诺已经爬下山来，准备带领我们进入沼泽。我们想去几个选定的区域进行钻洞测试，而特帕诺却引领我们走了一条莫名其妙的路。进入起伏的沼泽，我们得先穿过一片约八英尺高的巨型芦苇丛，芦苇密得像刷子上的刚毛。这些绿油油的芦苇，从一堆枯死的芦苇须根中长出来，生机勃勃。这些坚韧的芦苇须挡住我们的去路，像是要把我们拉向一张无边无际的蜘蛛网。我们只能一边爬，一边把厚厚的新鲜芦苇推到肚皮底下。

我们穿过湖边密密的芦苇丛，火山口的整个沼泽就展现在眼前，看上去就像一张用棕色、黄色、绿色、蓝色和黑色布片拼接起来的被子一样。有些地方，我们不得不蹚过地表的积水，而下面的草皮却摇摇晃晃；而有些地方，苔藓和烂泥都能没过我们的膝盖。每走一步，都觉得如果不赶紧把另一只脚向前挪动，我们就会陷入万劫不复的深渊。浮动的草泥表面不时会出现一条条裂缝，可以看到裂缝中间流出咖啡色的污水。当我们跳过去时，整个沼泽表面会剧烈地摇晃。

在沼泽地的许多地方，巨大的芦苇都长成了一小丛，当我、特帕诺和小托尔从其中一丛里挣扎出来时，就一头栽进了尽是绿色泥浆的湖水中。特帕诺向我们保证，只要我们能够游泳，就没有危险。

太阳炙烤着这个寂然无风的火山口湖，按当地人的说法，这个火山口湖就像女巫的大锅（小说及童话故事中巫师用以施符咒的大锅）。当我们从里面爬出来时，头发和身上浸满了烂泥和绿色的黏液，看上去就像干涸了的水精灵。最后我们见到那些乌黑的水塘，都想进去蘸一蘸，好把自己洗干净。湖水表面的水是温热的，但往下就会冰冷刺骨。特帕诺一再恳求我们把头露出水面，因为有一次，一个当地人在那里潜水，在浮动的草泥影响下迷路了，就再也没上来。

我们没有找到适合钻探的地方。如果把钻孔器放进水里，它就会直接穿过草泥，落到水里。草泥通常有十到十二英尺厚，都是一堆缠绕在一起的枯死的芦苇。如果在水洞里用声波进行探测，来记录湖水最大的深度，结果可能差别悬殊，因为很难到达火山口湖的底部，沿途总有一些东西会打结、缠绕。特帕诺告诉我们，这些水洞的位置不是一成不变的，每年总会换地方，"女巫大锅"里的一切都在移动。

傍晚前，特帕诺回去了，摄影师也跟着离开了。我和小托尔还要在火山口里多待几天，看看能否找到更适合钻探的地方。我们现在已经知道了这个火山沼泽的奥秘：只需低头看看脚下是什么东西和颜色，就知道踩下去会有什么后果。

第二天，我们穿过沼泽地，来到对面的火山口。我们在那儿看到一堵十二英尺高的石墙，就建在沼泽地的边上。石墙上长满了灌木丛和一簇簇散乱的绿草，我们爬上去，就到了一个古老的人造平台。我们站在平台上可以看到，沿着火山口一侧，还有四五堵墙像梯田一样连绵不断。就在我们四处张望时，发现有一个低矮的矩形洞口，通向只有废墟鸟人村才有的地下石屋。正是这个偶然的机会，我们无意间发现了一堆连当地人都不知道的废墟，至少他们没有跟任何白人说过这些地方。

墙上的很多石头上都刻着浮雕，很多已经被磨去了一半。这些浮雕刻的都是人、鸟和奇怪的兽类，面部狰狞，眼睛神秘。最引人注目的是一对鸟人和一个长着人头的四脚兽。艾德后来与来自鸟人村的人一起发掘过这个地方。他发现这些石墙曾经是出于农业用途而建造的。我们在最矮的那堵墙下采集了许多草皮和土壤的样本，准备回去进行花粉测试。

第四天，我们正坐着给所有的试管用融化了的石蜡封口。突然，船长爬进了火山口，带来消息说，阿恩在拉诺·拉拉库又有了新的发现。他挖出了一座巨大的石人雕像，雕像的头一直露在地上，雕像的胸前刻有一幅画，画的是一艘芦苇船，船上有三根桅杆和几张船帆。船的甲板上有根很长的线条一直延伸到刻在石像腹部上的乌龟处。

我们收拾好行装，离开了拉诺·考火山。小托尔要回到艾德那儿的废墟村庄，我和船长则驱车前往拉诺·拉拉库。阿恩带我们看了他的新发现，他所有的本地工人都站在周围，目不转睛地看着古代的这艘芦苇船捕捉这只摩艾腹部的乌龟，脸上流露出自豪和崇敬之情。他们都很确信这就是霍图·玛图阿的船，因为他就是率领几百人乘着两艘船来到复活节岛的。他的两艘船都很大，所以，霍图·玛图阿最强大的敌人奥罗伊也混在船员里来到本岛。今天岛上已没有海龟，但霍图·玛图阿来到了复活节岛后，他的一个部下在安纳根纳的沙滩上因捕捉一只大海龟而受了伤。

　　岛上的人们像以前一样，追忆着祖先们的伟大功绩。我零零碎碎地听到过著名的霍图·玛图阿传说，这些传说实际上是 19 世纪末由罗塞尔神父和会计汤姆逊记录的。我们都能看得出来这艘船不同寻常，肯定不是欧洲人的船只。但复活节岛上古老的石匠们竟可以造出如此巨大的船，能装得下多根桅杆，这也着实让人惊奇。然而，如果这些石像不是刻在石头上，得以保存至今，谁又能想到正是同一群人竟能立起高达四层楼的巨人石像呢？很明显，这些不知疲倦的工程天才可不只是雕刻石头的专家，毕竟，他们能找到这个极其偏僻的岛屿，可谓世界顶尖的航海家了。几个世纪以来，他们一直在岛上安安静静地雕刻石像。既然会用芦苇造小船，这些人也就有理由把大捆的芦苇绑在一起，建造更大的芦苇船了。

　　第一批欧洲人来到复活节岛时，并没有看到有人造船，也没看到有人在建雕像。这些欧洲人只看到了窄小的独木舟，在风平浪静的海面上，其只容得下两至四人，还看到了更小的芦苇筏子。当欧洲人再次登岛时，岛上正值第三历史时期或称为"推倒雕像时期"，此时战争已经毁灭了所有古老的文化，积怨导致杀戮，从而阻止了不同家族间的合作。在那一段混乱的时期，长耳人和短耳人彻底分裂，人们大部分时间都待在避难的洞穴里，不太可能聚在一块儿造船。

　　这就说明了，为何历史记录只记载了复活节岛有两种小得可怜的船——一种是波利尼西亚的独木舟，叫瓦卡·阿玛，另一种是小型南美芦苇筏，叫波拉，人们不可能乘坐这样小的船漂洋过海来到这个人迹罕至的小岛。但当地的传说生动地描绘了很久以前的黄金时代，祖先用很大的船进行远洋航行。19 世纪，罗塞尔神父曾听说这种大船可以承载四百人，高高的船头就像天鹅的脖子一样挺立着，同样高的船尾则分成了两部分。我们在古代的秘鲁陶罐上曾发现许多这样的芦苇船图案。但是复活节岛上的传说还描述了其他古船的样式。塞巴斯蒂安神父就听说过一种大船，形状像平底木筏或驳船，被称为瓦卡·波耶波耶，航海家们带着很多人远洋航行时也会使用这种船。

艾德和阿恩都找到了芦苇船的图画，所以我们每次看到船形的图案都十分留意。我们在石像上和采石场里，都发现过好几幅船只的图案，在这些图案里都刻有很明显的芦苇丛。比尔还找到了一幅有一根桅杆和一块方形船帆的船的图案。有一座三十英尺长的石像倒在地上，在其着地的一面，卡尔也发现了一只芦苇船的图案，这只芦苇船上有一根桅杆，笔直地伸向雕像的腹部，在石像的肚脐位置形成了一个圆帆。艾德在鸟人村的石屋里，发现了另一艘刻在石屋屋顶上的船，这艘船有三根桅杆，中间的一根上面还有一块小圆帆。

这次考察，让我们碰巧得到了更多确凿的证据，证明这种大船存在过。我们在岛上的不少地方看到石块铺砌的道路一直延伸到海里。随着时间的推移，这些神秘的路引发了许多逼真的猜测。不少本地人都相信复活节岛是沉没大陆的残余部分，这些道路就是最主要的证据。石块铺砌的道路毫无疑问是延伸到海底的，如果能沿着这些路走下去，就可以到达沉没大陆的遗迹。

我们顺着这几条路走下去很容易，因为船员中有一个就是潜水员。于是，我们带着潜水员，乘车一起来到离我们最近的一条通向海边的道路。潜水员穿上绿色潜水服，戴着潜水头盔和氧气面罩，脚上套着潜水用的脚蹼，在光滑的石砌路面上啪啪地走向海边，他手里还拿着一个像灯笼一样的火红色防水照相机。这样的场面很罕见。他渐渐离开了干燥的道路，大步跨入大海。

不久，我们只能看见潜水员背上的氧气瓶和两只拍水的脚蹼，接着他就完全消失了。只有水面上冒出的气泡告诉我们他的去向。我们看见气泡一会儿向左移动，一会儿突然改变方向转向右边，显然他没找到去沉没大陆的捷径。不久，我们看着水泡变成环状和螺旋状来回移动。然后，潜水员从水里探出像猪鼻子一样的头盔，以便能看清岸上的道路，接着又重新选择了一个方向，继续下水搜寻，曲折前行。最后，潜水员放弃了寻找，游上岸报告情况。

"海里没有路标吗？"

"你没遇到可以指路的美人鱼吗？"

一连串的问题纷纷拥向这位可怜的潜水员。他说他没有看到路，路就铺到了水边，再往前就是暗礁、巨石、蘑菇形的珊瑚和很深的裂缝；游到最后，海底的岩石陡然倾斜进一片深蓝色的深处，在那儿他看到了一些大鱼。

我们对此并不是很惊讶，因为海洋学家早已根据从太平洋海底采集的沉积物确定，波利尼西亚那块海域的土地自人类出现以来，既没有上升过也没有下降过。

我又一次向当地人请教，但他们谁也不知道这条通往大海的石砌道路到底有何用，但是这些路却有个名字：阿帕帕，意思是"卸货"。这就证实了我们的猜测：这些路是用来卸货的，或是从海里驶来的大船停靠的地方。

有一条阿帕帕一直铺到了南海岸一座神殿脚下的浅水湾。水湾里满是巨石，古代的航海家们必须清理出一条宽阔的航道，船才可以沿着码头航行。在这条航道的浅水处，有三个丢在水中的巨大红色"顶髻"。其中两个靠得很近，肯定是装在同一条船上的。这是我们偶然发现的第一个证据，说明雕刻家曾把一些沉重的货物从海路运走。我们现在已经确定，当地人的祖先确实曾拥有能运载二十吨货物的船只，如果装人的话，这种船只就可以承载将近二百名船员。我们后来又发现，石像也有通过海路运来的，并能在吃水很浅的芦苇船和原木筏子才能驶入的地方登陆。

我们开始一点一点地了解早期岛民的航海成就，四位老人正在拉诺·拉拉库火山口准备芦苇来造船。芦苇晾干了之后，他们四人迅速地造出了自己的波拉。他们使用了特殊的捆绑技术，把船身弄弯曲，船的一头尖尖的，活像一根巨大的象牙。他们各自驾着自己的小船下到水里，看起来真令人感到惊奇，因为他们完美复制了几百年前秘鲁海岸独特的单人船。根据我们的了解，这种船竟然是用同一种南美淡水芦苇造的。

四位老人准备建造大些的双人船时，迪莫特奥负责指挥整个过程，他胸有成竹。另外三个人没有他的指令时，似乎显得束手无策。于是我问了原因，得知原来是因为迪莫特奥年纪最大，只有他知道船长什么样。我对这个回答有点吃惊，但过了很久之后，我才猜到原因何在。

这艘外形像独木舟的双人船在安纳根纳下水时，它的整个构造让人不由得想起了的的喀喀湖的芦苇船。它们唯一不同的是，这艘船的船首和船尾又长又尖，并且船尾以一个角度翘向空中，就像秘鲁海岸最古老的芦苇船一样。两个年长一点的兄弟跳上了船，人手一桨，这艘奇特又灵活的船轻松地跳过了汹涌的浪花，驶向公海。船上的两位老人不仅安然无恙，连身上都没湿。另外两个年轻一点的兄弟，一人乘着一只单人波拉，也跳入浪中，信心十足地迎面划去。两人的身子位于结实的象牙形芦苇捆较厚的那头，他们双臂和双腿并用，向前划着。先下水的那艘双人船，已经安全优雅地行驶到远方。双人船试航回来后，四位老人都爬上了双人船，驶向最汹涌的海面。我、塞巴斯蒂安神父和市长一起站在岸上，三人都是一脸的兴奋着迷。身后正对着长耳人巨石像，雕像此刻已经超过了帐篷的顶部，但市长眼里只有那艘金黄色的芦苇船，他目不转睛地凝望着，眼里噙着泪水。

"祖父母跟我们说过这样的船，跟这个一模一样，但这是我们第一次亲眼看到，它让我们和祖先的距离如此之近，感觉他们仿佛就在身边。"市长情绪激动地捶了捶胸膛，又说，"我的心感受到了。"

四个人把船划了回来，我们中体形最大的一个水手爬上船尾，但船居然没有任何要沉的迹象。如果这艘仓促做成的小芦苇船都能承载五名成年男子，那么古时的工程师们就完全可以在岛上三大火山口割下足够的芦苇来造大船，没什么能难倒他们。

塞巴斯蒂安神父看得出神，以前岛上曾有人向他描述过这种奇特的船，但他直到现在才明白他们说的到底是什么。神父此刻想起，岛上的人还曾给他看了一幅这种船的图画，就画在波伊克半岛的山洞里。

市长自豪地指着这艘金色的小船说："这只是一艘渔船，想想古代的国王们远航时乘坐的是什么样的船！"

我问市长，这种船能否大到足以安上船帆，他回答说这种船有芦苇编的船帆，这让我大吃一惊。市长开始平静地在沙子上画出芦苇做的垂直的帆，让我又一次讶然。市长说制造这样的帆很容易，只需要把芦苇并排捆起来。多明戈最近就是这样给我做席子的。

我自己也亲眼见过的的喀喀湖上的香蒲小船如何使用芦苇帆的，唯一不同的是这种芦苇帆不是垂直编制在一起的，而是水平编制的。

我心里很纳闷，问道："你怎么知道这种船上有芦苇帆呢？"市长骄傲地神秘一笑，答道："啊哈，唐·佩德罗无所不知。"

芦苇船下水的那天，埃斯特万还在给我带他妻子洞穴里的石雕。而拉扎勒斯是在前一晚从洞里第一次带石雕给我，他激动不已，无法克制地告诉我，他自己在洞里看到了小船的模型，有几个很像迪莫特奥做的船。

我一听这话，决定赌一把。埃斯特万之前替妻子问我是否有什么特别想从洞里得到的，我因为不知道洞里有什么，所以不知道该要什么。而现在，既然拉扎勒斯说洞里有小船的模型，我当然想让他试一下拿这个。于是，我把埃斯特万叫到一边，对他说能否让他妻子把洞里的小船模型给我。埃斯特万双目圆睁，瞪着我，但当天的活儿结束后，他就骑着马奔向了村子。那天深夜，他果然又回来了，带来一个装着五座精美石雕的袋子。他先把一个用干枯的香蕉叶包着的第一件石雕打开，这是一个精致的小月牙形芦苇船模型。他听妻子说，洞内还有一个更精致的小船模型：船身系着细绳，船的两头又高又尖，各刻着一个艏饰像。

埃斯特万说这些的时候，我听得心神不安。因为正是那晚，我约了拉扎勒斯和市长一起绕圈走，把那条事先藏好的鲸鱼围起来，本来是打算用此事破除他们的迷信。所以，一直等到埃斯特万消失在黑夜里时，我才松了一口气。但我那时并不知道他的妻子因为被阿库－阿库吓到，在随后很长一段时间里不让埃斯特万再带东西给我了。

拉扎勒斯那晚也没有把小船模型拿给我，因为晚上举行的祈祷仪式结束后，他和市长回到霍图·玛图阿山洞里。那晚，大家都已熟睡，市长睁着眼睛辗转反侧，他从洞的入口处看到了神秘的灯光和其他预兆。在我们找到了所有的石鲸鱼之后的第二天晚上，拉扎勒斯找准机会，偷偷从睡着的朋友身边溜了出来。谁知，其中一个人已经醒了，立刻抓住了他的脚。因为在复活节岛，如果有人从自己身上跨过是不吉利的。那人问拉扎勒斯干什么去，拉扎勒斯说他出去小便。他已经提前将马拴在一块岩石的后面，于是出洞之后，他便骑上马朝汉加奥特奥去了。

拉扎勒斯一大清早就往我的帐篷里塞了一个袋子。他蹲在帆布铺的地面上，自豪地从袋子里抽出一个带绳索的象牙形单人波拉石头模型。接着他拿出一只貌似鳄鱼的怪物，还有一个非常精致的红石碗，石碗的边缘刻着三个人头浮雕。他说这个洞里还有三只小船模型，但那三只都不像迪莫特奥和他的兄弟做的小船，只有这只最像。

拉扎勒斯因带来的东西得到了丰厚的酬谢。我请求他下次把其他的小船模型也带来，三天之后小船模型如约而至。其中一只尺寸很大，甲板很宽，船头船尾都很高，甲板和船两边都是用粗粗的芦苇捆扎而成的。另一只是瓦卡·波耶波耶，像木筏一样又宽又扁，有一根桅杆和一张船帆，前甲板上并排着两个令人费解的圆顶。第三只不像真的小船，更像是一个长盘子，但雕刻的手法让它看起来像芦苇做的，中间有一个用来插桅杆的小孔。两头各有一个极其奇特的头，眼睛直盯着那个用来插桅杆的小孔。有一个脑袋两颊鼓出，双唇噘起，像一个胖娃娃向帆吹气，头发和船外的芦苇缠绕在一块儿。

这些石雕年代久远，主题和风格与复活节岛完全不同。我向拉扎勒斯详细询问石雕的来历，他两手一摊表示没法解释，因为他见到石雕时就是那样的。山洞里还有许许多多稀奇古怪的东西，拉扎勒斯觉得现在也没有发生什么不祥的事，所以他答应在军舰访问结束后带我一起进洞，唯一的条件是，只要我人在岛上一天，村里就不能有其他人知道我们在干什么。

市长到目前为止，除了给过我他自己不断重复雕刻的木雕人像以外，还没有带来任何东西。在军舰登岛前一晚，我把市长叫进帐篷，这是我最后一次机会。市长将会和军舰一起离开复活节岛，开始一段时间的旅行，一旦他离开，那就再也没有人知道市长家族秘密洞穴的入口位置了，就连他的妻子也不知道。

市长走进帐篷时，我已经准备了一个让他惊喜的礼物，一方面是因为他教给我们很多东西，理应得到奖励，另一方面我也是出于私心，希望他能为我带来一个同样的惊喜。我把帐篷壁放下来，把灯芯捻到最小，使帐篷里的光线暗了一半。然后，我靠向市长，低声耳语。我感觉到他的头发已经开始竖起来了，市长清楚地意识到即将有神秘的事情到来。

我告诉市长，我的阿库－阿库对我说，他第一次离开复活节岛旅行需要很多东西，我要把阿库－阿库建议带的东西都送给他。于是，我拿出了最好的手提箱，里面放了一条毯子、床单、毛巾、一件暖和的运动衫、两条新卡其色裤子、衬衫、各种领带、袜子、手帕、鞋子，以及各种梳子、香皂、牙刷和剃刀等洗漱用品。还送给他一个旅行背包，里面装满了厨具和野营的工具，方便他照顾自己。还有几盒他最喜欢的香烟和一个装满智利比索的钱包，以防他在这个未知的世界里碰到困难。市长还收到了伊冯最好的一件衣服，作为告别礼物送给他的妻子，此外还有各种孩子的衣服。

我最后送给他的是一个一英尺长的南美小鳄鱼木雕玩具，这是一个巴拿马人极力推荐我买下来的。埃斯特万和拉扎勒斯都从各自的家族之洞给我带来了与此相似的爬行动物的石雕，这种被称为莫克的动物也被刻在岛上的一幅著名的木雕上。整个波利尼西亚，大家都知道莫克是传说中一种凶猛的动物。尽管这些岛上唯一与莫克相似的动物是无害的小蜥蜴，但许多当地人依然相信，复活节岛上的莫克是一种大鳄鱼。古时的航海家在南美洲热带海岸上曾看到过这种鳄鱼。

我把这个木雕玩具递给市长，说："等你到了智利，可以把这个玩具放到你的箱子里，作为守护你的阿库－阿库。"

随着礼物一件件递给他，市长越来越激动，他的眼睛几乎要瞪出来了。此刻，他已欣喜若狂，沙哑地低声说道，他的山洞里有一个和这个玩具一模一样的石雕，他会把这件石雕送给我的，然后就说不出什么话来了。他双手握住我的手，只是重复地说："你送我的阿库－阿库太好了，真是太、太、太好了。"

那天直到深夜，市长才高兴地走出帐篷，他开心地喊来他忠实的朋友拉扎勒斯，让他帮忙把这么多的礼物搬到马背上。然后，他们骑上马，去追赶那些已经走在回村路上的同伴。

所以，神秘的洞穴仍然是一个令人困惑又未找到答案的谜。那坚实的巨人石像依旧斜着躺在帐篷旁边，石像身下的石头一直堆到鼻子的位置。此时，安纳根纳山谷的人都走光了。长耳人已在这里工作了十七天，还差一天就能完工。现在长耳人骑马回家，为明天的工作和庆祝活动做准备。我们自己也暂时先离开帐篷，回到考察船上。我们的考察船又重新漆了一遍，此刻正停靠在海湾里，准备出海迎接"平托号"军舰。

第七章

初遇护洞神

海面上，朝阳升起，岸边的悬崖都笼罩在金色的光影中。一艘智利军舰出现在地平线上，向我们缓缓驶来。这艘灰色的军舰舰体宽阔而平坦，舰上各种先进的武器装备一目了然。它每年都会带来外面的世界对复活节岛的问候，也再一次提醒了岛民，在茫茫的大洋彼岸还有大陆。

我们在鸟人岛外的海面上迎接"平托号"军舰，这艘军舰可比我们的考察船高得多，每层甲板上的船员都沿着栏杆列队站成一排。两艘船并排而行的时候，哈特马克舰长鸣响了汽笛，我们则扬起旗帜，以示欢迎。军舰立刻鸣炮，并在主桅杆上升起挪威国旗作为回应。我们马上掉转船头，开足马力向前驶去。于是，我们的这艘小格陵兰拖网渔船，就将这艘灰色巨轮引入了汉加洛村旁边的锚地。所有人都站在码头等着。"平托号"再次鸣炮致敬，共二十一响。这时，一艘汽艇从岸边驶来，原来是总督前来欢迎舰长的到来。

总督登上军舰二十分钟后，按照之前商定的计划，我和我们的船长、医生也受准登舰参观。我们一登上军舰就受到了热情的迎接，舰长和总督都站在舷梯上方迎接我们。在舰长舱内，我们会见了一位智利海军军医、一位美国海军武官和他的妻子。这位武官打算研究一下在复活节岛建造大型机场是否可行，如果可行的话，他想开辟一条从南美到澳大利亚的航线。鸡尾酒会上，我致以简短的祝酒词，感谢总督及岛民在我们逗留期间给予的盛情款待。紧接着，舰长也向我们致以诚挚的祝福，祝福我们在岛上一如既往地收获好运。他还承诺如果有任何物资短缺，他都可以提供补给，然后又送给我们两大邮包的东西，我们的船长和医生赶忙接了过来，这些礼节为我们的良好关系打下了基础。

不久，门又开了，市长走了进来，他穿着刚熨好的衬衫，打着领带，走在拉扎勒斯前面，身后还跟着五六个当地人。市长径直走到神态严肃、穿着镶金边制服的舰长前，用力地握了握舰长的手，大声告诉大家，舰长就该是这个样子的——舰长知道如何处理各种事务，他还是第一个来岛时鸣礼炮致敬的人。然后，市长挺直身子站在舰长跟前，直得像一把尺子似的，他的双手紧贴裤子的中缝，随他一起来的人也一样笔直地站在他身后。面对着毫无表情的舰长，市长大声地唱起了智利国歌。歌声未落，这几个当地人就呈现出完全放松的姿态，只见他们弯曲双臂，摇摆着肩膀和臀部，唱起韵律感十足的当地歌曲，歌颂霍图·玛图阿在安纳根纳登陆复活节岛。市长还没唱完最后一句，忽然一眼看到了我，他像一只准备一跃而起的猫一样僵住身子，指着我，喊道："这不是我的朋友康提基先生嘛。"

这仿佛是一个信号，他和他的朋友们不约而同地都把手伸进口袋，掏出一包包美国香烟给舰长看。这样一来，舰长就知道了"康提基号"上的朋友带到岛上来的是什么烟了！

舰长从头到尾都耐心地听着，服务员再次端着酒盘进来时，新到的人也人手一杯。市长的眼睛里闪烁着喜悦的光芒，心想：这个舰长是个聪明绝顶的人，想必他带来的香烟不会比康提基先生给的差。

看着市长将鸡尾酒一饮而尽，我不禁担心起来。他扬扬得意地瞥了我一眼，又点了点头让我安心，叫我不必大惊小怪，他对好酒很有兴趣。然后，他就和随行的当地人一起，心满意足地从舰长舱里晃了出去，准备好好参观一下这艘军舰。

当我再次见到市长时，他正在军官餐厅的酒吧间里，周围站着一大群对他啧啧称赞的人。随军舰一起来的，还有许多特别的乘客，包括威廉、佩纳两位教授，以及一群学考古的智利学生，他们专程来参观我们的发掘成果。我认识这两位友好的智利教授，他们以拉美人的方式，热情地拥抱了我。针对复活节岛的不同历史时期的演变，以及如何挖掘出非本岛特色的奇特石雕，我们做了相关成果的汇报，教授和学生们都听得津津有味。

在酒吧里，有关我从秘密洞穴里获得的奇特石雕的话，我一个字都没敢说，可能一个不小心就会毁掉我解开谜底的机会。进入洞穴的计划依然十分渺茫，在这个节骨眼上，但凡有什么被当地人察觉，他们就会吓得不敢开口，更别说想进他们的山洞了。

正当我站起来准备离开时，突然听到酒吧间那边传来了市长的声音，他正在夸夸其谈地炫耀着什么。当我看到他放下空酒杯的样子时，我意识到他已经喝醉了，紧接着他说道："朋友们，我是个有钱人，我有一个秘密洞穴！"我不禁吓了一大跳。

我仿佛被钉在了地板上，就那样站了一会儿，等着看接下来会发生什么，谢天谢地，什么也没发生。其余的人继续谈天说地，推杯换盏，市长却没再吭声。或许压根没人听见他说的话，即使有人知道洞穴的特别之处，可能也只是把那当成酒后的胡话。随后，我就坐着汽艇回到了考察船上。我发现市长也乘坐另一艘小艇上了岸，想必他是清醒之后，发觉自己说漏了嘴，受到了惊吓。

今年，"平托号"上的船员和旅客们拿到的木雕都质量欠佳，因为最好的都已经卖给我们的考察队成员了。于是，佩纳教授就直接跑到市长的小屋里，在那里，他看到了许多品质上乘的成品或半成品木雕，但市长拒绝出售。市长解释说所有这些都是为"康提基号"上的人做的，这些订单已经搞得他应接不暇了。

对此，佩纳教授也只能接受了。市长继续喋喋不休，说到了"康提基号"的"好运"，也就是"康提基号"上的人每翻过一块石头，或把铁锹戳进土里时，总会有新东西出现。佩纳也耐心地听着，不过，当这位爱唠叨的市长忙着手上的活儿时，仿佛仍然没有摆脱前一晚鸡尾酒的影响。"康提基号"在土里挖出的一切都被他抖搂出来了。听着听着，佩纳教授开始感到震惊。原来复活节岛的草木都生长在一大堆艺术珍品上——市长的描述势必会给人一种这样的印象，市长却完全忘了说，我们在地下找到的真正值钱的东西都是废墟和巨石像，而它们都还留在原处。佩纳教授此时已经确信，考察队的船上一定装满了出土的珍宝和博物馆的文物，毕竟我们是第一批在这个荒岛上进行挖掘的人。

当天晚上，佩纳教授再次上岸，手里拿着一张电报，在岛上四处奔走。几个看过电报的人都惊慌地跑过来，告诉我电报是智利教育部长发来的，他授权佩纳没收考察队的所有考古发现，并将它们带到军舰上运回智利。总督非常不安，舰长同样不快，但又无权干涉。塞巴斯蒂安神父也十分迷茫，如果这是教育部长的直接授权，那全岛没有任何人能阻止佩纳。这样一来，考古学家们几个月来辛辛苦苦挖掘出来的每块骨片，甚至每块焦炭都要上交了。

来自智利的朋友们也答应，他们定会尽力地帮忙把事情搞清楚。于是，我们决定在塞巴斯蒂安神父家与佩纳教授会面，每个人都诚挚地希望这件事能够得到圆满解决，使挖掘的东西依然归考察队所有。

与此同时，消息已经传到了当地人的耳朵里，他们跑到我这里，气得浑身发抖，并向我担保，他们自己的财物只能由自己支配，谁也不能从我这里拿走我买来的东西。埃斯特万和拉扎勒斯害怕极了，怕他们从洞穴里拿的石雕也被没收。不过，拉扎勒斯说，如果我寻求阿库-阿库的帮助，那就没人敢碰船上的任何东西。此时的市长悔恨万分，意识到这一切都是他的错，他说，他会直接去找佩纳教授，告诉他船上值钱的东西都是我从村民那里买的，属于私人财产，我没有从地下拿走任何东西。

他说："我们自己的东西，送也好，卖也好，全凭自己心意。"说完，他就去找佩纳了。

与此同时，"平托号"舰长及其一行人准备乘坐吉普车，视察全岛的勘探工作，所以，几天后，我们才能在事先安排的会议上见面。"平托号"将在复活节岛逗留一个多星期，在此期间，贡萨洛会带领佩纳教授和学生们骑马考察本岛，随后他们将在比尔的专业指导下，对一处位于特佩乌平地上的古代芦苇屋遗址进行发掘。

第二天，海面上波涛汹涌，怒涛狂拍着海岸。"平托号"上的其他游客不能上岸。已经在岸上的人也只能继续在岛上待着，他们闲来无事，便去找塞巴斯蒂安神父。他们曾听闻神父是一个传奇人物，是岛上的无冕之王。结果，塞巴斯蒂安神父对他们的提问和摆拍要求逐渐感到厌烦。于是，神父过来找我，询问能否让他上船，这样他就可以不受这群人的打扰，清闲一会儿。塞巴斯蒂安神父并不担心这些浪涛，只要有人肯带我们躲过暗礁登上船就行了。在码头上，巨大的浪花一个接一个地翻卷过来，溅起白沫，市长愁眉苦脸地站在那里，小心翼翼地问我，他能不能也上船，因为他现在必须和我谈一谈。

"唐·佩德罗可以跟我们一起走。"塞巴斯蒂安神父和蔼地说，汽艇来回晃动着，船长拉了神父一把，好不容易才上去。

回到考察船，其他人已经吃过晚餐了，船务总管就为塞巴斯蒂安神父、市长、船长和我准备了一桌冷餐。塞巴斯蒂安神父喜爱美食，一边吃冷餐，一边喝啤酒，对他来说是最享受的事情。我胃口也极好，丰盛的饭菜算是生活中的一大物质享受，这么说来，船上的两位客人中，有一位还是我的知音呢。船随着浪涛不停地来回摆动，他们边吃边喝，有说有笑。

我们船上存有罐装啤酒，塞巴斯蒂安神父友好地点了点头，示意我给市长也来一罐，虽然我们都知道市长现在可以从"平托号"买酒了。市长欣喜若狂，继续吃喝，拿杯子斟满罐装啤酒。但是塞巴斯蒂安神父的咀嚼速度明显变慢了，他尴尬地笑了笑，说需要出去一下。海浪不停地翻涌着，甚至比他想象中要剧烈得多，船长和他一起走到栏杆旁呼吸新鲜空气。此时，市长仿佛丝毫不受影响，继续吃着桌子上的其他美食。

当餐厅里只剩我和市长时，他立刻朝我靠过来，嘴里还嚼着东西，开始谈论"阿库－阿库"这个话题。他告诉我，我不需要害怕任何人拿走我的东西，为什么呢？因为我们的阿库－阿库可以合力让那艘军舰来迟一整天。我顺着这个话，低声告诉他，我的阿库－阿库已经向我透露了他秘密洞穴里的东西，除了他告诉我的莫克以外，还藏着其他的好东西。我极其谨慎地描述了埃斯特万和拉扎勒斯两个人的洞穴中常见的一些石雕特征，我猜想，既然他们两个洞穴里的石雕有着共同特点，市长的洞穴里一定也是如此。

市长在椅子上僵住了，嘴里的东西都忘了嚼。难道我的阿库－阿库曾去过他的秘密洞穴吗？他不得不承认我是对的，继续疯狂地咀嚼着，同时问我到底发现了什么。我告诉他，我还没有向阿库－阿库问过其他的事情，因为我希望市长可以在跟随"平托号"出海之前，亲自带我参观这个洞穴，他马上平静下来，不再说什么，就只是吃着东西。

船务总管走过来加菜，市长又装满一盘，充分享受这可口的冷餐带来的欢愉。他举起啤酒罐，伤心地看着我，原来罐子空了，其他的啤酒罐也都空了。我刚准备出去看看塞巴斯蒂安神父怎么样了，就看见船务总管把一罐刚打开的啤酒放在门边的油桶上。于是，我跨过舱口栏板，拿过啤酒罐，往后靠了一下，市长正在大快朵颐，我把啤酒轻轻放到他面前，又往甲板上走，把空罐子扔到海里，这一系列动作一气呵成。

塞巴斯蒂安神父吹了会儿风，感觉好多了，我们站在栏杆旁聊天时，突然听到市长惊恐地叫了一声。我赶忙跑到门口，看到他正坐在那里，好像被钉在椅子上似的，面部抽搐地指着啤酒罐，惊讶得眼睛都快瞪出来了！

"谁放在这儿的？是谁把它放在这儿的？"他像一个疯子似的大叫，我突然意识到，啤酒可能有什么问题，有些是发酵过的，让市长误认为我们想毒死他，我过去闻了一下。

"是谁放这儿的？你出去的时候，酒明明都喝完了。"他歇斯底里地接着说，好像周围都是鬼。我突然意识到他可能没看到是我把啤酒罐换掉了。

"我出去以后，没有人来过这里吗？"我小心翼翼地问。

"没有，一个人都没有！"

"这样啊，那一定是我的阿库－阿库干的好事。"

市长对此毫不怀疑，他从未见过这样的阿库－阿库，满眼羡慕地看着我，因为我有一个隐形的仆人，只要我想喝啤酒，他就可以去取来。市长慢慢地平静下来，继续吃东西，密切注意着任何可能发生的神秘事件。吃饱之后，他把最后一块黄油包在餐巾纸里，放进口袋，就去外面和其他人会合了。这时，船长起锚，小心翼翼地把船沿着海岸移近陆地，在那里，一个小小的海岬可以给我们更多的庇护。

啤酒罐这个小插曲给市长留下了深刻的印象，甚至超越了石鲸及他所见到的其他一切事情。傍晚时分，我们坐着汽艇上岸之后，他把我拉到一旁，低声说，他自己的阿库－阿库正在求他去山洞给我拿点东西，他也想这么做，但必须先征得祖母的同意。我从来没听说过他有一个祖母，就问她在哪里。

"在上面的安伽皮卡村，一块靠近大路的水泥板下面。"他答道。

一开始，我脑子里浮现出这样一幅画面，一个老太太无助地躺在被人挖掘过的土地下面，随后不到一秒钟，我就意识到原来她已经死了，是被埋在那里了。市长低声对我说，白天或月光下，他都不能去问她，必须在漆黑的夜里才行。他准备今晚去问她，如果得到准许，他就会遵从阿库－阿库的提议带我去山洞。

第二天，我们的考察船起锚回到安纳根纳的营地，这时"平托号"已经开始卸货，贡萨洛带着佩纳教授和学生们准备开始骑马环岛游览。现在没有进行挖掘的当地工人，我们考察队的考古学家们就回到发掘点，带领游客了解挖掘的情况。这几天的社交活动众多，"平托号"还在军舰上为我们摆了宴席，而舰长和他的部下也应邀到总督家做客。而后，舰长一行人又被我们邀请来到营地，和我们一起共进晚餐。佩纳和学生们骑马回到营地后，又举行了一次热闹的聚会，还被我们留在营地过夜。其中有一个来自玻利维亚的考古学系的学生，当他看到维纳普的红色柱形雕像和拉诺·拉拉库的下跪巨人石像时，便洋溢出无穷无尽的热情。他本人曾在蒂亚瓦纳科进行过考古工作，立马就认出这两个类型的石雕都源于自己的国家。

佩纳兴致极高，他对看到的一切都感到特别兴奋，但他低声对我说，很可惜他还有那样一个令人不快的任务。他一直在找我，想要安排一次会面，讨论关于那份讨人厌的电报的事情，但一直没有时间，我告诉他会议已经安排好了。于是，我们的相处还是一如既往地融洽。

几天后，市长给我捎了个口信，叫我派辆吉普车到村子里去取个大麻袋，里面装着重要的物件。船长开车前往，反正无论如何他都要去接那些准备跟着"平托号"离开的修女，她们迫不及待地想在离开之前，去看一看市长几乎已经立起来的石像。吉普车一路颠簸，满载而归地回来了，车上坐着修女们和一位"平托号"的牧师，还有市长和拉扎勒斯，他们俩一副古怪的表情，坐在车厢后面的大麻袋上。这个麻袋看起来神神秘秘的。

其他人被带去参观时，市长和拉扎勒斯抬着这个大麻袋走进我的帐篷。原来市长终于妥协了，他已经征得祖母的同意，去过山洞了。他的情绪非常激动，看起来快要发火了似的。相反地，拉扎勒斯显然松了一口气，我觉得他的呼吸比之前顺畅多了，因为他觉得自己不再是唯一一个从家族洞穴里往外运石雕的人了。拉扎勒斯告诉我，当他俩把这该死的麻袋装进吉普车后，船长告诉他们还要去接修女时，他们俩都吓坏了，好在一切都很顺利，看来他们交了"好运"。

麻袋里还有个大包裹，里面包着五件石雕，都是拉扎勒斯从他的另外一个洞穴里拿来的，这个山洞在维纳普，他是第一次从这里拿东西出来。麻袋中其余的十三件石雕都是市长从自己的洞穴里拿的。我从未在岛上见过这么精美的雕刻品。其中一个石雕是个狗头，张着嘴巴，露出牙齿，狂叫一般。它还斜着眼睛，样子十分凶野，看上去更像一只狼或狐狸，而非一只温驯的狗。这是一件完美的雕刻品，我不厌其烦地看着它。还有几只狗或像狗一样的动物，其中一只的鼻子、口、躯干和尾巴都很长，要不是还能清楚地看到它的腿站着，真的像极了鳄鱼。还有一个莫克，呈匍匐的姿态，头部很宽，下巴突出，背部的脊梁凹凸不平，简直就是一只鳄鱼。还有一些鸟、鸟人和稀奇的石雕头像。拉扎勒斯带来的石雕同样也是形态各异，其中有一块扁平的石头，上面的浮雕刻着的是两只正在交配的蛇。

在他们眼中，我无所不知，所以我必须极其小心，避免提出愚蠢的问题从而暴露自己是个外行。但现在我完全被这些石雕吸引了，一个问题竟脱口而出，这是个关于这些石雕用途的问题，好在我的朋友们也正聚精会神地看着这些石雕，所以我的小失误并没有引起任何怀疑。

"它们可以赋予实物以力量。"市长急切地回答，声音却压得很低。他又拿出了一个非常逼真的龙虾石雕，更确切地说，是一只太平洋的刺龙虾，它的腿自然地蜷缩，触须沿着它的背部伸展开来。

"这可以赐予龙虾一种力量，使它们沿着海岸繁殖。"

然后他指着那两条蛇解释说，雕刻的图案成对，力量也会加倍。但我知道，这种蛇在整个波利尼西亚地区完全不为人知。于是，为了试探他们，我问其中一个"鳗鱼"雕像能否赋予双倍的力量，但是我的问题并没把他们难倒，他们知道这不是鳗鱼。这两只动物头宽，脖子细，鳗鱼可不是这个样子的。它们是陆栖生物，与智利人所说的"蛇"有几分相似，在去往汉加奥特奥山谷的途中，有一块岩石上也刻有同样的巨大浮雕。

我突然记起，塞巴斯蒂安神父曾告诉过我这件事，并邀请我和考古学家们一起去看看。埃洛莉娅知道那地方在哪里，但遗憾的是，到目前为止，我还没有计划前往。

拉扎勒斯意识到，这是他第一次公开和别人谈论这类事情，因此感到十分畅快。他率先向市长承认，他曾多次到山洞里给我取过石雕，然后市长又说他也决定这样做。他们彼此吐露真相，发现洞穴里的许多东西都是相同的。

我知道，在波利尼西亚，当地人曾一度认为人的头发具有魔力，知晓这一点，我就有了另一个机会来试探市长和拉扎勒斯。他们俩都说自己对这件事了如指掌。市长说，他保留了已故亲人的一绺绺头发，就放在山洞的一个石碗里，也包括他女儿的红色头发。接着，他扮了个可怕的鬼脸，战战兢兢地说山洞里还有一个头颅，一个真正的头颅。岛上每个可以藏人的洞穴里都有许多石刻的头像，因此，我认为他说的不是人头，便问他指的是不是石刻头像。他说，不，当然不是，这是一个真正的人头，他一边扯着头发，一边又打了个寒战。难道像波利尼西亚群岛中的其他岛屿一样，他的洞穴里有一个木乃伊式的头颅吗？

拉扎勒斯则表明，他去过的两个家族洞穴里，既没有头发，也没有头颅，只有自己祖先的头骨和遗骸。

市长向我坦白，岛上至少有十五个家族洞穴还在使用，还有许多已经失传的。据他了解，只有长耳人的子孙后代及有长耳人血统的人才有这种洞穴，他并不认为血统纯正的短耳人也会有这种洞穴。在十一代人以前，长耳人和短耳人之间发生了战争，为了防止短耳人进行掠夺，奥罗罗伊纳和其他长耳人把珍宝都藏到了各个隐秘的山洞里。市长的父亲死后，市长便继承了这个洞穴，所以说市长的秘密洞穴是奥罗罗伊纳直接传下来的。这个山洞对他来说至关重要。他从五岁起就跟长辈学习家族传统，但父亲认为，他年纪太小还不能得知实情，直到市长十五岁时，父亲才允许他陪同，到了山洞附近的一个地方，他就在那里等候，父亲进去取一些特殊的物件给他看。这也是长耳人世代遵循的传统。

市长顿了一下，接着说："这是我第一次对外人讲这些。后来，在我进洞之前，父亲从我头上剪下了一绺头发。"

市长扯了一下自己头顶的头发，拉扎勒斯目不转睛地看着市长，也模仿了一下这个动作，我意识到这个故事对我和拉扎勒斯来说一样陌生。市长接着讲，他父亲用香蕉叶把一绺头发卷起来，外面用绳子捆扎一下，打了十一个绳结。然后，他的父亲把这个小包裹带进洞里，放进一个石碗中，上面还有一个石碗当盖子。普通的头发都放在旁边的一个碗里，但是这个特殊的碗中，有十小包头发，大多数都是红色的。第一个打了一个结，是奥罗罗伊纳的；第二个打了两个结，是奥罗罗伊纳儿子的头发，以此类推，那个打了十个结的小包，就是市长父亲的头发。现在又多了一个，也就是包着他自己头发的十一结小包裹。

把市长的头发放进碗里后，他的父亲回来还举办了一个小仪式来致敬守护这个洞穴的阿库－阿库，并告知阿库－阿库家族的另一个成员已经获准进入洞穴。那是市长第一次知道洞穴入口的秘密，终于可以进去亲眼看看奥罗罗伊纳的洞穴。

这一代人中，只有市长一人知晓这个古老的秘密，但是现在面临一个严峻的问题，且关乎未来。他的红发儿子胡安所处的时代已经大不一样了，他不再理解那些老一套了。虽然他已经长大成人，还结了婚，但是这么重大的秘密，市长一直不敢告诉他。倘若胡安知道洞口在哪里，他肯定会把洞里的东西都卖给第一艘来岛的游艇，让自己变成富翁。市长一想到这些就感到悲哀，他接着说，他或许只有一条路可以走，那就是及时将洞穴的秘密告诉他最小的弟弟阿坦·阿坦，毕竟阿坦·阿坦还是尊重祖先的。

因为我已经邀请了从军舰上来的客人共进午餐，所以只能中断我们的谈话。市长强调说，他、拉扎勒斯和我现在如同兄弟般团结，我们在场的阿库－阿库也是如此。

"我的阿库－阿库在那儿。"市长兴奋地说，指向左侧位于和他膝盖同高的地方。我们一起走出帐篷，或许我们的阿库－阿库也在我们的腿中间走了出去——除非这看不见的小东西能直接穿过帐篷，毕竟这些家伙有它们活动的方式。市长曾告诉我，他的阿库－阿库可以在两分钟内往返智利。

晚饭后，我陪着智利的客人们回到村子里，因为我们还要在塞巴斯蒂安神父家里同佩纳教授会面。此时，塞巴斯蒂安神父正发烧在床，但他已经把自己那小小的书房腾了出来，当所有参加会面的人都坐下来时，他的小书房已经挤得水泄不通了。

会议由舰长主持，因为他现在是全岛的最高权威。他和总督本人一样，也倾向于支持我们这边，特别是他看过考古学家的工作以后更是如此。他现在想发电报向智利海军最高司令部报告情况，并设法让我们得到许可，从岛上运走一座完整的石像。他知道我们之前就申请过，但因为石像都是受保护的古迹，并未得到批准。但他已经亲眼看到，我们让前所未见的石像重现，所以，即使我们离开时运走一座石像，岛上剩下的石像也比我们来的时候多。

总督、威廉教授、佩纳教授和一个学生坐在舰长和他的副官旁边，在场的还有贡萨洛——作为考察队的官方联络官出席，然后就是艾德和我。

佩纳首先对考察队在该岛上的工作表示感谢和赞赏，然后他对没收我们所有的考古资料表示遗憾，毕竟职责在身。

威廉教授是一名人类学家，在国际上享有盛名，他立即站起身来为我们辩护。他解释说："考察队的考古学家如果不能把发掘的东西带到实验室去，就不可能完成他们的工作。"又质问道，"为什么以前没人提出过这个要求？在考察队来到复活节岛进行发掘工作之前，海尔达尔亲自去过智利，把所有的相关手续都办妥了。"

佩纳虽然承认了这一点，但他说，整个事件都是政府部门的管理不当造成的，虽然这得到了外交部的批准，但是教育部拥有最终决定权。

我补充道，我也曾亲自拜访过教育部长，他待人极好，让我遇到问题就找他帮忙。

威廉连忙强调说，每个人都想帮忙，只不过需要寻求一个合法的途径，这是完全可行的，他之前就是起草相关法律的委员会的一员，法律条文里面有漏洞。

这时，佩纳的学生迅速站起身来，询问他是否有权发言。他认为，智利博物馆缺少复活节岛的相关材料，因此没收这些考古材料是有必要的。"我们国家对复活节岛进行管理，可我们拥有的岛上文物比其他任何国家都少。"他向我们保证句句属实，佩纳也点了点头。

我郑重地回答道，是我们的发掘工作让这些文物和遗迹再次重见天日，这是大家都有目共睹的。我们只是刚把它们挖掘出来，并且进行了部分的修复。至于其他出土的文物，不过是一些人骨、木炭和石器的碎片，对博物馆来说价值并不大，但对我们的进一步考古研究来说，却不可或缺，有了这些材料才能更全面地了解复活节岛的历史。我们的全部发现都将记录在科学报告中，未包括在内的东西都是毫无价值的。这样一来，任何人都可以对我们的考古发现进行监督。因此，我认为，我们应该把发掘出来的东西除了石像都带走，在完成后续的研究并发表报告以后，再让智利派代表来从这些考古文物中挑选他们喜欢的。

佩纳和那个学生都立即表示同意，这正是他们心中所想要的。只不过，由我提出这样的建议才更为合适。

我补充道，虽然我们在土地中没有挖掘出适合放在博物馆的小型珍品，但当地人给我带来了许多奇形怪状的小玩意，他们认为这些是属于他们的私人财产。

"我对他们给你的东西并不感兴趣。"佩纳说道，"除非……"他向我这边靠了靠，诡异地一笑，"除非是朗戈－朗戈书板。"

我马上答道："没有，我没有收到过什么朗戈－朗戈书板，倒是有很多其他的东西。"

"我对那些不感兴趣。"佩纳说，"我并不是以海关官员的身份来这儿的，你们从当地人那里买来的东西，我们也能买到。我们关心的是，你们在土地里发现了什么，毕竟你们是进行发掘的第一批人。"

于是，我们签订了一项协议，这项协议约定：考察队对从土地中挖掘的考古文物，不享有永久所有权。我邀请佩纳去查阅一下考察队目前收集的所有材料，包括我们已经找到的东西、我们购买的东西或当地人赠予的东西。会议就这样结束了。其他人还要留下来抄写一份协议，我走到屋外，一片漆黑，船长和轮机长正在吉普车上等着。我悄悄地坐到后排，还吓了一跳，我发现身边有一个奇怪的黑影一动不动地坐着，仔细一看是拉扎勒斯。我悄悄告诉他，一切都进行得很顺利，但他立马打断我，说："我知道，我刚才就站在窗边听着呢，如果那个胖胖的小个子要抢你的东西，我就会跑到市长那儿去，再带二百个人回来！"

我以自己和佩纳的名义感谢老天，还好让我们达成了友好的协议，并试图说服拉扎勒斯，让他不能再想着做这么鲁莽的事。吉普车向前开了一段，我们遇到了市长，他就站在自家的花园门口，感觉很紧张的样子。

"别激动，别激动。"他反倒安慰起我们来了，好像认为我们和他一样激动似的。

"怎么样了？"他迫不及待地问道。

一听说他们连一个摩艾－卡瓦卡瓦也拿不到的时候，他直起腰杆，挺起胸膛，轻快地拍拍，得意地说："哈哈！我们的阿库－阿库再次合力取得胜利喽！"

紧接着，他机智地恳求船长和轮机长先在吉普车上等一下，他有几句话要在屋子里跟拉扎勒斯和我说。

他的卧室里有一张圆桌、三把椅子，墙角还放着一个储物柜。他点起煤油灯，拿出一瓶新买的酒，给三个杯子都倒上。市长已经有了一个计划：拉扎勒斯留在吉普车上陪船长和轮机长，而他则要带我去见他的祖母，看能否获得祖母的允许，带我一起进山洞。市长把酒倒在我们的手指上，然后让我们在头发上擦一擦，以祈求"好运"，最后我们举起酒杯相互祝愿，一饮而尽。

那个晚上没有月亮，外面漆黑一片，我们一起走到其他人面前，头发上还散发着酒味。然后我们坐上吉普车继续往前开，到了总督平房前的十字路口，转了个弯，又沿路开了一小段，最后在码头停住车，关上灯。这时，只有星星在夜空中闪烁。有几个当地人骑马经过，虽然马蹄的嘚嘚声听起来离吉普车很近，我却看不清他们。等他们走远了，市长找了个借口说，我们俩要上山去研究星座，船长和轮机长都装出一副相信他的样子。

于是，市长走在前，我紧跟在后，走了好一段路，直到看见黑暗中好像出现了一堵石墙的遗迹，他才停下来，低声对我说，走过这堵石墙之后，他只能比画手势，一个字也不能对我说。

他又默默地向前走了五十码，我小心翼翼地紧跟在后面。我们来到了某个东西前面，它看上去像一块不规则但是很平的白色石板。之前这很可能是一块铺在地上的水泥板，可是天太黑了，我根本看不清楚。市长突然在这里停了下来，用手指着面前的土地，深深地鞠了一躬，并伸出双臂，手掌朝下。我猜想，或许他希望我也这样做，于是我走到他身边，重复了一遍鞠躬的动作。然后，他静静地踮起脚尖，围着那一小块石板绕了一圈，我紧跟在他后面，可以看出石板周围已走出了一条小路。走完一圈后，我们两人又像之前一样伸出双臂，深深地鞠了一躬。重复了三遍之后，他默默地站起身来，在满天星斗的映衬下，好像一道剪影，他将双臂交叉着放在胸前。我也照做，在黑暗中，我看到了停泊在海岸边的军舰发出的灯光。

置身于这样一种环境中，我着实吓了一跳，感觉这里仿佛不再是复活节岛，而是在百年前某个荒无人烟的地方，正在目睹一场异教徒举行的仪式。然而，我知道，身旁这个一动不动的身影，就是本岛性情温和的市长。平日里，他的一小撮胡子总是修剪得很整齐，这会儿他的脖子上还系着一条我送给他的领带。他一动也不动，一句话也不说，只是呆呆地站在那里，仿佛在专心致志地回忆着一些事情，对我来说很陌生的事情。看来，市长的祖母很是执拗，除非我本人的阿库－阿库来帮忙，与祖母协商并得到合理的让步，否则这件事绝不可能取得任何进展。我张嘴咕哝了几句，真不应该这样做！

"坏了，她走了！"市长说完，就匆匆地往前跑，我快步跟上他，以免把他跟丢了。终于在山下不远的地方，他停下来，站在那里喘着粗气。"她答应了吧？"我问。

"她拒绝了。"市长说，但他马上又重复了常常对我讲的话，说他的阿库－阿库同意。他从口袋里掏出一盒火柴，把里面的东西全倒进一只手里。

"我的阿库－阿库让我为您搬空整个洞穴，就像这盒火柴一样，但我的祖母反对这种做法。"市长说，他一共向祖母请示了三次，统统遭到了拒绝。不过现在，她却说等市长跟着"平托号"去一趟内陆回来之后，就可以带康提基先生去看一个洞穴，并把洞穴里的东西都赠给康提基先生。

我们又站了一会儿，琢磨他祖母说过的话，最后，他同意再找个晚上向祖母请示一次，只不过他要独自去。距离"平托号"启航，已经剩不了几天了。

两天后，我开着吉普车在市长的花园门口停了下来，这两天完全失去了他的音信。在小房间里，我找到了他，他正和拉扎勒斯围着圆桌喝葡萄酒呢。市长赶忙过来跟我说，今天是拉扎勒斯的幸运日，他会在考察队离岛的两天前，带我去看他的一个洞穴。但对市长来说，今天却是不幸的，因为祖母依旧不答应带我进洞，而且他的兄弟们也都坚信，一旦他带我去山洞，他就会没命，可作为首领，他绝不能死。除此之外，所有的当地工人都罢工了，如果不开更高的工资，他们是不会从"平托号"上卸货的。市长刚刚被告知，如果他没办法好好解决罢工的问题，就别想乘坐"平托号"去大陆旅行。

罢工的浪潮继续蔓延，海军的牧羊场也未能幸免，那里的风车本是用来抽水的，把古井里略带咸味的水抽出来，供成千上万只羊喝，但如今，已经没有人再看管风车了。因为罢工，"平托号"的航行也被耽搁了。

但是，在这期间，军舰上的智利人都在竭尽所能地帮助考察队。高温导致医生试管里的橡皮塞被挤了出来，防腐液就挥发了，威廉教授送给我们一种非常特殊的防腐液，用来保存考察队采集的珍贵血样。我们的雷达本来一直工作得挺好，这几天却突然失灵了，"平托号"的雷达专家帮我们把它修好。我们的轮机长和船务总管也在军舰上很多同行的帮助下，解决了许多问题。他们高兴地告诉我，一切都可以再顺利进行六个月。尽管罢工问题还未解决，"平托号"依旧按时派遣小汽艇来运送面粉和糖，军舰上的水手们自己把大包的羊毛装上船。终于，起航的日期定下来了。

"平托号"起航的前一天，我们又从安纳根纳把考察船调回岸，在军舰旁停泊。佩纳和我们一起来到考察船上，在甲板上检查考古学家们收集的资料。他一上船，我就把他带进我的船舱，递给他一个信封，让他转交给教育部长。信封里有一份详尽的报告，报告了考察队在"平托号"到达之前所取得的考察成果。我又递给了他一个未封口的信封，里面是报告的复印件，请他过目。在报告中，我还详细介绍了我所收到的各种奇形怪状的洞穴石雕，据当地人所说，这些石头都是他们一代又一代继承下来的传家宝，藏匿在各自家族的秘密洞穴里。佩纳问我是否亲眼看过这样的洞穴，我说没有，不过等"平托号"起航之后，可能会有人带我去一个洞穴看看。佩纳对此并不感兴趣，他对我所写的这份报告表示感谢，并请求我带他看一看装有考古学家们发掘成果的箱子。

我们走到前甲板，大副已经把考古学家们的所有箱子集中放在那里了。我们打开了其中的两个，佩纳看到的，只有装着木炭和烧焦碎骨片的塑料袋，他对此不感兴趣，也就不再想打开其他箱子了。我邀请他到我的私人储藏室看一看，储藏室的架子上有当地人给我带来的东西，他虽然同意了，看起来却十分勉强。"平托号"明天就要离岛了，所以我知道，即使岛上的人不小心说漏了什么，也无伤大雅。我拿出一件风格奇异的石雕头像——张着大嘴，不禁令人感到恐惧。佩纳吓了一跳，他激动地从我的手中夺过那块石雕，他从未在复活节岛上见过类似的东西，询问我们在土地里是否发现过类似的雕刻品。

我告诉他，我们没有挖出过这类雕刻品，这种类型的石雕都是当地人带给我的。

佩纳瞬间没了兴致，把张着嘴的石雕放回纸箱里。他开始欣赏起一个巨大的木刻品摩艾－卡瓦卡瓦，并一眼认出这是市长的杰作。他说，他感到十分遗憾，因为这次罢工影响了这位能干的木雕师傅的大陆游，而且他一直都觉得，市长知道的趣事，比岛上大部分当地人都要多。

现在，佩纳不想再继续看了，说这些东西和他无关。

此时，我们已在军舰旁抛了锚，舰长和"平托号"上的所有朋友都乘汽艇前来和我们告别。我正站着和佩纳聊天，他的助手和另外两个学生走了过来。我郑重其事地站在他们面前，说道，你们现在必须听我说，并且永远不要忘记我说的话，然后我告诉他们，岛上的当地人知道重要的秘密。

有人立马插了一句："帕卡拉蒂四兄弟。"

"也许吧，或许还有市长和许多人知道。"我说。同时，我告诉他们，这些秘密包含了许多迷信的习俗，可能很快就会被破除。此外，我也很肯定，岛上的有些居民知道藏有石雕的秘密洞穴入口，尽管我还没有得到允许进入这些洞穴。

有一个学生打断我的话，让我对当地人的夸夸其谈和疯狂传说不必太放在心上；另一个学生则会意地微微一笑，说当地人都是制作仿品的大师。

我再次郑重地要求他们记住我的话：岛上有藏匿石雕的秘密洞穴，我会尽我所能进入一个洞穴，但是，如果离岛前我还是没有成功，他们就应该负起责任，尽快派一位民族学家到岛上继续我未能完成的任务。

佩纳拍拍我的肩膀，善意地笑了笑，说他曾出价十万比索，也就是一百五十美元，让当地人给他带一块朗戈－朗戈书板，但未能如愿。有一个学生补充道，如果"平托号"再多停留五天，他就可以从一个隐秘的山洞里弄来一块朗戈－朗戈了。

很快，船上就挤满了从"平托号"和村子里来的朋友，关于这个话题，我们也不再多说。现在我已经把一切都告诉了他们，他们是否相信，就由他们自己决定吧。

第二天下午，"平托号"就要起航了，一同离开的还有我们的一个潜水员，他之前在空闲时曾潜入海底深处，导致耳膜破裂。看到我们中的一员即将与我们分别，我们心中很是难过。不过"平托号"上的一位优秀智利青年从众人中脱颖而出，接替了他的位置。他名叫爱德华多·桑切斯，曾在智利进修考古学，现在已加入考察队，在考察船上担任海员，上岸考察时可以作为我们的助手。贡萨洛和他是旧相识，我们找不到比他更合适的考察队队员了。

我们的考察船跟在灰色的巨舰左舷后，航行了一段，经过了整个复活节岛。现在，站在军舰指挥塔和后甲板上的那些挥手告别的人中，有不少是我们的朋友。太阳下山了，我们鸣着汽笛，升起旗帜，向"平托号"告别。小格陵兰拖网渔船沿着海岸的黑色峭壁掉头驶回，而军舰则朝着紫色的晚霞向东驶去。晚霞覆盖着东方，宛若坠落的炮弹散发出的烟雾一般。在我们身后，火红的夕阳渐渐落入海中，释放的残色正如枪口仅存的光焰。我们要又一次孤零零地留在这个陌生的小岛过夜了。在岛的另一边，村子里的居民已经准备上床睡觉了，而在这一边，还有一两个阿库－阿库坐在黑黢黢的山脊上，看守着神秘的石像。远处，可以看见我们安纳根纳的营地岗哨发出了一丝微光。

慢慢地，"平托号"上的最后一点灯光也消失了，仿佛从未存在过。对于复活节岛上的当地人来说，除非有人来到他们的海域游览，不然根本不存在什么外面的世界。尽管很多当地人会对塔希提岛上绿色棕榈树或智利的高楼大厦感兴趣，但是他们知道，这地平线以外的生活宛若来生，在这片蓝色的穹顶之下，遥远且虚幻。对于当地居民来说，复活节岛就是世界中心，更是宇宙的中心，生命的绳索将他们与海洋中的这座孤岛联结起来。在他们眼中，智利、美国、挪威这些国家和塔希提岛，不是位于复活节岛东边，就是位于西边，但复活节岛就位于东、西、南、北的正中央，也就是世界真正的中心。

"平托号"离开后，岛上的生活很快便恢复了往常的模样。科康戈是一种流感，对当地人来说，一直是个巨大的威胁，每年都伴随着与大陆人的接触而开始，但今年这种病尚未开始传播。科康戈的开始与结束都极具规律性，每当有军舰到访之后，它都会在村里蔓延传播一两个月，进入人的胸部、头部和胃部，人人都会染上。科康戈每年都会带走一些人的生命，而后人们才能平静地生活下去。但今年，到目前为止，疫情异常轻微。当地人立马找到了原因，说是考察队给这个岛带来了"好运"。当然，这也是考察队中没人得病的原因。

总督和塞巴斯蒂安神父让我们之前雇用的那些当地工人又重新回来干活。最后的那座石像终于矗立在阿胡之上了。艾德又回到奥朗戈火山边缘继续发掘工作，在"平托号"到来之前，他在那里已有许多新发现。在鸟人村的废墟旁边，他挖掘出了第二历史时期的小阿胡。这座小阿胡的雕工虽然比较粗糙，却建在一座古老的建筑遗址之上，而这座建筑由精美的石头雕刻而成，带有典型的印加风格，代表了复活节岛建筑最初的特点。他让人把建筑前面的一大片草泥都处理干净，结果又发现了排成行的石头。这些石头，把新发现的第一历史时期石器和之前发现的那个微笑的头像联结了起来。四周的石头上都刻着又大又圆的眼睛，酷似典型的太阳符号。在这些石头的正中央，艾德发现岩石上有一些排列奇特的小窟窿，他对此感到很奇怪。

在南半球，12 月 21 日正是夏至，那天，太阳还没升起，艾德和船长就准备好了一根木棍，戳进岩石上的一个窟窿里。当太阳从火山口边缘升起来时，阳光洒落在火山口这个巨大圆盘的反面，木棍的影子正好投入岩石上的小窟窿里，正如艾德所预料的那样。于是，艾德就这样发现了波利尼西亚第一座太阳观测站。总督答应在冬至那天的日出时分再过来看看，因为那时考察队已经离开复活节岛了。艾德向总督指了指那个他预测的影子会投入的小窟窿。后来，在冬至那天，总督到场一看，影子确实如艾德预料的那样落在那个小窟窿里。

夏至这天，比尔也得到了和艾德同样的结论。只不过，他是用测量仪器在维纳普挖掘出的大阿胡上进行的测量。当阳光照射下来时，正好与印加风格的这堵巨大墙体形成直角。印加人及其在秘鲁的祖先都是太阳的崇拜者，这些新的观测发现，使我再次想起了南美洲古老的文化。比尔还有其他发现，红色石柱雕像是从平地上挖掘出土的。在这块平地上，原本有一个巨大的神殿，宽约四百英尺，长约五百英尺，后来才陷入地下。以前神殿的四周还有一道土墙，直到今天土墙也依然清晰可见。在土墙下还发现了人类生火所用的木炭，实验室通过碳 -14 测试分析，发现这些木炭可以追溯到公元 800 年前后。蒂亚瓦纳科也出土过同样类型的红色石柱雕像，也是埋在类似的矩形、凹陷的土地中。在那堵巨大的石墙前面，比尔甚至还发现了一座古代火葬场的遗迹，里面埋着许多被焚烧的尸体，其中有些尸体还带着骨质渔具。到目前为止，复活节岛的考古记录中还从未有过关于火葬的记载。

卡尔四处寻找并研究旧石器建筑。海滩上最大的一座石像倒在特佩托库拉，那里有一堵精心堆砌的阿胡墙。卡尔在雕工精巧的墙体中挖掘出一座小型墓穴。在七零八落的人骨中，他发现了两只极其精美的长耳人佩戴的耳夹，是用大贝壳最厚的那部分所制成的。

阿恩带领的几支发掘队也都在工作，并且在拉诺·拉拉库火山口内外都有十分有趣的发现。现在，他已经在火山脚下的某个小山丘中挖了一条沟渠。这些山丘都很大，所以当地人还给它们起了名字。迄今为止，科学界一直认为它们是天然形成的。但在我们看来，这些山丘都是人造的，原料来自采石场里的碎石。古人用大筐将碎石抬下来，铺在平地上，慢慢堆积形成这些小山丘。就在这里，好运再次眷顾我们，让我们找到了唯一可行的科学方法，来测定这些石像的制作年代。我们顺着沟渠往小山丘下面挖的时候，发现了一堆破裂的石镐和烧火剩下的木炭。通过测定木炭的放射性，便可以确定它的年代。我们以此了解到，采石场的石匠们把这些碎石运到这片平地的大概时间为 1470 年，也就是长耳人点燃那场毁灭性艾寇壕沟大火的 200 年前。

"平托号"离开后，全岛各地的工作重新开始了。这一天，长耳人的首领正静静地坐在门前的台阶上，给小木雕的鹰钩鼻抛光。因为一直受到"别着急，慢慢来"这个座右铭的影响，所以，旅行梦的破碎并未给他造成很大的困扰。总督让我向市长承诺，在我们离岛时，市长可以随行跟我们一起去塔希提岛、希瓦瓦岛和巴拿马，以此补偿他被取消的旅行，这简直让市长成了世界上最幸福的人。这的确是"好运"的庇佑吧。

在我的催促下，市长再次鼓足勇气去找祖母，这次是他独自去的，可祖母还是一如既往地固执。一天晚上，他又一次被他的阿库－阿库弄醒，阿库－阿库一直重复着："进山洞，进山洞。"最后他实在忍无可忍，站起身就向山洞跑去，路上他连个人影儿也没有看见，于是就没必要躲躲藏藏。对于一个要去洞穴的人来说，这就是"好运"的预兆。市长钻进山洞，拿了一个露着长牙的动物头像，但阿库－阿库说："多拿一点，多拿一点。"最后，他从洞中拿出一大批雕像，把它们都藏在了一个秘密的地方。看来，天一黑，我就得马上开着吉普车去取。

这一次，等着我的动物石像可谓殊形诡状，奇怪异常。有好几个长得一样的动物石像，它们仰着长长的脖子，嘴里长着三颗上门牙、三颗下门牙，除此之外没有牙齿。但是，最具价值的是一艘宽大的芦苇船，形状似方舟，但四角都呈圆形，甲板呈凸起状，三根桅杆和厚厚的带槽纹石帆都置于甲板边的孔洞中。它看起来像一个面包师的杰作，只不过是用坚硬的熔岩制成，而非生面团。

"现在你应该知道，我是如何了解到船帆也是用芦苇编成的了吧。"市长自豪地说，指指那些垂直槽纹，看起来确实像芦苇。

那天，我注意到市长开始感到嗓子发痒想咳嗽，或许是他患上流感了。他说，但凡他有咳嗽的迹象，他就不能再去山洞了，因为对身体不适的人来说，进山洞是要倒大霉的。曾经有几个老人这么做了，但他们是故意躲在洞里死去的。

没过多久，一场暴风雨突然袭来，船长只能把船开到小岛村庄那边躲几天，以躲避风浪。雨势减弱后，他又把船开回了海滩边的旧锚地。就在这个时候，船长通过对讲机告诉我，他带了一个村里的当地人到船上，因为这个人有一样东西，坚持要交给我。

我坐着汽艇过去，发现那个当地人正是我年轻的朋友埃斯特万，显然这小伙子心里有事。自从他妻子突然禁止他进出山洞以后，他那孩子般的笑容就消失了，今天却又重新浮现在他的脸上。他彬彬有礼又迫不及待地问我，船上有没有一个特别暗、没有一点光线的地方，他要告诉我一个重大的秘密。我将他带到自己的船舱，拉下窗帘，想必这对埃斯特万来说，应该够黑了。于是，他走出船舱，回来的时候还拎着两大捆东西。他小心翼翼地把舱门关好，让我站在角落里，看看会发生什么事。

船舱里一片漆黑，我只能勉强看到埃斯特万的暗影，他俯下身，从包裹里拿出了什么东西。一开始他问有没有特别暗的地方时，我首先想到的就是他要拿某种会发磷光的物体。但并非如此，他拿出来的东西简直就和我们周围一样黑。不过我看得出，那是一种服饰，他正往身上穿，甚至还往头上戴了东西，所以他是要戴上舞蹈面具或进行其他乔装打扮来表演吗？我确信我看到了两个大耳扇在他头旁晃，但是因为太黑了，没法看清楚。这时他又弯下腰，从包裹里掏出两块黑黑的东西，一块放在地板上，另一块放在我床边的座位上。然后，他蹲了下来，把双手放在了地板上那个东西的两边，好像要和一位亲密的朋友进行一次严肃的交流。

随后，他喃喃地念了一串波利尼西亚语，声音低沉，饱含敬意。他的声音柔和悦耳，却很严肃认真，营造出一种不同寻常的神秘感，我对此越发好奇。过了几秒钟，我才意识到这个英俊的青年根本不是在给我展示什么，他正忙着进行一次严肃的异教徒仪式。仪式继续进行，我全神贯注地看着他，并且逐渐被这次仪式所感动。他跟地板上的那个东西说完话之后，又把手放在座位上那个东西的两边，情绪也越发激动，连声调都变了。一会儿，他就开始抽泣，说话都喘着气。虽然听不清他在说什么，但我发现自己被提及了好几次。仪式快结束时，他越来越无法控制自己，泣不成声。最后，他竟痛哭起来，好像永远地失去了一个密友。

我感到非常难过，特别想和他谈谈，安慰安慰他，也好搞清楚到底发生了什么事，但我认为暂时不要打扰他才是最明智的选择。终于，埃斯特万镇静下来，在黑暗中开始脱那件衣服。他让我把船舱弄亮，当我拉开窗帘时，埃斯特万就站在我面前，脸上带着庄重的笑容，眼睛却哭得通红。我递给他一块手帕，他的眼睛和鼻子都需要擦一擦。但是，尽管如此，他看起来似乎很高兴，好像噩梦终于结束了。

他刚才穿的衣服是一件厚厚的深色羊毛衫，头上戴的是一顶普通的黑色极地帽，帽子上挂着长长的垂耳圈，这肯定是从一只过路的捕鲸船上弄来的。地板上放着一座红石制成的护洞神石像，石像显然已被擦洗过太多次，旧得不像样子，看上去像化了一半的巧克力做的狗的雕像。而放在椅子上的那只恶魔般的生物，形似怪兽，像极了撒旦本人，驼着背，长着山羊胡，龇牙咧嘴面露狰狞。与地板上那座石像比起来，这是由一块较坚硬的灰色石头做成的，保存得完好无损。

埃斯特万毕恭毕敬地指着座位上的东西对我说，按他妻子的说法，这座石像可比地上的那个威力大。一共有四个阿库－阿库守护着她的洞穴，这就是其中的两个，相比另外两个更强大。另外两个还在守护着山洞，都是巨大的头像，头顶上还刻着奇怪的人像。因为他的妻子从洞穴里带走了太多东西，让我面前的这两个护洞神很生气，从那以后，她就一直饱受腹痛之苦。所以，她才决定把这两个心怀怒气的护洞神送给我，希望通过让它们继续守护送给我的石雕，来平息它们的愤怒。

埃斯特万还带了五块普通的洞穴石雕，它们都是由这些护洞神看守的，其中一块是一只双头怪兽，看上去凶神恶煞。这么一比较，安静地趴在床前地毯上的那只石狗看起来倒是更温驯。还有几件洞穴里的石雕，也都由这两个护洞神守护，其中一件是船头船尾都刻有头像的大船，这一件埃斯特万曾经跟我提起过。现在，它们都是我的了。

我问道："既然这些东西最终都归我所有，我能否自己进山洞去取？"埃斯特万提议我们共同去说服他的妻子。我答应找一天晚上会到村子里去拜访他们，并且带上医生，为她进行诊治，看看能否找到医治她怪病的办法。

埃斯特万随后又转头看向那只石狗和放在座位上的那个石雕，郑重地对我说，这两个护洞神现在已经正式转交给我了。他按照妻子的嘱咐完成了全部流程，正如当初她从她父亲手中接管洞穴时，她父亲也举行了相同的仪式，而祖父把洞穴交给她父亲时亦是如此。现在，一切重任都将由我肩负。将来有一天，如果我要把那两个护洞神转交给他人，我也必须例行今天这样的仪式，最好穿着在黑暗中看不清的衣服。我可以向船上的任何人展示这两个护洞神，但绝不能给岛上的任何一个人看。三个月后，我必须将它们擦洗一次，而后，每年要擦洗四次。仅仅把尘土和泥垢洗掉是不够的，石头的缝隙和孔眼中有着像棉絮状的蜘蛛网，我必须仔细将这些白色网状物清理干净。除此之外，每年还要用烟将石头孔中的虫卵熏死。

我把这两个护洞神和它们守护的石雕收起来后，埃斯特万肩膀上的重担似乎卸了下来。他告诉我，虽然他是一个虔诚的基督教徒，但他的祖先只知道与魔鬼打交道，给子孙后代也留下一种可怕的责任，后人们也必须把魔鬼接受下来，所以再也无法摆脱魔鬼的摆布。

我问埃斯特万，他给我的这两个护洞神是魔鬼吗？他不得不承认，虽然他的祖先们称它们为阿库－阿库，但在西班牙，它们确实被叫作魔鬼。

现在，我的船上已经有了两个阿库－阿库，一想到这儿，我就很欣慰。埃斯特万清楚地告诉我，如果决定权在他身上，他会把留在山洞里的另外两个及岛上其他的阿库－阿库都拿过来给我。倘若每个阿库－阿库都随我们上了船，永远地离开小岛，那就再好不过了。这样一来，岛上的人就再也不必因为这些而感到担忧害怕了。现在岛上的每个人都是虔诚的基督教徒，要不是祖先让他们保守这些秘密，并告诉他们阿库－阿库会影响他们的生命及健康的话，他们才不愿与这些鬼怪产生关系呢。

埃斯特万上过学，可以写一些字。他将在黑暗中所说的话都写了下来，字迹很工整，并解释说，如果某天有人要从我手中接管这两个护洞神，我也必须写下这些文字交给那个人。纸片上写着：

　　卡 奥 乌 卡 康提基 黑 阿图阿 西瓦

　　胡阿 维力 马伊 德伊卡 乌鲁 阿图阿 纳 基 德

　　卡伊加 伊奴 赫拉伊艾 希提卡 普拉 艾乌拉

　　乌拉加 德 马希那卡 艾阿 科鲁阿 卡卡伊

　　卡瓦卡 霍阿 伊德乌姆 莫阿 伊德乌姆

　　可可马 奥德 阿图阿 西瓦

　　科康 提基 莫哈图 奥考 伊阿

　　托 科罗 瓦卡 德来卡 哈霍 科加奥 瓦力

　　奥内 阿那 基那 奥德 阿图阿 希瓦卡 康 提基

埃斯特万无法将这些文字准确地翻译出来，因为有些词语来自古波利尼西亚语，但是他说，这段文字的大意是：我是一个来自外部世界的领导者，带着我的部下来到这儿，将船停靠在安纳根纳的沙滩边。船在海上漂浮着，我在奥考伊阿洞穴口的土灶里做了烤鸡，并让四个阿库－阿库吃了烤鸡的肠子，它们四个的名字分别是伊奴赫拉伊艾、希提卡普拉、艾乌拉乌拉加和马希那。

我意识到，这桩和烤鸡肠子有关的事想必埃斯特万和他妻子已经替我代办了。

几天后，我和医生悄悄去了村子里，溜进埃斯特万的小屋，没被一个人看到。小屋的陈设很简单，一张小桌子上面摆了一个插满鲜花的小碗，还有两把小凳子和两条长椅。我们猜想墙边的帘子后面应该还有张床，屋子里的每样东西都漆成了白色和浅蓝色，一尘不染。

埃斯特万的妻子从帘子后面走了出来，她看上去的确是个名副其实的美人。她面色白皙，身材匀称，一头乌黑的长发，眼神严肃而不失聪慧，举止文静而不失端庄。她光着脚走上前来迎接我们，俨然一副庄重冷静的样子，透着女王般的气质。她不大会讲西班牙语，我们理解上有困难时，埃斯特万便会帮忙解释。他们对没有椅子让我们坐表示歉意，但我们其实很乐意坐在长椅上。原本在我想象中，埃斯特万的妻子身材魁梧，思想执拗，但实际上，她并非如此。眼前这个恬静的女子，她直着身子端坐在那里，双手放在膝盖上，毫不迟疑地回答了医生的所有问题。医生根据她的症状，确诊她得了胃病，只要到村里的小医院治疗，很快就能够痊愈。

这时，埃斯特万主动谈到了关于洞穴的话题，他妻子则十分平静地回答了我的问题。她父亲曾说，如果让一个陌生人进入家族洞穴，她的亲人中就会有一个死去，她不想死，也不希望埃斯特万出事，所以她不能带我去山洞。在这一点上，她的态度非常坚决。埃斯特万闷闷地补充道，他第一次劝说她的时候，她哭了两天两夜，看到她对这件事如此认真，便决定不再提及此事了。

我又问道，她是否愿意替我们在山洞里拍些照片，我们会教她怎么拍。但还是不行，她说洞穴是禁地，如果她这样做，陌生人就可以通过照片看到洞穴。

这实在是令人失望。最后，我问她能否把洞里的其他东西带到屋子里，以便我们能在那儿拍照，本来没指望得到她的允许，没想到，她居然毫不犹豫地答应了。更让我意想不到的是，埃斯特万提议，把所有的石头都放进花园中的一个普通洞穴里，这个洞也有秘密入口，但并不是禁地，这样我就可以直接拍下那里的一切。这个建议同样立即就得到了他妻子的许可，但有两个例外——另外两个护洞神，它们仍须坚守在家族洞穴中。

我摇了摇头，不同意埃斯特万的建议。我向他们解释道，我感兴趣的是真正的家族洞穴，不然没什么意义。听我这么一说，他们也显得很失望。最后，我们还是决定把洞穴里的东西带到屋子里来，待所有东西都安置好之后，他们再联系我。

我们即将离开的时候，我问她这些石雕是否都是她父亲刻的。她回答道："哦，不！他只参与了一小部分的雕刻工作。"她的祖父活到一百零八岁，这些石雕基本出自祖父之手。基督教刚传入复活节岛时，人们就叫她的祖父莱蒙迪尤克。她记得，在她小时候，祖父就在传授父亲手艺，有人告诉她，她的曾祖父原来也曾指导过她的祖父。至于这个洞穴最早从什么时候开始存入石雕，她一点都说不上来。尽管大部分石雕都是在她祖父的那个时代才放进山洞的，但里面的有些石像确实相当古老。

我们现在知道，至少复活节岛上有一个洞穴的石器是逐渐积累而来的，而非完全封闭的、仅在岛上发生战争时用于藏匿珍宝的密室。埃斯特万妻子的洞穴或许是岛上最后一个藏有家族每一代雕刻品的洞穴，肯定也是第一个把洞里的东西公之于众的洞穴。离开这对年轻夫妇的屋子时，外面已是黑夜，我意识到，我怕是永远也没办法亲眼进洞看看了。

第八章

终入秘密洞穴

从拉诺·拉拉库的采石场出发，有一条通往安纳根纳营地的古道，道路两边绿草如茵。一天傍晚，我和拉扎勒斯一起骑马沿着那条古道并肩而行。我们的身后，火山被夕阳的余晖照得通红，前面是一片布满小石块的平地，我们的影子也被慢慢拉长。黄昏的寂静笼罩着大海和天空，眼前的一切都是那么宁静，只有我们映射在地上的影子乐此不疲地模仿着我们的每一个动作，滑稽又可笑。我又一次觉得，我和拉扎勒斯仿佛是在月球上骑行。

我停住马，向右看去，之前的两个影子突然变成了三个。原来，一个骑马的陌生人出现在我们身后，他身体瘦弱、面色苍白，十分严肃地盯着我们。我们刚停下来，他也跟着停了下来，就像我们的影子一样，但一句话也不说。我们骑着马慢慢地前进，这第三个影子也紧随而上。这个人，连同他的行为举止都透着一股神秘的气息。

骑了一会儿，拉扎勒斯侧身低声告诉我，跟在我们后面的那个是教堂司事的弟弟。就在前几天，他跟拉扎勒斯说，如果他能为我工作，他愿意不要报酬，这让他显得更神秘了。我不想和这个阴郁的骑手有过多的牵连，他的目光总是让我不禁脊背发凉。如果我们放慢速度，他不会赶超我们；如果我们加快速度，他也不会被落下。天色更暗了，我用余光瞟过去，看到他一人一马的影子依然在后面穷追不舍，已经跟了我们几英里，一直到达营地。

拉扎勒斯认为，那个神秘的骑手没有听见我们的谈话。我曾说过，将来有一天，会出现一种洞穴探测仪，人们在地面上，就能找到岛上的秘密洞穴和隧道了。拉扎勒斯倒是把这些话牢牢记在心里了，我们刚才骑马时，他指了几个地方，说这些地方可以使用这种探测仪。他推测这几个地方附近有秘密洞穴，可惜洞口已找不到了。他看起来有些沮丧，接着说道，第一个把探测仪带到岛上的人，只要在村子里的房子之间来回走一圈，准能发大财。有一个秘密洞穴，属于最后的一位国王，洞穴长达九百英尺，从最北面的房屋旁一个不知名的地方一直延伸到了海里。曾经有个男人发现了这个洞穴，还从洞里拿出来几个矛头。但是洞里的阿库－阿库守护着这几个矛头，每天晚上都会咬他，夜复一夜，直到他死去。

第二天一大早，我走出帐篷，就看到了那个脸色苍白、身材瘦削的男人，他正一动不动地躺在帐篷外面的草地上，在绳子围的界线另一侧望着我。因为已经没有人再敢私自触碰营地的任何东西，尼古拉斯和卡西米罗两位警官便早已停止巡逻了。从早到晚一整天，我都感觉这个瘦小的男人在一直跟着我，像一条忠实的狗，总是站得远远的，一句话也不说。

夜幕降临，其他的人都回到营地准备休息了。黑暗中，我看见他坐在我帐篷附近的神殿墙边。

那天晚上，岛上一阵接一阵地下起了暴雨。当地人都很高兴,当时正值旱季,村里的水箱都已经干涸了，人们正要收集洞穴和火山口沼泽里的水，很是费力。现在好了，溪流中的水刚好倾泻而出，对于人们来说，肯定是又受到了"好运"的庇佑。但对住在帐篷里的我们来说，就没那么幸运了。雨停了，一条泛着泡沫的黄褐色小溪从高地顺着吉普车的车辙流下来，营地俨然变成了一个小湖。

小安妮特用波利尼西亚语兴奋地大声喊道："妈妈，你快看。"我也被喊醒了，她满心欢喜地指了指她的便壶，原来便壶已经在帐篷里的床之间漂来漂去了。当我看到行李箱和其他物品都泡在水里时，我便没了兴致。帐篷外面出现了一条潺潺而流的小溪，我听到各个帐篷传来不同的声音，笑声掺杂着咒骂声，很是热闹。用作厨房的帐篷的顶子已经塌了。气化炉的炉圈里全是水，像洗衣盆一样，食物都浮在上面。厨师和船务总管站在已经塌方的厨房里，周围是一堆黏糊糊的面粉和糖浆，他们用一根铁棒使劲地划着地面，想把积水引到帐篷外面。摄影师忙着把胶卷和设备统统堆到他的床上。水手们则拿着杯子和水桶，把帐篷里的水往外舀，大家仿佛在一艘沉船上。

我们赶紧在车辙的上方挖了一条小沟，并堆了一道临时堤坝把水引向别处。在一片混乱中，那些长耳人正欢呼雀跃地从干涸的山洞赶过来，向我道贺，说这是"好运"啊！现在岛上的水足够居民和牲畜用很长一段时间了。船长也从考察船上赶回来，兴奋地说，一夜之间，水箱里的水都要溢出来了，大概有好几吨。这场暴雨的到来，还结束了近日变幻无常的天气，此时的天空碧蓝如洗。

然而，在长耳人的洞穴里，一个男人正孤零零地躺在那里，痛苦地扭动着身体。原来他从家族洞穴里取出石像，走到田野上的时候，被暴雨淋到了。第二天深夜，当我和医生在村子里同埃斯特万和他妻子会面回到营地后，我才听说这件事。当时已是后半夜了，进帐篷之前，我看着夜空下这座刚刚矗立起来的巨石像，站了一会儿。这时，拉扎勒斯忽然从黑暗中冒出来，从他严肃的表情来看，我知道出事了。他告诉我，教堂司事的弟弟，也就是那个瘦弱的骑手快死了，此时正躺在霍图·玛图阿的山洞里，能不能赶紧让医生去看看。

去叫医生的时候，他正要往睡袋里钻呢。我们三个人急急忙忙地赶到了洞里。拉扎勒斯在途中告诉我，这个病人曾向他吐露，他有一个家族洞穴，昨天晚上他就是去了那里，拿了一些东西，装在了麻袋里，然后把它们藏在安纳根纳河谷上方山脊的几块大石头中间。但他在夜里回到霍图·玛图阿的山洞后，就突然生病了，到了第二天，他的病情越发严重：蜷缩着身子，干呕不止，肚子也痛得厉害。他把藏麻袋的地方告诉了拉扎勒斯，说如果他死了，就让拉扎勒斯把麻袋拿过来送给我。

山洞里，到处都躺着长耳人，他们竭力想入睡。在山洞的最深处，躺着那个瘦削的男人，他面色苍白，两颊凹陷，扭动着身子，痛苦地呻吟着。医生把他瘦骨嶙峋的身体前前后后检查了一遍，并给他服用了一些药片。这时，山洞里的长耳人都瞪大了眼睛在一旁看着。夜渐渐深了，病人越来越安静，可以明显地看出来，他已经不再那么痛苦，也没有了生命危险。我们离开时，那个瘦弱的男人已经好多了，至少他能从山洞爬出来了，但他又消失在黑暗之中。原来，他径直走到山脊处去拿麻袋，又从那里直奔家族洞穴，赶忙将麻袋里的东西放回老地方。紧接着，他回到村子里，松了一口气，两手空空，告诉大家他这次真是死里逃生。医生告诉我，那个人只不过是患了严重的疝气而已。

教堂司事的这个弟弟，尽管身体仍然比较虚弱，仍能在夜里来去自如，就像一颗黑夜里的流星。不论是那场倾盆大雨，还是这个奄奄一息的男人得以痊愈，这两件事都给当地的长耳人留下了深刻的印象。凌晨时分，当我回到帐篷时，我的床上放着一个猫科动物的石雕头像，一副放声咆哮的模样，大小如同狮子或美洲豹的头。我划了一根火柴，在摇曳的火光下环顾四周，看到伊冯还没睡。她低声说，刚才有个当地人过来了，她觉得应该是市长最小的弟弟，是他把那个头像从帐篷的入口处塞了进来。

伊冯是对的。第二天，一个矮个子的男人就来帐篷里找我了。他留着胡子，长着一对羚羊眼，他就是小阿坦，是他和市长、拉扎勒斯，还有我，共同发现了第一个石鲸雕像。拉扎勒斯现在感到十分自在，很长时间以来，他一直尝试让小阿坦鼓起勇气。阿坦已经向拉扎勒斯透露，他也有一个秘密洞穴，他甚至告诉拉扎勒斯，他曾想请求他的大哥，也就是市长，允许他从洞穴里给康提基先生拿点东西。

阿坦到帐篷外四处察看了一番，确保没有人在偷听之后，便把知道的全部情况都告诉了我。他是血统纯正的长耳人，有四个兄弟，最大的是市长佩德罗·阿坦，也是他们家族的首领；二哥是胡安·阿坦；三哥埃斯特万·阿坦；他自己是家族里最小的，叫阿坦·阿坦，他的名字前面还带着祖先的名字海尔·凯·希瓦。

他们的父亲很富有，因此他们四兄弟都从父亲那里继承了一个家族洞穴。阿坦年纪最小，继承的洞穴也最小，里面仅有六十座雕刻品。此外，正因为他是家里最小的孩子，所以对于兄长们的洞穴，他无权过问，但兄长们却有权对他的洞穴做出决定。洞穴里的雕刻品都出自海尔·凯·希瓦之手，他将洞穴传给了阿塔莫·尤胡，而后又传给了玛丽亚·玛塔·珀伊珀伊，随后接手的便是阿坦的父亲，父亲又传给了阿坦。我曾在市长的族谱中看到过海尔·凯·希瓦这个名字，他是长耳人唯一的幸存者——奥罗罗伊纳的嫡系后裔。

我问阿坦那个头像到底是什么动物，他迟疑了好一阵，说那是一只海狮，这些动物有时会出现在海岸上。我指出，海狮没有耳朵，阿坦表示赞同，但他认为在海尔·凯·希瓦的那个时代，有可能存在其他种类的海狮。

拉扎勒斯告诉阿坦，将来总会有一天人们能够用探测仪找到他的秘密洞穴，一听说这些，阿坦觉得很难过。如果能够得到兄长们的许可，他愿意立马把这个洞穴处理掉，因为他是一个虔诚的基督徒，如果能把洞里的东西都移交给受人们保护的博物馆，那就再好不过了。阿坦·阿坦是个单纯且直率的人，不是很固执。况且，他已经知道了我的能耐，所以我们很快把他说服了。

过了三天，阿坦邀请我去他的小房子做客。他的小房子位于村外。在那里，他向我表示，他的老姑妈塔胡·塔胡和他的两个兄长佩德罗和胡安，都同意他放手把洞穴交给我。接下来，只需要得到三哥埃斯特万·阿坦的允许就可以了，所以我要帮助他说服三哥。我独自坐在蜡烛旁等待，阿坦悄悄地走到隔壁小屋，把他的三哥叫了过来。

我从未见过埃斯特万·阿坦，他是四兄弟中唯一没有加入长耳人工程小组为我工作的人。阿坦天真地向我透露，他三哥带着一伙人造了一条小船，他是船长，等考察队离开复活节岛后，他们就准备开着这条船到塔希提岛去。阿坦正绘声绘色地说着，刚进屋的三哥听到了，看上去颇有不悦，但他承认这是事实。埃斯特万·阿坦说，他从未驾船出过海，但他从年老的岛民那里学会了观察星辰的本事，他知道如何在大海中辨认航向。

这是第二位即将动身前往塔希提岛的"村民船长"。他已经三十多岁了，长得一表人才，薄薄的嘴唇，诚恳的眼神，文雅的举止。和其他几个兄弟一样，从外貌上丝毫看不出是当地人，可以说，他走在北欧的任何一条街上，都不会有人发现他来自异乡。不过，他的确是地地道道的长耳人，还是个"爱打听"，他先是询问了"康提基号"木筏的漂流情况，又问地平线外的世界什么样。夜深了，小阿坦才把话题转到家族和洞穴上来，但进展十分顺利。夜深人静时，这个"村民船长"告诉我们，他的洞穴里有上百件雕刻品，之前还有一个陶罐，可惜这个咖啡色的小容器被打碎了。他最珍贵的宝物是一本"书"，每一页上都写着朗戈－朗戈文字，除了他以外，岛上没有任何人见过这本书。

他还告诉我，他们的姑妈塔胡·塔胡掌管着所有的家族洞穴，她像个巫婆，常跟魔鬼打交道。她有一个非常重要的洞穴，姑妈的儿子，也就是他们的表弟将来一定会继承。塔胡·塔胡对我十分有好感，之前，为祈求好运庇佑，她曾在安纳根纳为霍图·玛图阿山洞里的人们跳舞。当时，我还送了她香烟和黑色衣料。

几天后，事情变得有些不妙。最初，有传言说小阿坦突然血液中毒，被送进了村里的医院，我感到十分沮丧。他必定会认为这是他受到的惩罚，因为他从洞穴中拿走了头像。不久，拉扎勒斯带来了消息，说村里的医生把阿坦的手指割开，将毒血排了出来，一切都很顺利，阿坦受好运庇佑呢。紧接着就有消息传来，说阿坦正在他的小屋里等我。

为了不引起其他人的注意，到了深夜，我才开上吉普车出发，顺便去了一趟教堂，看望塞巴斯蒂安神父。他一听说接下来要发生的事，便异常兴奋。他最大的心愿就是去参观一个秘密洞穴，他听说过很多关于秘密洞穴的传言，以为它们早就找不到了。但他知道，身为一个神父，他和我一起去不合适。于是，我答应神父，倘若发现任何有价值的东西，一定立刻向他报告，哪怕是在半夜，也要把他叫起来。

从塞巴斯蒂安神父家到阿坦家的最后一段岩石路坎坷崎岖，我只能在漆黑的夜色中沿着石墙摸索着前进。终于找到了大门，走进去后，敲了敲那扇矮矮的木门。阿坦的胳膊上还挂着绷带，他小心翼翼地开了个门缝，让我挤进去，然后，又谨慎地把门关上。我们坐在一张小桌子的两边，桌上点着一根蜡烛，还有一块布，应该盖着什么东西。只见阿坦把布拿开，一个石质颅骨出现在我们面前。这个颅骨用熔岩雕刻而成，面目狰狞，咧嘴大笑，栩栩如生，牙齿和颚骨都暴露在外面，眼窝和鼻骨都深深凹陷。颅骨顶部有两个奇怪的杯状窟窿，和大拇指指甲的大小差不多。

阿坦指着这个石质颅骨说："这是给你的，康提基先生，这是进入洞穴的钥匙，现在这个洞穴是你的了。"

我竟然吓了一跳，一时无所适从。在我开口说话之前，阿坦又指了指颅骨上的两个小窟窿，告诉我，以前凡是私自触碰这把"钥匙"的人，都会被阿库－阿库杀死，然后将他们的骨灰放在里面。但是这次塔胡·塔胡姑妈已经提前去过洞穴，把里面的骨灰清理掉了，这样我就不用害怕了。自始至终，阿坦一直强调，这个石质颅骨就是进洞的钥匙，我必须把它藏在我的床底下。两天后，我们一起进洞的时候才能把"钥匙"拿出来，所以这两天我必须要好好保管这把"钥匙"。

我永远都忘不了那个情景，阿坦坐在小桌旁，小屋里摇曳的烛光，还有那个灰色的石质颅骨。我拿起那个已经属于我的龇牙咧嘴的石质颅骨，内心不由得战栗起来。当时屋子里的光线很暗，我们说话的声音也很小，都传不到墙壁那里。随后，我听到屋外响起一阵马蹄声，那是孤独的骑手们在山坡上来来往往的声音，村子里的夜间活动总是多得令人费解。

阿坦请求道，他想来营地吃一顿特殊的饭，他称作"卡兰多"，是为了祈求好运，时间就定在我们进洞的那天晚上。我也向他提出请求，允许我带一个朋友同去洞穴，起初他很不情愿，但转念一想，反正这个洞穴现在归我了，我会把里面的东西都搬空，带个人应该也无妨。我一说是艾德，他便松了一口气，因为他哥哥胡安曾在奥朗戈为艾德工作，说他是一个好人。但三个数字不吉利，所以阿坦想带上自己的三哥埃斯特万，也就是"村民船长"。最后，我设法说要带上摄影师，阿坦说他也想再带一个人。这样我们就六个人了，二、四、六都是很吉利的数字。他还细心地提醒我，不能再多了，否则会惹怒洞穴里的阿库－阿库。

终于等来了这意义非凡的一天，船长开车到村子里去接阿坦。一起接来的还有阿坦的三哥和一位名叫恩里克·太奥的年轻朋友，他也是市长组织的长耳人工程小组中的一员。他们到达的时候，其他人已经吃过晚饭了，用作餐厅的帐篷里只有我们几个，船务总管已为我们准备了北欧冷餐。"村民船长"悄悄地请求我今天送一件代表"好运"的小礼物给他的弟弟阿坦，再送一件给塔胡·塔胡姑妈，毕竟经过她的同意我才顺利接管了山洞。不仅如此，那天早上，她早早地就跑到洞穴里，为守护在入口处的阿库－阿库烤了一只母鸡。

我们围着桌子坐下来。当地人都双手交叉，默念了一些祈祷的话。祈祷结束后，阿坦一脸无辜地抬头看向我，解释说这是"奥特拉－科萨－阿帕特"，也就是"另一件事"。紧接着，他倚着桌子，向我们其余的人低声说道，在我们开始用餐之前，每个人都必须用波利尼西亚语说："我是来自挪威的长耳人，我在吃挪威长耳人的土灶煮熟的食物。"

于是，大家轮流说这句话，其余的交流都只能通过耳语进行。后来我才意识到，原来这顿饭是为了致敬阿库－阿库，毕竟阿库－阿库刚弄清楚我们的关系。我知道，阿坦原先认为岛上最早的居民来自奥地利，但现在他不这么认为了，他和其他的长耳人都肯定，至少他们自己部落的祖先来自挪威。为了证实这个观点，他们还提到了我们船上的一位年长水手，他长了一头似火的红发。现在，通过这个卡兰多的吃饭仪式，阿库－阿库对这些相当复杂的关系应该有了了解。

突然，艾德来帐篷给我捎口信，我问他，既然要一道去参观山洞，要不要参与到"好运"宴中来。于是，艾德也只好带着浓重的美国口音，用波利尼西亚语重复说道，他也是来自挪威的长耳人，他也在吃挪威长耳人的土灶煮熟的食物。随后，大家继续用餐，表情都十分严肃，并且所有的交流都只能通过耳语进行。席间，当地人有关神灵和洞穴的谈资对我们来说都很陌生，就像冷餐对我们的客人来说很陌生一样。阿坦毫不拘束地吃了一大勺黄油，还把一片柠檬放在了面包上，而不是放在茶里，但看得出他们还是十分享受这次宴会。三个当地人都吃饱了，就走进了一个空帐篷里休息。

夜幕降临后，又过了几个小时，阿坦过来告诉我，我们可以出发了。他看起来脸色严肃而庄重，显然，他认为将洞穴移交给他人可是头等大事。我走进帐篷向伊冯道别，从床下的袋子里取出那个咧嘴笑的颅骨，我感觉自己即将踏上一段漫长而奇异的旅途。除了家族秘密洞穴的始创者外，我是第一个手持这把"石头钥匙"的人，但我不知道如何使用这把神奇的钥匙，也没人可以告诉我。伊冯递给我一个航空包，里面装着送给塔胡·塔胡的礼物。随后，我走出帐篷。此时帐篷外面一片漆黑，我告诉艾德和摄影师，我们现在出发。

我们开着吉普车，途经位于瓦依特阿的牧羊场，这个牧羊场位于岛中央的高地，我们打算在牧羊场和村庄中间的某个地方下车，然后步行前往洞穴。作为伪装，我们在吉普车后备厢装满一包包的脏衣服，到了瓦依特阿后，船长下车把脏衣服送到阿娜劳拉那里。阿娜劳拉是个当地人，也是牧羊场的女管事。她和她的几个女伴负责清洗我们所有的衣服，因为她们可以使用岛上唯一的水管。水是从拉诺·阿罗伊火山口的湖里流下来的，如今那里长满了杂草。

摄影师继续开车，车上载着三个当地人、艾德和我。我们出发的时候，夜空还繁星点点，谁知半路上竟下起了阵雨。阿坦就坐在我和摄影师中间的工具箱上，神情严肃，看上去有些不自在。他低声对我说，他需要一些"好运"降临。接着，就听到"村民船长"咕哝着对艾德说，好像风向变了，语气很是忧郁。那天晚上，当地人都很紧张，但我无法断定，他们究竟是有什么特别忧心的事，还是仅仅因为这件事的严肃性而感到压抑。教堂司事兄弟的例子，至今我还记忆犹新，我很担心在这个节骨眼上，万一真出点什么事，他们会退缩。

艾德和两个当地人坐在后排，没有再进行任何交流。摄影师开着车，也默不作声，因为他既不懂西班牙语，也不懂波利尼西亚语，只能通过手势和当地人进行交流。他突然停下车，下车挨个检查车轮。这时，阿坦两兄弟吓坏了，急忙问出了什么情况。我回答说一切都好，想让他们平静下来。显然，他们都处于一种高度紧张的状态中，把一切意外都当成"不祥"的征兆。我自己也有些心慌意乱，生怕吉普车出问题，摄影师听不懂我们的谈话，便不停地比画手势，意思是，吉普车的四缸发动机现在只有三个汽缸工作。

吉普车在弯弯曲曲的车辙中颠簸行进，头上的繁星再次出现在夜空中。阿坦两兄弟仍如坐针毡，车子到达预定地点的时候，阿坦突然改变了计划，说不如我们直接开到汉加洛村，在他家里等着，等到全村的人都睡着了，我们再去山洞。

当我们快到村子时，他又改变了主意，他说他的阿库－阿库让我们开车到他哥哥家里，而不是到他自己家。于是，我们打开车灯，直接穿过村子，开到了教堂前面的海岸，然后沿着石墙向北行驶了一小段路。到了那里，阿坦让我们把车灯关掉，停车。我们留下恩里克·太奥看车，其他人则爬过墙，穿过遍地石块的田野。当时又下起了蒙蒙细雨，轻质的熔岩石块密密麻麻地散落在地上，走起路来十分困难。摄影师是我们之中最年长的，所以阿坦主动扶着他，以免扭伤脚踝或摔倒。阿坦再三轻声对艾德说，他的朋友们可以放心地走过这片土地，因为他心地善良，所以他的阿库－阿库会保佑他的朋友顺利走过这片土地。他一脸天真地说，他一向待人友善，会把食物分给没有粮食的人，当别人请求帮助时，他也会认真倾听，因此他的阿库－阿库对他很满意。

布满石块的田野中央有一间漆成白色的小屋。"村民船长"轻轻地敲了敲窗户，然后又敲了敲门，才把他的妻子叫醒。终于，一个三十多岁的女人开了门，她身材苗条，举止大方，略显粗野，一头乌黑的长发披在肩上。虽然"村民船长"是长耳人的后代，但他还是找了这样一个美貌的短耳人妻子。

小屋的中央放着一张小桌子，桌子的两旁有两把椅子。这个美丽的少妇走路很轻盈，毫无声响，她在桌子上摆了一根小蜡烛。"村民船长"走出小屋子，不一会儿，他就回来了，手里拿着一个旧纸袋。他小心地从旧纸袋中抽出来一本没有封面的手稿，放在烛光下。

这本书稿的纸张已经泛黄，上面的字迹也已褪色，这个本子原是智利儿童使用的抄写本。书稿的每页都写着奇怪的朗戈－朗戈符号，上面画着鸟人像、鬼怪像和其他奇怪的图案。对于我们来说，这些图案并不陌生，我们已经从复活节岛的神秘象形文字中了解一二了。我往后翻了翻，发现有些页面上只有一行行读不懂的象形文字，还有一些页面的字体排列与字典无异，就像个小字典，在书页左侧一栏中整齐地写着朗戈－朗戈符号，每个符号右边都有注释，看上去像初学者用并不擅长的罗马字母拼成的复活节岛上的波利尼西亚语。

我们围坐在蜡烛旁边，看着那本褪色的朗戈－朗戈古书稿，惊讶得说不出话来。我很清楚，这并非"村民船长"有意给我们制造的假象。同样，如果曾经写下这些神秘符号的人确实掌握了朗戈－朗戈的奥秘，那么这本连封面都没有的手稿，对于破译复活节岛古老的象形文字，将具有极大的价值。

我注意到其中一页上写着"1936 年"，便问"村民船长"从哪儿弄来的这本手稿，他说这是他父亲在去世的前一年送给他的。父亲既不会写朗戈－朗戈文字，也不会写现代文字，但他对儿子说，这本书是他亲手抄写的。他的父亲是照着祖父的旧抄本一笔一笔地临摹下来的。这位"村民船长"的祖父是一位博学多识的人，他能在木板上雕刻朗戈－朗戈文字，还能亲自吟诵这些文字。当时岛上还有一些人，他们被流放到秘鲁当奴隶时，学会了书写现代文字，但大多数通晓古文化的人都死于流放途中，仅剩的这些人中，有个人帮助祖父记录了这些古老符号的神圣含义，以防失传。

和我们一样，阿坦和"村民船长"的妻子也对这本手稿感到惊奇。"村民船长"感到很自豪，他还向我们透露，到目前为止，他从未让任何人看到过这本手稿。他把手稿放在自己洞穴的水泥袋里，只有想起父亲的时候，才会把它拿出来看看。他早已决定，在这本书还没有七零八散以前重新抄写一本，可是他发现，这本书总共有四十一页，把上面的符号、图案全部临摹下来，真是一项不容小觑的任务。我提议把书借给摄影师，通过摄像技术为他复印这本书，他犹豫了半天才答应。①

按当地时间来看，天色已晚，我询问我们是否应该出发了，"村民船长"回答说，不着急，他知道还不到十一点，因为附近有头母牛总在那个时候哞哞叫。一会儿，"村民船长"说出发，我却并没有听见牛叫。"村民船长"的妻子拿着蜡烛把我们送到门口。阿坦再一次小心地扶着摄影师走过布满石块的田野，回到吉普车上，我们的看车人恩里克正像木头一样趴在方向盘上酣睡。我们把他摇醒，然后驾车继续前进，沿着车辙向北驶去，麻风病防治站也在那个方向。不久，我们拐了个弯，然后沿着一条由牲畜踏出来的小路向本岛内陆行驶。天色很黑，小路有时也看不清，全凭感觉向前开，所以阿坦只好不停地伸手指路。他的手上还缠着白色绷带，这是他之前血液中毒的"纪念品"，非常适合在夜间指点方向。

驱车行驶了半小时，我们离开了普那堡，从后视镜中看到采石场已离我们远去。阿坦做了个手势，让我们停车下来。经过一路的颠簸，我们被折腾得够呛，车一停，我们赶紧从车里爬出来，活动活动筋骨。村子在我们后面很远的地方，又黑又静。毛毛细雨已近停止，夜空中又布满繁星。"村民船长"抬起头来，低声说，雨停了，我们运气真好。艾德和我都觉得这是复活节岛岛民说的最奇怪的话，明明正值旱季，人们对雨应该求之不得才对。小阿坦急切地补充道，他相信一切都会很顺利的，因为塔胡·塔胡姑妈拥有很强大的神力，她不仅告诉阿坦该如何行事，而且亲自在洞口准备好了土灶。

我们要先翻过一堵由乱石堆成的高墙，才能继续步行前进。在这里，阿坦接过摄影师的全部装备，帮他翻过这堵高墙。我担心有人会摔下来，如果发生

---

① 通过这样的方式，书中的重要内容留给了后人。探险队离岛后，在一个漆黑的夜晚，"村民船长"便乘小船去海上了，没人知道他的命运，也许原书还藏在他的洞穴里，又或许伴随着它的主人远去大海。

了这样的情况，当地人就会把它视为不祥之兆。翻过墙之后，有一条小路，他们让我打开手电筒，为他们带路。但是，没过一会儿，我只能停下，因为电池用光了。阿坦两兄弟紧张地问我出了什么事，我说没事。但他们仍然十分不安。最后，摄影师把他的手电筒偷偷塞给我，我又能继续带路了。

这条小路绕过一片玉米地，一直通向某个地方，阿坦后来告诉我那个地方叫马塔米亚，这也是复活节岛居民给火星取的名字。我竭力想要找准方向，但是，除了脚尖前的手电筒灯光之外，周围一片漆黑。在星空的映衬下，我只能看到周围三座山丘的虚影，其中一座在我的正前方，另外两座在我们右侧。

这次夜行十分诡异，六个人都沉默不语，简直是古代和现代的荒谬混合体。我走在前面带路，肩上扛着一个航空袋和挪威皇家外交部的官方邮包，分别装着"村民船长"珍贵的朗戈－朗戈书稿，还有阿坦给的那个龇牙咧嘴的颅骨。我身后的五个人，一个跟着一个，手里拿着摄像设备和空纸板箱。现在，我们来到了一片田地，田地里满是长长的枯草，阿坦低声说，我们可以停下来了，并让我关上手电筒。

这时，"村民船长"离开了队伍，往左走了五十码，背对着我们站在很高的草丛中。紧接着，他开始用波利尼西亚语说话，声音很低沉，在田野里，他的声音打破了一直以来的静谧，在空气中久久回响，听起来抑扬顿挫，但他并没有提高嗓门。可是，草丛里并没有人可以交谈，但阿坦兴奋地低声说道，他哥哥正在和这里的阿库－阿库说话，以确保一切顺利。

"村民船长"回来后，嘱咐我们在离开小路时只能轻声说话，不能笑，表情必须严肃庄重。这次他又让我在前面带路，让我带着大家穿过这片高高的草丛，从他刚才讲话的那个地方走过。

枯草遍布在这片田野里，我们走到一个地方停了下来，只见"村民船长"蹲下来，用手在沙地里挖，不久便挖出了一片绿油油的香蕉叶，原来这就是塔胡·塔胡姑妈一大清早来准备的所谓的土灶。香蕉叶一层包着一层，每一片都比先前的一片颜色更深，把香蕉叶都剥掉之后，白色的烤鸡肉和三个红薯露了出来，一股异乎寻常的香味扑鼻而来，这种气味在夜色中四处飘散，令人垂涎欲滴。

刚才在揭开土灶的时候，阿坦坐在旁边提心吊胆，直到看到里面的东西，他才松了一口气。塔胡·塔胡姑妈做的土灶相当成功，这意味着我们要交好运喽。

大家毕恭毕敬地围着土灶蹲座，闻着这股诱人的香气，阿坦低声对我说，让我掐掉烤鸡屁股后面的肉，并当着大家的面吃下它，然后大声说出复活节岛的神奇咒语，"赫凯－特－土目－哈昂格－特卡鲁－哈诺－一帕－凯－诺路艾格"。

后来，我发现当地人们自己也很难解释这个咒语中的某些古词。总之，意思就是，我们要从挪威长耳人的土灶里拿东西吃，以此来获取进入洞穴的神力。

那两兄弟依旧提心吊胆，对于这个句子我一知半解，为了把这句咒语说顺，我努力地练习了一遍又一遍，之前从未有过这样的经历。与此同时，那只烤鸡身体扭曲，被捆绑着，我运用了自己所知道的所有关于家禽解剖的知识，尝试找到它尾部的具体位置。我注意到，虽然这只烤鸡已经身体错位，喙也直接从根部被切除，但头部和爪子却仍然完好无损。我还记得，市长曾经告诉我，一个人是如何用鸡喙的魔法力量杀死敌人的。

我把烤鸡屁股撕下来，放进嘴里，嚼了嚼，味道一点也不差。他们告诉我还要再吃一小块红薯，味道也是好极了。可是，我嘴里还剩下一根圆圆的鸡骨头，我不知道是该咽下去，还是吐出来，这可不能出差错。我坐在那里，嘴里还含着那根骨头，恩里克向我示意，可以吐出来。阿坦紧接着插了一句，要我把骨头吐在一片香蕉叶上。

现在，我按照阿坦的提示，为每个人都切下一小块鸡肉和一小块红薯，每帮一个人分，我和吃东西的那个人就要重复一遍那个复杂的咒语。我先给摄影师切了块，他努力尝试着说出那句话，我开始十分担忧，好在他咕咕哝哝，说话含混不清，没人知道他说的是对是错。轮到艾德时，他一点也说不出，我只能代他说了一遍，艾德立马就把那些美味吞了下去，也成功混过了这次考验。

我们顺利渡过这一关后，阿坦低声说道，现在阿库－阿库心情很好，既然它们已经看到了我们向它们表示敬意，现在可以随便吃了，要把整只鸡都吃光，以求好运。

我听了非常高兴，要知道，这般美味的饭食，我可"闻所未闻"。塔胡·塔胡姑妈将鸡和红薯包在香蕉叶里，放在土灶中烤制，如此精妙的烹制方法，我也从未见过。在这方面，这位擅长跳舞的老巫婆还真是神了，她不用参考任何的烹饪书籍，也不放任何调味品，烹制技术却能媲美那些受过专业训练的大厨。除此之外，也没有任何一家餐馆可以提供此处的"装修"风格，繁星璀璨的天空在我们的头顶，周围是随风摇曳的野草，田野与熄灭的灶火香气融合在一起，浸入食物当中。

我们围坐在一起，享受着美食，却并非宴席的贵宾，因为仪式是为其他客人举办的，它们没有肠胃，自然没有我们这般的好胃口，它们只需要看到饭菜的味道多好就可以了。那些坐在我们周围的阿库－阿库，如果它们真的有嗅觉的话，我真是太同情它们了。阿坦低声说，我们必须时不时地把一根啃过的骨头从肩膀扔到身后，并说："吃吧，我们的家人，阿库－阿库！"

我们可以大声对阿库－阿库说话，但我们之间的交流必须轻声细语。显然，那些无胃的贵宾耳朵不太好使，这么说来，想必它们的视觉一定相当敏锐。

我们吃得正痛快时，一只令人讨厌的绿头大苍蝇嗡嗡地飞过来，还落到烤鸡的正中央，我犹豫了一下要不要把它赶走。看来我没把苍蝇赶走是对的，因为阿坦正目不转睛地盯着那只苍蝇，兴奋地低语着："那是阿库－阿库的歌声，这是好运的象征啊！"

大家继续进餐，阿坦看起来越来越兴奋。最后，只剩下一大块红薯，阿坦让我把它掰成好几个小块儿，撒到我们周围，撒在香蕉叶上，以及空荡荡的土灶里。

等这一环节结束之后，阿坦轻声说，一切都准备好了。他站起身来，让我把"钥匙"拿出来，现在我们要打开洞穴入口。此时我内心澎湃，以前从未因即将看到的事物而如此激动。我们向西只走了十五到二十步，阿坦便止步了。我们俩都蹲坐下来，那个龇牙咧嘴的颅骨就在我的膝盖上。

阿坦突然以一种近乎挑衅的语气轻声说道："现在，问问你的阿库－阿库，入口在哪里？"

我的心提到了嗓子眼，我们此刻正处于平地的中央，这块地平坦得像房间地板，除了远处星星映衬下的三座山的虚影之外，一座山都看不到，怎么会有山洞？附近甚至连一块大岩石都没有。

我答道："不，我不能那么做，询问放有他人私人财产的洞穴入口，是不对的。"

幸好，阿坦认同了我的说法，他用手指了指我鞋尖前的位置，我看到那儿有一块小小的扁平石头，只能看到一半，另一半上面附着了沙子还有松散的乱草，周边还有成千上万块一模一样的石头。他低声叫我俯下身去，靠近那块石头，将石质颅骨放在我面前，大声说："打开洞穴之门。"

尽管我觉得那样看起来很傻，但还是照做了。我俯下身，靠近地面，手里拿着"钥匙"，跟着阿坦一起念了咒语："马泰级－伊特－阿那－卡哈阿泰－枚。"

他把颅骨从我手中接走，让我进洞。我扒开沙子，把乱草拨到一边，整个石头都露了出来，大概有茶盘那么大。我使劲晃了晃石头，感觉到它松动后就把它掀了起来，只见地上露出一个黑洞。但洞口太窄了，根本钻不进去。于是，我又将露在下面的四块石板，一个接一个地慢慢掀起来，以免沙子或杂草掉进洞里。最后，洞口大小足以让一个人通过。阿坦命令道："现在进洞。"

我坐在地上，把双腿放进洞里，洞内很黑，根本看不到下面有什么。我用胳膊肘支撑住身体，慢慢将身体往下移动，同时用脚指头试探能否触到底部，但是，根本触不到底部。这时，看到阿坦做了个手势，我就松开了支撑的双肘，任由自己掉进一个未知的世界。在我松手前的几秒钟，我有一种奇妙的感觉，觉得自己以前也做过类似的事。我记得那是战争期间的一个晚上，我也是这样耷拉着腿坐着。一个中士命令我从飞机上往下跳，不过，那次我背着降落伞，并且知道即将和战友们一起降落在英国的训练场上。这次，小阿坦用他那双奇怪的大眼睛看着我，他是唯一知道我将落在何地的人，却似乎拿不准洞里的阿库－阿库是否友好。

我松开手，在黑洞里落了下去，不过落了没多深，就踩在了一些松软的东西上。我什么也看不到，根本不知道自己站在什么东西上面，只有头顶上的一丝亮光从小圆洞照进来，还能看到几颗闪闪发光的星星。这时，一个黑乎乎的脑袋的影子出现在洞口，伸出一只胳膊把手电筒递给了我。我打开手电筒往下一照，看到脚边有两个发亮的白色颅骨，每个颅骨上都放着一个黑曜石矛头，其中一个颅骨的前额上还有一片铜绿。我的脚下是用黄色香蒲和树皮编制而成的垫子，又厚又软，站在上面就好像站在床垫上一般。洞穴很小，前面、右边和后面都是坚硬的石壁，但是在一片松垂的熔岩下，洞穴一直向左边延伸。光线十分微弱，所能照到之处，不知道放置了多少怪诞的头像和雕刻品，它们都沿着石壁竖立在和我脚下同种材料的这种垫子上。

我匆匆环顾了一下四周，阿坦便把石头"钥匙"递了下来，接着，他转过身去，把双脚和下身伸进洞内。我注意到，就在我的正上方，覆盖着洞口的大块扁石是人为放置的，而洞口下边则是一条天然的隧道，由从顶部流下来的熔岩固化而形成。

我往旁边挪了挪，好让阿坦下来，他像皮球似的落在垫子上。下来之后，他做的第一件事就是恭恭敬敬地对着那两个颅骨鞠躬，随后，他又对隧道远处的一个石质颅骨鞠了一躬，那个颅骨像极了此刻我拿的这个。阿坦在我耳边告诉我，我必须把这个"钥匙"放到另一个护洞神旁边，然后轻声说一句话"我是来自挪威的一个长耳人，和我弟弟一起来到这里"。后来，他告诉我，他姑妈已经把另一个石质颅骨窟窿里的骨粉也处理掉了。他又环顾了一下四周，低声说，现在已经没有什么危险了，他姑妈把一切都安排好了，他也分毫不差地遵照了她的嘱托，阿库－阿库感到很满意。

我拿着手电筒向角落照过去，看到许多面目狰狞的头像和奇形怪状的石雕，仿佛在等待检阅一般。

阿坦向我保证说："现在，这里是你的地盘了，你可以随意走动。"

他还说，这个山洞的名字是拉考，并解释道，据他所知，拉考是月亮的一个别称。摄影师和艾德正从洞口爬下来。我和阿坦往洞穴深处走了几步，好为他们腾出地方来。我们沿着一条狭长的通道往里走，两边的壁架是用乱石砌成的，上面还铺有黄色的芦苇垫子。芦苇垫上，整齐地排列着各形各色的雕刻品。洞穴的通道并不长，走了几米，便被一面凹凸不平的石墙挡住了，这就是洞穴的尽头。说实话，阿坦的"月亮洞"的确是最令人叹为观止的地下宝库，这里有各种稀奇古怪的珍品，倘若一个艺术品商人见到，一定会兴奋得手舞足蹈。世界上没有任何一个博物馆藏有如此的藏品，每个雕刻品都是研究人类学的宝贵资料，通过它们，可以了解复活节岛居民的想象力是多么神奇。

在这数不清的地下珍品中，每一个都与我们之前所见的完全不同。我只认得一个复活节岛的传统图案——一个长喙的鸟人雕像，直挺挺地站着，双手放在背后，迄今为止，这个图案只在木雕上出现过，没有人知道原来还有石质的鸟人雕像。此外，还有复活节岛特有的船桨模型。事实上，这里的雕刻品涵盖了世间万物，从人类和哺乳动物到鸟类、鱼类、爬行动物和无脊椎动物，甚至还有奇异的杂交物种。到处都是雕像，甚至一块石头上雕刻着好几个雕像，比如两个鸟人举着一只像猫一样的动物。还有许多畸形的怪物石像，还有的雕像我们根本就看不懂。

芦苇垫子间的中央通道上铺有厚厚的干草。阿坦说，在他还小的时候，塔胡·塔胡姑妈曾帮他照看过山洞，现在，每当她感到情绪低落或者思念故人时，就会到这里来睡觉。今天早晨她就来过这儿，照料这些雕像。我注意到其中两块石像还是湿湿的。

时间一分一秒地过去，阿坦也越来越放松，半小时后，他突然以正常的音量对我说："现在没事了，我们可以畅所欲言，做我们想做的事情，这是你的地盘，我的兄弟。"

　　显然，阿坦认为他已经执行了姑母的最后一项指示，这个愉悦与危险并存的山洞，让人背负重任的山洞，已经合法地转交给我。现在，一切责任都将由我背负，而他本人则脱离了一切危险。当"村民船长"扒开土灶，发现塔胡·塔胡姑妈做的食物相当成功时，阿坦自己也激动到了极点。现在，他最后的顾虑也已经消失了，他已经彻底摆脱了这些不可思议的事情。此时，他已经如释重负，但究竟是因为他卸掉了身上的责任，还是他认为阿库－阿库已经不再看管本洞，搬到了一个更为安静的住处，我并不清楚。

　　尽管阿坦对这些石像依然怀有一定的尊重，但他现在给人一种轻松自在的感觉。他只是礼貌地要求我们把那两个颅骨留在原处，毕竟那是他家族里两位成员的头骨。除此之外，我们可以把洞穴里的石像都带走，只要带来的空纸箱装得下就行。

　　我们大概在午夜时分进入洞穴，出来的时候已经凌晨两点钟了。我们互相帮助，从洞里爬出来，在闷热的山洞里待久了，出来呼吸一口新鲜的空气，顿时整个身体都放松下来了。"村民船长"摘了一个甘甜多汁的蜜瓜，我们一下子就吃完了。然后，我们将洞口掩蔽起来，但没有用沙子和稻草把它遮住，因为考察队的队员第二天还要回来取剩下的石像。黑暗中，我们静悄悄地往回走，突然，惊动了一群马。我们没看到马在哪里，只听到马蹄声嘚嘚地穿过田野，但是，既没有看到灯光也没有看到人。阿坦继续往前走，也不再搀扶摄影师。因此，摄影师不得不多加小心，看来，阿库－阿库已经不在附近埋伏了。

　　艾德问阿坦，没了石像，他打算如何处理他的洞穴。阿坦说："我得留着它，万一哪天战争爆发，我还用得上它。"

　　那天晚上，我没有什么困意，帐篷里的煤油灯亮着，照在我的日记本上，直到东边的天空开始泛红，我才小憩了一会儿。不久，我听到船务总管叮叮当当地敲打煎锅，忙碌的一天又开始了。我还在帐篷后面洗脸的时候，拉扎勒斯就已经在帐篷四处徘徊了，看来有不少问题要问我。

　　市长曾经告诉过我，如果几个人一起进入一个秘密洞穴，阿库－阿库就会搬到另一个地方去。没有了它们的守护，秘密入口就会失去魔力，即使是路过的陌生人也能够立刻找到它。我开始逐渐认识到这种迷信的实际价值。俗话说，一人知即无人知，两人知即世界知，这句话在复活节岛比任何其他地方都更适用。比如，恩里克刚接到通知要去阿坦的秘密洞穴，他就向拉扎勒斯得意扬扬地透露了这事，甚至村民们也开始议论起来。

　　几天前，太阳还未升起，拉扎勒斯曾带着一些雕像来我的帐篷找我。他似乎有些心烦意乱，什么话也不说，只是默默地从麻袋里拿出一只大鸟雕像，其简直跟真的企鹅一模一样，栩栩如生，让我十分惊讶。因为我知道，除了南极的冰川地带，只有加拉帕戈斯群岛才有这种企鹅。拉扎勒斯又把手伸进麻袋，这一次，他掏出了一个鸟头雕像，这个鸟头显然是虚构的，因为它的喙部满是尖尖的牙齿。最后，他拿出了一只食肉猛兽的头像，头像的嘴和鼻子磨损得很严重，应该是在来的路上被碰到的。

　　他坐了好久，一声不吭，充满敌意地看着我。最后，他告诉我，头天晚上，为了取出那些雕塑，他九死一生，两次沿着悬崖上曲折的山路爬到洞里。在第二次攀登时，他抓着的一块凸出的岩石突然裂开，从那里到悬崖底至少有一百英尺。他拼尽全力，挥舞着手臂，恰巧用左手抓住了另一个凸出物，这才恢复了平衡，险些跌进深渊。随后，他又小心翼翼地爬完剩下的五十英尺，爬上了高地的边缘。当他平安到达高地之后，他坐着思考了很长时间，为什么会这么倒霉？难道从洞穴里取出石像是不对的吗？

　　当天夜里，在回安纳根纳的路上，拉扎勒斯一遍又一遍地问自己这个问题，现在，他又以一种怀疑的态度将问题抛给了我。

　　我说："大晚上的，你还独自爬上悬崖，简直是疯了，你应该明白这一点！"

　　拉扎勒斯一脸质疑地看着我，并没有什么明显的反应。显然，独自在夜里攀爬，是他一贯的作风，他已习以为常了。

　　我又说道："好吧，的确有些倒霉，但话说回来，能抓住另外一块石头，何尝不是好运的庇佑？"

我的话引导拉扎勒斯从一个新的角度来看待这件事，他看起来也高兴了一些。对啊，说到底，他没有摔下去，他现在坐在这里，毫发无伤，已是万幸。他又问道，可是，为什么他要经历这种可怕的事情？

这个问题难以回答，我默默地坐着，凝视着床上的雕塑。拉扎勒斯取出的石像从未清洗或擦拭过，但是今天，这个咆哮的兽头像上，黑色的口部和鼻部都碰坏了，我指了指这个头像的口鼻处。拉扎勒斯也看着头像，满脸愁容。

"你觉得你很爱护这些石雕吗？"我问道，试图把话题岔开，"要是你被装在麻袋里，身边也没有干草什么的保护，就和麻袋里的其他东西一起晃来晃去，你觉得会怎么样？"

拉扎勒斯感到良心不安，看起来他已经找到了今晚受这份罪的缘由。不过，我们一致认为，他不应该再从山洞里拿石雕了，这个山洞的位置太过危险，他不能晚上独自去冒险。拉扎勒斯走出帐篷时，明显已经轻松了很多。他此刻觉得，昨晚的危险经历，不过是"好运"眷顾的又一个证明而已。

那天晚上，我们一行人准备出发去阿坦的洞穴，拉扎勒斯一直在帐篷旁边鬼鬼祟祟的。他看到我身旁没有人的时候，就赶紧过来告诉我，他知道我们要去干什么，他决定了，等我们从阿坦的洞穴回来以后，他就带我去他的山洞。次日清晨，我站在帐篷后洗脸，头还在脸盆里，拉扎勒斯就忍不住要和我说几句。他没有再提出尖锐的问题，他只想问清楚，昨晚我们一行人是否真的谁都没有遇到什么灾难，我的回答是肯定的，然后他就不见了。

那段时间，拉扎勒斯和另外几个长耳人正在拉诺·拉拉库为阿恩工作，他干完活儿就骑马回到霍图·玛图阿的山洞里吃饭睡觉。我们所有的当地工人每天都有食物供应，住在安纳根纳山谷的当地人，也可以从营地的厨房里拿剩余的食物。但是，今天拉扎勒斯似乎并不满足于他的每日食物供应，黄昏时，他慢慢悠悠地走过来，问我是否可以给他一只鸡，一只活鸡。

当地人经常送给我一些活禽作为礼物。那些不会咯咯乱叫的，或者只在黎明时分打鸣的，都好好地生活着，它们在帐篷间自由地走动；那些吵吵闹闹的活禽，命运则不言而喻。船务总管一大早就起来了，他说看见摄影师光着脚，穿着睡衣，手里还拿着一把步枪，在营地里走来走去，鬼鬼祟祟的。有一件事是肯定的，营地里到处都是打鸣的公鸡和咯咯叫的母鸡，摄影师每天都诅咒那些把它们带来的当地人。

我怀疑拉扎勒斯在密谋着什么，便让船务总管给他弄只活鸡来。船务总管蹑手蹑脚地朝鸡群扑过去，鸡群咯咯叽叽，上蹿下跳。一只鸡想要逃跑，船务总管设法抓住了它的腿。终于抓住一只。拉扎勒斯抱着一只母鸡回来了，心满意足。

他喜上眉梢，低声跟我说："船务总管抓到了一只白色的母鸡，这可是好运的象征。"

在拉扎勒斯带着他的白色母鸡离开之前，他和我约定，第二天我们可以乘汽艇沿海岸航行，他要带我去他的山洞。傍晚时分，船长开车到村子里去接比尔，因为拉扎勒斯已经同意比尔和摄影师与我们同行。

第二天清晨，我们在甲板上集合，海湾的水面异常平静。拉扎勒斯跟着我一起下到船舱，他想拿个东西放进洞里，代替我们要拿走的石雕。他要了两匹未拆封的布料，还说要准备些小东西，无论什么都行。他对布料的颜色很讲究，但对于小东西不是很在意，我给他拿了一把剪刀，他倒是很爽快地接受了。我猜想，那两匹布料是送给他两个姐姐的，而剪刀则用来满足阿库－阿库。

我们爬下舷梯来到汽艇上，一起来的还有轮机长和开船的人，他们会把我们四个人送到拉扎勒斯指定的地方上岸。我们沿着北海岸的峭壁向西驶去，海上风平浪静，上岸应该不需要费什么功夫。但是，当我们过了安纳根纳继续行驶的时候，汽艇开始剧烈地摇晃起来，只有拉扎勒斯认为这不足为奇，他说，每当有人要去洞穴的时候，阿库－阿库就会掀起海浪。他坐在汽艇上，瞪大眼睛，紧紧握住座椅两侧。

海岸边堆积着大大小小的熔岩块，海浪在峭壁的底下猛烈地拍打。这时，拉扎勒斯指了指通向大海的两大堆岩石中间的一条道路，大概五十码长。他告诉我们，他的祖母曾在这里又是攀岩，又是捕鱼，结果，惊动了另一个正坐在那里清洗洞穴石像的老婆婆。他的祖母假装什么也没看见，向别处走去。过了一会儿，当她再回来的时候，那个老婆婆也在捕鱼，而石像却消失了。所以，拉扎勒斯知道，附近一定有秘密洞穴。

随后，我们驶过汉加奥特奥村，又看到那孤零零的风车。那里曾是岛上重要的居民点，现在却如此荒凉破败。不一会儿，拉扎勒斯又指了指另一条长约一百码的荒芜的海岸线，他堂兄的秘密洞穴就在这一带。他以前曾告诉我，他的堂兄阿尔贝托·伊卡曾取出洞里的朗戈－朗戈石板，但阿库－阿库又迫使他放了回去。

拉扎勒斯刚给我们指了这个地方，他就面露惊恐，因为他看见附近有人。但除了他之外，我们其余的人一无所见。拉扎勒斯白天有着鹰一般的眼睛，夜晚又有着猫头鹰一般的眼睛，所以只有他看到有四个人坐在岩石上。他们为什么会在那里？他们在那里做什么？他一直盯着那些人看，直到我们的小艇又绕过了一个海岬。

过了这个海岬，海面的情况越来越糟，海浪越来越大，我们都知道，在这样的情况下，登陆简直是妄想。拉扎勒斯的洞穴位于悬崖峭壁之上，我们在悬崖下来回转了几圈，拉扎勒斯试图向我们指出峭壁正面那块凸出的地方，洞口就在它后面。拉扎勒斯解释道，这是一个"开放式"的洞穴，他一边指一边向我们解释，直到我们都认为我们都看到了那地方。但是，当我们互相确认位置的时候，却无法达成一致，最后干脆放弃了。

轮机长转舵准备返航，泛起的海水溅湿了我们的脸。汽艇的另一端也翘了起来，在波涛汹涌的大海中剧烈颠簸。虽然风不是很大，但海浪越发猛烈了，汽艇险些翻过去。想要沿着笔直的航道回去是不可能了，海浪翻滚着不断朝我们袭来。此时，拉扎勒斯一言不发，只是牢牢地抓住座椅两侧，我们其余的人只能目不转睛地看着舵手熟练的动作和不断翻涌而来的海浪。海水不断地溅到我们的头发和脸上，衣服像湿纸一样紧紧地粘在身上。

快到达汉加奥特奥村风车前的时候，我们看到高地的边缘有四个人影，其中三个人骑上马，与我们同向而行，而第四个人则与我们反向而行，朝村子疾驰而去。

拉扎勒斯惊呼道："那是阿尔贝托的兄弟，另外几个肯定是他的儿子们。"

很快，那些骑马的人就消失在我们的视野当中，谁也没有闲情逸致去思考他们干了些什么。不一会儿，汽艇驶过悬崖后，考察船便映入眼帘，它也在海上不停地颠簸。咆哮的浪花追着我们一直冲到安纳根纳湾，最后猛烈拍打着沙滩。

拉扎勒斯赶紧跳上了岸，好像有魔鬼跟在他后面似的。我们浑身湿漉漉的，像一群落汤鸡一样默默地走回营地。比尔像拉扎勒斯一样面色严肃，他正用一块湿手帕擦眼镜上的海水，他偷偷告诉我，他晕船晕得厉害，刚才在船上时都觉得自己快死掉了。但他不敢表现出来，生怕拉扎勒斯把那解读成是坏兆头。

吃过午饭，我们再次动身前往山洞。但是这一次，我们备好了四匹马，沿着一条古道的遗迹前往。这条古道沿着北部海岸，蜿蜒在丘陵地带之间。汉加奥特奥的风车还在吱吱作响，经过那里之后，我们走上了一条古路，具有年代感的铺砌路面依旧完好，与秘鲁的印加道路很像。接着拉扎勒斯下马，把我们带到了一块凸出的岩石边，我们看到一条盘曲的大蛇被刻在坚硬的岩石上，它凸起的脊背上有刻着杯形的洞孔。拉扎勒斯以前曾跟我提起过这个石刻，我也从塞巴斯蒂安神父那里听说过。比尔惊异不已，因为太平洋岛屿的动物里并没有蛇，那么，古代的雕塑家是从哪里找到蛇的模型的呢？

不久，我们又经过一座孤零零的雕像。由于北海角附近有一座阿胡，很显然，这座雕像就是在送往那里的途中被遗弃的。我一想到运输的问题，心里就愤愤不平：那里距拉诺·拉拉库的直线距离就有七英里远，更别说这崎岖不平的道路了，在上面骑马前行都有些困难。我们离开了那条古老的小路，穿过陡峭岩壁间的一片荒野，奔向大海。无边无际的大海依然泛着白色浪花。当我们骑马向一个小沟行进时，我的马镫皮带断了。但我设法隐瞒了过去，没让拉扎勒斯发现什么端倪，仅仅靠着一个马镫走进这个越发崎岖的地方。

即将到达目的地时，我第一次注意到拉扎勒斯紧张起来。他用一根小棍子抽了马一下，还让我也加快速度，以便我们能比其他人先到。于是，我们俩就策马疾驰，飞快地穿过荒野，到了两块巨大的熔岩下。拉扎勒斯先跳下马，把马拴好，然后让我也跟着这样做。紧接着，他迅速脱掉衬衫和裤子，只穿着短裤站着。他手里拿着一卷绳子，从斜坡上冲下去，冲向悬崖边。他一边跑，一边嘱咐我脱掉衣服，带着那只母鸡跟上他。我根本不知道母鸡放在什么地方，我问他的时候，他正从斜坡上往下跳，因此，我仅仅得到一个慌忙而混乱的答复。我看见一个破旧的袋子挂在他的马鞍上，一把抓起它，急忙朝拉扎勒斯追去，除了短裤，我也脱得精光。

来到悬崖边，我赶上了拉扎勒斯，他头也不回，匆忙地咕哝了一个诡诈而紧张的命令：让我把鸡屁股全吃掉，一会儿等他爬上来时，再给他吃一点鸡肉。说着他就跳下悬崖不见了，我迷惑不解地问是现在吃还是等他回来吃，但并未得到答复。

在袋子里，我发现母鸡是用香蕉叶包裹并烤制的。我刚拽掉鸡屁股，拉扎勒斯就爬上来了，我把鸡屁股放进嘴里一边咀嚼，一边又为他撕下一块鸡胸肉。他像野兽一样狼吞虎咽，并不停地左右张望。我们俩穿着短裤，在悬崖边举行了这样一场特别的仪式。其他人这时也来到了熔岩边上，正要下马。拉扎勒斯让我撕下几块鸡肉，放在岩石上，我照办后，他看起来如释重负，说我们可以随意吃了，并给刚来的两人分了一些。

拉扎勒斯仍然非常匆忙。他把绳圈套在一块石头上，这块石头仅仅靠着一团干泥才与岩石松松地连接起来，然后他把剩下的绳子扔下悬崖。随后，他就再次从悬崖边消失了，他既没有拉绳子，也没有试试绳子是否牢靠。我往下看了看，小心地询问绳子是否系牢了。他怪模怪样地看了我一眼，说他自己从来不用绳子，有什么好怕的。他知道，不会发生任何意外。

　　一个人总被看作拥有超自然力量，并不总是令人愉快的。我自认为绳子的用处很大，但不敢碰它，因为我觉得绳子拴得并不牢。我照着拉扎勒斯的样子，只穿着短裤慢慢地爬下悬崖，嘴里还衔着用纸包裹的剪刀，奉命将其带下悬崖。我不是登山运动员，并不喜欢现在的任务。我将脚往下伸，直到脚趾尖碰到一块非常狭窄的岩脊，不要妄想能找到一块凸出物来支撑脚掌。下面有一百五十英尺高的垂直落差，碧绿的海水在尖利的熔岩石块之间翻涌咆哮，泛着白沫。远处的海洋如天空般湛蓝，但是我们下面的礁石边，海浪围着礁石翻涌着，犹如一头暴怒的绿色海怪，尖利的熔岩就像它的黑色牙齿，张开大嘴，贪婪地寻找着从悬崖上方掉下来的东西。想到这里，真叫人毛骨悚然。

　　我们必须紧贴着岩壁，因为一个不小心，就有可能失去平衡，掉入万丈深渊。拉扎勒斯身子挺得笔直，脚步轻盈，俨然一个走钢丝的杂技演员，他顺着岩脊向一侧轻松地移动，为我引路。我突然对他的山洞失去了兴趣，诅咒所有令我身陷囹圄的阿库－阿库，尤其是我自己的。此时此刻，我唯一的心愿就是趁早爬上去，但我做不到。于是，我只能跟着拉扎勒斯慢慢地移动，我的一侧脸颊、一侧身子，还有两条伸出的胳膊都紧贴着岩壁，以免向外侧倾。

　　我此生再也不会穿着内裤攀爬熔岩峭壁了！岩石表面参差不齐，时不时地钩住内裤上宽大的针织网眼，我被紧紧地钩住，好像被钉在墙上一般。我只好用力猛拉，直到挣脱为止。如果拉扎勒斯曾许愿让一个凶残歹毒的阿库－阿库守护他的洞穴，当有无知的人试图进入洞穴取走宝物的时候，那么，安插在狭窄岩脊上的"小透明"尖石，便可以在入侵者最不方便的时候一把抓住他。没什么比这更糟糕的了。

　　我在岩壁上跌跌撞撞地爬行，时不时还要将自己从束缚中解救出来。拉扎勒斯则踮着脚尖优雅前行，一点擦伤也没有。

　　我们曲折地往下爬，到了一处陡峭的地方，那里悬挂着一根绳子，绳子的另一头一直垂到下面的岩壁。如果不用这根绳子，我根本无法爬到下一个岩壁上。但只要有可能，我就用手指和脚趾紧贴岩壁，尽量减少绳子上分担的体重，直到我接近拉扎勒斯站着的一处壁架。他正像卫兵一样直挺挺地靠在岩壁上，没有再向前走动。这是一个非常不合理的停歇处，壁架仅有一英尺宽，恰好能容下我们两个人背靠岩壁并肩站立。

这里并没有洞穴，拉扎勒斯紧贴着岩壁，一动不动地站在那里，以一种神秘的表情盯着我。突然，他伸出手来，迅速地说："把手给我。"

此时此刻，我嘴里叼着剪刀，手指紧抓着石壁，内裤被撕成几条布，他不能苛求我做其他的事情了。我用力地贴在峭壁上，感到粗糙的熔岩刺入我的背部，我向他伸出右手，他紧紧地一把抓住。

"答应我，不要把我们做的事告诉岛上的任何人。"他哀求道，"你可以跟你的人说，但只要他们在这里一天，就不得外传。"

他继续往下说，但并没有放开我的手。如果在这些事情里提到了他的名字，他的姐妹们准会气得发疯。等离开了复活节岛，我可以畅所欲言，倘若流言通过"平托号"的人传回来，他就借口说自己做了仿品，不出几个月，大家就会忘掉这一切。

我答应了他的请求，他放开我的手，让我从悬崖上弯下身子往下看，我鼓起勇气将身子往外探了探，看到翻涌的白沫中掺杂着锋利的熔岩石块，我惊恐不已。我们下方约一人高的地方，也有一处跟我们站着的这块一样的壁架，在它下面悬崖直入海底。

拉扎勒斯骄傲地说道："现在你应该知道入口在哪里了吧。"

我嘴里还叼着东西，只能咕咕哝哝地说道："不好说。"我唯一的愿望就是赶紧渡过这一关。

"那里，就在你的脚下。"他说着，指向我们下方的小壁架，我再次小心翼翼地探出身子，他抱住我，我依旧什么也没看到。

拉扎勒斯说："你必须照我说的做，否则就没法走到洞口。"然后，他便告诉我应该怎么做。我从未有过类似的经历，现在站在我面前的，是我人生中第一个舞蹈老师。他让我先从左脚开始，然后运用一连串细致的碎步和半转身，最后跪在地上，趴在下面的壁架上。我先原地不动，而拉扎勒斯则示范起这相当有难度的舞蹈来。我看到他如何摆弄着自己的手脚，如何扭动身体，爬到下方的壁架上，然后呈跪姿趴在上面。最后，我还看到他一蹬腿，人就不见了。

我独自站着，暴怒的海浪猛烈地拍打着峭壁，那一情景比任何时候都更加让我难忘。往西几百米，在海岸的转弯处，我看见摄影师站在高处，正在拍摄夕阳的景色。海上依然是波浪汹涌，今天早晨，我们就是在那片海域来回寻找的，却没有发现这个隐秘的洞穴。

这时，从下面的壁架上伸出一只手，手里拿着一个可怕的魔鬼似的头像，紧接着，拉扎勒斯探出了自己的脑袋，然后把身子也挪了出来。他以相反的顺序慢慢地重复着之前的动作，同样是经过精心设计的步伐和转身动作，直到他爬上壁架，又和我站在一起。

拉扎勒斯拿出那块洞穴石像，说道："这是把'钥匙'。"

拉扎勒斯要我把剪刀给他，我不得不再次强迫自己的身体紧紧贴住岩壁。我把剪刀从嘴里拿出来，递给他，而他则把"钥匙"放到我的手上。这把"钥匙"有着活人一样的面部特征：瞪大的眼睛、长满胡须的下巴和一副好像有催眠魔力的表情。但长长的脖子从脑后水平地延展出来，就像动物的脖子一样。拉扎勒斯让我把"钥匙"放在我头旁的一个小壁架上。现在，轮到我跳起那精心编排的舞蹈动作，进入洞穴了。

这里根本没有空间让我自由发挥，很快我就意识到，拉扎勒斯的每一个动作，我都要严格做到位。我先转了个身，以便能四肢着地，趴在下面的壁架上，我第一次看见那个通向洞穴的入口，就藏在岩石的凸起下面。洞口很小，我无法想象人如何爬得进去。我想，这个洞穴最早的发现者一定住在很近的地方，才有时间来探索这一带的每一个缝隙。拉扎勒斯告诉我这个山洞名叫莫图·塔瓦克，意思是"热带鸟的悬崖"，这片地方叫奥莫伊，就在汉加奥特奥原野的瓦伊马塔阿山脚下。这个山洞最初属于哈图伊，也就是拉扎勒斯母亲的祖父。

我匍匐在狭小的壁架上，岩石上的狭窄洞穴在一个更小的壁架上方，虽然在同一水平面，但离这里稍远。为了爬过去，我不得不努力向前探着身子，抓住那个壁架的边缘。我平躺着，胳膊和头伸进小壁架上方的洞中，而我的膝盖和腿依然放在外面。我的肚子悬在深渊和海浪之上。我试图钻到那个洞里，但实在是太窄了，我的短裤被挤掉好几次。岩石擦破了我的后背和大腿，洞口那里几乎没有沙子，只有粗糙且坚硬的熔岩。

起初，我只能看见一条极其狭窄的通道，前面隐约有一点微光。我的大半个身子躺在洞里，费了好大的劲，才把双腿也拖进洞里。我慢慢向前爬了几步，感觉这条通道宽敞了一些，但高度还是很低。在我的耳朵旁，我发现了一件刻着正在交配的两只乌龟的石像和一个拉诺·拉拉库巨人石像的缩小版雕像。我继续往里爬，空间越来越大，很快，我便能够完全坐起来，并且看到一个洞穴中透出微弱的光线，现在我还看不到洞底。光秃秃的干燥岩石上，密密麻麻地排列着几排奇形怪状的雕塑，有站着的，也有躺着的。这里没有垫子，也没有干草。前面几米处，有一个男性的雕像挡住了去路。他双腿分开，双膝弯曲，呈跨坐姿势，双臂充满威胁性地打开，摆出一副吓人的样子。人像的周围还有许多其他的雕像。在他身后，大约一步，地上放着两具骷髅。右边的墙上有个小孔，昏暗的光线落在骷髅的骨头上，使人能隐隐约约看见那骇人的骷髅的轮廓。

这时，我听见有人在呼吸，听得清清楚楚，好像就在我身边的角落里。这是拉扎勒斯从洞外传出的声音，他正从狭窄的洞口挤进来。山洞里的音效真的绝了，我甚至能听到他裸露的皮肤在尖利的熔岩上摩擦的声音。拉扎勒斯没再进行其他仪式，他爬进来蹲在我旁边，黑暗中依然能看见他的大眼睛和洁白的牙齿。拉扎勒斯现在恢复常态了，正如他夜间到我帐篷时的那样。他指了指那个跨坐的人形石像——手臂在空中挥舞，一副吓人的样子——它好像一个交警，正指挥周围和山洞两旁的神秘雕像去往洞口。

"那是最重要的一座石像。"拉扎勒斯解释道，"他是洞穴的首领，一个古老的国王。"

　　除此之外，拉扎勒斯几乎一无所知，对于我提出的所有关于其他雕像的问题，他的回答仅仅就是耸耸肩膀说"不知道"。他唯一能确定的是两个带有对称标记的扁平石盘，他说这两个石盘分别代表太阳和月亮。我们本不必窃窃私语，但整个氛围和音效都使得我们自然地压低了声音。

　　拉扎勒斯陪我在周围爬了一会儿，就消失在入口处了，他说要把比尔接下来。但是，让摄影师也爬下来，就实在太过冒险了。没多久，我听到了比尔的声音，他正在狭窄的洞口低声咒骂。比尔在落基山脉深处长大，他才不在乎区区一个悬崖，但是怀俄明的山区可没有这种可恨的老鼠洞。他好不容易扭着身体钻进来，默默地坐了一会儿，目光呆滞。突然，他惊叫一声，原来是看到了周围的雕像。拉扎勒斯紧紧地跟在后头，还带了一支手电筒，现在我们可以看得更清楚些了。阿坦洞穴中的许多石像都因擦洗而被刮伤或磨破，而拉扎勒斯洞穴里的每个石像身上都没有刮痕。在阿坦的洞穴里，我仿佛走进一个魔术师的秘密殿堂，壁架上铺着垫子，地上堆着干草，而在这里，我就像走进一个古老的仓库。

　　我们问拉扎勒斯是不是没有清洗过石头，他说："是的，不需要，由于气流的影响，洞穴里十分干燥，不会长什么乱七八糟的东西。"

　　透过小洞，我们能感受到干冷的空气漏进来，坚硬如铁的石壁上一点青苔都没有，甚至骷髅的碎骨里也不见绿色的痕迹。在阿坦的洞穴里，入口下面的墙上有一层薄薄的霉菌和青苔。

　　我们在山洞里无法计算时间。这次，我们挑选了一些极为有趣的雕像，其他的可以回头再拿。拉扎勒斯和比尔爬到岩壁上去接石像，而我则留在后面，想办法把石像完好无损地从狭窄的入口递出去。说起来容易，做起来难，在狭窄的山洞中爬行并运送石像实在太困难了。既要用一只手拿好石像，又要用另外一只手推动自己前进。我现在才明白，拉扎勒斯有多么熟练，他一个人在夜间带着东西从这儿爬出去，除了那只石兽的口鼻处稍有磨损，其他一点刮痕都没有。我一点一点地挪动面前的石雕，终于爬到了洞口，我听到比尔焦急的叫喊声。可是，他的话被波浪拍岸的声音盖住了，所以我听不清他在喊些什么。

我前方的路被石像挡住了，无法前进。拉扎勒斯从洞外将石像一件一件地搬走，我才能继续往前爬。最终，我快爬到洞口时向外张望，发现外面已是一片漆黑，夜幕降临了。

拉扎勒斯将石像一件一件地搬走，递到比尔那里。直到洞口畅通无阻，我才完全爬了出来，此时发现眼前的景象已经和刚才彻底不同了。在一弯新月的朦胧微光下，几乎看不清悬崖的轮廓。最后，当我终于安然无恙地站在高地上时，我起了一身鸡皮疙瘩，跪在地上直发抖。我竭力安慰自己，这是夜间的寒冷造成的，不管是在山洞里，还是在夜风中裸体攀爬，都很冷。我和比尔往上爬时，拉扎勒斯带着两匹布料又下去了一趟。

我们匆匆穿上衣服，又从热水瓶里倒了些热咖啡来犒劳自己，摄影师对今晚的成果赞赏不已。我注意到拉扎勒斯开始轻声咳嗽，比尔向我透露，他也觉得不太舒服。我们都知道，最近几天，从"平托号"传来的科康戈已经开始蔓延，虽然暂时没有往年那么厉害，但有迹象表明，更严重的病例正在出现。我真的担心比尔或拉扎勒斯现在会病倒，如果那样的话，拉扎勒斯不但无法逐渐克服对阿库－阿库和禁忌的恐惧，反而会变得更加迷信。比尔已经穿上一件防风夹克，所以我把自己的夹克给了拉扎勒斯，然后把麻袋和那些无价之宝都背在肩上。

拉扎勒斯确保地上没有纸屑或其他东西残留的痕迹后，我们向马匹走去，在黯淡的月光下，我们的小部队踏上了归途。麻袋很重，而且路途又极为颠簸，靠着仅剩的一个马镫，我要想让自己稳坐在马背上，就得格外小心。当我们走上古道时，我和拉扎勒斯一起并肩前行，对他说，他现在应该知道，洞穴里并没有阿库－阿库要伤害我们了吧。

拉扎勒斯冷静地回答道："那是因为我事先下去说了一些话。"

我不知道拉扎勒斯到底说了些什么，而在进入通风的洞穴之前脱衣服的目的，我也不得而知。或许洞穴里的阿库－阿库是古时的幸存者，习惯于访客只穿一块小腰布。我不敢问，因为拉扎勒斯认为我对阿库－阿库了如指掌，即使知道的不比他多，至少也应该和他一样多。

我们默默地向前走着，当我们走过那段铺设柏油的道路时，漆黑的夜色中响起了嘚嘚的马蹄声。过了一会儿，我们又听到了汉加奥特奥那座孤独的风车发出的低沉的嘎吱嘎吱声。云朵快速地飞过月牙，仿佛在好奇地看着我背的袋子。那个夜晚充满了神秘。晚风很凉，我们催马前进，没在风车那里停下让它们喝水。

因为拉扎勒斯一直在咳嗽。

第九章

神魔之间

　　就在我们进入秘密洞穴的那几天，有一个幽灵正侵袭着复活节岛，和阿库－阿库一样无孔不入。这个幽灵几星期前就出现了，在村里挨家挨户地串门，谁也不能把它拒之门外。随后，这个幽灵很快也出现在我们在安纳根纳海滩的营地。它从人的口鼻钻进体内，然后在全身恶性发作。原来它是从"平托号"带到岛上的一种可怕的流感病毒，岛上的人们把它称为科康戈。

　　市长为了给我取石像去过他的洞穴两次，然后这个病毒就找上了市长。他硬撑了几天，但是仍然感觉很难受，不久后就卧床不起了。当我去看望他时，他露出一个灿烂的微笑并说道，染上科康戈的情况通常比这要严重得多，所以他很快就会康复的。一周后我又去看他，得知他在村医院。我见到了那位乘坐"平托号"新来的医生，他来接替原来那位村医的工作。医生带我走进一间小小的病房，里面躺着染上科康戈的病人们，他们在不停地咳嗽。我没有在他们中间看见市长，我开始焦虑起来，这时，在一个角落里，一个瘦弱的老人用胳膊肘支起身子，用沙哑的声音说：

　　"我在这儿，康提基先生！"

　　当我认出他是市长时，我吓坏了。

"肺炎。"医生小声说道，"他差点死了，但我想我们会治好他的。"

市长躺在那里，脸色苍白，两颊凹陷，薄薄的嘴唇上挂着一丝怪异且勉强的微笑。他无力地挥挥手把我叫到床边，在我耳边低声说：

"不会有事的。等我好了，我们要一起做大事的。昨天我的孙女也因为这个病去了天堂。她会在那里指引我脱离险境，她会的。我知道这不是惩罚。等着吧，先生，我们要一起做大事的。"

我难过地离开了医院。看到市长这样的情况真是太可怕了。他现在有些古怪，我不太明白他的意思。也许是发烧导致他眼睛里露出奇怪的神色，所以他说话才那么奇怪。这个非常迷信的人，不相信自己的病是受到了阿库－阿库的惩罚，这当然是极好的，但这也相当令人费解。

日子一天天过去了。这次的科康戈除了市长的孙女没有带走任何人，很快市长就康复回家了。当我再去看望他的时候，他仍然奇怪地笑着。他现在已经不发烧了，但他把在医院里说的话又重复了一遍。从医院回来后的几个星期里，他太虚弱了，还不能到我们这里来，也无法到安纳根纳洞穴里去找他的朋友。他住在家里，他的妻子在身边照顾他，我们则定期给他送去奶油和其他营养食品，帮助他恢复身体。

市长最小的弟弟小阿坦侥幸躲过了这场流行病，那年他甚至连一丝科康戈都没染上。因此，他不再相信阿库－阿库的惩罚。他已经从洞穴赋予的责任和传说的诅咒中解脱出来，非但没有受到惩罚，还得到了一笔丰厚的奖励，让他的家人得以在未来安渡难关。按照当地的标准，他现在是一个有钱人，他把衣服和钱都藏在大自然的地下大保险箱里。尽管市长曾面临生死一线，但阿坦不认为他哥哥的病是违反洞穴禁忌而受到的惩罚。相反，由于阿坦并不知道他哥哥为我取出了他洞穴里的石像，所以，他不停地劝我等市长一康复就去问他关于洞穴的事，因为市长的洞穴肯定是岛上最重要的洞穴。

然而，拉扎勒斯当时也快病倒了。他从洞穴里出来后的第二天早上，就提前一个小时等在我的营地外面了。他一边咳嗽着，一边用沙哑的声音问我怎么样了。

"非常棒。"我回答，我看见拉扎勒斯的表情因为我的回答立刻有了神采。我很高兴他没有询问比尔的情况，因为他那天很不舒服。拉扎勒斯就这样和病毒抗争了两三天，咳嗽，吃药，然后就康复了，他未被病魔击倒。

当村医在汉加洛村与科康戈做斗争时，我们考察队的医生也在船上与科康戈做斗争，忙着治疗我们所有的工人，现在染病的已经有将近一百人了。抗生素和其他药品供应充足，这些物资越来越受到当地人的认可。他们也非常喜欢服用治疗头痛的药片，趁我们不注意，他们还会把这些药片当糖果吃。就这样，我们扛过了一波又一波科康戈的来袭。然而，祸不单行。在流感暴发初期，也就是我们还未亲眼看到家族洞穴之前，发生了另一件事，在村里引起了不小的骚动。

在市长生病的前一天，有件事把他吓得不轻。他的房间里堆满了从洞穴里运回的石像，正等着送到营地。就在船长开着吉普车来之前，我们的智利代表贡萨洛突然来到了房门前。市长没来得及藏起来所有石像，贡萨洛瞥到了一个龙虾石雕。

"这是古董？"贡萨洛说，急切地从地板上捡起这个龙虾石雕。

"不，不是的。"市长撒谎道。

贡萨洛将信将疑地说："我看得出来它很旧了。"

"我自己做的。"市长坚持说。

最后，贡萨洛只好就这么算了。

当市长到了营地，他立刻告诉我关于遇到贡萨洛的事，并再三强调，我绝不能对任何人说起关于他从家族洞穴里取出石像的事。

"贡萨洛先生一定知道些什么。"市长说，心里惴惴不安，"他太多疑了，我说龙虾是我自己做的，他几乎不信我。"

后来，贡萨洛在营地里找到我，也跟我讲了同一件事情。他以为自己揭开了洞穴的全部神秘面纱。

"市长在欺骗你。"贡萨洛说,"我见到了一个制作精美的龙虾石雕,他承认是自己做的。如果他对你说那是从洞穴里拿的,你一定要当心。"

但是,当听说市长已经给我拿来了那个石雕,而且还告诉了我关于他进市长房间的事时,贡萨洛感到很惊讶。

市长现在非常警惕,他不断地强调奇怪的石雕都是他自己做的,试图掩盖自己从洞穴取出石雕的真相。当科康戈病毒开始变得不可控时,他因病卧床不起。一天晚上,贡萨洛和艾德去他家里看望他。他们在花园门口遇到了市长的妹夫里罗科。他们还没来得及打招呼,里罗科就开始主动地夸耀市长雕刻石雕的技艺,说他有专门的工具,可以用来做龙虾、动物和船,然后把它们清洗干净,用香蕉叶抽打,使它们看起来很陈旧。

当时,艾德和贡萨洛都还未询问关于市长石雕的事,因此他们对这一坦率的"招供"更加惊讶。他们立刻把听到的情况告诉了我。与此同时,市长无助地躺在床上,体温不断升高,既不能做石雕,也不能取石像。贡萨洛在当地四处打听,试图了解更多。他当时住在村里,和比尔一起在维纳普进行发掘工作。

年轻的埃斯特万有个美丽且有主见的妻子,她曾给我送来第一块洞穴里的石像,大约就在这个时候,她的胃痛已经痊愈。身体健康后,她每天晚上都和埃斯特万一起到洞穴里去取怪诞的石雕,他们把这些石雕堆在自己屋外的小房子里锁好。我不再要求她带我进入她的家族洞穴,因此她告诉了我一些洞穴石像的重要信息。

我告诉贡萨洛,我希望能从埃斯特万妻子的洞穴里运出一批石雕。一天晚上,当他在村里走来走去,仔细观察时,他看到一堆未经雕琢的熔岩石块堆积在埃斯特万邻居的屋后。他内心的猜疑愈来愈强烈,认为是埃斯特万堆放的这些石块,准备用来做石雕,于是他决定采取行动。

就在同一天,恩里克的一个小侄子被送到村医院,他被一锅沸腾的猪油严重烫伤。恩里克还给我带来了一小袋子的洞穴石雕,后来是他和我们一起进入了阿坦的秘密洞穴。在他小侄子出事的第二天，恩里克愁眉苦脸地来找我，我立刻明白，他是想把这场事故归咎于我，因为是我劝他到洞穴里去取石像的。现在事情开始变得复杂起来。在这个岛上，几乎所有人都沾亲带故，村里出现任何不幸的事，都可以解释为有人因违反洞穴禁忌而受到惩罚。

恩里克让我和他一起到那座新立起来的巨石像后面。

"现如今，有可怕的事情发生了。"他低声说道，"村里有麻烦了。埃斯特万和他的妻子整天在家里哭。贡萨洛先生说，他们欺骗了你，'石雕'是他们自己做的。"

"瞎说。"我说，"他们哭什么？你骑马过去告诉埃斯特万和他的妻子，就说一切都好，我根本没有生气。"

"一切都不好。"恩里克绝望地说，"村里很快就会炸锅。如果这些石像是新雕的，那么每个人都会对埃斯特万和他的妻子欺骗你的行为感到愤怒。如果这些石像是古老的，那么每个人都会因为他们从家族洞穴里拿走东西而更加愤怒。总之，现在无论是哪种情况，大家都一定会生气。"交谈期间，恩里克对发生事故的侄子只字未提。

显然，他认为这是他哥哥的不幸，而不是他自己的不幸。但是他哥哥并没有给我带石像。不过，后来我才知道他也有一个秘密洞穴。

那天晚上，我正忙着封存新鲜的花粉样本（用以研究复活节岛的植物情况），无法离开帐篷。但第二天晚上，船长开车把我送到了村子里，然后我们去到了埃斯特万的小屋。他正独自坐在长凳上，妻子则躺在床上，他们两人的眼睛都哭红了。我们向他们打招呼，但埃斯特万还没来得及开口就又哭了起来。他说，两天两夜，他们不吃不睡，就只是哭，因为贡萨洛说他们制造了假石像来欺骗我。他看见隔壁有一堆熔岩石，就以为是埃斯特万用来制作石雕的。贡萨洛没有看到的是，邻居正在房子后面扩建，而这些石头正是用来造墙的材料。

我尽力安慰他们。我们还带来了好几件礼物送给他们，走的时候，他们都答应会好好吃饭，上床睡觉，然后尝试忘掉这一切。

　　沿着小路一直走，走到了市长的家门口，于是，我们敲开了市长家的门。我们发现他躺在床上，完全没有了往日的好心情。原来，他那个神通广大的塔胡·塔胡姑妈来找过他。她听到村里的流言后勃然大怒，说他是个好人，说康提基先生也是，所以他不应该像村里传言的那样卖给我假货。他没敢告诉他姑妈，他给我的石雕是从洞里取出来的，因为她还没同意他从奥罗罗伊纳洞穴里拿走任何东西。所以他只是告诉她，自己身体欠佳，等身体一恢复健康，就会向她解释一切。

　　"一般人生气过一会儿就好了。"市长说，"但像她这样的老人，一生气能气得三天都不说话。"

　　他给了姑妈一匹布和一条香烟，说这是我向她表示友谊的象征，但她把这些扔在地上，说她不会接受他通过欺骗获得的任何东西。当他解释清楚，这些东西并不是他的，而是我送给她的礼物时，老人才把东西捡起来，朝门口走去。

　　我们试图说服生病的市长保持冷静，但也只是徒劳。他的姑妈比他大一辈，这意味着她掌握大权，神通广大。塔胡·塔胡是个危险的女人。一旦惹她生气，她只要埋上一个鸡头，就足以置人于死地。

　　关于埃斯特万和市长的谣言在村里引起了很大的轰动。许多当地人向我们保证，岛上没有秘密洞穴，让我们绝不能相信这种事。就算有，入口也早就不见了。如果有人给我拿来石雕，那肯定是他们自己做的，因为他们岛上从来没有这种东西。一些来否认洞穴存在的人非常真诚，他们显然相信自己所说的话。但另一些人给我们留下了相反的印象，因为他们紧张、几乎惊慌失措地试图说服我们相信他们。尤其是一些老年人，他们急切地想从我们的脑海中消除对岛上除了绵羊和巨像之外还有其他东西的任何怀疑。

　　几天以来，一条条自相矛盾的信息不断涌来，而所有与当地人接触的人都非常谨慎，试图弄清问题的真相。

　　有一天，艾德从奥朗戈下来找我们，他又一次改变看法，认为岛上一定有秘密的家族洞穴，我们必须小心，别拿到仿制品。他从当地的工人那里得知，凡是保存在洞穴里的东西，时不时地要拿出来晾干。有些东西用芦苇席包裹着。

比尔也被村里传来的各种谣言搞糊涂了。为了得到更可靠的消息，他从总督府搬了出来，寄宿在一个当地人家里。有一个星期天，他在教堂外拦住我，低声说：

"很抱歉，我不能随便乱说，但有件事我可以告诉你：这个岛上有秘密的洞穴，里面确实有你所拿到的那种东西。"

阿恩突然想起有人带他参观了"一个废弃的、满是小石雕的洞穴"。他听后径直去找他的线人老帕科米奥，但现在，老帕科米奥也惊恐不已，拒绝和他交谈。

下一个来找我的是贡萨洛。他对自己在村里引起的争吵深感不安。他发现这些洞穴雕像是骗人的，他原本很肯定自己的判断，但现在发生了一些事，使他改变了想法。这源于他自己的一次奇怪的经历。一个当地男孩向他吐露了心声，说一位老太太曾让自己爬下汉加洛村的一个秘密洞穴，想从那里为康提基先生拿石雕。男孩在洞穴的第一间小室里发现了一个母鸡石雕，这是一种洞穴的"钥匙"，还有两个颅骨。通往隔壁小室的通道被落石堵住了，所以他没能进入里面，老太太说他应该去里面拿些用芦苇席包着的石像。

听到这个故事后，贡萨洛变得非常兴奋，经过多次劝说，男孩终于答应带他去那个地方。到了以后，贡萨洛发现洞穴与男孩描述的一模一样，有两个颅骨，侧壁有一个人工开口，通往更深处的通道被堵住了。但他还发现了别的什么。原来有人在男孩去过之后也进去过，那个人曾拼命地敲凿洞穴的地面和顶部，地上满是石块。贡萨洛费了好大的劲儿才从上方一条狭窄的通道往里爬了十英尺，在通道的尽头，他发现了一个新挖的洞，直通下面的地道。他把胳膊伸进洞里，但只抓到了一把松土，土里躺着几片腐烂的芦苇。很明显，有人已经把那些古老的芦苇包裹搬走了。

这时我已经进入了第一个秘密洞穴。我问贡萨洛是否知道那个老太太是谁。他回答，她是阿娜劳拉的母亲。

对我来说这是一条很有价值的线索。之前，尤姆夫妇在村子篱笆外的地里发现了四个翻倒的石像，并想把它们卖给我时，是阿娜劳拉的母亲和姐姐奋力保护这堆石像的。那位老太太把他们当成窃贼痛骂了一通，当我把那四个怪诞的石像滚回原处时，她高兴极了。难道她现在想给我拿洞穴里的石像，来表达她的感激之情？

我感谢贡萨洛提供的这一重要信息，然后和船长一起开着吉普车离开了村子。坐在车里，我暗自发笑。当我把所有线索放在一起后，发现阿娜劳拉的妈妈有个秘密洞穴。太好了，我要特别关注这个事。

夕阳已沉入大海，回家的路上，我们在瓦依特阿牧羊场的高地上停了下来。当时天已经完全黑了。阿娜劳拉是牧羊场的女管事，当我们来此打水时，她总是出来和我们友好地攀谈。她有一头飘逸的黑发、一双棕色的眼睛，总是微笑。她是个聪明的美人，也是岛上最有影响力的女人。也许是她的鼻子太宽了，或者是她的嘴唇太厚了，在我们自己的世界里，她根本赢不了选美比赛。但在太平洋上，她是复活节岛上的无冕女王。她诚实又能干，人人都尊敬她。

当我们停在瓦依特阿牧羊场墙外的水龙头前时，阿娜劳拉和她的几个女伴，提着灯出来帮我们打水。通常是船长去打水，在过去的几天里，由于村里在传市长欺骗了康提基先生，所以阿娜劳拉一直在跟船长谈论这件事。

"世上没有秘密洞穴，岛上没人有什么石雕。"阿娜劳拉宣称，"我出生在这里，一辈子都住在这里。船长，请告诉康提基先生，他绝不能相信这里有秘密洞穴这种话。"

阿娜劳拉是个诚实的人，从不喜欢随便发表不负责任的言论，但是最后船长开始有点不安了。

"你知道的，阿娜劳拉说——"他带着忧虑的神情沉思着，"市长有点无赖啊。"

当地人称阿娜劳拉为"新潮儿"。祖先的习俗几乎没有在她身上留下什么痕迹。不只体现在穿衣举止上，还体现在思想上。只有那次，我在她棕色的眼睛里看到迷信的火花一闪而过。

"你真的和石像交流过吗？"有一次，市长、拉扎勒斯和我在安纳根纳海滩附近发现石鲸鱼时，她曾经问过我这个问题，"我妈妈说，有一座石像晚上进了你的帐篷，告诉你应该去哪里发掘。"

"胡说。"我答道，"巨大的石像进不了我的帐篷。"

"好吧，那么小石像可以进去喽。"阿娜劳拉说。

现在，她站在傍晚的寒风中瑟瑟发抖，手持一盏灯为我们照亮。我们把水管插进水箱的入水孔里。

"阿娜劳拉，你妈妈近来还好吗？"我小心地问。

"你这个问题真有趣。她刚来瓦依特阿看我，现在正躺在我床上呢。"

趁其他人给水箱灌水时，我轻轻地拉住阿娜劳拉的胳膊，低声叫她跟我一起去吉普车后面。我突然有了个主意。我知道波利尼西亚人生动的想象力和他们对神秘的、寓言式的事物的信奉，他们认为公开谈论神圣的东西不好，所以他们喜欢用含蓄的语言表达。我还从贡萨洛那里得知，阿娜劳拉的母亲从她的洞穴里拿走了一只石母鸡，我猜那里可能也有一只石狗雕像，因为这些是在市长、拉扎勒斯和阿坦的洞穴中都会出现的石雕形状。

我们避开大家，来到车后，站在桉树的黑影中。

"阿娜劳拉，"我低声说，她抬起头来带着甜蜜的表情看着我，"去你妈妈那里，把我的话带给她：'鸡固然不错，但狗更好。'"

阿娜劳拉站在那里完全糊涂了。她撅着嘴盯着我看了差不多一分钟，然后就悄悄地走进了屋里。水箱现在灌满了。我们向其他妇女挥手告别，开动吉普车向安纳根纳出发了。

第二天傍晚，船长像往常一样上岸取水。他回到营地后跟我详细地说了一件事。阿娜劳拉把前一天晚上发生的一切都告诉了他，船长用自己的话又复述了一遍。她说那是我第一次夜里和她轻声说话。然后她的内心告诉她："想必，康提基先生肯定想向我求爱。"但是后来，当我低声对她说"鸡固然不错，但狗更好"的时候，她想："想必，康提基先生一定是喝了很多酒。"不过，她还是去她母亲那里，帮我捎了个口信。她从未见过她母亲如此古怪。老太太在床上坐了起来，回答："这就是我来这儿的原因。我要和你还有丹尼尔·伊卡一起进洞穴。"

阿娜劳拉整个人无比困惑。以前从未有这种事发生在她身上。她的母亲是丹尼尔·伊卡的玛玛－提亚，也就是姑妈。阿娜劳拉被她母亲的话弄得心烦意乱，整晚都没睡。第二天，她母亲来向她要了两只鸡、一只羔羊和四根蜡烛。当阿娜劳拉问她是否要举办一个聚会时，她母亲没有回答。

第二天晚上船长带来了一个新的消息：丹尼尔·伊卡前一天晚上到了瓦依特阿，在牧羊场住下了。阿娜劳拉从钥匙孔偷窥了他的房间，发现她的母亲也在那里。他们两个一直在商量进洞的计划，但丹尼尔设法成功说服他的姑妈不要带阿娜劳拉同去。他说，她会带来"厄运"，因为阿娜劳拉是个爱学新派的孩子，谁能赢得她的欢心，她就会把她的秘密泄露给对方。

他们决定两天后去洞穴看看，并商定在某个地方挖一个"乌幕"来烤只母鸡。阿娜劳拉了解到这个洞穴在瓦依塔拉开瓦，就在安纳根纳山谷的西侧。

"有意思。"船长在午餐时又把这个事情说了一遍。轮机长听后说："我和二副经常晚上到那个名字古怪的地方去散步。那里很漂亮，有一小丛绿树，那里常有野鸡。每次我们到那里，都会看到制作芦苇船的老迪莫特奥。他说他晚上就睡在那里，因为他非常喜欢野鸡。"

船上执行夜间警戒的船员告诉我们，他最近几天早上，总是看到从他们所说的洞穴那个方向冒出淡淡的烟雾。

这天终于到来了，阿娜劳拉的母亲和丹尼尔·伊卡偷偷去了洞穴。他们是第二天早上回来的，阴沉着脸。阿娜劳拉告诉我们，他们在山上的某个地方烤了鸡，但他们没进入洞穴，因为发现有人在瓦依塔拉开瓦守夜。

第二天晚上也发生了同样的事情。这一次他们看到了那个神秘的守夜人，是老迪莫特奥，他们猜想他在那里也有一个洞穴，他正看守着洞口，这样康提基先生的人就不会发现了。阿娜劳拉的母亲决定尝试第三次，如果他们再失败，就说明他们不应该进入洞穴。如果那样的话，她和丹尼尔就会放弃，然后回到村里去。

我们从阿娜劳拉那里得知了他们第三次去洞穴的时间，所以，我决定那天晚上把老迪莫特奥支走。他们计划进洞的时间来临了，海上风平浪静，波光粼粼。我们中的一些人和当地的女性朋友约好，一起去捕捉岩石间的龙虾。这是岛上的美味佳肴之一，个儿很大，没有爪子。我们的蛙人经常用长矛刺中水下洞里的龙虾，但最简单的方法是在晚上用燃烧的火把，沿着岸边在齐胸高的水中捕捉。当地的妇女们很擅长做这个事。她们踩住这些龙虾，用脚趾紧紧地夹住它们，然后弯下身子，钻入水中，把它们抓起来放进袋子里。

那天晚上，厨师的锅里煮了二十一只大龙虾，我们打算在帐篷里举行一个龙虾宴。拉扎勒斯给我们带来了一大袋新摘的波萝蜜，这是我们吃过的最多汁的波萝蜜。

那天，我一直让老迪莫特奥忙来忙去。我派他上考察船去修理他自己的芦苇船，芦苇船放在甲板上，已经被撞得很厉害了，所以我们就把它吊到船舱里去了。老迪莫特奥把芦苇船修好后，没活儿干了，但我还得把他从山谷支开。所以，到了晚上，老迪莫特奥想上岸时，我就请他吃了一顿大餐，并且故意留他在船上守夜。

"我们要在营地里举行一个庆祝活动。"我解释道，"所有人今晚都要上岸吃龙虾。大海很平静，今晚不会有什么事发生的。"

迪莫特奥看上去并不很高兴。我有一种预感，那老人会乘芦苇船上岸去。因此，我把他带到气压表前，搬了把椅子让他坐在那看气压。"如果气压计下降到这个标记以下，"为了保险起见，我指着最底下的数字，气压基本不会到那里，"那你就立刻拉汽笛。"

老迪莫特奥非常认真地接受了我的指示。他坐下来，鼻子正对气压表的玻璃，就连吃饭时，眼睛也紧紧地盯着指针。我知道他现在不会乱跑了。值夜班的船员和轮机师上船的时候，会为他找个地方睡觉的。

一边，迪莫特奥尽职地坐在那里盯着气压表；另一边，我们考察队的队员正聚集在帐篷里吃龙虾。丹尼尔和阿娜劳拉的母亲，正在瓦依塔拉开瓦山上的某个地方，沿着山谷向洞穴缓慢行进。当我从最后一只龙虾腿里剔出肉来时，我想，他们那边肯定已经把烤鸡从土灶里挖出来了。毫无疑问，他们正在继续前进，随身带着蜡烛，以便进洞时使用。

一夜过去了。

第二天一早，迪莫特奥和轮机师们一起上岸了。他说，他必须马上骑马去找他的妻子谈谈。

"她在哪儿？"我问。

"在村里。"他回答。他慢慢转过身来，带着一种奇特的微笑看着我。然后他补充说："但昨晚，她可能睡在瓦依塔拉开瓦。谁知道呢？"

这句话真叫人摸不着头脑。

"你妻子叫什么名字？"我问。

"她叫维多利亚·阿坦，但她喜欢叫自己塔胡·塔胡①。她也确实会点魔法。"

说着，迪莫特奥骑上马离开了。

那天很早的时候，船长就开车去瓦依特阿取水了。他回来告诉我们，丹尼尔和阿娜劳拉的母亲已经回到了村里。他们已经放弃进入瓦依塔拉开瓦洞穴了。前一天晚上，当他们进行最后一次尝试时，虽然迪莫特奥不见了，但他的老伴儿却在那里守着。

至于迪莫特奥是如何提醒塔胡·塔胡的，我们不得而知。她只在那天晚上替他守了一夜。我们在岛上逗留期间，老人一直尽力地守护着这个小山谷。在瓦依塔拉开瓦的这两个家族洞穴，它们的神秘面纱一直未能揭开。迪莫特奥、

---

① 塔胡·塔胡的意思是巫术或魔法。

塔胡·塔胡和阿娜劳拉的老母亲必须亲自确定，他们是否要把洞穴的秘密交给他们新潮的子女，而且他们必须尽快做出决定。因为，万一这些老一辈的人出了什么事，复活节岛的这两个神秘洞穴可能会永远消失，而那里面的东西都是不可替代、无比重要的。

丹尼尔·伊卡有一个双胞胎兄弟和一个同父异母的兄弟。这个双胞胎兄弟是阿尔贝托，他曾取出两块朗戈－朗戈书板，并拿给村里人看，但又把它们放回了洞穴里，因为晚上阿库－阿库总来折磨他。丹尼尔那个同父异母的兄弟叫恩里克·伊卡，他出身高贵，有权获得贵族头衔——阿利奇帕卡。塞巴斯蒂安神父和总督都说他是一个独一无二的老实人，因为他完全不会说谎。这是复活节岛上少有的美德。因为他高傲的本性、堂堂的外表和高贵的出身，我们营地的人把他称作"皇子"。他虽然不识字，但他的诚实可靠，使他成为海军牧羊场最受尊敬的羊倌。他就住在通往拉诺·拉拉库火山路上的一间石屋里。

科康戈疫情过去后的一天，"皇子"骑马来营地找我，提出要和我做笔交易。我们有一些粗大的松木柱子，当我们在巨像的石雕基座周围挖掘时，曾用这些木柱子来支撑这些巨像。他想用这些木料给自己盖一间新房。如果我愿意交易的话，三根松木柱子就可以换一头肥牛。

我说："如果你愿意给我们洞穴石雕作为交换，所有的松木柱子都是你的。"

我只是随便一提，一个突然的想法而已。因为，我完全不知道"皇子"是否有洞穴，更不知道洞穴里有什么。结果，他大吃一惊，支支吾吾，拼命想把话题引到别处。但我坚持我的提议，当他意识到无法逃避时，他坚定地说：

"我也希望我知道入口在哪里。但我不知道，康提基先生。"

"你有没有试过用乌幕塔卡普烤鸡？"我一本正经地问道，"你有没有试过在洞穴前施一些塔胡？"

他整个人一下呆住了，表情也像变了个人。"我要和我的兄弟们谈谈。"最后他说，"我不能独自决定。我只是洞穴主人之一。"

之后，我了解到，"皇子"家族洞穴的入口已经找不到了。但他和他的兄弟丹尼尔共同拥有另一个洞穴，而这个洞穴的入口只有阿尔贝托知道。"皇子"知道那里的石像是用芦苇席包裹起来的，而且洞穴里还有朗戈-朗戈书板和一些古老的船桨。但最精美的物品是一艘石质帆船，他称之为"瓦卡奥霍号"。还有一座黑石的石雕，打磨得很光滑、很大，高度差不多能够达到人的上腹部。

由于阿尔贝托不愿告诉他的兄弟们入口在哪儿，所以"皇子"曾多次找寻洞穴的位置，都没有成功。其实，阿尔贝托不介意在村里向兄弟们描述洞穴的位置，但他不敢亲自带他们去，为他们指出具体地点，因为他怕阿库-阿库看见。

"皇子"再次出现已经是几天后的事情了。那天，他骑马到营地来，还带了几个大西瓜，趁着卸西瓜的空当，他在马背上低声对我说，他可以给我弄些古老的石雕。他的妻子最近哭了好几天，一直在抱怨，抱怨他无能，连自己的家族洞穴都找不到。因为找不到洞穴的入口，"皇子"只能两手空空地回家。于是，她开始求助于自己年迈的叔叔，以便能换取建新房的柱子。她从祖母那里听说，叔叔知道一个洞穴的入口，那个洞穴的东西她自己也有一份，因为她父亲死了，所以父亲那一份就留给了她。叔叔当时和他们一起住在石屋里，他被侄女的哭声弄得十分烦躁。最后，这个老人终于答应带他们去洞穴里看看。

这个叔叔就是老圣地亚哥·帕卡拉蒂，他曾帮助他的兄弟迪莫特奥建造芦苇船。这四个老弟兄现在给我当渔夫。由于我要为在拉诺·拉拉库火山采石场工作的当地人提供全套的食宿，所以我借鉴了石匠们的古老传统：我挑选了一批人，组成一支专门的队伍，日夜轮班捕鱼和捕龙虾。这样一来，我们能更好地补充每日的肉、米和糖等食物。最后，我们只能把剩下的面粉都留着自己吃。只有帕卡拉蒂四个兄弟定期来营地领取不太新鲜的面包，他们把面包像点心一样蘸着咖啡吃。我们和老圣地亚哥特别要好，他每天都来营地，为他的兄弟们领取面包和烟草。

我们曾试图简化配给制度，把配给从每天一次改为每周一次。但这样的安排在复活节岛行不通。当地的劳动力在领到一周的配给后，他们能通宵达旦地吃喝、抽烟。第二天来干活儿时，一个个脸色铁青，因为他们一天就消耗了一周的口粮。他们才快乐地度过了一个晚上，圣地亚哥就说他们需要多分点烟，否则后面的一个星期都没烟抽。当我们把配给又换成每日一次时，每个人都很高兴。储蓄，对他们来说是一种难以理解的想法。岛上居民的座右铭是"不着急，慢慢来"，当地人丢了把刀，打碎个碗，甚至整个房子都烧毁了，都会说"不着急，慢慢来"。

在这种轻松愉快的"不着急，慢慢来"的氛围中，阿库－阿库显得格格不入。因此，当地人想方设法避开它们，尽管也避无可避。它们隐藏在悬崖峭壁的洞穴里，总是影响人们普遍感到的欢乐。老圣地亚哥是一个活得轻松自在的人，他总是知足常乐，随时能开怀大笑。但当阿恩想独自在拉诺·拉拉库火山的火山湖边露营时，他却阴郁地皱起眉头，几近愤怒。无论如何，老圣地亚哥也不会夜晚独自跑到巨像旁的火山湖去，因为石雕后面潜伏着阿库－阿库，它们还会在湖里的芦苇丛中向他吹口哨。因此，"圣地亚哥大叔"现在主动提出要陪我们去洞穴，我感到特别惊讶。

当吉普车在通往拉诺·拉拉库火山路上的小石屋停下来时，已经是深夜了。我在一群考古学家中选择了阿恩，因为他最了解老圣地亚哥。船长、二副和来自智利的桑切斯也和我们一道，他们希望也能获准进入洞穴。很快，"皇子"带着他的妻子和一个年轻人走出了小屋，他们介绍道，这个年轻人就是圣地亚哥的儿子。

"但是圣地亚哥在哪里？"

"他病了，来不了。但他已经跟他儿子说了洞穴的位置。"

这真是个老掉牙的套路。计划还没收到成效之前就发生了变化，的确有点令人失望。我走进小屋，想看看圣地亚哥病得有多严重。他蹲在角落里，带着悲伤的表情凝视着前方。看到我进来时，他干咳了一声。他丝毫没有发烧的迹象，也没有其他迹象表明他病了。但不难看出，他对自己先前做出的承诺深感后悔。

"圣地亚哥，你身体好得很啊，你这个老东西。你不陪着我一起进去，就不会怕阿库－阿库了？"

圣地亚哥急忙抓起一支烟，使劲地吸了一口，尴尬地笑了笑，脸上的皱纹就像手风琴的风箱褶子一样，向耳根移动。

"我后背疼，先生。"

"那你必须戒烟。"

"还没到那种程度。"

我继续和这个老头儿打趣了好一会儿，直到他半推半就地走出来，似笑非笑地爬进吉普车。现在我们吉普车里共有九个人。圣地亚哥默不作声，神情严肃地挤在我身边，给我指路。从拉诺·拉拉库火山出发，我们驶离南边海岸，沿着悬崖边几条隐约可见的车辙前行。我们必须抓紧了，虽然几乎看不到前行的方向，但凭着感觉找到路也不难。

"这洞穴不是用来藏宝贝的,先生。"老人突然说道,试图打消我前行的念头。

"那里面有东西吗？"

"哦，有的，有一点。我从十七岁起就没去过那里。当时一位老太太在临死前带我去看了那个地方。"

还没到瓦依胡，老人就让我们停下来，我们要步行走完剩下的路。当我们沿着悬崖边走下来时，月光明亮地照耀着前行的路。夜晚，我又看见银灰色的浪花，拍打着我们脚下的熔岩石块。圣地亚哥还拎着一个自制的绳梯，这绳梯由两根细绳子和一些不规则的棍子组成。到了悬崖边，"皇子"的妻子递给老头儿一个袋子，他拿出了我们熟悉的、一只用香蕉叶包着的烤鸡。他让我吃了鸡的尾部，因为他想把我领进洞穴。袋子里还有烤红薯，但他只让我吃了鸡的尾部，只有我一个人有这口福。老人把剩下的美味都留在了一块岩石上。

这时，老人突然开始低声吟唱起一首歌，曲调单一，低沉的声音越过悬崖，飞向大海。突然间，歌声停了下来，好像从中间断了似的。然后他静静地转过身来对我说，我必须答应把一件东西留在洞穴里。留下什么并不重要，但必须留下一件东西。他解释说，这是"规矩"。这个洞穴虽然是他的，但是他的一些远房亲戚的尸骨躺在里面。这就是他刚才为阿库－阿库们吟唱洞穴合法主人名字的原因。

圣地亚哥把绳梯最上面的梯级挂在高地边缘的一块熔岩上，然后把剩下的部分从悬崖边放了下去。

我伏在悬崖边上，把头探出来，用手电筒往下照。原来，我们正在悬崖边一块向外凸出的岩石上，绳梯就悬在下面的半空中。圣地亚哥让他儿子脱衣服，只穿着短裤，准备让他先下去。绳子紧贴着悬崖边缘，几个梯级又相隔很远，很难抓住。下面三十英尺的深处就是汹涌的海浪，但即便是从六英尺的高度掉下去，也足以让一个人丧命，因为下面的海水中尽是尖利凸出的熔岩石。

圣地亚哥的儿子顺着绳梯下到距我们大约十二英尺的地方后就消失了，绳梯垂在半空中。我拿着手电筒向下反复照了照，依旧没有看见人。显然，他已经顺着绳梯爬进了崖壁上的一个洞里。然后"皇子"紧随其后，他也在绳梯的同一个地方消失了。当我正要下去的时候，我们惊奇地看到"皇子"又出现在梯子上，并手脚并用地迅速爬上来。

"你看到什么了？"我问。

"看到一条长长的通道通向一个洞穴。"

"洞穴里有什么？"

"哦，我没看见。我没进去，因为我不习惯进洞。"

"他不习惯进洞，他害怕鬼怪。"老圣地亚哥解释道。

"皇子"对老圣地亚哥的话表示赞同。他的妻子刚才看到他顺着绳梯往下爬时，很是惊慌。现在，看到他回来了，欣喜之情溢于言表。

当我顺着绳梯下去时，也和"皇子"一样害怕。但我的恐惧源于不同的东西。我想的是，当我顺着绳梯向下爬时，那块拴绳梯的岩石会不会裂开。我先把一只脚尽量往下伸，另一条腿蜷曲，然后把身子往下放，直到下巴能碰到这条腿的膝盖时，下面那只脚的脚尖才能够到下一个梯级。很快我就爬到了绳梯的最后一段，也来到刚才他们消失的地方。紧接着，崖壁上一个狭窄的洞穴就映入眼帘。

我必须用双手紧握绳梯的两边，从悬空的梯子上往洞里爬。最后，我的脚趾尖伸进了那个小洞。我先设法把我的小腿伸了进去，然后竭力把大腿也伸了进去。但由于我的上身仍在空中摇摆，我的胳膊也紧紧地挂在绳梯上，所以整个人都没有支撑点，身体随绳梯来回摇摆。如果我用力推，绳梯只会离悬崖更远。所以，我慢慢扭动，把腰和背部也挤进去。现在我一只手可以放开那根悬着的绳子了，另一只手摸索着抓住岩壁。绳梯往外晃了出去，好像想把我从洞里拽出来似的。最后，我的另一只手也松开了绳子。这种攀岩对"皇子"来说简直是小菜一碟。对我来说，却是生死攸关的大事，直到我的脖子也缩进洞里，我整个人才稍微轻松下来。接着，我又把自己往前推了几码，钻到了一个约半人高的洞穴里，我终于松了一口气。也是在这里，"皇子"吓了一跳，然后撤退了。

圣地亚哥的儿子在洞里点燃了一支蜡烛。当我在洞穴里坐起来时，我看到我们被骷髅包围了。圣地亚哥远亲的尸骨就躺在这里。他们被包裹在托托拉芦苇席子里。席子现在已经腐烂了，变成了棕色，稍微碰一下，芦苇就会裂成碎片。有些骨头里面还透着一种奇怪的蓝青色。我注意到，有两个骨架就在我的膝盖两侧，在两个骨架旁边，还有同样用腐烂的芦苇席包裹着的几个小包。我用手指小心地碰了碰其中一个小包，由于外面用来包裹的芦苇已经腐烂得很严重了，轻轻一碰就碎了，里面好像有什么硬硬的东西。

就在这时，差点出了一起致命的事故。阿恩当时正忙着要从洞口进来。他在洞口处使劲地往里挤，想赶紧摆脱绳梯钻进狭窄的洞里来，却折断了一根肋骨。他的肋骨肯定是断了，因为事后他坚持说，他听到了骨头断裂的声音，痛感剧烈，他几乎无法再抓住绳梯。

我们想办法把阿恩拉进了洞穴，眼前的景象几乎让他忘记了身体上的痛苦。他耐心地在又低矮又令人感到不舒服的洞穴里爬来爬去。令人费解的是，在过去，当地人是怎么把尸骨从悬崖上弄下来，再弄进这样一个狭窄的洞里的。

　　塞巴斯蒂安神父曾告诉我，有些当地人感觉死期临近时，他们就自己爬进了这样的洞穴。19 世纪基督教传入后，规定必须把死人安葬在汉加洛教堂的墓地。但有些老人却偷偷溜进了自己的秘密洞穴，这样他们的尸骨就可以永远藏在那里。最后一个在自己活着时就藏进洞里的人，名叫蒂夫，他的孙子现在还活着呢。

　　但现在，我们身边的这些骷髅都用芦苇席包裹着。一定是他们的亲人们用绳子把这些尸体从悬崖上放下来，有人在洞口平卧着，然后把这些尸体拖了进来。

　　船长、二副和桑切斯随后也钻进来了。只有圣地亚哥和受惊吓的"皇子"，还有他的妻子留在我们上面的高地上。我们在低矮的洞里不停地拍照，并尽量把草图画得生动些。然后，我们开始考察洞穴里的东西。地上到处都是骷髅，随葬品显然就是这些用芦苇包好的小包裹。有些芦苇已经完全烂掉了，所以，我们可以看到里面的东西。

　　最大的包裹里，包着一个刻在石块上的女人像。另一块石头上刻有两张脸、四只眼睛和两个鼻子。这两个弯弯的鼻子，伸展到石头边缘，然后转到石头背面变成矛头状，最后会合在一起。在洞穴的另一端，躺着一具孤零零的骷髅，旁边也有一个包裹，外面的芦苇保存得较好，当我们把它全部带走时，大块的芦苇片还能牢牢地包裹着里面的东西。包裹里有一个龙虾雕塑，长得跟市长的那个龙虾雕像一模一样。也许这位躺在角落里的是一个老渔夫，陪葬的是他最喜欢的、具有魔力的石雕，因为他对增加龙虾的数量和繁殖力有特别的兴趣。

　　这个洞穴里只有十件石雕，而且都用芦苇包裹着。其中有两件几乎一模一样，是小型的、站立着的人像，嘴部呈鸟喙状。按照我们对老圣地亚哥的承诺，我们只带走了其中一件，另一件留下了。

　　为了爬出洞穴，再次享受凉爽的空气，我们得仰面躺着，头朝洞口的方向使劲往外挪。为了攀上绳梯，我们必须先一点一点地从洞里挪出来，直到腰部以上都悬在洞外，再把胳膊伸过头顶，一把抓住绳梯，然后再转过身子，爬上悬空的梯子。这就像在表演杂技，让人心惊胆战，因为悬崖下面就是汹涌的海浪。由于阿恩的肋骨断了，所以轮到他爬出洞时，"心惊胆战"都不足以充分描述他的感受。所幸大家都安全出来了，那三个站在悬崖上焦急等待的人认为阿恩爬上去后一定是累了，所以才显得如此狼狈。

我们在出洞之前，小心地把洞里的东西都包裹好了，现在我们要用绳子把它们拖上来。当最后一批包裹被拖上来，圣地亚哥确定我们履行承诺在洞里留下了一件东西后，他才放了心。这时，我看到了仍放在岩石上的烤鸡。这香味使我无法抗拒。我不会让阿库－阿库得到这个的。当我毫不客气地大口吃着留给阿库－阿库的美味，并与我的人分享时，阿库－阿库并没有报复我。但是当地人满脸无奈地转过身去，连一口都不敢吃，看都不看，直到我们把最后一块啃过的鸡骨头扔进海里，他们才转过身来。然后"皇子"的妻子开始鼓起勇气，嘲笑丈夫不敢爬进洞里。离悬崖越远，她就越大胆地嘲笑"皇子"。随后，我们挤进吉普车里，在月光下一路颠簸在回家的路上，我真为后座上那个高傲的"皇子"感到难过。他的妻子嘲笑他、捉弄他，直到他自己都忍不住自嘲。他摇摇头，说他再也不会这么傻了。现在他更清楚了，他这辈子再也不会被鬼怪吓倒了。他打算直接回家，然后给家里盖一栋新房子。

岛上还有一个人，他可不像"皇子"那样怕鬼，反而更善于与鬼怪打交道，他就是市长的弟弟小阿坦，小阿坦无意中把我牵涉进一堆麻烦事中。他把自己的洞穴交出来，换得了更多有用的东西之后，他确信这样处理洞穴，确实会带来"好运"。在村里，阿坦有很多朋友，每个人都喜欢阿坦，所以他见机行事地从他们那里打听谁家有洞穴的消息。

一天傍晚，我和考察队的其他队员去总督家参加聚会。阿坦、市长和我们一起坐在吉普车里，我们提出要把他们送到村里。不久前，阿坦曾告诉我，他早就怀疑他的妹夫安德烈斯·豪亚有一个洞穴，现在他的怀疑终于得到了证实。

"康提基先生，你还记得安德烈斯·豪亚吗？是他给你看了伊普梅恩戈的碎片。他一直把那些碎片，还有拿给塞巴斯蒂安神父看过的完整的罐子都藏在洞里。"

这个人竟然是安德烈斯·豪亚，真是不凑巧。我曾把他得罪得不轻，因为我指责他耍花招，并且没有给他全额报酬，因为他把细小的陶器碎片撒在我们在阿胡特佩乌的挖掘现场。小阿坦知道这件事，但仍然提议我应该送安德烈斯·豪亚一件礼物，他相信这样一来，我们才能和好。为了重归于好，我递给阿坦两盒香烟和几美元，和他商量着在总督聚会结束的那天晚上，到他家去。与此同时，阿坦将设法安排一次我与安德烈斯·豪亚的会面。

半夜前，我离开了总督的家。我告诉他，我是秘密前往复活节岛地下世界的，但我发誓要保守秘密，在一切结束之后才能给他完整的解释。总督很感谢我告诉他这一消息，并多少松了口气。因为他曾听到村里流传的奇怪谣言，汉加洛村的人也总是说些奇怪的事，但没有人把当地人的流言当真。

趁着半夜，我进了阿坦的小屋。他亲自开的门，在摇曳的烛光下，我看到了老"冤家"安德烈斯·豪亚。他没有刮胡子，满脸胡楂，用布满血丝的眼睛盯着我。随即他从长凳上站起来拥抱我，叫我兄弟，并向我保证他会尽全力帮助我。屋子虽小，却充满了大家的豪言壮语。心地善良的小阿坦挺起胸膛吹嘘自己的马那，正是它挽救了我们俩的友谊，现在我俩又在他家会面了。他从母亲那里继承了神通广大的马那。他母亲选择由他来接管她灵魂中所有的力量。在所有孩子中，她最喜欢他，尽管他排行老小。

他告诉我，安德烈斯·豪亚看到我赠送的表示友好的礼物时，简直高兴疯了。安德烈斯自己也承认，当他收到礼物并得知和好的消息时，他都快高兴得哭了。回想当时他给我带来了一块真正的梅恩戈碎片，纯粹是出于友好的目的，但是我立刻要求他带我去他找到碎片的地方，这就令他十分尴尬。当然，他不能给我看他的家族洞穴，尽管碎片就是从那里拿的。因此，他只能带我们到另一个地方，好让我们将注意力从他的洞穴上引开。

安德烈斯的话听起来并非毫无道理。

现在安德烈斯从阿坦那里听到了很多关于我的事，他反而想把"钥匙"交给我，让我亲眼看看陶器。但他有一个冷酷无情的弟弟，必须先征得他的同意。他弟弟的性格像燧石一样坚硬。他的这个弟弟就是我们准备去看的这个洞穴的主人。他们的父亲把"钥匙"给了他，尽管他不是长子。他和阿库－阿库"住"在一起。那天晚上安德烈斯到他家，建议把"钥匙"交给康提基先生时，他非常生气。

"我们一起去找他弟弟吧。"小阿坦提议道，"把我们的马那联合在一起肯定能说服他。"

我去参加聚会时穿的是白色的衣服，这种衣服适合热带气候，但现在，我换上了一件深色的衬衫和短裤，然后我们三个趁着深夜偷偷地溜出了村子，往北边走去。月光下，我们边走边互相低语，走得越远，我们之间的感情就越发融洽。阿坦对我们的马那联合起来怀有无限的信心，他宣称自己是一个比我更纯正的挪威长耳人。

谈话中，他们两个都告诫我，如果安德烈斯的弟弟胡安·豪亚说把洞穴的"钥匙"给我，就是想把我引入陷阱，所以我要把胳膊叉在胸前说"不要"。如果他把"钥匙"给了他的哥哥安德烈斯，我只需感谢他就好了。

说着，我们来到村外一处荒凉的地方，在一堵高高的石墙前停了下来。墙后是巨大的亮晶晶的香蕉叶，在月光的映衬下直挺挺地向上伸展，纹丝不动。半掩在香蕉树中的是一间低矮的石屋，石屋粉刷成了白色。屋子没有窗户，显得这地方看起来既阴森又荒凉，看上去像一直没有人住过。墙边有一架腐烂的梯子，有些梯级断了，梯子的一端直通墙顶，可以爬上梯子翻过石墙。

小阿坦稍做准备，他要先进去告诉屋子的主人我们的到来。当他翻过石墙时，梯子发出吱吱作响的声音。过了一会儿，他到了门口，小心翼翼地敲门。里面的人让他进去，我们从门缝里看到了一丝光亮。

五分钟后，阿坦独自出来了。当再次和我们碰头时，他显得绝望又痛苦。安德烈斯的弟弟非常难缠。我们三个都得进去，让我们的阿库－阿库联合在一起对付他。于是我们爬过墙，一起进了小屋。我先进去，他们两个在我后面。在一间只有一张白漆桌子和三张短板凳的房间里，我们看到了两个神色冷峻的家伙，他们用带着敌意的目光盯着我们。除了开玩笑，他们似乎什么都准备好了。一个大概三十岁的样子，另一个四十多岁。

我说晚上好，他们回应了我的问候，依旧紧绷着脸，连身体都没动一下。年轻一点的那位仰头站得笔直，表情严肃，像电影里在美国西部生活的印第安人。他有一双有神的黑色眼睛，嘴角和下巴周围长着黑色的胡楂，就像我身后的他哥哥一样。岛上长络腮胡子的人很少见，即使市长、阿坦和其他一些人设法留了胡子，但都是八字胡，不是络腮胡。他双腿叉开站着，胳膊插在衬衫的开口里，微微露出胸部健硕的肌肉。他半闭着眼睛，用敏锐的目光扫了我一眼，随即慢吞吞地说：

"注意我的阿库 – 阿库。这是阿库 – 阿库的家。"

现在我必须保持冷静。我已经惹上麻烦了，那些家伙的表情清楚地表明，我此刻已骑虎难下。

"我知道。"我说，"我明白的。"

他对我的话置之不理，好像很生气似的，然后他以一种挑战性的方式慢慢向我走近了几步，直到他正对着我的脸。然后他几乎嘶吼出来，带着抑制、颤抖的愤怒："给我看你的阿库 – 阿库的力量！"

很明显，阿坦对于我和我的阿库 – 阿库向他们吹了牛，四个人正期望看到奇迹发生。他们的表情热切而愤懑，那张蓄着络腮胡须的脸上也带着轻蔑的挑衅，而此刻这张脸离我的脸竟那么近。他给人的印象是醉醺醺的，但其实并没有。他处于自我催眠状态，几乎处于恍惚状态。他是他自己的阿库 – 阿库。

我也往前走近了两英寸，直到我们的胸部几乎触碰到一起，然后深吸了一口气，以适应这种情况。

"如果你的阿库 – 阿库和我的一样强大，"我说，用同样压抑着轻蔑的口气说，"你可以先把它派出去，让它爬上奥朗戈山顶，下到拉诺 · 考火山口，穿过维纳普平原，到达拉诺·拉拉库火山的石像群，再到安纳根纳、汉加洛等岛上所有的地方。然后再问它岛上是不是变了模样，问它是不是一切都变好了，问它那古老的石墙和建筑物是否又重现了，问它不知名的巨石像是否又从地上重新耸立起来了。当你得到阿库－阿库的回答时，我再问你：你还需要证据来证明我的阿库－阿库强大的力量吗？"

胡安·豪亚一刻也不犹豫，立即同意了。他让我坐在他旁边的一条长凳上。

小阿坦顿时又信心十足了，他和安德烈斯立刻请求弟弟把"钥匙"给我，很快，胡安·豪亚的那个同伴也加入了他们的行列，礼貌地建议他给我"钥匙"。但是坐在我旁边的关键人物一动不动，也不理睬大家在说什么。他叉着胳膊一本正经地坐着，就像坐在金色的宝座上，嘴巴紧闭，嘴唇像那些巨大的石像一样凸出！通过纯粹的自我暗示，他在自己和朋友的眼中自我膨胀着，就像一个自我崇拜的巫医或祭司王，似乎刚从古代的雾霭中来到人间，只是穿上了现代人的服饰。

另外三个人站在他面前求他拿出"钥匙"，但他完全不予理睬。他们不停地伸开双手求他，好像在谦卑地祷告。其中有一个人甚至跪在他面前恳求。

他坐了好一会儿，尽情地享受着别人的敬拜。他坐在那里，好像在沐浴阳光，慢慢地把头从一边转向另一边。他时不时僵硬地转向我，强调他拥有巨大的精神力量——马那。他的超自然能量来自许多方面，因为他的血管里流着两个最重要部落的血液，而这里又是阿库－阿库的房子，阿库－阿库会从四面八方保护着他。他身后是岛上最强大的阿库－阿库，他住在老塔胡·塔胡姑妈的小屋前，塔胡·塔胡是他妻子的姑妈。除了她，附近没有其他邻居。再往右边一点是一间废弃的小屋，它原来的主人是一位老太太，她已不在人世，现在只有一个阿库－阿库住在那里。他身后有一个阿库－阿库，两侧各有一个阿库－阿库，屋里还有一个阿库－阿库。

那个留络腮胡子的家伙的眼睛里透着一种神秘的光芒。他越是自我陶醉，就越危险，行为越极端，所以我赶紧打断他。现在该我开始自吹自擂了，就好像我借了他吹牛的本事，开始自我膨胀。他听着我的话，逐渐没有了刚才傲慢的气势。

我告诉他我从特里耶鲁那里继承了强大的马那，特里耶鲁是我伟大的义父，也是塔希提岛最后一位伟大的酋长。临死之前，他给我取了一个皇室的名字特拉伊·马提塔，意思是"蓝天"。十年后，当我们的"康提基号"木筏在拉罗亚登陆时，我得到了更多的马那。当时人们为了纪念岛上第一位国王蒂卡洛亚，举行了一场盛宴，奉我为瓦罗亚·蒂卡洛亚，即"蒂卡洛亚之灵"。

看来不用再说了，留着胡子的极端分子终于让步了。他慢慢地站起来，我们其他人也一样。然后，他指着那个比他年龄稍长一点的一脸严肃的朋友说：

"图穆，做证！"

我以前在书里见过"图穆"这个词。这不是一个名字，而是一个头衔。早期的探险家曾提到这是一个神秘的词，可以追溯到复活节岛的原始社会制度，甚至连现在的当地人都不太理解这个词，也无法解释。现在就有一个图穆站在我面前。他的职能并没有和复活节岛的历史一起被掩埋在过去，在这里，他正全力发挥着自己的作用。阿坦后来告诉我，这个人叫胡安·纳霍，是豪亚家族的"图穆"。他是兄弟俩家务事的仲裁者和调解人。

那个满脸胡须的极端分子直挺挺地站在我面前，图穆默默地走过来站在他身旁。

"在此，我把我两个洞穴中的其中一个的'钥匙'交给你。"他阴沉地说，好像要宣判死刑。

其他人静静地站着，整个气氛如同坟墓一样死寂，甚至连桌上蜡烛的火焰也停止了摇曳。

现在有一个两难的选择。这时，我是否应该在胸口交叉双臂说不呢？他口头上把"钥匙"给了我，但他没有真的交给我，我也没有看到。我犹豫了一会儿，然后冷冰冰地回答说："谢谢。"但我自己一根手指也没动。他也一动不动地站了很长时间，用乌黑发亮的眼睛盯着我。然后他很快转过身，大步走出门外，神情严肃而自豪，整个人挺胸抬头。

随行的另外三个人终于松了一口气。小阿坦擦去了他额头上滴下的汗水，尽管屋子里唯一的热源是那支还在闪烁的小蜡烛，现在烛光受豪亚走过气流的影响在微微晃动。房间里那三个人热切地互相打着手势，放松下来，与刚刚昂首阔步走出去的人在时，形成了鲜明的对比。

几分钟后，那个讨厌的家伙又回来了，腋下夹着一个很轻的扁平包裹，手里还拎着一个沉甸甸的篮子。这两个都是用托托拉芦苇编制成的。他把包裹给了哥哥，哥哥又把它放在桌子上。然后，他又一动不动地站在我面前，手里还拿着篮子。我也站在那里一动不动，除了挑衅、蔑视和满不在乎的表情，没有其他表情。

胡安突然转向他的哥哥安德烈斯，把篮子递给了他。然后，安德烈斯把篮子递给我，我接过篮子，感谢弟弟先把"钥匙"给了哥哥，而不是直接给了我。那个气势汹汹的家伙似乎一点也没息怒。他又站了一两分钟，没有说话。然后他指着桌上的包裹，又对我进行了一次新的严酷考验。

"这个包裹里是什么？"他问道，"给我看看你的阿库－阿库的力量！"

四个人又一次把我围住了，紧张地盯着我。我绞尽脑汁想法子，那真是一场可怕的噩梦。我觉得如果我没有通过考验，任何事情都有可能发生。这个包裹像公文包一样大，扁扁的，里面装不下任何石雕或木雕。它是用芦苇精心编制而成的，安德烈斯把它放在桌上时，它看起来像一个大信封一样轻。我意识到我手里的东西一定是通往洞穴的"钥匙"，我理所当然地认为桌上的包裹也是洞穴里的，因为包裹和篮子的编制工艺完全一样。

我突然想起当地人经常拿给我们的漂亮的羽制品。与旧羽毛帽和舞蹈中使用的长串羽毛一模一样。早期到复活节岛的游客，曾见过显赫人物头上戴着羽毛王冠，身穿羽毛斗篷，就像古代墨西哥和南美洲的国王一样。有没有可能在安德烈斯的洞穴里也有这样的东西，只是年代没有那么久远呢？羽制品肯定是个不错的猜测。如果是的话，是头饰还是别的什么呢？其他人正等着我的回答，脸上的肌肉因激动而绷紧着。我必须经受住这次考验。

"我的阿库－阿库说是带羽毛的东西。"我小心翼翼地说，尽量不说得太具体。

"不是！"眼前的极端分子咆哮道，"不是！"他疯狂地重复着这句，"再问一遍你的阿库－阿库！"

他得意扬扬地向前蹲伏着，像一只快要跳起来的猫，脸上带着愤怒的笑容，享受着眼前这一切。小阿坦擦去汗珠，显得很绝望。他用恳求的目光看着我，好像在告诉我，现在你得竭尽全力让你的阿库－阿库显灵才行。

图穆和安德烈斯似乎起了很大的疑心，他们也慢慢地走近了。我可不喜欢这种氛围。这些人很极端，而我不请自来地窥探他们私生活中最敏感的地方，更容易激怒他们。如果发生什么事，没有人知道我在哪里。在这间偏僻的小屋里，没有一个声音能传到村里。我的朋友会认为我是失足掉下悬崖，或是被困在某个秘密洞穴里了。世界上没有任何地方像这里一样，居然有这么多的藏匿之处，一个人可以在这里永远消失，而且不留任何痕迹。

我不知道包裹里装的是什么，只能靠猜。可能是塔帕，即树皮制成的布。

"穿的东西。"我冒险一试。

"不！再问你的阿库－阿库一次，好好问！"

他们都以一种威胁的方式向我靠近，我的一半大脑在权衡着我逃跑的可能性，另一半继续猜测包裹里可能有什么东西。

"一种衣料。"我怀着最后的希望，试着用广播节目常用的概略性说话技巧如"动物、植物或矿物"孤注一掷地猜了猜。

回答我的是一声奇怪的咕哝，他们叫我打开包裹，而他们自己则黑压压地站在我周围。我解开一串芦苇绳，抽出一本没有装订的书，上面写满了朗戈－朗戈文字。这有点像"村民船长"给我看的那本无价的书。书页上的象形文字是用墨水书写的，随着时间的推移，墨水已经逐渐褪色。

突然，我的脑海里闪现出西班牙语中"钢笔"和"羽毛"的意思是一样的。

于是，我使劲把书摔在桌子上，差点把蜡烛都扇灭了，然后愤愤不平地站了起来。

"我的阿库－阿库是对的！"我说，"他说了'带羽毛的'，这确实是用羽毛，也就是钢笔书写的！"

围着我的人的脸色立刻变了。他们走开了，面面相觑。是他们错了，就连那个留着胡楂、目光炯炯有神的豪亚也完全变了。他根本没有用那样的方式想过。小阿坦打破了这个沉默的局面。他惊讶得不知所措，只能结结巴巴地说：

"哦，你的阿库－阿库真厉害！"这句话激起了我那蓄着胡须的对手的嫉妒火花。

"看看书中的阿库－阿库。"他说，"快看！"

于是，他翻了翻书本的宽大书页，像在翻一本荒诞的连环画，直到翻到某个地方，他突然把书打开。左页写满了神秘的象形文字，没有任何注解。在右边的一页上，再次出现了二十个相同的象形文字，并用歪歪斜斜的文字翻译成当地人自己的语言。在这一页的底部，有一行用褪色的黄褐色墨水写的字。

"阿库－阿库就在这儿。"他指着那行字轻声咕哝着。

我读道："克卡瓦－阿罗，克卡瓦－图阿，特－伊戈瓦－奥－特－阿库－阿库－埃鲁阿。"

书的主人用西班牙语自豪地写着："如果书的封面和封底都磨损了，就抄一本新的吧。这是书中阿库－阿库的名字。"

我突然想到这样做很聪明。这本书的原作者批上了一条实用的建议，这样他的继承人就不敢毁坏这本书，把文字丢失了。他把建议化为阿库－阿库，如此一来，就没有人会不尊重他的建议。

"阿库－阿库就在这儿。"那人把手指放在句子上，又重复读了一遍，让我们都对其赞赏不已。

"这是一本有强大力量的书。"我说，并意识到我用了一个正确的形容词，而不是说"有趣""漂亮"或"制作精良"。看来豪亚看不懂书的内容，他仅仅觉得这本书有魔法。

从这一刻起，我们都是最好的朋友：他们叫我兄弟，并对我投来赞赏的目光。但我仍然没有感到完全安全。

"现在我们是兄弟了。"那人说着，把双手放在我的肩膀上，"现在，我们要歃血为盟！"

小阿坦带着既恐惧又钦佩的神情看着他。我努力使自己保持镇定，尽量不表现出任何情绪。在我忍受了精神上的痛苦之后，谁也别指望捅我一刀就能吓唬我。但是一想到要喝那家伙的血，我就难以忍受。我记得市长和阿坦曾经告诉我和艾德，他们有时把祖先的骨粉和水混合在一起喝，以获得"权力"，想必这就是我们现在要做的事情。

那个冷酷的人像一根柱子一样，笔挺地走进一间小房间，我想他会拿着刀回来。相反，他带着一个瓶子和五只玻璃杯回来了。他打开瓶子，往每个杯子里倒了一些红色液体，其他人的杯子里只有底部一点点，而我的杯子里却倒满了。然后，我们每个人都要一遍又一遍地重复"塔卡普"这个神奇的词语。阿坦之前告诉过我，这个词可以赋予人以马那，这样阿库－阿库就能施展神力了。先前来本岛考察的人，把这一复活节岛特有的词翻译成"用于礼仪事宜的土灶"，其实是错误的。这个词与土灶没有任何关系，除非它前面有"乌幕"这个词，"乌幕"的意思就是"土灶"。

当我们重复念这个有魔力的词语时，我悄悄地嗅了嗅那个脏玻璃杯的东西。原来那是他在"平托号"上买的红酒。喝酒之前，豪亚一本正经地说："现在我们来喝我们掺在一起的血。"

他一定是从基督教那里学到的关于酒是血的想法（耶稣在最后的晚餐上用葡萄酒来招待自己的门徒，跟他们说："面包是我的肉，葡萄酒是我的血。"）。我们一饮而尽，他又给大家续上了一杯，他给自己和其他人只倒了一英寸高，给我又倒了一满杯。

"你是我们的大哥，干了。"这个留着胡子的家伙很幽默地说，我很高兴他的酒量不太行。现在，屋里的人都在谈论阿库－阿库和兄弟情谊。我是他们的头儿，我掌管着"钥匙"，也就是能打开他们洞穴的"钥匙"，我还能给我们五个人带来"好运"。据我所知，图穆现在负责第二个洞穴，但如果我从洞穴回来后，在他们这里永远安顿下来，那他负责的洞穴也是我的了。

瓶子很快就空了，大半都是我喝的。

"看我的胡子。"留着黑色胡楂的豪亚得意地说，他现在变成了我的弟弟，"这就是我的力量所在。"

很遗憾，他们没有看到我在木筏上漂泊了一百零一天之后，胡子邋遢的样子。但他们现在承认了我的神力，即使我把胡子已经刮得干干净净。

我从来没有这么高兴地喝过酒，也从来没有这么想喝酒。我感觉自己状态很好，情绪高涨。我看了看手表，已是凌晨三点。去营地有很长一段路，我必须马上回去。当我拿起珍贵的朗戈－朗戈书和装有洞穴"钥匙"的篮子时，我的兄弟们说他们第二天到营地来看我，然后大家一起吃顿饭。我向他们表示欢迎，然后和图穆、安德烈斯及阿坦一起走出屋子。屋外夜晚的空气清新凉爽。

第二天，我刚结拜的兄弟们来找我，并把我带到一座山顶上。在这里，豪亚爬上了一个土堆，开始对着大海低声说话，从左到右、声情并茂地说，仿佛那里有什么看不见的观众。他用左臂夹着装有朗戈－朗戈书的芦苇包，用右手指向天空做手势。他说着波利尼西亚语，声音低沉，几乎听不见，但看上去像是一个站在街角临时演讲台上的演说家。他一会儿指着天空，一会儿又指着我们，兴奋得好像正试图吸引听众的注意力，只是这些听众来自海面及我们下面的平地。他站在那里，敞开的衬衫和没有扣子的夹克在海风中飘动，他仿佛一只脚踏入遥远的过去，一只脚又立足于当代现实——象征一个处于过渡阶段的民族。

讲话结束后，他送给我一个精美的旗鱼木雕。他仍然情绪激动，随后，拿出朗戈－朗戈书，快速翻着书页，一直翻到有关阿库－阿库的文字所在的那一页。他低声地向周围所有看不见的人发表了另一篇讲话，手指着书上阿库－阿库那一行字。然后，他让我从他手里接过那本书，大声朗读"阿库－阿库"。

那三个人恭敬地站在我旁边，我俯瞰着山下那座陌生的复活节岛，又读了一遍："克卡瓦－阿罗，克卡瓦－图阿，特－伊戈瓦－奥－特－阿库－阿库－埃鲁阿。"

他们恭恭敬敬地听着，心中赞叹不已，然后仪式就接近尾声了。他们把祖先召唤出来，见证这本书现在正式地交给了我。我们从山上爬下来，走到绿色的帐篷里，船务总管已经为我们准备了一些冷食作为午餐。

随后的那顿饭，使我们想起了去阿坦洞穴前的那顿午餐。但这顿饭的仪式更为离奇，当他们低声称赞菜肴的"神力"和"能量"时，本就沙哑的声音显得更为刺耳了。那一天，我们每个人的妻子都在场。当我也开始用同样难听刺耳的声音说话，表现得和其他人一样古怪时，伊冯吓坏了。后来她告诉我，她真以为我疯了。

饭快吃完的时候，豪亚站起来，一边抚摩着他那留着黑胡楂的下巴，一边指着桌上小小的挪威旗，突然对我说："那就是你的能量所在，大哥。"说着，他抓住了小旗，"这就是你的能量，我必须拥有它。"

于是，我把这面小旗送给了他，还送给他一个装在玻璃纸盒子里的"康提基号"木筏模型，这也是他想要的。他把这两件礼物得意扬扬地夹在腋下，心满意足地骑马带队朝村子的方向去了。

那天晚上，我在午夜前睡了几个小时，因为午夜还要去考察另一个洞穴。和我们一起进过阿坦洞穴的恩里克·太奥跟我约定一起去。这次，除了阿坦，伊冯、卡尔和小托尔都来了。这个洞穴隐藏得非常巧妙，但很容易从西海岸悬崖脚下的乱石中穿过并找到入口。那晚，我又被迫吃了鸡的尾部，沿着一条狭窄的竖井爬到底下。在一间洞穴前厅里，一块刚被挖掘过的地面上放着两个头骨。洞穴里面有一个隔间，地上铺着干草和呈马蹄形排列的黄色芦苇垫，上面摆放着各种奇异的石雕。在这个洞穴里，感觉真的很舒适。恩里克很友善，也很天真，就像一个孩子似的，因为拥有玩具屋而感到非常自豪，与昨晚拜访狂热兄弟们时形成强烈反差，这次我感到轻松愉快。当我们从洞穴爬上地面时，月亮又大又圆，月光柔和地照在我们身上，它银色的光芒映照在漆黑的海面上，波光粼粼。

第二天，在安纳根纳的平地上，我们为村里的居民们安排了一场盛大的烧烤宴会和舞会。我们的医生和村医正坐在帐篷里，从那些血统纯正的长耳族宾客的耳垂里采取血样，这些人是由塞巴斯蒂安神父亲自挑选的。当轮到市长和他的家人时，他们自豪地让医生采血，仿佛医生从他们耳朵里采的是钻石一样。毫无疑问，在他们的意识中，从一个真正的长耳人的耳垂里取出的一滴血，可以以极高的价格出售给博物馆老板。从他们的表情可以看出，当他们看到这些小血滴如何小心地与化学品混合，并用特殊的容器运送到船上的冰箱时，他们对此深信不疑。我们在欺骗他们，我们也对此无可奈何。但是以友谊的名义，他们还有什么不会为我们做呢？

此时，眼前一片充满生机和欢乐的场景，市长本人戴着草帽来回奔走，依次召集被选中的人。我们被歌声、笑声、弹拨的吉他声和嘶鸣的马叫声所包围。我在烤肉的火坑边吃了一块多汁的肉，突然一个穿着废弃军大衣的老人把马停在我面前。他衣衫褴褛，瘦骨嶙峋，牙齿全部掉光，凹陷的脸颊上布满了花白的胡须。他友好地向我打了个招呼，我请他下马，随意品尝土灶里的烤肉。但他只是俯身向我低声咕哝道：

"我来这是要告诉你，你会双喜临门。巫师埃尔布鲁霍告诉我，如果你星期天午夜去他家，你会交上好运。在那之后，你会永远与好运相伴。"

对于我提的问题，老人不愿回答。他只是猛拉了一下马的缰绳，骑马消失在人群中了。然后，我再也没有见到过他。我以前从没听说过埃尔布鲁霍，据我所知，只有老塔胡·塔胡会巫术和魔法。但我很快就猜到，如果岛上还有一个人值得这样一个称号的话，他一定是我那奇怪的兄弟胡安·豪亚。他表现得完全像个巫师。他住在阿库－阿库的房子里，位于老塔胡·塔胡孤零零的小屋前，认为自己周围都是鬼怪。

星期天到了，我们像往常一样去了小教堂做礼拜。鸟儿在屋檐下飞进飞出，像往常一样自由自在、叽叽喳喳地叫着。塞巴斯蒂安神父也像往常一样，穿着他那庄重的长袍站在圣坛上。但是，我们不再是在一个陌生的环境中，被一大群当地人包围着的陌生群体了。我们现在认识了大部分的面孔。长凳上坐着我们的朋友们，有尼古拉斯和卡西米罗两位警察。老帕科米奥、拉扎勒斯和埃斯特万也坐在凳上。"村民船长""皇子"和老帕卡拉蒂四兄弟坐在一起。还有阿坦和恩里克、阿尔贝托和丹尼尔，以及图穆、安德烈斯和巫师胡安三人。按照那个骑马老人所说，今天午夜时分，我要再次见到他们。我时不时地盯着胡安他们三人。他们静静地坐在那里，虔诚地听着塞巴斯蒂安神父说的每一句话。他们和其他人一样热情地唱着波利尼西亚圣歌。他们眼中，之前那种魔鬼似的神色已然消失，一副非常幸福的样子，黑色的胡楂不再让他们看起来像强盗，而是像忏悔的圣徒。

如果我过去问他们为什么一边与阿库－阿库和地下恶魔打交道，一边还要来塞巴斯蒂安神父的教堂里，他们肯定会感到惊讶，也许会像小阿坦那样回答："我们是虔诚的基督徒。所有这些都是奥特拉－克萨－阿帕特，也就是'不同的两件事情'。"

今天教堂要举行洗礼仪式，而我要当教父，所以我坐在妇女那边的第一排长凳上。我后面坐的是阿娜劳拉、她的老母亲和一群打扮得花枝招展的当地妇女。我旁边坐着的是盛装出席的市长，他满脸笑容，旁边还有他的妻子、红头发的儿子和他那穿了一身黑衣的姑妈塔胡·塔胡。今天是市长的好日子。他当上祖父了。他的儿媳给他生了一个胖乎乎的孙子，以弥补那个死于科康戈的小孙女。市长满心欢喜，想以我的名字给他的孙子取名。塞巴斯蒂安神父事先问孩子叫什么名字时，市长回答说：

"托尔·海尔达尔·康提基·埃尔萨尔瓦多·德尼菲奥斯·阿坦。"

塞巴斯蒂安神父用力捋着他的胡子，让他给孩子取一个简短点的名字。当孩子被抱在圣洗池上时，他的祖父高兴地用肘轻轻推了推我的胸口。

"看看他的头发。"他说。

小男孩的头上长着粗浓的火红头发。

孩子在施洗礼后取名为萨尔瓦多·阿坦。他是长耳族的最小后裔。他是继奥罗罗伊纳之后的第十三代子孙，奥罗罗伊纳是艾寇壕沟之战中唯一生还的长耳人。

夜幕降临，全村一片黑暗和寂静，市长家里的一支蜡烛被吹灭，两个身影悄悄地走了出来。考察队的吉普车和一些马匹早就从庆祝活动中回到了安纳根纳。村里和营地里的人们已经睡了几个小时，此时已接近午夜了。

但是，夜深人静时，吉普车又悄悄地回到了村里，关了车灯停在市长家的花园门口，没有任何人察觉。受洗孩子的红发父亲坐在主驾驶位上，小阿坦叔叔则坐在一旁。他们给从屋子里溜出来的两个人让出座位。

吉普车熄着灯，沿着村里的街道向教堂方向驶去，然后驶向海岸，沿着海岸向麻风病防治站驶去。

从屋子里溜出来的是艾德和我。我们并没有回营地，而是秘密地留在市长家里，在夜间任务开始之前睡了一小会儿。当村子在我们身后逐渐变远，我们离"巫师"的房子越来越近时，我开始对可能发生的事情感到不安。吉普车停在离"巫师"家几百码远的地方。艾德和市长的儿子在车上等着，而我和阿坦在黑暗中继续往前走。

过了一会儿，我们又走到那堵石墙前，那把破烂的梯子还靠在墙上，于是我们爬上石墙，我又一次看到了那座幽灵般的屋子，它就夹杂在亮晶晶的巨大香蕉叶之间。这时，阿坦犹豫了。

"你必须先一个人进去。"他低声对我说，"你是我们的大哥。你一定要敲门说：'胡安巫师，祝你好运！'"

于是，我翻过石墙独自向屋子走去。屋子周围一片寂静，犹如坟墓一般。我举起手，用指关节小心地在那扇旧门上敲了三下。

"胡安巫师，祝你好运！"我一字一字地说道。

没有人应答。里面没有任何动静。只有阵阵微风吹过这幽灵般的房子，使得亮晶晶的巨大香蕉叶发出轻微的沙沙声，香蕉叶就像巨大的手指伸向月亮。我听到远处海水冲刷海滩的微弱声音。

"再试一次。"小阿坦在墙的另一边低声说。

我又敲了敲门，重复了那句话。应答我的还是只有风声。

现在我开始怀疑了，也许这又是一个陷阱，也许他们又在考验我。阿坦看到我在犹豫，低声告诉我必须再试一次，他们一定是为了祈求好运睡着了。但这三个人不可能都睡着了，况且他们还要接待我们呢。我开始觉得有些沮丧了，他们是站在门后等我的阿库－阿库去见他们吗？顺便说一句，我左边那个地方沙沙作响的声音真是太大了，巨大的香蕉叶遮住了所有的月光，导致树下的地面一片漆黑。他们是不是藏在灌木丛里，看我的阿库－阿库是否会帮助我呢？有一两次，我好像听到里面有些许动静，但没有人来开门。当我试了几次后，我放弃了，转身要走。忽然，我清楚地听到门后有一阵轻微的声音，于是，我最后一次转身敲门。

"胡安巫师，祝你好运！"

门慢慢地开了。一个年轻女子拿着自制的牛油灯走了出来。我看了看她身后，没发现有其他人，只有那张小桌子和几只空木凳。那天，就是在那里，我接过了朗戈－朗戈书和通往洞穴的"钥匙"。

她告诉我，那三个人已经走了。她觉得他们应该是去洞穴了。

原来是这样。我猜他们认为我的阿库－阿库会跟着他们的足迹找到他们，这样，我们就可以在洞穴里碰面了。

阿坦立刻决定到村里去找安德烈斯。他迅速地穿过田野向西南出发。女人把牛油灯熄灭，坐在墙边的木凳上。她让我也一起坐下，我立刻认出了她。她是胡安·豪亚的妻子，也是市长最小的妹妹。我情不自禁地注意到她在月光下美丽的轮廓，她一点也不像波利尼西亚人。她使我想起一位阿拉伯或闪族美女。她有着略带弧度的鼻子和薄薄的嘴唇，这是一种古典美人特有的外貌特征。她的皮肤也很白皙。但她是一个地道的复活节岛岛民，实际上她是个纯正的长耳人，考察船上还保存着她的血样呢。

她是个聪明的女人，和她交谈毫不费力。我们在一起坐了很长时间，一点钟到了，两点钟也到了，阿坦还没有回来。当我们坐在月光下闲聊时，我从她那里得到了很多信息。她告诉我，这三个男人断定，我应该有一个羽毛制成的阿库－阿库，因为我们上次在这里讨论过羽毛制品的事。但为了赋予它力量，他们去了老塔胡·塔胡家里，老塔胡·塔胡杀了一只鸡，做了一顶鸡毛冠，准备给我戴在头上。几个小时前，他们把鸡毛冠放在桌子上，那时她正在床上睡觉，但现在鸡毛冠不见了。因此，她想，他们正拿着鸡毛冠在洞穴里等我呢。她不知道那个洞穴在哪里，她只知道，她丈夫晚上去洞穴时总向北走。她对洞穴和洞穴习俗很了解，但从未见过真正的洞穴。

我想，如果这三个人要再考验我，这个关于鸡毛冠的信息可能会非常有用。这样的话，我准备用我了解的新情况给他们一个惊喜。

又过了一个钟头，到了三点钟，小阿坦穿过田野，从村里跑过来了。他终于在他们的姐姐家里找到了安德烈斯和胡安，图穆和他们俩在一起。图穆要求他们也和姐姐讲讲把洞穴移交给我的事，因为她和兄弟们一样，对这洞穴也有份。现在她怒不可遏，因为弟弟们先斩后奏，他们拿着我给的漂亮礼物试图安慰她，但她仍然怒火难消，威胁说如果他们把洞穴给了别人，她就要不客气了。她甚至根本不听阿坦的劝说。图穆和他们试图一起寻找一个能使姐弟三个人都满意的解决办法，但是现在不只是图穆，安德烈斯和胡安也已经完全绝望了。他们请我原谅他们没有准时赴约，但是，他们觉得胡安的姐姐迟早会同意的，所以我必须耐心等待。

我们一直等到四点钟，然后，我出去安抚那两个还在吉普车里等着的人。我们最终决定放弃，准备开车回村里，这时，我们突然听到身后奔腾的马蹄声。原来是巫师胡安以最快的速度来追我们。他是从北边来的，而不是从村里来的，追上我们以后，他让我们掉头跟着他。他看上去非常兴奋。我们随他而去，沿途没有灯光。胡安骑马走在前面，我们在月光下沿着海岸一路跟着他，不久就经过了麻风病防治站。很快，胡安示意我们停下来，在大岩石的阴影处下车。

那时的我又困又冷，浑身僵硬，当我从吉普车里爬出来时，有两个人从岩石后面冲了出来，一下子向我扑来。我还没反应过来，他们就伸出双臂，把一顶鸡毛冠戴在我头上。巫师胡安从马上跳下来，把马拴在一块石头上，迅速地在胸前挂上一串长长的羽毛。他解释说，这是为了表明，我是大哥，他是老二。他让我跟着他走，我们快速穿过布满石块的原野，艾德、图穆、安德烈斯和阿坦紧随其后。那个红发男孩留下来守着吉普车。

塔胡·塔胡的鸡毛冠是仿照哈乌－德克－德克制作的复制品，哈乌－德克－德克以前是复活节岛著名的头饰，在一些博物馆里也有标本。我头戴着摇曳的羽冠，大步走过满地石块的原野，仿佛回到了童年。在月光下扮成印第安人跑来跑去，好像在闹着玩儿。过了一会儿，我蹲下来吃了两只鸡的尾部，同样也感到啼笑皆非。

之后，我们在一条古老的、风化了的熔岩流的遗迹中掀起了几块石头，我头上戴着鸡毛冠，第一个爬下了竖井。到了下面以后，我们进入了一个宽敞的洞穴，但洞顶低矮，且凹凸不平。洞底铺了一层年代久远的干草。在入口的右边有一座用芦苇垫盖着的小祭坛，祭坛上有一个高大威严的石质头像，旁边有两个骷髅头。其中一个是真的，另一个是用石头雕刻的，后者有一个奇怪的嘴，嘴向前凸起又向上翘，嘴的末端像一个小碗或油灯，它那巨大的空心的眼睛仿佛在盯着眼前的小碗或油灯。对面是一具白色骷髅和一根细长的石杵，石杵顶端呈人头状。

洞穴中间是一个低矮的石台，上面铺着一层干草，干草上铺着芦苇席。巫师胡安让我坐在那里，像他祖父一直做的那样，朝着指定的方向凝视。四周墙壁也筑有石阶，上面放着迥然各异的石雕，有些图案来自现实，有些来自想象。此外，我坐的位置两边各有一个黄色的芦苇小包裹。

巫师胡安做的第一件事，就是把那只芦苇船的模型和挪威小旗拿了出来。

"这是你的血。"他用沙哑的声音小声对我说，手里紧握着小旗。"然后你就有属于自己的新的力量了，这样你就有了伊普梅恩戈。"他指着包裹补充说。

我激动得屏住呼吸，打开了芦苇包，盯着里面的东西。每个芦苇包里都放着一个棕色的无釉陶罐。这一定是安德烈斯在生我气的时候，执意给塞巴斯蒂安神父看的三只神秘罐子中的其中两只。

"在另一个洞穴里，他还收藏了许多不同种类的陶罐。"图穆插话说，"里面全是，等你回来定居的时候就都归你了。"

两只棕色罐子中的其中一只，有一圈简单的雕刻装饰。胡安说这是一位"老爷爷"雕的，代表参加过战争的人们。罐子放在这里是给阵亡战士饮水用的。

后来，我们在营地打开这两个罐子，只有贡萨洛认出了罐子的来历。他在智利见过像这样的罐子，那里的印第安人世代都在做罐子，今天的智利可能只有偏远地区的人在做这种罐子。这些手工制成的罐子并不是用陶工的旋盘转出来的，而是按照真正的北美印第安人的制作方式，用一圈圈黏土压在一起制成的。这种类型特殊的罐子是如何传入复活节岛的呢？是很久以前还是近代才传入的呢？这些罐子有什么价值，可以被放在家族洞穴里和石雕一起收藏呢？为什么胡安不把供鬼神喝的水倒进玻璃杯、金属罐或咖啡壶里呢？当地人的小屋里从来没有陶器，那么，他还会拥有更多像这样的罐子吗？应该有的，因为我们发现这两个罐子，都不是安德烈斯给塞巴斯蒂安神父看的。

还有一次，我听说复活节岛上有一个洞穴里面有古老的陶罐。那洞穴是恩里克一个表兄弟的，但他现在已经乘坐"平托号"去了智利。

拂晓时分，晨鸡初鸣，我悄悄地从市长花园的大门溜进了他家。屋子里连个人影都没有，我的床和离开时一样整齐。桌上放着不知谁拿来的水果和烤鸡，但此刻最重要的是，我能在崭新的白床单——屋子的主人计划搭"平托号"旅行时我送的礼物——上放松一下。

"唐·佩德罗市长先生，"那天早上晚些时候，我这位面带笑容的朋友端着一盆水踮着脚给我送进来时，我说，"谢谢你昨晚的盛情招待。但是你什么时候带我去看你的洞穴啊？"

"别紧张，先生。如果不是昨晚运气好，你一定不会出去吧？"

"我昨晚运气是好。但我很快就要离开这里了。我什么时候能进奥罗罗伊纳的洞穴啊？"

"别急，先生。你从我这里拿到了'钥匙'。它不是就在你的床下吗？"

哦，是的。想到这件事，我禁不住在心里偷偷笑了，因为我藏在床底下的是一个长耳人的头像，这"钥匙"真是和我想象的完全不同呢。

但是，近来在市长身上发生了太多出乎意料的事情。自从出院以后，他就有点古怪，感觉不像是我之前所认识的那个人。正如人们所想的那样，他变得又瘦又憔悴，但在凹陷的脸颊上方，他狡黠的眼中闪烁着新的光芒。他似乎很兴奋，过于乐观，满脑子都是异想天开的事情。他不再害怕他的祖母了。现在，他要搬空洞穴，我们都将成为千万富翁。他打算买一艘小轮船，经营从美洲大陆到这里旅游的定期航线。他的弟弟，也就是那位"村民船长"，能参照星星的方位掌舵。他那红头发的儿子已经学会了驾驶吉普车，也可以打理轮船发动机的机务工作。岛上的每个人都会变得非常富有，因为他带来的游客会购买更多的鸟人雕像和摩艾－卡瓦卡瓦小石雕——比岛上所有人能生产的数量还要多。

我曾试图消解市长过于膨胀的乐观情绪，但毫无用处。他告诉我，为了"好运"，我不该说那么扫兴的话。尽管市长住院时夸夸其谈、信誓旦旦，但自从他康复后，一块石头也没有给我，也没有来支持我的工作。突然间，他变得很忙。毕竟，他是市长，的确是个大忙人。

但有一天，他出乎意料地赶来，在花园门口迎接我。"祝你好运！"他说。

他兴奋地低声说，今天是幸运的一天。然后，他当着船长的面告诉我，塔胡·塔胡同意他把奥罗罗伊纳洞穴的"钥匙"给我，但有一个条件：我离开岛时，要带着塔胡·塔胡的大儿子，还有市长父子俩。我允诺会和总督谈这件事，市长高兴得跳了起来。他立刻热情地邀请船长和我进屋。在我常坐的那张圆桌旁，我们发现还坐着一个长相粗野的人，他的鼻子又扁又大，头发卷曲。尽管他努力微笑，但似乎并不显得特别和蔼可亲。桌上放着两个空杯子和一瓶打开的智利薄荷酒。那人的眼睛里布满了血丝，看上去好像已经把瓶中的酒喝了大半。但是他并没有喝醉，反而站起身来，亲切地伸出一只大手打招呼。

市长客气地向我们保证他是一个好人。这个人是他的表弟，也就是塔胡·塔胡的儿子。他父亲的原籍是土阿莫土群岛。

"他帮助了我们，"市长向我保证，"是他说服了塔胡·塔胡。"

接着，市长又拎起一个袋子，把它提到胸前，神秘地低声说，"钥匙"石是这个头像，上面有三个小孔，里面装满了用祖先的骨头做成的致命的骨粉。但是，他们已经小心地把骨粉都倒出来了，所以头像也不再危险了。那个眼睛里布满血丝的人阴沉地点了点头。

这个细节在小阿坦的洞穴中也有。但当市长从袋子里拿出"钥匙"石时，出现的并不是咧着嘴笑的骷髅。恰恰相反，这是一个乐呵呵的石猪头，它有着可爱的鼻子、圆圆的脸颊、长长的耳垂，就像儿童故事书《三只小猪》里最欢快的那只，就是那只在狼的面前跳舞、用稻草盖房子的小猪。与故事中可爱的小猪不同的是，这只猪的牙齿弯曲，比狼的牙齿弯得还厉害，它的头顶上还有三个用来盛放人骨粉的小洞。

市长和他表弟阴郁的目光从"钥匙"石上转向我们。我尽量装出和他们一样严肃的样子，但市长一定察觉到了我眼中压抑着的喜悦，因为他突然微笑着，深情地吻了一下猪头的鼻子。船长和我都几乎笑出声。我赶紧为市长送给我猪头表达最深的谢意，船长则拿起一个装满其他雕塑的纸箱，然后，我们朝门口走去。市长把猪头石像放在我的床下，并让我耐心地等几天。他忙活了好几个晚上，一定是在准备"乌幕"烤鸡，这样在我们进洞的时候一切才会顺利。

结果，几天变成了几周。市长似乎有烤不完的鸡。小安妮特总是躲在床下面玩弄那个小猪头，所以猪头在床下一点也不安全。还有，我们可不喜欢把石雕放在帐篷里，因为石像的洞里经常爬出蝎子来，其他洞穴的雕像都是按照捐赠者的要求带到船上的。

"是的，的确，我昨晚有好运。"我一边重复道，一边从床上爬起来，从市长手里接过洗脸盆，"'钥匙'石像在我的帐篷里，但我现在必须把它拿到船上去，因为我们这周末就开船了。"

市长一听到这个消息，马上改变了态度。显然，市长已经烤了足够的鸡，因为他终于确定了进洞的时间。他同意比尔去，摄影师也可以去，但人不能再多了。

在市长选定的那天下午，有一些当地人来参观我们的营地。第一批到达的人带来了他们的传统木雕品出售，帐篷外还有热闹的讨价还价声。

骑马来的当地人中有一个沉默寡言、生性迟钝的少年。他带着六个用布包裹着的破旧石像来到我的帐篷。其中一个石像上面已经长了青苔。

"这些是谁刻的？"我问道。

"我刻的。"男孩冷冷地回答。

"不可能是你。这上面都长了青苔。"

男孩没有回答，但是他的嘴角低垂下去，看起来好像要哭了。接着，他告诉我，如果他父亲知道了，肯定会揍他一顿，因为这个男孩知道他祖父洞穴的入口。

我送了很多礼物给他和他父亲，小伙子高兴地骑着马回家了。也许他知道一个没有人看管的洞穴，后来这件事就没了下文。

这些当地的木雕师在营地里一直待到天黑，然后成群结队地骑马回家。他们刚离开，就有一个骑马的当地人从山上来到营地。他拴好马来到我的帐篷里。原来是巫师胡安，只见他神情严肃，一脸忧心忡忡的样子。他拥抱了我，叫了我一声大哥，然后急切地告诫我：如果再有人拿石雕来找我，我绝不能接受，因为这会给我带来"厄运"。我现在所收下的石雕都不成问题，但不能再继续下去了。从现在起，我一块石雕也不能接受。他的阿库－阿库知道村里发生的一切，哪怕我再接受一块石雕，他也会知道的。他说，看在我们兄弟情谊的分儿上，我必须答应照他说的去做，否则我会后悔的，而且我永远也别想看到他藏有伊普梅恩戈的其他洞穴了。

说完，他送给我一个精美的芦苇船石雕，上面有一个头像和两个帆，是他从第二个洞穴里取出的，送给我当作纪念品。他如此诚恳地告诫我，几乎是在恳求，我意识到他可能有难言之隐。

巫师胡安完成他的任务后，就骑上马消失在夜色中了。

那天傍晚的时候，一对年轻夫妇骑马沿着吉普车的车辙从村里过来。他们是岛上最谦卑、最有礼貌的两个当地人。男人叫莫伊斯·塞肯多·图基，他是我最出色的工人之一。他的妻子名叫罗莎·保亚，她和丈夫一样安静朴素。我从来没有和他们谈论过洞穴的事情，当他们默默地从一匹马背上卸下一个沉重的袋子，问他们是否可以私下给我看里面的东西时，我很惊讶。他们把袋子倒空，摆在我的床上，一共十七件奇形怪状的石雕。其中一个石雕是一个女人背着一条用绳子穿起来的大鱼，这让我回忆起秘鲁古老沙丘坟墓中特有的一个陶瓷装饰图案。

罗莎诚恳地回答了我所有的问题。她的父亲是恩加鲁第家族的一个短耳人，名叫西蒙，他把这些石雕给了她，让她和我交换一些物品。他是从曾祖父那里继承的这些雕像，她并不知道曾祖父的名字。但这些石像都取自奥朗戈附近悬崖上一个封闭的洞穴，这个洞穴叫马塔特帕伊纳，意思是"稻草人的眼睛"。这个洞穴里还藏着另一个家族的石雕。但自从玛尔塔·豪亚过世后，就再没有人擦洗过这些石雕。

我很想得到这些独特的石雕，但出于对巫师胡安的敬畏和他那让我记忆犹新的紧急告诫，我现在时刻保持警惕，不敢贸然行事。谁知道他的阿库－阿库是不是在暗中监视我？巫师胡安匆匆拜访一定有他的原因，但我又不想错过这些石雕。我告诉那对夫妇，我的阿库－阿库刚才告诫我不要接受这些石雕，但它也可能会改变主意。所以，他们必须把麻袋里的东西藏好，在我们的船离开岛的那一天再来找我一次。

夫妻两看上去非常苦恼和困惑。他们并没有起身，脸上写满了不解。但当我送给他们一些礼物以表友谊时，他们感激地把礼物塞进装满石雕的袋子里，悄悄地走出了帐篷。

我挠了挠头，想不明白到底发生了什么事，后来我把灯熄了，准备先睡一觉，因为午夜还要约见市长。刚眯了一会儿，摄影师就来告诉我吉普车已经准备好了。我们要在村里的一个集合点先接比尔，然后再带上桑内大副，他要执行另一项秘密任务。一位上了年纪的当地人向我吐露，他知道一个洞穴，里面放着一个红头发的人头。他自己不敢碰，但他愿意向任何不怕夜间在海里游泳的人，指明那地方的位置。没有什么能让桑内大副畏惧，他天不怕地不怕，所以这个任务就交给他完成。市长也曾经提到过这样一个人头，据说是在他的洞穴里。难道这些洞穴里还有木乃伊似的人头？我们很快就会找到答案。

当我们一行六人悄悄溜到塔胡·塔胡家时，已经是后半夜了。除了市长、他红发的儿子和他的表弟之外，还有比尔、摄影师和我。在塔胡·塔胡小屋下面的碎石坡上，我闻到了土灶里香喷喷的烤鸡味，很快我们就围成一圈，蹲在地上狼吞虎咽了，当然，我还是要先吃鸡的尾部。我已经熟悉乌幕塔卡普的仪式，但从来没有一个仪式像那天晚上那样欢快。当地朋友们都很放松，市长在地上坐着，显得无比自信，吃完就把鸡骨头随手扔给阿库－阿库，好像它们是站在我们周围乞讨的狗一样。他吃饱了以后，走到一边点了一支烟，抽完烟后又走过来，客气地对大家说我们可以进洞了。

这次的洞穴入口就不只是几步之遥了。我们先爬过墙，跌跌撞撞地走过崎岖不平、满地乱石的田野，然后沿着蜿蜒的小路一直向前走。我们走了大约十分钟，离我们刚才吃饭的地方已经很远了，市长终于在一堆石头旁边停了下来。我们过来仔细察看，很容易就发现石堆中间的石头有刚被挪动的痕迹。

市长让我拿出包里的"钥匙"石像，说我必须用这个才能找到入口，当我找到入口的时候，我必须对着石堆大喊一声："我是从挪威来的长耳人，开门！"

我径直走到石堆跟前，将猪头石像如探雷器一样拿在手上，对着可疑的石头指去，嘴里重复着市长教的咒语。过了一会儿，我搬走了几块石头，沿着一条狭窄的竖井往下滑。

到达底部时，我慢慢地从竖井里钻出来，像个盲人一样小心翼翼地挺直身子，这时我感到脖子碰到了一个尖锐的凸起物。我撞到的不是洞顶，而是一个活动的物体。洞穴里一定有什么！还没来得及多想，我就扑倒在一边，连忙打开手电筒。不出所料，有东西在动。这到底是什么？手电筒的灯光照在一只巨大的鸟身上，这只猛禽张着翅膀，长着钩状的喙，背着一个骷髅。噢，原来这只鸟是石头做的，是用绳子吊在洞顶上的，荡来荡去。自从奥罗罗伊纳时代以来，这只鸟已经在那里悬挂了十一代，但它看起来竟然出奇地崭新和发亮，而吊着它的那根绳子也很新。

我用手电筒把洞穴里面照了个遍。洞穴并不大。地上铺着三张芦苇席，上面放有一排平行的扁圆的石雕，每一块石雕上都刻着一个放大的图形符号，正是这些图形构成了朗戈－朗戈文字。每张芦苇席上都放有一个留着山羊胡的小头像作为护洞神。我立刻看出，市长给我的各种精致的雕像不可能取自这里。这里唯一引人注意的物品是一艘石质帆船和角落里的一个大石碗。两个都做得很好，但看起来都像悬在屋顶上的鸟一样新。

我朝石碗里看了看。里面有十一绺头发，颜色有红有黑，大部分是红色的，分别用细树皮条打成精致的结捆在一起。但是，这些头发一点也不像木乃伊般的头发那样干枯和暗淡。所以，这十一绺头发一定是最近刚从活人身上剪下来的，因为它们仍然柔韧而有光泽。

自从看到那只在屋顶上荡着的石鸟之后，一直隐藏在我心中的怀疑现在终于得到了证实。这个洞穴里的雕塑并不古老，它们是最近才制成的，整个洞穴纯粹是一种人为的设计，我们走进了一个陷阱。我首先想到的就是出去，这就是巫师想警告我的事情。

比尔的双腿已经摸索着穿过洞壁上的竖井洞口，准备进来了，想阻止他已经来不及了，摄影师跟在他后面。现在争吵没有用，因为如果上面的三个当地人意识到我们看透了这个阴谋，他们可能会恐慌。这样一来，如果他们在惊慌失措下用石头堵住我们上方的竖井，我们就真落入了一个完美的陷阱，被困在这个四周都是坚硬岩石的地方了。

"我们被骗了。"比尔刚从竖井里进来，我就对他说，"我们得尽快离开这里。这里不是一个家族洞穴，这些也不是旧石雕！"

比尔看上去很惊讶，也十分不理解。他蹑手蹑脚地走到刻有朗戈－朗戈文字的石雕跟前，仔细看了看。

"这里没有什么东西是古物。"他回头低声对我说。

"你看那只石鸟、那艘石船，还有那只装有头发的石碗。"我回道。

比尔用灯照了照这些东西，然后对我的看法表示认同。我看到市长表弟在我身后那布满血丝的眼睛。他正聚精会神地打量着我，但不明白我们用英语在低语什么，我也看到了市长在灯光下的脸，他已紧张得汗流浃背。他儿子正用大眼睛环顾四周。现在必须马上离开这里。"这里的空气不好。"我揉着额头对市长说。

他立刻表示赞同，然后擦干了汗水。

"我们上去再说吧。"我说着，朝竖井走去。

"同意。"市长说，然后朝竖井走去。

当我站在辽阔的天空下，看到其他人一个接一个地从洞口爬出来时，我顿时感到一阵轻松。

"我们现在就走。"我直截了当地说，然后拾起躺在石堆上那该死的猪头石像，它正带着狡诈的笑看着我呢。

"同意。"市长说，然后跳了起来，仿佛要证明这里确实不宜久留似的。

于是，我们这支小队伍默默地原路返回，谁也没说话。我走在最前面，又困又累，心里咒骂着。市长则紧跟在我后面，比尔和其他人跟在市长的后面。市长的表弟也匆忙离开了，不久他的儿子也离开了。

在村子附近，摄影师和我向比尔道了晚安。当时已经凌晨两点了，他必须回到他借住的那户当地人家去。临别时，他低声对我说，如果我能说服市长今晚就带我们去他真正的洞穴，他也就没有工夫再捣鬼了。

到了村里，我让摄影师在吉普车里等着，然后径直沿着花园小路向市长家走去，市长紧跟在我身后。

我走进屋子，一言不发地坐在圆桌旁。市长立刻坐在我旁边，他故作不知地盯着墙上，眼珠子转来转去。我用手指敲击着桌面，他紧张得在椅子上轻微地挪动了一下。我试着让他看着我，他又佯装不知情地用大眼睛回望了我一两分钟，然后又环顾四周的墙壁。我们可以这样坐一整晚。他不愿接受失败，他抱着比赛还没输的希望。

"真倒霉，佩德罗·阿坦。"我开口了，我注意到自己的声音在颤抖，"无论对你还是对我，这次进洞都够倒霉的。"

市长的胸膛开始起伏，他屏住了呼吸，然后他突然放声大哭，把头靠在胳膊上。随后，他躺了一会儿，依然抽泣得很厉害。接着，他跳了起来，冲进小房间，躺在床上呻吟着。最后，他安静下来，又回到我坐的房间。

"都是我表弟的错，我那个坏表弟。我和你一样以为我们要去一个有着古老石雕的洞穴。"

"但是，给我们指路的是你！"我提醒他。

他站了一会儿，想了想，然后又哭了起来。

"这都是他的主意，我不该听他的！"他大声哭着冲出去，然后又跑回来。

"先生，你跟我要什么都行，真的，只要不是洞穴的入口。我愿意把所有的石雕都拿出来给你！"

"你其实不必非要带我们去洞穴，但如果不这样做，就没人相信你的石雕是从洞穴里拿的了。毕竟你太会做石雕了。"

我愤怒地朝桌子上那装在袋子里的该死的猪头石像点点头。这个猪头石雕做得真好。虽然我又累又沮丧，但一想到狡猾的市长，我就忍不住嘲讽自己，他让我像个白痴似的，把猪鼻子举在石堆上乱晃。

"如果你今晚不带我们去真正的洞穴，恐怕你会雕刻出很多新的石像去准备另一个骗局吧。"我说完，起身要走。

"今晚，我可以带你去另一个秘密的洞穴。"市长绝望地说。

"是奥罗罗伊纳的洞穴吗？"我问道。

"不是，但里面全是古物。"

我拿起装着猪头石像的袋子，那是当晚冒险活动的唯一纪念品，然后兴趣索然地走到门口。

"如果你今晚改变主意的话，你可以去拉普的小屋找比尔，现在我要回安纳根纳了。"

市长几乎绝望地站在门口，咒骂着他的表弟。我既疲惫又沮丧地走了，准备和车上耐心等待的摄影师一起回营地。

我们刚沿路开车离开，不悦的市长就径直走到拉普的小屋，叫醒了比尔，当即提出带他去一个真正的洞穴。比尔当时非常困，也厌倦了市长的套路，当他听到摄影师和我都已经回安纳根纳时，他也就不想去了。

所以，市长只好在黎明前独自回家。

大约在同一时间，桑内大副游到离麻风病防治站不远的岸上。那个老人家拒绝让他乘船，所以他只好在夜色下游到一个荒芜的熔岩岛上。上岸后，按照当地人给他的指示，他找到了几个洞穴。在其中一个洞穴里，他真的看到了一个有着红头发的人头。人头的一侧掉了一缕极细的红棕色头发，头发没有光泽，干枯而易脆。他把这缕头发放在一个袋子里带了回来。

如果市长在疾病康复后没有四处走动，从他红头发和黑头发的亲戚头上剪下头发，那么，那只石碗里的头发本应该也是这样子的。都怪科康戈！这显然给了市长一个沉重的打击，使他又开始相信死去的祖母和阿库－阿库了，而我却沦为一个试图欺骗他的普通人。结果就是，他决定反过来欺骗我，阻止我进入他自己的洞穴。但为了避免激怒不知藏在何处的阿库－阿库，他在离洞穴很远的地方，在塔胡·塔胡家的墙下挖了假乌幕，因为他指望在那里得到塔胡·塔胡姑妈的同情和保护。

第二天下午，市长的红发儿子胡安独自骑马来到营地，看上去很伤心。胡安是一个特别英俊、体格健壮的小伙子，和长耳族阿坦家的其他人一样，他的外表丝毫没有波利尼西亚人的特征。他沮丧地告诉我，他父亲好像要死了，市长拒绝见妻子，拒绝吃喝，只是躺在床上，呻吟着，哭泣着，嘴里念叨着"厄运"。其实前一天晚上，胡安就从我的脸上看出洞穴有问题。但他以前从来没有进过这样的洞穴，所以他认为一切都没问题。

当我告诉他所发生的一切时，他愣住了，眼泪夺眶而出，顺着脸颊流了下来。他说他父亲后来直接去找了比尔先生，要带他去看另一个洞穴，但是没有康提基先生的指示，比尔先生是不会去的。如果我给比尔先生写张字条，他会设法从父亲那里打听到另一个洞穴的具体位置。这样一来，他和比尔先生会把"好运"带回岛上。

于是，我给比尔写了一张字条，胡安飞快地骑马回村了。

比尔收到我字条的那天，一直有两个人在盯着他。当地人也开始盯着拉扎勒斯，所以我再也没能进入他位于维纳普的第二个洞穴。午夜时分，比尔设法摆脱了盯着他的人，在约定的地点见到了胡安。胡安随身带着他父亲画的一张简陋的地图。

从地图上看，他们必须先去阿胡特佩乌，那里位于麻风病防治站以北，是一片岩石地带。胡安备好了两匹马，准备了一大卷长绳，然后他们就在黑暗中出发了。当他们深夜到达时，又拿出地图来继续看路。他们要越过牧羊场高高的栅栏，并把马留在那里。然后，他们下一个目标是右边露出地面的一些大熔岩石块。在海岸悬崖边上，有一块埋得很深的石头，可以把绳子固定在那儿。他们几乎要沿着绳子爬到尽头，才能找到那个洞穴。

他们找到了地图上标的篱笆、露出地面的熔岩石块和悬崖边的一块圆石。将绳子在圆石上系好拉紧后，胡安在黑暗中爬了下去。他们没有先吃鸡肉，也没有做乌幕塔卡普，这次没有举行任何仪式。胡安下去了好一阵儿，上来的时候都累趴下了，他说下面根本没有洞穴。他们又找到了另一块石头，试了试，结果还是一样。他们沿着海岸把绳子挨个儿系在岸边的石头上，不断尝试下去寻找。最后，胡安上来的时候已经筋疲力尽。在比尔的帮助下，他才勉强爬上悬崖边。不过这次他终于找到了那个洞穴。

比尔在黑暗中也顺着绳子下去了。首先，他从一个陡坡下到一个有立足点的壁架上。但是在那里，绳子没有贴紧崖壁，而是悬在空中。他继续往下爬，在黑暗中，只能听到下面很深的地方传来激浪拍打岩石的声音。但是，他什么也看不见。当他悬在半空中时，突然，他看到眼前的岩石上有一条水平的裂缝。他以为可以搞清楚里面有什么东西，但里面太深了，他够不着，而且裂缝很窄，头也伸不进去。借着手电筒的灯光，他和胡安终于看到，狭窄的洞穴里全是被厚厚一层灰尘包裹着的石雕。胡安设法把腿伸进裂缝里，用脚钩出一个有着鹰钩鼻的头像，这个头像还留着长长的络腮胡须，这种风格让人想起中世纪时基督教的雕塑。他们两人爬下悬崖几乎用尽了力气，差点没能爬回六十英尺高的悬崖顶上。

两人都不能冒险再次下去了。

第二天早上，比尔给我写了张字条。他觉得这就是我们要找的那个家族洞穴。据他分析，完全有理由相信这次的洞穴是真的。

我检查了一下他们带回来的奇特的头像石雕。这确实与前天晚上看到的新刻石雕不一样。这个很明显是古物。

于是，在我们的考察队中，我选了两个最棒的攀登好手：厨师和副轮机长。在倾盆大雨中，由胡安和比尔带路，我们在大白天骑马来到了阿胡特佩乌的洞穴。最后，我们到了牧羊场，从湿淋淋的马背上下来。我们到达目的地时雨已经停了，所以我们把衣服脱下来拧干，然后我在悬崖边上跑了一会儿热热身子。

突然，微风吹来了一股熟悉的味道。这味道，我能在成千上万的味道中一下就闻出来，是乌幕塔卡普烤鸡和红薯的味道。我问比尔闻到没，作为一个老烟鬼，他果然什么也没闻到。虽然我既看不见烟，也看不见人，但我确定肯定有人在这里做了一件神秘的事。一般情况下，村里人是不会把鸡带到这里的，在悬崖上给自己做一顿美味晚餐的。

胡安把绳子的一头拉紧，然后把另一头扔下悬崖。当我看到比尔之前攀爬过的地方时，我吓坏了，比尔在白天看到那地方时，也吓得脸色惨白。从崖边到海面有大约三百英尺的落差，而这个洞穴离悬崖边缘整整六十英尺。

看到这个高度，比尔实在不想再下去了，我很庆幸我们带了两个攀登的高手。现在已经有了足够多的类似经历，我很乐意把快乐留给其他人，因为这一次我不需要再维护我的阿库－阿库的声誉。两位攀登好手随身带着一个袋子和一根棍子，棍子的末端有一张网兜，便于从岩石缝里套出石像。很快，麻袋空着放下去，满着拎上来，我们把袋子里的雕像取出后，又把空袋子放下去。

这次从洞穴取出的有人头、动物和鬼怪的石雕，这些石雕让人难以置信。突然，比尔大叫一声，只见他手里拿着一个大石罐——一个高高的、曲线优美的带把手的水罐。吹掉上面细小的灰尘后，可以隐约看到一张模糊的恶魔脸和两只复活节岛风格的飞鸟。

"这正是我要找的。"比尔喊道，"不是真的陶器，而是像陶器一样的石头，这种石器以制陶工艺为原型，展示出制作者对陶艺的纪念。"

比尔是个少言寡语的人，从不轻易称赞任何东西，但现在他却激动无比。当年这里发生了内战和种族的灭亡，"阿胡"宏伟的建筑和伟大的石雕被毁坏时，这个洞穴就是隐藏阿胡特佩乌石雕的绝佳地点。

这时，又有一麻袋雕像被拉上来了。袋子里面又有一个带把手的石罐，但这个要小得多。还有一个是男性生殖器的雕像，上面刻着三个人头及一个穿着长羽斗篷的武士坐在海龟的背上。最引人注目的是一条石鲸鱼，它张开血盆大口，嘴里满是牙齿。它的尾巴末端刻着一个骷髅头，背上是一个船形的复活节岛芦苇屋的模型，侧面刻有一扇方形的门，后面是一个五边形的鸟幕灶。六个橘子大小的圆球从它的肚子下面突出来，肚子的侧面有很多平行的线条，令人联想起一种传说中用一捆捆芦苇扎成的奇妙船只。鲸鱼背上芦苇屋外有一段很短的台阶或道路，顺着石鲸鱼的鱼肚一侧往下，一直延伸到类似于船的吃水线位置。

胡安无法解释洞穴里这些奇怪的雕像，他只知道他的父亲曾经被一位老姑妈带到洞穴里过。

终于，厨师和副轮机长拎上来最后一袋石雕。这些都是他们从悬崖裂缝里的一个小墓室里取出来的，大石雕摆在里面，小石雕摆在外面。所有的东西都蒙着一层厚厚的灰尘，有些石雕上面还结着蜘蛛网。这个洞穴里既没有芦苇席子，也没有骷髅，只有雕塑，一共二十六件。

回去的路上，胡安骑着马与我并肩而行，他的眼里似乎存有疑问，好像在问我满不满意。

"太棒了，"我说，"此行收获颇丰。但还是替我告诉你父亲，这并不是奥罗罗伊纳的洞穴。"

我们在比尔住的拉普家卸下了所有的石像，当我们经过村庄教堂时，我溜进去见了塞巴斯蒂安神父。他正双手合十，在房间地板上来回踱步，当听说市长带我们看了一个真正的洞穴时，他非常激动。他真诚地为假洞穴的事而难过。塞巴斯蒂安神父在感染了严重的科康戈后，已经卧床了很长一段时间。即使在病床上，他也密切关注着发生的一切奇怪的事情。每当我晚上偷偷进去看他时，他都穿着睡衣坐起来，睁大眼睛听我说。他总是能额外补充有趣的信息给我。他曾告诉我，他听老人说，在阿胡特佩乌以北海岸的悬崖上，有几个洞穴里确实有"东西"。

村里人很快就知道了过去几天发生的事情，村子里也开始发生一些奇怪的事情。人们都去骚扰那个可怜的市长，等他一出门就大喊他是"来奥来奥"，就是撒谎的家伙。每个人都试图利用这个事情为自己捞些好处。

骂得最凶的人反而回家偷偷雕刻石像去了。既然秘密洞穴的石刻图案已经被外人发现了，他们就没有理由坐在那些千篇一律的木制雕像前苦干了。他们现在做石雕时，不再制作巨型石雕的模型，也不再制作有鼻子、眼睛的稚拙派石像。一种独特而成熟的石像风格，突然在当地人中间大放异彩。很明显，一种新的工艺已经诞生，建立在一种旧的艺术形式基础之上，而这种旧的艺术形式，过去一直把没有特权的底层人民排除在外。

到目前为止，还没有人试图出售一块洞穴石雕。所有的交易都以交换礼物的形式进行。但是新雕刻成的石像和促销的木雕属于一个等级，可以公开售卖。有些人把石像放在泥土里揉搓，有些人用腐烂的香蕉叶鞭打石像，使它们看起来像是曾经被腐烂的叶子包裹着的模样。有几个人带着这些雕像偷偷溜进营地，来碰碰运气。但也许，康提基先生的阿库－阿库并非无所不知，因为如果是的话，他会让市长把自己骗进假的洞穴吗？

在复活节岛上，一切都有可能发生。有些人明明带来新的雕像，非得说是旧的；有些人在我们开船前的最后几天尝试相反的方法，竟把旧的说成新的。他们的做法和那个迟钝少年一样，他们拿出旧的石雕，说是他们自己做的。如果我们指出石雕上的苔藓和残缺的表面，或者发现他们自己都没有看到的风化迹象，他们就会给出最难以置信的解释。他们声称，他们的雕刻风格和主题是从复活节岛旧书中的照片上学来的，在我们来之前，任何探险家或作家都没有见过这种洞穴石雕。当我问他们是否在拉瓦歇里的书中见过时，他们就掉进了陷阱，说"是的，就是那本书"。

我开始不明白到底发生了什么事，但很快就清楚了。原来，当地人对岛上禁忌的敬畏已然开始瓦解。发生了这一切之后，村里的一些人已经不再那么害怕阿库－阿库了。康提基先生没有无所不知的阿库－阿库，洞穴里也没有。迷信已经被迷信破除，就像森林大火被逆火扑灭一样，在村子里许多人家，迷信已被破除。但是，尽管人们对阿库－阿库的敬畏正在消散，但仍有一件事困扰着当地人：如果一个人打破了禁忌，从他的家族洞穴里拿走石雕，一经公开，他就会遭到邻居的指责。至少，他们仍然害怕这一点。

只有市长一直待在家里，沉默寡言。我们拔营之际，他的儿子胡安又来找我。他说他父亲厌倦了被冠以"骗子"的称号。从我们登陆的时候起，直到我们去到那个倒霉的洞穴，他始终都没有骗过我。现在，他愿意告诉我和我的朋友，他告诉我们的关于奥罗罗伊纳洞穴的一切都是真的。塞巴斯蒂安神父和总督也可以来确认他有没有撒谎。他愿意带我们去那个家族洞穴，因为唐·佩德罗·阿坦不是一个可怜的家伙，也不是一个喜欢信口开河的骗子。

很快，市长就和我们定好去奥罗罗伊纳洞穴的日子。那天深夜，我和比尔、艾德、卡尔、阿恩一起，开车到村里去接总督和塞巴斯蒂安神父。他们陪我们去市长家。市长在门口张开双臂热情地迎接我们，有说有笑地把我们带进起居室。他把圆桌收起，地板上堆满了石雕。原来，市长在最后一刻又改变了主意，他匆匆取出了四十件石雕。他向塞巴斯蒂安神父解释说，他不能带我们进入奥罗罗伊纳的洞穴，因为洞穴里的石像太多了，他不能把它们都交给我。如果他把我们带到洞穴的入口，秘密就不复存在了，他也就没有地方收藏这些珍贵的藏品了。

地板上有相当多的石像，但我立刻注意到大多数仍然是最近制成的，因为有人曾拿到营地想要出售给我们。其中还有几个是仿制品，是仿造市长在阿胡特佩乌那个陡峭崖壁上的小洞穴里的石雕刻成的。市长到底在干什么？这是他第二次欺骗我们，完全是徒劳啊。

"你在搞什么名堂？"我问他，"如果你真的有奥罗罗伊纳的洞穴，那你为什么不信守诺言带我们去？"

"是真的，先生。但当我昨晚去奥罗罗伊纳的洞穴时，我发现洞穴里石雕太多，我不能把这么多的石雕都交给你啊。"他重复道。

"你应该以前就知道，你不是告诉我你经常擦洗那些石像吗？"

"是的，但是我今晚找到的那些东西都在洞穴更深处。我以前没见过它们，它们周围全是灰尘。"

"但有一次你告诉我，你有一个小本子，上面记下了你所拥有的每一件石雕。"

"不是每一件石雕，先生，是每一个洞穴。"

"你的意思是你在本子上只写了你拥有的洞穴的数目？"

"当然，先生。那是一本很小很小的本子。"市长和颜悦色地说，还伸出一根食指和大拇指，向我比了比它的大小，跟一张小小的邮票尺寸差不多。我只能作罢。

当我从那所小房子出来走下台阶时，心里非常难过，其他人默默地跟在我后面。市长非常孤独凄凉地站在门口，身后地板上放满了石像。这是我最后一次见到市长唐·佩德罗·阿坦，他是复活节岛上最奇异的人物，是长耳族的最后一个领袖——他的脑袋里装满了秘密，连他自己几乎都不知道哪些是幻想，哪些是事实。如果岛上曾经有几千个像他一样的人居住，那么那些几近不真实的大石像能从采石场里爬出来，并走到神殿高台上自动立起来，也就不足为奇了。同样，当地人创造了阿库－阿库的秘密，建立了许许多多神秘的地下宝藏，里面藏着各种奇怪的石雕，这些石雕又被其违反禁忌的不肖子孙偷偷带出洞穴，也就不令人惊讶了。

接下来的一天是我们在复活节岛的最后一天。

船上的驾驶台传令起锚，锚链随即发出咔嗒咔嗒的响声，船舱里的传令钟使船内部的轮子和活塞开动，发出有规律的隆隆响声。这时，船上的人和岸上的人都黯然神伤。我们已然被这些当地人所接纳，成为他们的一部分。搭在安纳根纳第一代国王登陆处的绿色帐篷也已融入了当地风景，成为它的一部分。现在，只有一座新竖起的巨人石像孤零零地立着，凝视着阳光普照的山谷，那里却再也没有人居住了。当我们拆除最后一个帐篷时，这座石像显得很孤独，仿佛连它也要求被重新推倒，鼻子朝下埋在沙土里，就像它之前躺了几个世纪那样。

安纳根纳的巨人是用石头雕刻的，而在汉加洛村，我们留下的却是一个有血有肉的巨人——塞巴斯蒂安神父。他身穿白色长袍，头上没戴帽子，笔直地站在码头上的一群当地朋友之中，显得很挺拔。我们深深感到，他应该和我们一样属于考察队，但他将自己牢牢扎根于复活节岛的土地之上。他并不像安纳根纳的巨人石像那样孤独，他是复活节岛的中心人物，作为一种团结统一的力量，一直鼓舞着当地人。当霍图·玛图阿国王第一次把他们的先民带上这个偏僻的孤岛时，他也曾经如此屹立在那些古代居民当中。

我们走到每一个当地人跟前，和他们一一道别。最后，考察队的队员们逐一地跟塞巴斯蒂安神父握手告别。在伊冯和小安妮特之后，该轮到我了。我紧紧握住塞巴斯蒂安神父的双手，没有说太多告别的话语。在世界上最孤僻的岛上永远地告别一个朋友，远不如在火车站与朋友告别那样轻松。

塞巴斯蒂安神父突然转过身去，他独自一人走到山顶，当地人已为他腾出了地方。红色的吉普车在那里等着他，这辆车现在归他所有了。只要车胎能撑得住，老神父就可以不用跑腿也能越过满是石块的高地，一路向北开到麻风病防治站去探望病人和受苦的人们。

总督和他的家人登上了汽艇护送我们离开。我正转身想跟在其他人后面跳上船，这时老帕科米奥轻轻地拉住我的胳膊，把我拉到一边。就是他第一个和我一起去的鸟人岛，想给我看一个从未见过的秘密洞穴，可是那个洞穴一直没有找到。后来，他成了阿恩的得力助手，在拉诺·拉拉库当挖掘机的工头。当阿恩在其中一个巨人的底座上挖出一个小石雕时，帕科米奥低声向他说，可以带他去一个满是这种石雕的洞穴。不料却闹得满城风雨，帕科米奥很害怕，于是收回了他的话。然后，他又第一个跑来找我，并向我保证，现在没有这种石雕了。在他们父辈的时代，这样的洞穴曾经存在过，但现在所有的入口都被遗忘了，如果今天有人还有石雕的话，它们只是那些失传的石雕的复制品。

帕科米奥站在我面前，头上也没有戴帽子，双手笨拙地摆弄着他自制的芦苇帽，其他人都默默地站在后面。

"你还会回到我们的岛上来吗，先生？"他轻声问道。

"那要看我带走的石像了。如果像你所说，这都是谎言和骗局，石像会给我带来厄运。那我就没必要回来了。"

帕科米奥看上去很沮丧。他站在那儿，手指继续拨弄着帽子周围的一圈白色羽毛。然后他平静地抬起头，轻声说：

"你带走的石像并不都是假的。它们会给你带来好运的，先生。"

这位老人说话的时候，眼睛睁得很大且露出怯意，但看得出非常友好。最后，我们握了手，我转身跳上了船。

当地人一个挨着一个，沿着海岸，或步行或骑马，一直向考察船挥手告别，直到船消失在地平线上。我似乎又听到岛上嘚嘚嘚的马蹄声下响起一阵空洞的嗡嗡声，因为复活节岛是一个上下两层的世界。但我现在除了海浪拍打陡峭悬崖的声音，什么也听不到了。

第十章

云端古城

在古老的北欧神话中，人们必须翻山越岭，远涉重洋，才能到达梦中的金色城堡。但是，现在还有谁相信神话呢？当我们登上拉帕伊提岛的最后一个山岭，看到莫朗戈乌塔时，我们相信了。

我们乘坐着小小的考察船从地球的另一边漂洋过海而来，下面是碧绿的海水，环绕着一个平静的海湾，小船把我们从复活节岛带到这里。前方是我们即将到达的另一座岛屿，岛上有童话般的城堡，城堡的塔楼和墙垣长满了灌木和草丛，像是受到诅咒的睡美人一样沉睡了几个世纪。这好似一个依然相信童话的世界，这里住着童话里的国王和他的臣民们。

当我们沿着最近的一座山脊爬到城堡脚下时，我既兴奋又紧张。面前的城堡宏伟壮观，蓝天下，还有飘浮的云朵、紫气缭绕的山峰和塔尖。尽管城堡傲然矗立在苍穹之下，显得超凡脱俗，这座古老的建筑却有一种来自大地的气息，它似乎试图穿过草皮和植被，从地下升起，但一切都是徒劳。

一只蓝色的大鸟尖叫着从悬崖上俯冲而下。当我们走近城堡时，三只白山羊从一堵葱绿的墙上走了出来，跳下一条深沟，消失了。

由于复活节岛是世界上最偏僻的岛屿，所以，拉帕伊提岛被当作它的近邻之一，也许算不上什么怪事。但是，两者之间的实际距离，却与从纽约到南美洲的距离一样。置身于青山绿树中，我们感到比以往任何时候都远离那些疯狂的人。这一定是太平洋上最僻静的角落。有谁听说过拉帕伊提岛？这个小岛几乎被它周围的浩瀚大海侵蚀成了两半。我们所站的山脊太陡了，根本无法站稳脚跟，两边的斜坡各自形成一个有天然遮蔽的海湾，随着风向的改变，就像一个梦幻城堡。如果我们环顾四周，在其他绿色的山顶上，我们会看到不下十二个像城堡一样令人称奇的建筑，但那里没有生命迹象。在考察船停泊的海湾岸边，我们看到一个小村子，炊烟袅袅，村子里有用芦苇搭建的茅草屋和几个刷得雪白的房屋。岛上共有二百七十八名土著波利尼西亚人，全都住在这个村子里。

但是，是谁建造了这座高耸的梦幻城堡，以及其他所有山顶上的城堡呢？这些建筑真正的用途又是什么呢？岛上没有人能告诉我们答案。

1791 年，温哥华船长发现这个荒僻的小岛时，他以为他看到有人在一个山顶上跑来跑去，他也以为他看到了斜坡那边有碉堡和栅栏，并推测这是一座人造城堡，但他从未上岸考察过。几年后，当著名的南太平洋传教士埃利斯来到这个岛时，他宣称温哥华错了，山上那些看起来像城堡的奇怪轮廓只是自然形成的。在埃利斯之后，著名的探险家莫伦霍特也来到了这里。他称赞拉帕伊提岛的山景，其山峰酷似塔楼、城堡和修建了工事的印第安人村庄。但他也没能登上岛去仔细观察这些非凡的自然景观。

25 年前，凯洛[①]写了一本关于这个孤岛的册子，篇幅短小。他和其他人都爬上了山，看见到处都有矗立于草木中的石头建筑，有人当时认为这些是奇特的、被遗忘已久的城堡的城墙，也有人认为它们是古代梯田的遗迹。只有一位人种学家曾经上岸研究过岛上当地人的风俗习惯，他的名字叫斯托克斯，他那篇未发表的论文手稿一直保存在檀香山的主教博物馆里。

---

① 尤金·凯洛，《拉帕岛的历史》（巴黎，1932）。

以前从没有考古学家踏上过这个岛。当我们站在高处眺望群山时，我们知道，我们已身处无人涉足之地。我们可以从任意一个地方开始发掘。在我们之前，没有考察队在这里挖掘过什么，当然也没有人知道我们会发现什么。

在拉帕伊提岛的土著人中间流传着一个传说。这个传说的文字记载始于近百年前，讲述了该岛最早的移民情况。根据这个传说，最早来拉帕伊提岛定居的是乘坐原始小船从复活节岛横渡大海来的妇女，许多人在来到这座岛时已怀有身孕，于是，第一批真正意义上的拉帕伊提人就这么诞生了。

从山上的童话城堡放眼望去，我们可以看到好几英里之外的景色。向南望去，天空昏暗阴沉。在那里，大洋寒流绕过南极的浮冰，向东移动。那是一个充满风暴和浓雾弥漫的危险地区，没有岛屿，也没有人烟。但向北望去，天空明亮而湛蓝，点缀着向西飘移的如羽毛般轻柔的信风云，伴随着温和的洪堡海流——它在途中经过无数岛屿，也包括这个孤独的拉帕伊提岛。从复活节岛出发的原始小船顺着海流漂流到此，是意料之中的。这也是我们顺着同一条航道来到拉帕伊提岛的原因。

在到达拉帕伊提岛之前，我们在洋流和浮云的共同作用下，越过了波涛汹涌的大海。日复一日，我们站在驾驶台上、甲板上、栏杆旁，凝望着无边无际的海天。值得注意的是，我们中有不少人经常在船尾徘徊，站在那里凝视着船后涌动的尾迹，就像在蓝色广阔陆地上的一条绿色高速公路，标记着返回复活节岛的路。看起来很多人都想回到那里。有些人也许是想念岛上的女士们，另一些人则是思索着那些遗留的未解之谜。可以肯定的是，几乎没有人站在船头，渴望尽快到达前面被这些椰树环绕的浪漫棕榈岛。

拉普站在船尾，他是比尔的当地老友，也是比尔在维纳普的挖掘机队的工头。比尔训练过这个聪明的家伙，并且要求带他一起去拉帕伊提岛，协助考察队进行勘测。拉普带着如电影明星一般的灿烂微笑，踏上了通向外部世界的旅程。但是他的心还和"世界中心"连在一起，当复活节岛消失在船尾的海平面上时，他的心也随之一沉。在这只有天空和大海的船上，没有人会认出那是曾经潇洒自信的拉普。

他在机械方面很有天赋。最初，我们让他在机舱当杂务工。但是拉普不喜欢那里，他言之凿凿地向船员们说，甲板下全是鬼怪发出的声响，随和的船长就让他坐在机舱梯子顶端的椅子上负责守望。但是舒服的海风让拉普一坐下就睡着了，所以轮机师们认为他更适合在驾驶台上值班。于是，他很快就学会了用指南针驾驶小船，大副见状就放心地走进海图室忙自己的工作去了。随后，小船的尾迹开始呈现出一种奇特的形状，甲板上想要回复活节岛的人充满了希望，认为船长和我已经恢复了理智，决定返回复活节岛。但拉普是无辜的，他什么也没做，只是蜷缩在长凳上睡着了，而船正朝着自己的方向航行。原来，在驾驶台无论朝哪个方向眺望，四周都是无边无际的大海，拉普把握小船的航向又有什么意思呢？

拉普并不特别迷信，就像复活节岛上的当地人所说的那样，他是"新潮儿"。但为了安全起见，他睡觉的时候也把毯子盖过头顶，这是岛上所有当地人的习俗。阿恩问他们这么做的原因，他们的回答是，以免晚上看到鬼怪。如果拉普的朋友也乘坐这样一艘载着大约一千块洞穴石雕、"钥匙"石、颅骨和其他骨头的船，踏上蔚蓝无垠的大海，没有人会比他表现得更好。"会飞的荷兰人"（传说中海上的幽灵船）和我们比起来不算什么。我们正乘坐着一艘满载阿库－阿库的船横渡大洋。

皮特凯恩岛仿佛从海中升起，就在前方，我们马上就要到达这个"邦蒂号"航船叛变者盘踞的岛屿。岛屿上方是一片红日照亮的天空，仿佛那些绝望的叛变者还在燃烧他们自己的船只。这时，拉普醒来了，他来到船头，数了数岛上的椰子树，一棵、两棵……天啊！他在复活节岛上可从没见过这么多的椰子树。他看到岛上的山坡上有野山羊、香蕉、橘子，还有各种他从未见过的南方水果，这一定是伊甸园吧。拉普决定一回到复活节岛，就为自己造一艘小船，然后和他的妻子一道来这里。

眼前这令人望而生畏的悬崖上生长着茂盛的热带树林，林中可以看到红色的屋顶。海面上出现了一条有六对桨的大船，它从一个岬角后面的小海湾里逐渐映入眼帘，好似在时光的长流里缓缓地推移，在太阳下闪闪发光。"邦蒂号"叛变者的后代正热情地向我们招手。岛上的居民们登上了我们的船——他们身材强健结实，光着双腿，仿佛从画里走出来的一般，其中一些人通常只在好莱坞的历史题材影片中才能见到。一个头发花白的大汉最先爬上了船，他叫帕金·克里斯蒂安，他是领导了历史上著名暴动的弗莱彻·克里斯蒂安的玄孙。正是弗莱彻把布莱船长放到一艘小船上，让其顺风漂流，向西航行，几乎到达了亚洲。弗莱彻自己则逆风而行，乘着"邦蒂号"到达了这个荒凉的岛上。当叛变者到达这里之后，发现这里没有人居住，他们在海湾烧了"邦蒂号"，和那些来自塔希提岛的女子一起建立了家园。然而，他们在岛上发现了废弃的放有头骨的庙宇遗迹，还有一些小石雕，这些石雕隐约让人想起了复活节岛上的巨人石像。在他们来之前住在这里的是谁？谁也说不清。到目前为止，没有一个考古学家在皮特凯恩岛逗留超过几个小时。

帕金·克里斯蒂安邀请我和家人住在他的房子里，而其他人则分别住在其他岛民的房子里。这是一个真正热情好客的英联邦小岛，在这里我们受到了盛情款待。他们说的英语很像他们的祖先1790年在这里登陆时说的那样，只是夹杂着一点儿塔希提语和当地口音。

我们在岛上过了几天无忧无虑的生活。考古学家四处走访，到处挖掘、考察，水手们则参观了克里斯蒂安的洞穴和亚当的坟墓，潜水员下海去察看了"邦蒂号"留下的零星残骸。岛上的居民们帮助我们找到了这艘著名的古代航船的压舱物，这艘船现在躺在邦蒂湾海底，已经变成了一堆生锈的废铁。

居民们时常在土里发现石质扁斧。在北海岸一个陡峭的悬崖脚下，有不少的石雕。但总体来说，皮特凯恩岛上可供考古的遗迹很少。那些叛变者的后代是虔诚的基督徒，他们把庙宇夷为平地，砸碎了那些红色的小石雕，并把它们扔进海里，以清除岛上的异教痕迹。阿恩和贡萨洛在当地居民的帮助下，在一个峭壁上发现了一个洞穴采石场，从外观上看，红色石雕是用这里的岩石雕刻的。用于采石的那些磨损严重的扁斧还躺在洞底的碎石中，这些碎石就是曾经用扁斧凿下来的。

几乎没有外来人登上这个岛。在既狭窄又危险的登陆点，海浪拍打着悬崖。但是从新西兰到巴拿马的航线离这里很近，只要有客轮从岛旁经过，当地人就会划船出海，向船上的游客出售飞鱼和海龟的木雕，或者他们祖先引以为豪的船只小模型。事实证明，这种贸易非常活跃，因为皮特凯恩岛上的米罗树已经被砍光了，而米罗树是制作木雕的重要原料。

作为对他们热情好客的回报，我们让岛上所有的男子和许多妇女登上我们的考察船，把他们送到荒无人烟的亨德森岛。在这个岛上，仅用一天，我们的六十名当地乘客就砍伐了二十五吨米罗木材。这个被棕榈树环绕的海滩，看起来像海盗出没的战场。不同年龄段的皮特凯恩岛人穿着五颜六色的衣服，抱着砍来的弯曲树枝冲进浪花中，把这些木材装到小船上。小船只在礁石之间起起落落，每次把木材卸到考察船之后，再空着回去继续装载。拍岸的白浪一轮又一轮地淹没了这个热带小岛的珊瑚礁，对于那些不习惯汹涌海浪的人来说，浪花每一次袭来都像是灾难来临的场景。每次浪花拍打礁石上并把船只托起的时候，人们都紧紧地抓住小船。船舵前一个身材高大的男子向十二个辛苦的划桨手高喊着命令，是他们让小船漂浮在水面上，抵御住海浪的冲击。

第二天，当我们在皮特凯恩岛卸货时，帕金·克里斯蒂安微笑着对我们说，这些木材够他们未来四年雕刻"邦蒂号"模型和飞鱼木雕用的了。

随后，我们从皮特凯恩岛出发去曼加雷瓦群岛。我们停泊在清澈如水晶的海面上，水下是一个色彩斑斓的珊瑚丛，有很多珍珠贝点缀其间，无数奇形怪状的鱼游来游去。我们在这个由棕榈树环绕的南太平洋乐园中看到的唯一一座石雕，是在教堂的一幅油画上。画的是一位得意扬扬的传教士把石雕踩成了两半。我们去时，这个岛上的法国行政长官不在家，但他干练的妻子击鼓为号，召集所有当地人举行了一个盛大的欢迎派对。在派对上，还跳起了纪念传奇国王图帕的舞蹈。

图帕国王头上戴着一个用挖空了的椰子树干做成的怪诞面具，在侍从队伍的最前面跳舞。传说中，他率领一支由木筏组成的船队从东方来到这个岛。在逗留了几个月之后，他又回到了他东方的强大王国，再也没有回到曼加雷瓦。在时间和地点上，这个传说与印加人关于他们自己的伟大统治者图帕克的传说惊人地吻合。图帕克建造了一支庞大的巴尔萨船队，他从自己的航海商人那里听说遥远的岛屿有人居住，于是便出发前往。据印加历史学家记载，图帕克在无边无际的太平洋上航行了将近一年，在到访了两个有人居住的岛屿后，带着战俘和战利品回到秘鲁。我现在庆幸，多亏了我们在"康提基号"木筏航海探险之后进行的试验，这样的木筏跨海航行完全可行，因为我们终于重新发现了失传的印加航海术，即用他们的吉亚拉或活动船板的方法来驾驶巴尔萨木筏，这就能让木筏可以像任何一艘帆船一样迎风航行。所以，印加图帕克和曼加雷瓦传说中的图帕很可能是同一个人。

站在曼加雷瓦岛上，我们看到拉帕伊提岛位于西南方的云雾之中，就像海上航行的仙岛。我们可以透过望远镜，远远地看到岛上最高的山峰有些不同寻常的地方。它们看起来像是长满青草的墨西哥金字塔，又像是秘鲁荒山中的印加防御工事。我认为拉帕伊提岛肯定值得研究。

船长以高超的航船技巧摸索着穿过迷宫般的珊瑚礁缝隙，这些珊瑚礁阻碍了我们进入岛中心的一个宽阔海湾。我们站在驾驶台上，心都提到了嗓子眼。船长把船开进了一个平静的潟湖，这个潟湖是由一个凹陷的火山口湖形成的，湖的四周是参差不齐的山峰和高耸的山脊。小安妮特站在船长身旁，入迷地看着他，他时不时地把机舱传令钟的手柄在"停""前进"和"后退"之间来回摆动，船不知不觉地在珊瑚礁之间向前平稳前行。突然，小安妮特踮起脚尖，紧紧地抓住手柄，把它拉到"全速前进"位置。接着，就听到轮机舱回复说"全速前进"，如果不是船长急忙把传令钟往相反的方向拉，我们就会像破冰船一样撞到礁石上。

当我们在小村外风景如画的平静水面上安全抛锚时，我们终于松了一口气。这时，村里的居民们划着小船出来，好奇地盯着我们。

登陆后，我们穿过了若干陡峭的峡谷，顺着山脊爬到了山顶。

"莫朗戈乌塔。"一个给我们带路的当地人咕哝着说。

"这是谁建造的？"我问。

他耸了耸肩："也许是个国王，谁知道呢？"

我们走过去，在密密麻麻的草丛中四处察看，到处都耸立着精心建造的石壁。我听到艾德的喊声，他正在考察一座陡峭的高台，部分台阶已经塌陷，留下一道泥沟，沟里满是贝壳和鱼骨。在一片瓦砾堆中，我们发现了一个钟形研钵，它的轮廓细长而优美，由坚硬的玄武岩雕刻而成，并且以一种非常巧妙的方式进行了抛光，整个石雕巧夺天工，近乎完美。在整个波利尼西亚，我从未见过比这更好的石雕作品。

此时，比尔也登上了山顶。

"这太棒了，"他一边说着，一边惊讶地望着眼前那座巨大的建筑，"真是太大了，就是这儿了！我们就在这里挖掘！"

当天，我们回到船上开了个会。我们有些物资已经开始短缺了，复活节岛上的大批当地工人和我们的洞穴朋友们消耗了船上所有的能做交易的物品和大部分给养——实际上，那是我们未来几个月所必需的大部分物资。我们现在唯一能做的就是起锚，前往塔希提岛补充物资，然后再直接回到这里，才能耐心地考察山上的城堡。

于是，我们在恶劣的天气中起锚，一路上与狂风暴雨做斗争，直到熟悉的塔希提岛的轮廓再一次出现在海面上。我以前的养父——特里耶鲁酋长，已经不在了。他的房子空空荡荡地矗立在高大的棕榈树丛中。但我在塔希提岛上到处都有老朋友，不论白天还是晚上，直到我们径直回到云雾弥漫的拉帕伊提岛，没有人会感到寂寞无聊。

当我们再次小心翼翼地穿过拉帕伊提岛危险的暗礁时，阿恩和贡萨洛已经不在船上了。在从塔希提岛回来的路上，我们在赖瓦瓦埃岛短暂逗留，他们留在那里，考察一些古老的庙宇，因为在那些杂草丛生的废墟间，我们发现了一些小石像。但是船上已经没有多余的空间了，因为我们从塔希提岛又接了几位乘客。其中一位是我的老朋友亨利·杰奎尔，他是帕皮提博物馆的馆长，也是大洋洲研究会理事长，他是应我的邀请加入考察队的。还有一个当地家庭和我们一起回到拉帕伊提岛——塔希提当局问我能否把他们带回拉帕伊提岛，那是他们的故乡。

杰奎尔只带着一个手提箱上船，但我们不得不为这个家庭打开货舱，因为他们带来了数不清的板条箱、盒子、包裹、麻袋、椅子、桌子、抽屉柜、橱柜、两张双人床、大批的木板和横梁、成捆的瓦楞铁、牲畜，还有大串大串的香蕉。我们在帮他们搬东西时，几乎累得体力不支，上不了船。一周后，当我们到达拉帕伊提岛的平静湖面时，我们动用了船上的全部人员才把所有这些东西运上岸。由于这趟运输是免费的，所以东西的主人很珍惜这次机会。但最后他们连句谢谢都没说，一家人坐着独木舟高高兴兴地上了岸，而我们其他人还得负责为他们卸货。

在岸上我们遇到了一对了不起的夫妇，他们给人留下了深刻的印象。女的叫莉娅，她是一个精力充沛、十分幽默的妇女，身上有一半的塔希提血统和一半的科西嘉血统。她被派到岛上教当地的大人和孩子们读书。她的丈夫叫莫尼，身材高大，笑起来嘴巴会咧到耳朵。他出生在塔希提，有些神似中国人。他曾在塔希提岛当过汽车司机，为了陪伴妻子才来到这里，但现在在无"路"可开的拉帕伊提岛，他也就没有了工作。

由于莉娅既会说又会写法语，所以她是老酋长的得力助手。如果出现任何问题，只要去征求莉娅的意见，她很快就能解决。她是这个小岛的灵魂。我上岸的时候，她梳着浓密的辫子，双手叉腰，坚定地站着，准备向我报到。莫尼谦逊地站在她身后，一副健康又幸福的模样，满脸笑容。

我问莉娅能不能给我找二十个壮汉在山上协助挖掘和勘探工作。

"你什么时候要人？"她问。

"明天早上七点。"我回答，但心里估计就算到下个星期最多也就十几个人。

第二天早晨，当我走到甲板上舒展筋骨看日出时，我看见莉娅正站在岸边，而在她身旁，二十个人列队站着。于是，我立刻喝下一杯果汁，嘴里塞了一片面包，急忙跑上岸。我们商定沿用塔希提岛的报酬和工作时间。等到正午时分时，我们和莫尼等人已经爬得很高了，二十个壮汉也在陡峭的山坡上披荆斩棘，开凿台阶，这样我们就可以直接到达莫朗戈乌塔，而不必每天冒生命危险了。

莫尼在前面带路，时而咯咯地轻笑，时而爽朗地大笑，他高昂的情绪感染了整个团队。他们劲头十足地唱着歌、呐喊着、工作着，因为这是一件新鲜事：他们不习惯在这个岛上工作，在这个岛上，男人没有劳动的习惯。他们应该为谁工作呢？当然不是为了他们自己的家人。在这个岛上，是妇女们在田里种芋头，是妇女们把芋头带回家，揉成发酵面团，让全家吃上整整一个星期。当男人们吃腻了这种波波伊，就会到潟湖去钓鱼，每周一次。而当波波伊和生鱼片都吃腻了以后，他们就到阴凉处睡觉、休息。每年都会有一艘来自塔希提岛的贸易帆船到此，一些男人就在树林里花上几天时间，采集已经掉在地上的野生咖啡浆果，他们用这些浆果在帆船上交换一些小商品。

在我们愉快的劳动队伍中，只有一个人总是落在队伍的最后，无论做什么，他总是尽可能地逃避，并撺掇其他人慢慢来。当莫尼指责他时，这个逃避者惊讶地问他在担心什么，付钱的又不是他。那个人就是从塔希提岛回来的旅客，是我们自己免费带来的，还有他的家人和全部行李。

在形成分水岭的陡峭山脊上，有一个马鞍形的洼地，灌木丛从另一边爬到那里，逐渐生长起来。在那里，我们在一块岩石上清理出了一个营地，刚够搭起一座双人帐篷。由于营地太窄了，比尔坐在帐篷里，吐出的橘子核竟可以顺着两边的陡坡落入两边的深谷。虽然如此，他还是准备在这里住下，毕竟他要指挥莫朗戈乌塔的挖掘工作。

第二天，当我们准备上山时，工人们都不如昨日那般兴致高涨。莫尼郁郁寡欢地站在岸边，抿着嘴角，不然嘴角就会扬起他习惯的笑容。莉娅的脸色阴沉得像一朵雷雨云，从村里的一间大竹屋里冲了过来。

"要是我有一挺机关枪就好了！"她怒吼着转过身来，伸出胳膊，一只手指弯在眼睛下面，做扣扳机状，瞄准竹屋。

"发生什么事了？"我惊慌失措地问，感谢上帝，这个愤怒的女人手上没有武器。

"他们成立了一个工作委员会。"莉娅解释说，"你从塔希提带来的那个家伙声称，仅仅挑选二十个人来工作对其他人不公平。现在他们想自己决定工作的人数。任何想工作的人都可以去工作，他们说不支持任何独裁。如果你不让他们决定谁去工作，他们就会阻止你上山，还会把你从岛上赶走。现在有五十个人想去工作。"

莉娅气极了，她还说，当地人郑重其事地邀请我们在日落后到大茅屋里开会。现在，我们必须回到船上。

到了六点钟，太阳已经落山了，我们处于一片黑暗之中，村子后面耸立着巨大的峭壁，峭壁环绕着古老的火山口湖。船长把杰奎尔和我送上岸，我们借着手电筒的光向黑暗的村子走去。三个当地人从夜色中走出来，一句招呼也没打，赤着脚无声地跟在我们后面。

村里一个人影也没见到。唯一的生命迹象是偶尔从一间椭圆形茅草屋的门口瞥见的一堆余烬微光。一盏煤油灯的强光把我们引向了集会的茅草屋，我们弯下腰，走了进去，坐在柔软的露兜树叶编制的垫子上。屋子靠三面墙的地上，蹲着三十个像战斗前的战士一样脸色严峻的当地人。在中央坐着一个身材魁梧的胖女人，光着腿，面前摊开一张地图。

我们进门后直起身来，兴高采烈地用"伊阿－奥拉纳"向大家致意，得到了所有坐在那里的人低声的回应。莉娅和当地的牧师站在无人的那面墙旁边。莉娅双手交叉地站着，黑着脸，像乌云那般可怕。当我们进去时，她却露出了欢迎的微笑。莫尼不在那里，莉娅指了指她为牧师、杰奎尔、她自己和我准备的空椅子。

首先，她请作为法国殖民部官方代表的杰奎尔发言。他站起来，读了一篇用法语写的演讲稿，非常缓慢轻柔。有一两个当地人似乎能听懂，因为他们不时地点点头，看上去很高兴的样子。其他人都好奇地看着，眼睛始终盯着我们，这些人显然一个字也听不懂。

杰奎尔告诉他们，他是大洋洲研究会的理事长，坐在地板中间的那位胖女人点了点头，并指了指地图上的大洋洲，显然他引起了她的重视。杰奎尔接着说，大洋洲总督派他来的唯一目的就是协助我们。正是这个原因，他离开了他在塔希提岛的家人和博物馆。然后，他指着我说，我不是游客。我就是那个和我的朋友们一起乘帕埃－帕埃（波利尼西亚的一种小船）去拉罗亚的人。现在我和一些学者来这里只是为了考察他们的古建筑。许多国家的人，像挪威人、美国人、智利人、复活节岛人和法国人，来到拉帕伊提岛都能与居民们和平相处，一起合作。我们此行的目的是来了解他们祖先的情况。我们刚刚到访过拉帕努伊岛，也就是复活节岛。希望我们可以像在拉帕努伊岛（"大拉帕"）一样，在拉帕伊提岛（"小拉帕"）也能得到良好的协助。

莉娅把杰奎尔的演讲翻译成了塔希提方言，并加上了许多发自她内心的话。她说话轻声细语，几乎称得上是优雅，但明显带着强调和警告的口气。她的听众们一动不动地蹲着，一字一句地听着，似乎每个人都在认真地权衡她所说的话。

看着蹲在矮墙周围的露兜树叶垫子上的当地人，我有种强烈的感觉，好像自己重温了库克船长和其他早期探险家在南太平洋地区司空见惯的事情。在拉帕伊提岛上，几代人的岁月流逝如同过去了几个月一般。围着墙壁蹲着的人们，眼睛里闪烁的光芒生动地反映出无拘无束的他们是多么警觉和敏锐。我一时忘记了他们穿着破旧的衣衫，以为他们还带着其祖先留下来的裹腰布呢。我只看见一排排专注的、聪慧的眼睛，没有一点半开化人们退化的痕迹，却有一种我至今只在与世隔绝的丛林部落中见过的原始的光芒。

莉娅说完，老酋长站了起来。他小声地跟他的人说话，声音几乎听不见，但从他的表情可以看出，他对于莉娅的话是赞成的。在他之后，又有一个当地老人突然站起来，用拉帕伊提岛方言讲了很长一段时间，铿锵有力，似乎是当地的公众演说家。

最后，我也站了起来，由莉娅作为我的翻译。我说，他们的祖先有充分的理由在奇怪的船只接近时，给予抵抗并保卫他们的山顶城堡。但是时代变了。我们是在他们的陪同下上山的，我们把泥土和灌木都移走，好让城堡呈现出和他们祖先在世时一样的状态。我愿意满足他们的要求，把工作交给所有想参加的人，但条件是我可以再把任何不好好工作的人打发下山，使每个人可以凭努力拿到自己应得的报酬。

然后，他们突然都站起来，向我们走过来，我们只好依次和他们握手。第二天，莉娅带着五十六个男人出现了，莫尼站在她旁边，自豪地微笑着。这是岛上所有的成年男子，除了两个不能爬山的老人。莫尼和我带领队伍上山。狭窄的山脊背上，比尔正坐在帐篷前，看到长长的队伍从他脚下慢慢爬上来，他大声欢呼着，挥舞着斧头和长砍刀，差点倒在另一边的山谷里。

发掘工作就像一场从莫朗戈乌塔上的石墙开始的战役。我们从山顶开始，工作进展得非常顺利。那些木槿属植物、露兜树、高大的蕨类植物都无法阻挡我们的进攻。沉重的树干哗哗地倒下，连同树叶、蕨类和草木一起发着巨响滚进深渊。

当夜幕降临时，我们这支进攻的队伍安全撤退。当地人像孩子一样欢呼雀跃地下山。他们几乎没有停下，除了中午休息时打开随身带来的用绿叶包的小包，里面放着一个叫波波伊的灰白色面团，他们用两个手指拈着吃。莫尼从山坡上下来，比平常看上去胖了一倍，原来他在衬衫里塞满了大大的野橙子，分发给所有想吃的人。

当我们其余的人也下山回到村里或船上时，二副和比尔一起待在山上的帐篷里。我们每天晚上用对讲机保持联系，但是，离约定的联系时间还早，我们就看到从山上的城堡里发出了灯光信号，照亮了黑暗的夜晚。那是二副在发求救信号，营地遭到上百万只老鼠的袭击。

"二副总喜欢夸大其词。"船长安慰我们，"如果他说有一百万只老鼠，我敢说不会超过一千只。"

第二天早上，我们的队伍重新集结出发，把镐、锹、网筛和各种挖掘工具都抬上山。原来，昨晚有两只老鼠到营地狼吞虎咽地吃了波波伊，然后又回到了橘子树下的鼠洞里。

挖掘工作开展了几天，进行得很顺利。但是有一天早上，突然五十六个当地人全都没有出现。透过望远镜，我们可以看到山顶上比尔和二副拉森的身影，而莉娅正站在海岸边向我们招手。看来又有麻烦了，我赶紧乘汽艇准备上岸。

"他们罢工了。"我上岸时，莉娅说道。

"为什么？"我惊讶地问。

"你从塔希提岛带回来的那个人告诉他们，每个工人都必须罢工。"

听到这个消息，我错愕地走到村里。只见村里那几个最强壮的人双手插在裤袋里站着，看上去凶悍粗暴，其余的人都退到小屋里去了。我所能看到的只有几双透过门缝窥视的眼睛。

"你为什么罢工？"我直截了当地问其中一个人。

"别问我。"那人回答道，眼睛四处寻找能帮他解围的人，但一个也没有。我走来走去，他们谁也回答不了我的问题，只是站在那里，显得不满和暴躁。

"有个男人知道。"一个胖女人从一扇门里喊道，"但他不在这儿。"

我叫他们去找他过来，有几个人立即跑去找了。他们带着一个蛮不情愿的家伙回来，他长着一张野蛮的脸，身上穿着一件没有扣子的绿色军大衣，像其他人一样光着脚，嘴里叼着一支烟。他就是我们的朋友——那位免费乘客。

"你为什么罢工？"我又问他，他以傲慢的姿态站在我面前。这时，大家都从他们的小屋里出来，阴郁地围着我们。

"我们要涨工资，用来买食物。"他回答说，香烟叼在嘴角，双手插在上衣口袋里。

"不是你们自己要求和在塔希提一样的工资吗？"

"我们想要更多，因为我们不用你们提供食宿。"

我看到他身后竹棚中的树上挂着绿叶包的波波伊。我对法属大洋洲领地的日薪有所了解，他的要求很荒谬。如果我现在让步，后天就会有新的罢工和新的要求。

我直截了当地说，我既然接受了他们先前的要求，那我就要遵守那天晚上达成的协议。他们听到后放下了工具，以此表示不同意我的做法。

一个身材高大壮硕的妇女站在我旁边，她的肌肉可能会吓坏在场的男人们，附近还有同样身材的妇女。我突然来了灵感，转身对妇女们说：

"在这个岛上，想找到付有报酬的工作，这是唯一的机会。停在岸边的船上，载满了食物和其他东西，在这种情况下，你们能让自己的男人躺在屋里睡大觉吗？"

我找到了解决问题的关键。我旁边那个粗壮的妇女在人群中发现了她的丈夫，一看见她用手指着自己，那个男人就溜走了。妇女们发出震耳欲聋的喊声。突然，莉娅走到一大群瞠目结舌的男人面前，像真正的圣女一样，双手坚定地撑在髋部，大声喊道：

"为什么只要男人？我们女人不行吗？"

这引起了妇女们的一致认同。几乎所有健壮的女士都在满怀渴望地盯着我，于是，我们讲好条件，立马成交。毕竟，在这个岛上习惯了劳动的是女人。

我还没搞清楚情况，莉娅就开始一间间屋子地跑。她指着莫朗戈乌塔大声喊着命令，女人们蜂拥而出。怀抱婴儿的妇女把宝宝交给大女儿或祖母；其他在小溪里洗衣服的妇女，扔下满是肥皂沫的衣服；芋头地里没人照看，或许男人们饿了就会去干活儿的。接着，莉娅像个勇士一样挺直了身子，走在队伍的最前列，领着这支妇女大军向山上挺进。如果拿破仑看到她大步走在前面唱着《马赛曲》，他一定会为自己的科西嘉后裔感到骄傲。但是队伍后面的人却把《马赛曲》唱得越来越乱，逐渐与当地的曲调融为一体，队伍最后面的妇女干脆唱着草裙舞曲，一边跳舞一边富有魅力地摇着屁股。莫尼和我是行进队伍中仅有的男性，如果之前的莫尼一直在微笑的话，那么现在的莫尼简直笑得前仰后合。

在山脊上的比尔和二副听到这些吵闹的声音后，就从帐篷里爬出来观望。我猜想，当比尔看到来的都是妇女后，一定会跌到另一边的山谷里去。

"工人们来了。"我喊道，"把铁锹、铲子拿出来。"

震惊的比尔稍作镇定后，抓住一把镐递给了其中一个最漂亮的女孩。她很高兴，然后猛地抱住他的脖子，给了他一个响亮的吻。比尔整理好眼镜和帽子，慢慢地坐在一个包装箱上，一边擦着脸颊，一边困惑地抬头看着我。

"在我作为考古学家的整个职业生涯中，"他说，"对这种情况简直闻所未闻。我从来没想到考古能带来如此多的惊喜。接下来你会带谁上山呢？"

莉娅和她的妇女团为她们的性别带来了荣誉。无论在美国还是在挪威，我们都没有见过这样的工作速度。大量的草皮和泥土被迅速地掀下了悬崖，妇女们干活的速度之快，让比尔吓了一跳，他不停地来回奔跑，因为他必须及时指点，确保一切都按照他的命令进行。妇女们在莉娅的带领下，组建了一支一流的清理队伍，她们悟性高，学得快。虽然她们的任务仅仅是用锄头和铲子除掉树根和多余的土壤，但她们精力充沛、干劲十足，还会小心谨慎地用泥铲处理细节。渐渐地，莫朗戈乌塔的塔楼和墙垣开始在阳光下呈现锈红色和钢灰色。一天的工作结束后，比尔筋疲力尽地回到帐篷里。在接下来的日子里，妇女们的节奏也没有丝毫减慢。

无所事事的男人们坐在村子里吃着波波伊。发工资的日子到了，妇女们为自己和所有的孩子既存到了钱又买到了货物。这时，男人们开始扔下他们的波波伊，面带愁容地跑去找塔希提来的那个男人，没有人料到会是这样一个后果。

在这段时间里，酋长和当地的牧师，还有面带微笑的莫尼，一直都忠实地支持我们。现在他们带着所有的男人来说情，每个人都愿意恢复工作，还以原来的塔希提的工资为标准。于是，我们安排男人们和妇女们分别在这座巨大建筑的两个独立的区域工作。事实证明，这引发了两性之间的挑战，由此产生了男女竞争，现在速度和效率似乎关乎两性的威望。从来没有一个废墟是由这么有活力的挖掘队挖掘出来的。从海湾里的船上仰望，好像有一群蝗虫落在山顶上，正在沿着山坡一直啃下来。莫朗戈乌塔的植被逐渐褪去、消失，红褐色岩石的面积每天都在增加。台阶和墙垣越发明显，很快，在蓝天的映衬下，带有阶梯的山峰被清理出来，像巧克力色的庙宇一样闪闪发光。

在我们周围的其他山峰上，金字塔式的建筑仍然像长满苔藓的宫殿一样矗立着，仿佛里面住了一个高山巨怪。但莫朗戈乌塔不是一座宫殿，也不是城堡。任何一个上山的人现在都能看到那不是一栋建筑，那是整个村子的荒芜废墟。把它叫作城堡是错误的，把它当作梯田也是错误的。因为岛上的所有居民曾经居住在最高的山峰上。

在山谷的底部有许多大块的平地，可供那些第一次来岛的人居住。但是他们没有在那里定居，而是爬上了最难攀爬的悬崖，在最高峰周围站稳了脚跟定居下来。在那里，他们牢牢地扎根并筑起了"空中楼阁"。他们用石质工具开凿岩石，把山顶变成了一座坚不可摧的城楼。在城楼的周围和下面，整个峭壁被开辟成了巨大的梯田，村舍在梯田上成排地矗立着。古老的壁炉还在原来的位置，里面装满了木炭和灰烬。它们是迄今为止除了复活节岛以外，在波利尼西亚其他任何地方都找不到的一种奇特的石砌炉灶。比尔小心地把珍贵的木炭碎片收集在包里。通过碳－14年代测定法，这些碎片可以帮我们确定这个奇异城镇开始存在的年份。

各种各样的石斧被发掘出来，有完整的，有破碎的，散落得到处都是。同样常见的是过去妇女用来把芋头打成波波伊的不可缺少的石锤。有些石锤的形态打造得非常完美，它们有着细长的线条、优美的曲线和精致的抛光，我们的轮机师都不敢相信，在没有现代车床的情况下竟然可以做出来这样的工具。就连一张旧渔网烧焦的残骸，也被比尔用铲子小心地从土里挖了出来。

从前，这里一定是一个固若金汤、城防坚固的小村。一条又宽又深的壕沟围在村外，村子边缘还有一道城墙，挡住了任何从南边山脊来的人的道路。居民们历经艰苦将数以万计坚硬的玄武岩石块从谷底抬上来，筑成梯田，而房屋就建在这些梯田之上。这样，它们就不会在拉帕伊提岛狂暴的暴雨袭击下被冲入深渊。人们将这些未经切割的石块巧妙地砌合在一起，根本没有用到砂浆。村子各处都有排水沟穿墙而过，一块块长石则形成了阶梯，把梯田各处都连接在一起。莫朗戈乌塔共有八十多块梯田，整个建筑群高一百六十英尺，宽一千三百英尺。因此，它是迄今为止在整个波利尼西亚发现的最大的连续建筑结构。根据比尔的估算，当初仅莫朗戈乌塔的居民就比今天全岛的总人口数——二百七十八人还要多。

除了瓦砾和工具外，这些房舍里只剩下方形的石炉、水井和储藏芋头的地窖。当地的住宅类型是一种椭圆形的小屋，先将柔韧的树枝插在地上，然后将这些枝条弯曲并捆绑在一起，再在上面覆盖芦苇和干草，就像一个尖顶的干草堆。这让人想起了复活节岛。这些山顶上的居民在他们的山村里找不到地方来建筑巨大的神殿，而神殿在其他岛屿的古代建筑中占有重要地位。于是，莫朗戈乌塔的居民以一种独特的方式解决了这个问题，这至今在整个太平洋地区都不为人所知。他们在高台后面的岩石上开凿了穹顶状的神龛，在那里建造了微型神殿，在神殿平坦的地面上，一排排方形的小石柱像国际象棋的棋子一样竖立在边缘。在这些袖珍的神殿前不能举行的仪式，可以在金字塔的最高平台上举行，在苍穹之下，与日月为伴，显得更加神圣。

当比尔和他的助手们在指导莫朗戈乌塔的挖掘工作时，艾德和卡尔及船员们也在四处考察。其他奇特的山顶都有与莫朗戈乌塔相同的村庄遗迹。当地人叫它们帕雷。沿着从一个山峰到另一个山峰的高耸分水岭的狭窄边缘，这些房屋的地基紧密地排列在一起。在山腰和山谷里是古老梯田的围墙。它们常常像台阶一样从山谷的两侧向外延伸，到处都是人工灌溉的遗迹。沟渠从溪流中分出，把水输送到山坡上的梯田，这样一来梯田便不会干涸。

尽管古代的拉帕伊提岛人曾居住在最高峰上，但居民们每天都沿着通往陡峭山坡的小路下山，在山谷里种植芋头，在海湾里捕鱼和其他海鲜。这些太平洋岛民的子孙住在如此高的地方，就连鹰巢都不能与之媲美。到底是什么原因把这些人吓坏了，迫使他们移居到山顶呢？那些住在某个山顶上的人是因为害怕住在邻近山顶上的人，所以后来才迁居山中的吗？不太可能！这些村庄都由沿着山脊排列的宅基地连接起来，已经形成了一个面向大海的连续防御体系。那他们是不是因为害怕自己的岛屿沉入大海而逃到了山顶上？也不太可能！从山顶上我们可以看到，下面的海岸线和先民们那个时代的海岸线一样，因为那里的海水很浅，可以作为登陆点、捕鱼场和鱼池（这些今天仍可以用），那里的石头早就被他们清理掉了。

其实答案很简单。拉帕伊提岛的人民害怕一个强大的外敌，一个他们所熟知的敌人，他们的战船可能会毫无预警地出现在地平线之上。

也许他们是从敌人已经占领的另一个岛屿被赶到这个偏僻的地方。那个岛会不会就是复活节岛？拉帕伊提岛的传说会不会也来源于抽丝剥茧的真相，就像艾寇壕沟战役的故事一样？复活节岛第三历史时期的同类相食事件足以吓住岛上所有人，甚至是孕妇，从而迫使她们冒险出海逃离。就在19世纪，还有一艘木筏载着七名当地人，从曼加雷瓦群岛漂流而来，在我们从复活节岛来的途中，也曾到过曼加雷瓦群岛。

拉帕伊提岛上没有雕像，而且山顶上也没有地方放雕像。如果真的如传说那样，复活节岛的妇女和儿童是拉帕伊提岛上文化的奠基人，他们首先会想到房屋、食物和安全，而不是炫耀纪念碑和雄心勃勃的计划。他们会像在复活节岛一样建造弧形的芦苇屋和垂直线条的石炉，而不是像在附近所有的岛屿上那样建造直线形房屋和圆形炉灶。他们会先为自己的家园建立安全的防御系统，然后再对其他岛屿进行侵略。如果他们是从复活节岛来的，那么他们有勇气用他们的小石器重塑整座山峰就不那么令人惊讶了。奇怪的是，拉帕伊提的女人们让这个社群一直延续到今天，而男人们却像巨婴一样受到溺爱和照顾。

到目前为止，人们一直认为，在拉帕伊提岛，既没有经过雕琢的石块，也没有在石头上雕刻的人像。但是，这两种东西我们都在山上发现了。当地人把我们带到莫朗戈乌塔以东山谷上方的一个悬崖上。在那里，他们向我们展示了一个非凡的岩石屋，根据传说，古代国王的遗体在被运走之前就躺在那里。这是石匠艺术的杰出典范。一个形状像大石棺的储藏室从侧面嵌在崖壁内，外露的一面被四块整齐地拼合在一起的方形石头小心地密封起来。看起来就像是有机物，随着时间的推移，它们自然地生长在一起。在旁边的悬崖上，有一个像孩子一样大的人像被刻成了浮雕。他站在那里，举起双臂，预示着不祥和危险，让我想起复活节岛上拉扎勒斯洞穴里的"国王"石雕。

按照传统，拉帕伊提岛的国王们死后，会在白天被盛大庄严地抬到这个墓室。国王躺在这里，头朝东，直到一个漆黑的夜晚，他的两个臣仆会把他带走，偷偷地抬过山脊，送到对面的阿纳鲁亚山谷。拉帕伊提岛的历代统治者的遗体都被精心地藏在一个秘密的洞穴里。

我们在拉帕伊提岛的其他山谷也发现了洞穴。最大的是在阿纳波利山谷，这个洞穴就位于一个瀑布的后面，瀑布从三十英尺高的岩石上直直落下。一条小溪缓缓地流入洞穴，我们不得不蹚过岩石中齐膝的泥浆才能过去。洞穴里面还有一个地下湖，湖的岸上有为死者立的石标。要到达那里，必须在冰冷的水中游过七十五码。然而，在漆黑的黑暗中，这里也躺着人类的残骸。

在莫朗戈乌塔下面的悬崖上，我们发现了一个年代更近的洞穴。它被凿进松散的岩石里，入口用石板封着。洞里埋了三具尸体，但当一个当地人爬上来告诉我们里面是他的近亲时，我们很快就封上了石板。附近还有几个同样类型的洞穴，显然最近还在使用，我们没有碰它们。那人说他自己的祖父也睡在一个秘密洞穴里，就在我们附近的悬崖上，在一块同这类似的石板后面。在他旁边的人造洞穴里，躺着许多人的尸骨，他们世世代代被一个个地安放在那里。直到今天，拉帕伊提岛的居民仍尽其所能地遵守他们的旧习俗，尽管他们现在将死者埋葬在村子附近的墓地，但他们仍然将他们的遗骸安放在坟墓底部土墙上挖掘的侧室中。

经过挖掘的拉帕伊提岛的人造山峰，从海上突起，像是一座精致的纪念碑，献给那些被遗忘的无名航海家。当他们登上这个孤岛的时候，他们已经在海上漂泊了数百英里。但数百英里的航程，还不足以消除他们对其他航海者可能尾随其后的恐惧。大海是浩瀚的，但只要有时间，即使是最小的船只也能抵达彼岸。只要锤打的时间足够长，即使是最小的石斧也能凿穿岩石。时间是这里的古人取之不尽、用之不竭的财富。如果说时间就是金钱，那么他们在阳光普照的山上，拥有的财富比任何一个现代大亨都要多，那么他们的财富就如同莫朗戈乌塔城墙上的石头一样丰富。在这种哲理的意境中，看着这座云端古城在海天之间闪烁着微光，人们完全可以想象到，这就是童话故事中的黄金城堡。

但是岛上没有人能带我们去看看阿纳鲁亚山谷的国王洞穴。因为那两个知道地址的国王的臣仆，也早已埋葬在洞穴里了。而拉帕伊提人还不知道寻找秘密洞穴的诀窍。

这里谁也没有阿库－阿库，也没人知道怎么吃鸡的尾部。

第十一章

我的阿库－阿库说

塔伊彼山谷的顶上散发着野猪的气味，但仍然看不见有任何生命的迹象，根本听不见任何动物的声音。一道喷涌而出的瀑布从我上方的悬崖上飞流而下，发出了咝咝的响声。它像一片薄雾，在六十英尺的高处摇摆下落，然后坠入我正在游泳的池塘。池塘周围三面都是高如瀑布的峭壁，峭壁上长满了厚厚的柔软的绿色苔藓。苔藓里有闪闪发光的小型蕨类植物和常青的叶子，它们在水花的滋润下，不停地摇曳着，把晶莹的水滴洒到池塘里。

今天，山谷里热气腾腾的。我躺在山上清爽的水池里，沉浸在活着的纯粹乐趣中。我潜入水中，喝了一口水，然后半浮在水中，身体完全放松，双臂环绕着岸边的一块石头。俯视丛林，景色壮丽。在丛林里，我一会儿缓慢行进，一会儿涉水，一会儿从一块石头跳到另一块石头上，在活树和枯树之间穿梭。这些树从各个角度横亘着去路，上面长满了苔藓、蕨类植物和蔓生植物。

在这片原始森林中，自从铁器被引进马克萨斯群岛以来，从来没有人将石斧派上过用场。今天的人们只生活在海边最大的几个山谷里的椰子树下。不仅在努库希瓦如此，在马克萨斯群岛的所有其他岛屿也是如此。据估计，欧洲人刚到这里时，有十万左右的波利尼西亚人住在这里。现在这个数字降到了两三千。从前到处都有人居住，我沿河而上时，还能从草木中隐约看到许多杂草丛生的房屋墙壁。但是现在，我独自一人拥有了赫尔曼·梅尔维尔岛上整个著名的塔伊彼山谷。我们的船只停泊的海湾附近有一个小村庄，就隐藏在山谷的拐弯处。

在山谷拐弯处的高高的山坡上，我们在密林里开辟了一块空地。就在那里，十一座红色石像一动不动地耸立着。我们刚来的时候，其中有八座站在灌木丛里，当我们扶起另外三座的时候，它们才第一次见到我们这些基督徒的脸。自从人们来到庙宇向这些祖先神灵祈祷和献祭起，它们就一直趴着，脸贴在地上。当我们用绳子和铲子从一个巨像的腋下把它扶起来时，我们看到它是一个双头怪物，这是在太平洋群岛上发现的第一个此类石雕。

艾德绘制了遗迹的地图。比尔开始挖掘，希望能确定这些古老石像的年代。虽然说起来会让人觉得难以置信，但在具有古代文化财富的整个马克萨斯群岛进行考古发掘，这还是第一次。曾经，有一位考古学家在岛上进行了实地考察，但他没有进行挖掘工作。

比尔很幸运。在石雕矗立的巨大石台下，他发现了大量可供测定的木炭，这使我们能够将当地石雕的年代与复活节岛石雕的年代进行比较。此外，我们还发现了一具长耳人的遗骸，也许他是被光荣地埋葬在这里的，也许他被马克萨斯食人族献祭吃掉了。他仅存的是两只大大的耳夹和一把碎骨头，它们都藏在这个砖石平台的竖井里。我们对马克萨斯群岛进行的各种碳-14测试结果显示，本岛最古老的石雕是在公元1300年左右，也就是人们首次在复活节岛定居大约九百年后建造的。这排除了有人提出的推论——复活节岛上的巨像是根据马克萨斯群岛的石像仿造的。

当我们在努库希瓦丛林中考察时，阿恩和贡萨洛正带着发掘队在希瓦瓦岛上的棕榈树间进行挖掘工作，这个岛位于马克萨斯群岛的南边。他们已经完成了对赖瓦瓦埃岛的考察，至此，我们已考察了太平洋岛屿上石像最集中的各个地方。现在他们已经登上希瓦瓦岛，希望能在那里获得关于石像年代的新发现，并为马克萨斯群岛最大的石雕制作模型。这座石雕从头到脚只有八英尺，如果按照复活节岛的身高标准，身材十分矮小。他们带了此次考察的最后一袋牙科石膏，目的就是为了制作模型。我们此行总共带了三吨石膏，在复活节岛上为了制作一个三十英尺高的巨像模型，几乎已经用完了，该石雕即将陈列于奥斯陆的康提基博物馆里，我们会将带回去的洞穴石雕放在一个人工洞穴里。

当我舒服地躺在水池里，脑海中重温这段旅程时，我突然意识到，作为波利尼西亚群岛中一个极其重要的文化中心，复活节岛这个孤独的前哨是多么引人注目。在我下面的山谷里有十一个奇形怪状的小石雕，还有阿恩在希瓦瓦岛的普阿莫山谷里找到的几个其他石雕，这些就是马克萨斯群岛的全部石雕了，与复活节岛最早的两个历史时期竖立起来的，令众多当地人引以为荣的巨人石像相比，看上去几乎微不足道。事实上，相比之下，它们就像是从富人餐桌上落下来的面包屑。皮特凯恩岛和赖瓦瓦埃岛的石像也是少之又少。有着深厚文化底蕴的复活节岛，是东太平洋史前文化的基石。其他任何一个岛屿都无法拥有这个引以为豪的头衔："世界中心"。

一位现代学者把复活节岛上的文明发展归功于它的自然气候。他认为，那里相对凉爽的天气并不像其他岛屿那样有利于激起情欲和滋生惰性，由于缺乏可供雕刻的树木，当地居民转而雕刻岩石。关于复活节岛的爱情生活，我们从船上的一些水手那里听到了完全不同的解释。如果人们竖起石像是因为低温和树木稀缺，那么定居冰岛的维京人是不是也会留下巨大石雕？但是，欧洲或北美的任何古代文明，甚至因纽特人，都没有建造过任何仿照人类形态的巨石像。另外，这种巨石像竖起的位置，是在从墨西哥到秘鲁、穿过中美洲热带丛林的连续地带上。

没有人会无缘无故地拿着石器，去最近的山坡上开采坚硬的岩石，这不是正常人会做的。即使在新西兰最寒冷的地方，也没有人见过波利尼西亚人做这种事。这通常需要几代人的石雕经验，而且仅凭经验是不够的，还需要有工作和创造的狂热欲望——像复活节岛市长那样。他当然不是传统的波利尼西亚人，但他是一个令人难以捉摸的人。我脑海中仍然浮现出这一画面：他站在门口，身后满地都是奇怪的石雕。在他左边齐膝的位置，站着他的小阿库－阿库，尽管肉眼看不见。

我打了个寒战，爬出游泳池，躺在一块晒得暖和的石板上舒展筋骨。当我躺在那里打瞌睡时，从瀑布上飘落下来的薄雾像露珠一样落在我身上，使我感到在热带阳光下的生活真是轻松自在。我潜意识中觉得自己还在复活节岛上，我在想我的阿库－阿库，我可以把它们派到我想去的任何地方，就像市长的阿库－阿库可以迅速到智利或其他遥远的地方一样。

我试着想象市长的阿库－阿库长什么样子。他本人是否清楚它的模样，这值得怀疑。但在它神秘的面纱背后，一定是市长自己的思想、良知、直觉的化身，所有这些都可以组合起来传达一种无形的精神：一种自由而不受约束的东西，虽然没有筋骨，但是可以引导人的身体在活着的时候做最奇怪的事情，当人的肉体和骨骼一起消失时，它仍然存在，独自留下来看守洞穴。

当市长向他的阿库－阿库征求意见时，他会一动不动地站着，一言不发，就像和死去的祖母谈话一样。在我说话的那一刻，阿库－阿库就和他自己的思路一起消失了。他站定陷入沉思中，向自己的内心提出问题，倾听自己的直觉。这就是他在和自己的阿库－阿库交谈。它是人体内不能用高度或重量单位来度量的东西，随便你怎么称呼它，而市长把它称为自己的阿库－阿库。当他没有别的地方可以放它的时候，就把它放在左膝旁边。为什么要这样呢？因为它总是会跑去奇特的地方四处游荡。

我对自己的阿库－阿库感到内疚。它像被绳子拴着一样跟着我一年了，却没有飞往无边无际的宇宙的自由。我仿佛能听到它抱怨的声音。

"你越来越迂腐，整个人平庸乏味极了。"它说，"除了枯燥的事实，你对任何东西都不感兴趣。多想想从前这些岛屿上富有情调的日子吧！再想想所有人类的命运！这些都不是你能改变的。"

"这是一次科学考察。"我说，"我一生中的大部分时间都和科学家们在一起，因而学会了他们的首要信条：科学的任务是纯粹的研究，不要猜测，不要试图证明这件事或那件事。"

"打破陈规。"我的阿库－阿库说，"敢于向他们挑战！"

"不！"我坚定地回答道，"当我们乘木筏来到这些岛屿时，我就是这么做的。但这一次是考古探险。"

"得了吧！"我的阿库－阿库说，"考古学家也是人。相信我，我亲眼见过他们！"

我让我的阿库－阿库安静点，然后朝一只贸然飞到这儿的蚊子泼了一点水，它又飞进瀑布的水雾中去了。但我的阿库－阿库又来了。它无法控制自己。

"你认为复活节岛上的红发居民是从哪里来的？"它问道。

"安静点。"我说道，"我只知道第一批欧洲人来的时候他们就住在那里。市长就是这些人的后代。除此之外，所有的古老石像都刻画了头上有红色顶髻的人的形象。如果再多说下去，恐怕就没有充足的证据了。"

"他们发现复活节岛时也还不是红头发，如果是的话，他们是不会到那里去的。"我的阿库－阿库说。

"我不想猜测。"我转过身去回答道，"我不想谈论我不知道的事。"

"好吧。如果你能告诉我你知道的事，我就会告诉你你所不知道的事。"我的阿库－阿库说。所以，我们继续交谈。

"你是否认为红头发也是岛上的气候造成的？"它继续说，"或者你是怎么认为的？"

"胡说。"我说，"过去肯定有红头发的人在岛上登陆过。无论如何，当地定居者一定包括一些红发人。"

"附近岛屿有红头发的人吗？"

"有几个岛屿。例如马克萨斯群岛。"

"那大陆上呢？"

"在秘鲁有。编年史家佩德罗·皮萨罗曾写到，当西班牙人发现印加帝国时，虽然安第斯山脉的印第安人身材矮小，皮肤黝黑，但统治他们的印加族人却身材高大，皮肤比西班牙人还要白。他还特别提到秘鲁的某些人种，他们有着白色皮肤、红色头发。我们在木乃伊身上也发现了同样的情况。在太平洋沿岸的帕拉卡斯沙漠中，有许多巨大而宽敞的人工洞穴，其中许多木乃伊都得到了完好保存。当我们把包裹木乃伊的那些尚未褪色的彩布移除时，我们发现有些木乃伊有着和今天印第安人一样的浓密、粗硬的黑头发，而在同样条件下保存的其他木乃伊则有着红色（大多是栗色）的头发，柔顺且呈波浪状，如同欧洲人那样。他们的颅骨较长，体格高大，和今天秘鲁的印第安人有很大的不同。毛发专家通过显微镜分析证明，通常红色头发具有的所有特征，能够将北欧日耳曼民族的头发类型与蒙古人或美洲印第安人的头发类型区分开来。"

"传说是怎么说的？人不可能通过显微镜看清一切。"

"传说？"我说，"传说也证明不了什么。"

"但是印第安人是怎么说的呢？"

"皮萨罗问，这些有着白皮肤和红头发的人是谁？印第安人回答说，他们是维拉科查人最后的后代。他们说，维拉科查是一个神圣的种族，族群里的白人都留着胡子。他们很像欧洲人，欧洲人来到印加帝国的那一刻，人们就称他们为维拉科查人。这是一个史实，这就是为什么弗朗西斯科·皮萨罗只带领几个西班牙人就能够直接进军印加领土的腹地，俘获'太阳神'，并攻占他的庞大帝国，而英勇善战的印加军队却不敢碰他们一根头发。因为印加人认为他们是穿越太平洋回来的维拉科查人。根据他们最重要的传说，在第一个印加王朝之前，太阳神康提基·维拉科查离开了他在秘鲁的王国，带着他的臣民驶向太平洋。

"当西班牙人来到安第斯山脉的的的喀喀湖时，他们发现了南美洲最宏伟的遗址——蒂亚瓦纳科。他们看到了一座被人类改造成阶梯状金字塔的小山，由巨大的石块组成的精美古典砖石结构，还有许多人形的大型石像。他们问印第安人谁留下了这么庞大的遗址。于是，印第安人告诉著名的编年史家希耶萨·德里昂，这些东西早在印加人掌权之前就已经建成了。它们是由像西班牙人一样的大胡子白人建造的。只是他们最终放弃了自己建造的石雕，追随他们的领袖康提基·维拉科查而去，先去了库斯科（秘鲁南部一省），然后驶入太平洋。他们被赋予印加人的名字维拉科查，意思是'海洋泡沫'，因为他们有着白色的皮肤，并且最后像泡沫一样消失在海上。"

"啊哈！"我的阿库－阿库说，"这很有意思。"

"但这证明不了什么。"我说。

"确实。"我的阿库－阿库说。

我不得不跳进水池，再一次冷静下来，但当我回来的时候，我的阿库－阿库又在那里说开了。

"市长也来自这样一个红发家族。"它说，"而且他和那些在复活节岛上造出了巨大石像的祖先都称自己为长耳人。他们费尽心思拉长耳朵，垂到肩膀上，这不奇怪吗？"

"没那么奇怪。"我说，"同样的习俗也存在于马克萨斯群岛、加里曼丹岛和非洲的某些部落中。"

"秘鲁有吗？"

"秘鲁也有。西班牙人记载说，居统治地位的印加家族自称为奥雷琼斯或长耳族，因为他们可以人为地拉长耳垂，与他们的臣民形成对比。为延长耳朵而给耳朵穿孔是一个庄严的仪式。佩德罗·皮萨罗指出，尤其是那些白皮肤的长耳族。"

"传说是怎么说的？"

"据说复活节岛上的这种习俗是从外面传进来的。他们的第一位国王带着一群长耳人坐着一艘远洋船，从东方朝着日落的方向航行了六十天，最后到达复活节岛。"

"东方？印加帝国就在复活节岛的东方。传说是怎么说的？"

"传说，康提基·维拉科查在向西横渡大海时，身边带了一批长耳族人。

离开秘鲁之前,他做的最后一件事,是从的的喀喀湖向太平洋沿岸航行,旅途中,在北部的库斯科停留。在库斯科,他任命了一位名叫阿尔卡维扎的酋长,并命令在他离开库斯科之后,所有首领继承人都要把耳朵拉长。当西班牙人到达的的喀喀湖岸时,他们也从那儿的印第安人那里听说,康提基·维拉科查是一个长耳族的首领,这些长耳人乘坐芦苇船在的的喀喀湖上航行。他们刺穿耳朵,在耳朵里放上厚厚的一束托托拉芦苇,并称自己为林格里姆,意思是'耳朵'。印第安人还说,正是这些长耳族帮助康提基·维拉科查运送和竖起了丢弃在蒂亚瓦纳科的重达百吨的巨石块。"[1]

"他们是怎么移动这些巨石的?"

"没人知道。"我实话实说道,"蒂亚瓦纳科的长耳族并没有委任一个可以将秘密保存下来的市长,也没有一个人能够向后代展示这个'绝活'。但他们铺路的方式和复活节岛上的方式一样。一些最大的石块肯定是用巨大的芦苇船从的的喀喀湖运了三十英里来的,因为它们是从卡皮亚死火山中发现的一种特殊石头,该火山位于的的喀喀湖的另一边。当地的印第安人带我参观了海岸附近的集合点,那里仍然可见被遗弃在火山脚下的加工过的巨石,原本准备运往内陆海的。那里还有一个废弃的码头,当地印第安人称之为塔基－蒂亚瓦纳科－卡玛,也就是'通往蒂亚瓦纳科的道路'。顺便说一句,他们提到的那座邻山就是'世界中心'。"

"现在我开始喜欢你了。"我的阿库－阿库说,"现在我开始感到高兴了。"

"但这一切与复活节岛一点关系也没有。"我说。

"他们用来造这些船的芦苇不就是托托拉芦苇吗?这难道不是复活节岛上的居民在他们死火山下的沼泽地里种下的那种莫名其妙的淡水芦苇吗?"

"是的。"

---

[1] 秘鲁的印加人关于他们的大胡子白人祖先的各种传说,在笔者的著作《太平洋上的美洲印第安人》一书的第224—268页中有具体描述。

"当罗赫芬和库克船长来到复活节岛时，那里最重要的植物是甘薯，不就是复活节岛上的居民称为'库马拉'的东西吗？"

"是的。"

"植物学家已经证明，这种植物也是南美的，只有通过人细心的运输，才能来到复活节岛，秘鲁大部分地区的印第安人也用'库马拉'这个名字来称呼这种植物，是吗？"

"是的。"

"那我还有最后一个问题，然后我会告诉你答案。我们能否假设，印加人在秘鲁的祖先是航海者，就像我们知道的那样：西班牙人到达时，印加人本身就是航海者了呢？"

"是的。我们知道他们多次去过加拉帕戈斯群岛。我们也知道，在帕拉卡斯的前印加时期的坟墓中，保存着大量带有雕花手柄的木筏活动船板。在那里，我们发现了高大的红发木乃伊。没有帆就不能用活动船板，没有船就不能用帆。在前印加时期的坟墓里，保存至今的一块活动船板，可以让我们了解更多关于古秘鲁高度发达的航海技术，这是任何论文或印加传说所不能比的。"

"那现在我也来告诉你一些事。"

"我不会听你的。你妄下结论，不实事求是。这是科学考察，不是侦探所。"

"的确。"我的阿库－阿库说，"但是如果联邦调查局只收集指纹而不去抓小偷，他们又能干出什么名堂？"

这个问题我还没有找到现成答案，但我又一次打断了我那纠缠不休的阿库－阿库：

"好吧，算了吧。在复活节岛上，红头发的长耳族制作了戴有红色顶髻的长耳石像。他们这样做要么因为寒冷，要么因为他们来自一个习惯把玩巨石和竖立石雕的国家。但是在他们之后，短耳族来了。短耳人就是波利尼西亚人，他们并不感到寒冷，他们在复活节岛上找到了足够的木头，来雕刻他们喜欢的一切。他们雕刻了鸟人和神秘幽灵模型，这些模型留着胡须、长着长耳朵和印加人独有的大鹰钩鼻。这些短耳族是从哪里来的？"

"来自波利尼西亚的其他岛屿。"

"那波利尼西亚人从哪里来？"

"他们的语言表明，他们与亚洲和澳大利亚之间的马来人有着远亲关系，这些人有着小巧的塌鼻子。"

"他们是怎么从那里到波利尼西亚的？"

"没人知道。无论是在马来群岛，还是在其间的任何一个陌生岛屿上，都没有人发现哪怕一条线索。就我个人而言，我相信他们沿着亚洲海岸的洋流一直到了美洲西北部。在那一地区，离海岸不远的岛屿上有人发现了关于他们最显著的踪迹，那里有大量的双层独木舟，可以轻而易举地载着男人和女人，顺着同一条洋流顺风漂流而下，到达夏威夷和所有其他岛屿。有一件事是肯定的：他们一定是最后到达复活节岛的，也许仅比欧洲人早来一百年左右。"我总结道。

"那么，如果长耳族来自东方，短耳族来自西方，那么在这片海洋中，一定可以往返航行吗？"

"当然有可能。只是从一个方向航行要比从另一个方向航行要容易千倍。看看我们早期的探险家。起初，没有人发现太平洋岛屿，直到美洲被发现。欧洲人在印度尼西亚和亚洲沿海地区涉足，但很长一段时间，却没有一艘船曾尝试逆风逆流驶向大洋彼岸。直到哥伦布发现美洲大陆，葡萄牙人和西班牙人才从那里乘风破浪，顺流而下，发现了整个太平洋。

"事实上，波利尼西亚和美拉尼西亚都是西班牙人根据印加水手的建议，顺着秘鲁洋流而下最先发现的。甚至密克罗尼西亚、帕劳群岛和其他亚洲岛屿，都是西班牙人从南美洲穿越太平洋到达亚洲首次发现的。一支接一支的探险队拥入了开阔的太平洋，这些队伍全部从美洲出发，没有一支来自亚洲。当时的船只甚至无法在横渡太平洋之后原路返回。长达两个世纪的时间，所有的商船都从墨西哥和秘鲁出发，向西穿过太平洋的热带地区，到达亚洲海岸；但为了回到美洲，它们都必须顺着日本洋流、沿着荒凉的北太平洋航线向北航行，纬度远远高于夏威夷群岛。相较于设备齐全的欧洲帆船，我们不应期望有更多的马来独木舟或印加巴尔萨木筏和芦苇船能够如此穿行于太平洋上。

"你还记得法国人德比肖普吗？我们去塔希提岛时，他正准备乘竹筏出发呢。他曾经试图乘着原始的小船从亚洲航行到波利尼西亚，但没有成功。然后他尝试相反的方向，从波利尼西亚航行到亚洲，结果以惊人的速度成功结束了旅途。现在他要试着乘木筏从波利尼西亚航行到美洲。他得航行很长一段时间进入东行的南极寒流。作为一个欧洲人，他可以经受住那里的寒风。但如果他能安全到达南美海岸几百英里以内，他将面临最糟糕的情况，因为向东的水流突然转向北方。如果他不能克服洋流的流向，他将直接漂流回波利尼西亚，就像康提基木筏一样，他会紧随我们之后成为又一个孤独的美洲木筏手。① 坐轮船，或者有方向、有目的的旅行是一回事，而在波浪翻涌的海洋上乘坐原始船只旅行完全是另一回事。"

我等着我的阿库－阿库回答我。它睡着了。

"哦，我们说到哪儿了？"当我把它摇醒的时候它说，"哦，对了，我们在说短耳族。他们是马来人的远亲？"

"是的，但是隔得非常非常远，首先他们自己肯定不是马来人。在他们的太平洋漂流中，他们一定是在某个有人居住的地区停下来了，在那里他们极大地改变了他们的语言，完全改变了他们的种族。据种族专家说，波利尼西亚人和马来人在身体各方面都不同，从颅骨和鼻子的形状到身高和血型。只有语言专家指出他们之间有一定的关系，这才是最奇怪的。"

"该死，他们之间哪一方才是弱势的一方？该相信谁呢？"

"只要他们把事实摆在台面上，双方都可信。但如果他们忽视彼此，开始

---

① 我们后来得知，埃里克·德比肖普的木筏发出遇难信号，他的船员被一艘军舰救起；而竹筏在凶猛的洪堡寒流中散架，然后他抵达胡安·费尔南德斯群岛（《鲁滨孙漂流记》的故事原型发生地）。

独自拼凑谜团，那双方都不可信。这就是科学研究的优势。"我说。

"这也是它最大的缺点。"我的阿库－阿库说，"为了更深入地了解研究对象，许多专家缩小了他们的研究范围，在范围内越挖越深，直到他们不会在研究上有任何联系。但他们把辛苦得到的成果都放在地面上。一个不同专业的专家应该坐在那里，他不会下到任何一个洞里，而是待在地面上，把所有不同的事实拼凑在一起。"

"这是阿库－阿库的工作。"我说。

"不，是科学家的工作。"我的阿库－阿库反驳道，"但我们可以给他一两个有用的提示。"

"我们在讨论马来人和短耳族之间可能的联系。"我说，"作为一个阿库－阿库，如果语言上有联系，种族上没联系，你会怎么看？"

"如果从语言角度能够证明所有美国人都来自英国，那我就支持种族专家。"

"别转移话题。如果你无视语言专家得出的结论，那你就大错特错了。从语言上得出的结论也不是空穴来风。"

"语言并不是直线传播的。"我的阿库－阿库说，"它当然不能逆风自吹。而且由于马来人自己从来没有到达过波利尼西亚，所以无论移民们是向东还是向西迁徙，或者是经过北太平洋海岸，迁徙途中一定发生了一些不寻常的事情。"

山谷深处有一个孤独的骑手在飞驰，那是我们考察队的医生，带着一个装满血样的试管，从泰奥哈埃村翻山越岭回来了。他在我们去过的所有岛屿上采集了各种样本。酋长、长老和地方当局帮助他挑选那些仍然是纯种血统的人。我们已经通过冰瓶冷藏的方式把样品从塔希提岛空运到墨尔本的联邦血清实验室。我们的下一批血样将从巴拿马空运。"平托号"已经带走了一批。这些岛屿上的当地人的新鲜血液，从来没有如此完好地保存起来送到实验室，所有的遗传基因都可以得到研究和鉴定。以前只研究了 A、B、O 血型，揭示了波利尼西亚的土著部落缺乏遗传性很强的遗传因子 B，美洲印第安人同样如此，而从印度一直到马来群岛、美拉尼西亚岛和密克罗尼西亚岛，遗传因子 B 在东南亚所有国家中都是显性的。

"我真想知道这些血液会告诉我们关于 MNS 型、Rh 型和其他血型的哪些信息。"我对我的阿库－阿库说。当时我还不知道西蒙斯博士和他的同事们会把我们的血液样本进行最彻底的血液分析，这是迄今为止进行的最详细的血液分析。我也不知道他们会发现所有的遗传因素直接证明波利尼西亚人是从美洲大陆的原始人口发展而来的，同时清楚地将他们与马来人、美拉尼西亚人、密克罗尼西亚人和西太平洋的其他亚洲人区分开来。即使是我的阿库－阿库也不可能在我的——不，他的——最疯狂的梦里告诉我这些。

我开始感到阵阵寒意，于是我穿上衣服。我最后一次向悬崖上瞥了一眼，那里的瀑布咆哮着落下来，水珠从苔藓上滴落。几朵黄色的芙蓉花随波逐流，在悬崖边翩翩起舞，然后流向下面的丛林。现在我也要顺着水流到村里去。这样做会容易得多：流动的水是早期旅行者去往海洋和更远地方的向导。

几个小时后，我们都回到了考察船上，有的站在驾驶台上，有的站在后甲板上。当我们的船沿着陡峭的海岸行驶时，壮丽的红色山墙像一扇巨大的滑门一样，缓缓地在迷人的马克萨斯山谷前关闭了。这时，连轮机师们都来了，目不转睛地注视着这一幕。我们仍然可以看到浓绿茂密的原始丛林从山谷的陡峭山坡向下伸入大海。海滩两旁，几棵细长而挺拔的椰子树仿佛是从身后的绿林中逃出来的，沿着海岸向新来的朋友表示友好欢迎，向离去的朋友依依惜别。如果没有这些椰子树，这个岛就无法显示人类的文明，一切都只是粗犷的美。趁着美景和佳肴，我们自在畅饮。很快，在这里经历的一切都会和蔚蓝的天际融合成一个模糊的影子，然后随着太阳一起沉入我们身后的大海。

我们站在船上晒着太阳，脖子上戴着清凉芬芳的花环。按照当地的习俗，我们现在应该把它们扔进海里，并祈求自己能够回到这些迷人的岛屿。但我们每个人都犹豫了。当花环落水时，会在船尾漂来漂去，好似一个句号，也标志着我们考察之旅的结束。在此之前，我曾两次向这个迷人的南太平洋诸岛告别，这是我第三次回来。所以，如果不把花环扔进海里，我不会为此感到遗憾。

第一批花环被扔向空中，飘向大海，有驾驶台上的船长和大副扔的，有小托尔和桅杆顶端的餐厅服务员扔的，有考古学家和水手、摄影师、医生、伊冯和我自己扔的。和我们一起在甲板上的小安妮特站在椅子上，从高高的栏杆上眺望远方。她挣扎了一会儿，费力地把花环从脖子上取下来，然后踮起脚尖，使出浑身力气把花环扔到了栏杆上。

我把她从椅子上抱下来，往船外望去。海上漂着二十三个红白相间的花环，在我们碧绿的尾迹中欢快地摇摆着。但小安妮特的不在其中。她的小花环挂在下面甲板的栏杆上了。我站那儿看了一会儿，然后我迅速跑过去，把它抛到了海里。我也不知道为什么要这么做。我满意地环顾四周，向人群走去。虽然没人注意到我，但我清楚地感觉到有人在笑。

"你和市长一样迷信。"我的阿库－阿库说。

后记

　　这本书讲述了我们的考察队作为一群外部世界的人，在世界上最偏僻的岛屿上考察古老历史时的新奇冒险经历。尽管复活节岛的当地人向我们提出了与现状有关的令人费解的新谜团，但过去的许多问题都得到了解决，而对于那些已知关于东太平洋早期历史的问题，则又增加了新的事实依据。

　　本书不涉及过于专业的科学细节，易于理解，可供普通读者阅读。另外，美洲研究学院和新墨西哥博物馆将出版一本关于我们考察成果的特别专著，可供专业学者进行研究。很明显，皮特凯恩岛的旧雕像采石场、拉帕伊提岛巨大山顶村庄的微型庙宇和雕塑陵墓、无人居住的马托蒂里群岛上的当地建筑、赖瓦瓦埃岛上的未知庙宇和石头建筑，以及马克萨斯群岛上未记录在册的石雕类别、大量的碳 −14 测年法和挖掘工具等这些都提供了新的科学信息，增加了我们对波利尼西亚历史的整体认识。然而，有兴趣的非专业人士可能想知道，我们的发掘工作为复活节岛的已知历史做了多少新的补充？在多大程度上改变了人们对早期人类在浩瀚海洋中航行的猜测？为了回答这些问题，我将提供以下概述。

1. 复活节岛在波利尼西亚无数岛屿中占有非常特殊的地理位置：与整个太平洋上任何一个可以居住的岛屿相比，它远离亚洲，而十分靠近南美洲。对于研究早期太平洋迁徙活动的人来说，不管其迁徙路线和迁徙始源的理论如何，这个独特的地理位置都非常重要。如果我们假定，第一批太平洋探险家是从亚洲出发的，那么这个遥远的地点，一定是最后被发现的，因此也是人类占领时间最短的岛屿。如果航海家来自南美洲，那么复活节岛将是最近的地点，理应最先到达。这样一来，复活节岛就拥有整个波利尼西亚最古老的文化。

在我们的碳样获得分析之前，关于复活节岛文化的所有年代测定都是基于个人理论的推断，而不是基于考古事实。到目前为止，碳测试还没有检测到波利尼西亚有公元 800 年以前的人类历史。长期以来，研究太平洋的学者一致认为，波利尼西亚作为一个整体是世界上最后一个有人类定居的主要地区。但是出于种种原因，所有这些岛屿直到公元 500 年才被发现，具体假设是太平洋迁徙是由西向东的。人们因此得出结论，当时探险家最早到达并占领的是离亚洲最近的岛屿，而复活节岛最早要到公元 14 世纪才有人定居。而且，根据很多人的观点，要到公元 1500 年或 1600 年才有人定居于岛上，这离 17 世纪欧洲人到达这里的时间就相差不远了。在人类如此短暂的定居时间里，作为一个荒岛，复活节岛几乎没有足够的时间形成冲积地层，且由于这些先入为主的结论，没有人试图在此深入挖掘。

如果像我一样推翻以上的推测，假定属于另一种文化的早期南美人在现在的岛民之前，已经找到了进入太平洋的路径，那么时间顺序会颠倒过来，复活节岛会是第一个被发现且定居的岛屿而不是最后一个。这一假定通过实际挖掘得到证实。即使在今天，我们还未搞清第一个探险家是何时登上复活节岛的，但可以确定的是，根据碳 -14 测年法，到公元 380 年（可能有前后百年的间隔），复活节岛上已经存在有组织的劳工工作了。如果复活节岛是最后才被发现的话，这比之前估计的时间应该晚了一千年。这表明，当第一批航海家开始在波利尼西亚岛群建立殖民地时，这个离南美洲最近、离亚洲最远的岛屿已经有人定居下来了。

2. 普遍的观点认为，目前岛民的祖先到达复活节岛的时间非常晚，我们暂时还没找到证据证明此观点是错误的。我们发现当时岛上已有住民，是他们接待了这些岛民的祖先。这也许是我们最重要的发现。考古活动发现了一个清晰的地下土层，土层说明现在岛上的人登上该岛的时间很晚，并且，该岛当时正经历着一个动乱和衰落的时期。在这之前，该岛存在过两个明显不同的文化时期。与先前的假设相反，复活节岛的历史不是一个单一文化的短暂爆发式繁荣，而是三个文化体系的相互更替，最终以彻底的衰败告终。

3. 在整个太平洋无数的岛屿定居点中，只有复活节岛熟悉古代秘鲁特有的高度专业化的砖石技术。如果复活节岛是秘鲁人最早发现的，这种分布是可以理解的，而且这种非凡的技术在岛上存在的历史和第一个定居者的历史一样久远。但是，对于那些认为第一批复活节岛岛民是从另一个方向（那里不存在类似的砖石技术）来的人来说，与秘鲁砖石文化惊人地相似就是另一个问题了。因此，迄今为止有人提出，这种特殊形式的砖石是复活节岛上的最后也是最近的成就，它逐渐独立于外部世界而发展起来。但这种假想经不起考古发现的检验。因为我们的发掘揭示了这种典型的秘鲁式的砖石结构是复活节岛上第一批定居者的特征，而随后的两个文化时期产生了完全不同且类型更低级的建筑结构。

4. 关于复活节岛石雕，人们几乎有着同样的推理。它们纯粹的地方风格强化了一个共同的论点，即它们也是当地自我产生的结果，独立于古代秘鲁的各种类似的石雕而演变下来。我们的实地调查显示，这种推理的合理性缺乏充分的证据。我们发掘了不同类型的早期当地石雕，在重建的庙宇墙壁中也发现了这些石雕。这些石雕的发现，推翻了所有现存的关于地方风格和统一性的观点。其中两个最不可解释的石像标本显示，它们与蒂亚瓦纳科的前印加时期的石雕相似程度，比本岛或整个太平洋上任何石像的相似度都高。迄今为止，人们所熟知的复活节岛半身像已沦为该岛的次要成果，它们只属于第二历史时期，因此将其与外部地区进行比较是毫无意义的。但我们发现，这两座石像的基石下存在与第一历史时期相关的过渡石刻，这些重要的原型是由引进了高度专业化砖石形式的第一代定居者雕刻的。

5. 为了验证人们提出的关于复活节岛最初的定居者是马克萨斯群岛的石雕制作者的理论，我们的考察队在按年代顺序进行比较的基础上展开了研究。从马克萨斯群岛的两个大型石雕基座的下方取得的碳样表明，希瓦瓦岛巨石建造于公元1300年前后，努库希瓦岛巨石于200年后建造。与秘鲁古印加时期的石雕不同，这些马克萨斯石像的历史太短，无法成为复活节岛巨像的原型。另外，到公元1300年，第二历史时期巨像的名声很可能已经从复活节岛传到了希瓦瓦岛。这样的联系将解释希瓦瓦岛的波利尼西亚人后来如何回访。因为有可靠的证据表明，马克萨斯群岛的希瓦瓦岛是好战的波利尼西亚航海者的母港，他们征服了复活节岛，并在欧洲人到来之前的那个世纪开始了第三个历史时期。无论如何，碳－14测年法显示的石像（有着古代南美洲人的特征）传到波利尼西亚最东边的时间顺序，再次把复活节岛排在被发现岛屿的第一位。

6. 复活节岛一贯的传统说明，波伊克半岛上的科－特－阿瓦－奥－艾科是"长耳族"（一个不同于现在所谓的长耳族的族群）所建立的人工防御阵地。科学曾摒弃了这个传说，将洼地确定为一种纯粹的自然形成。然而，挖掘工作显示，当地人的传说是对的。大约公元400年，人类巧妙地将洼地改造成了一个精心设计的防御阵地。在战壕底部没有发现任何迹象表明早期发生过战争。因此，波伊克很可能是一个避难所，就像拉帕伊提岛上的帕雷一样，是由一个谨慎而勤劳的民族准备的，他们害怕以前的敌人会追击他们。据我们的碳－14测年法，大约在1670年，当地人曾点燃一个巨大的柴堆。当地的传说认为这个柴堆是十一个世纪以前点燃的。根据研究太平洋诸岛情况的学者估计，波利尼西亚一代人的平均寿命为25年，如此算下来，大概是1680年，与我们自己的碳－14测年法测算的时间只差了10年。

7. 现在复活节岛岛民的族谱表明，有部分人是唯一幸存的男性长耳直系后代。这些后代延续下来的传统习俗（关于第二历史时期石雕所采用的技术）受到了各种各样的考验，在雕刻、运输和竖立这些巨大的石像方面解决了许多重要的实际问题。

8. 过去的几十年里，植物学家已经证明，从遗传学上说，秘鲁红薯、棉花和葫芦已经被先于欧洲人的航海者运到了波利尼西亚的各个岛屿。当第一批欧洲人到达时，复活节岛的农业是以广泛种植秘鲁库马拉红薯为主的。另一个二者有接触的基因证据，是在秘鲁的托托拉芦苇中发现的。人们将这些芦苇种植在所有的火山口湖中，作为建造房屋和船只及制作垫子、帽子和篮子的主要原材料。岛上岩石上的图像、屋顶漆画和雕刻中也发现了带有桅杆和帆的托托拉芦苇船的图案，当地人通过对传统习俗的口头传授，建造了两种芦苇船，并在海上进行了试验。紧密捆绑的托托拉芦苇束，其强度和浮力可与任何坚固的木料媲美，芦苇船的建造尺寸可以像木船那样任意建造，因此能够穿越任何海洋。

在复活节岛的托托拉沼泽地进行的花粉钻孔，待实验室分析完成后，可有助于进一步了解该岛早期的植被情况。

9. 在奥朗戈和维纳普的太阳观测和发现表明，第一历史时期的建筑师和古代秘鲁人一样，对太阳存有敬畏之心，因为他们在夏至、冬至对太阳进行了观测，并相应地确定了主要宗教建筑的方位。

10. 墨尔本的联邦血清实验室收集的新鲜血液样本分析表明，复活节岛上即使是第三历史时期的居民，在血清上也与北美和南美的土著居民非常一致，就像他们在波利尼西亚各地的近亲一样。但他们与印度尼西亚人、马来人、密克罗尼西亚人、美拉尼西亚人和其他东南亚民族的重要遗传基因（如 ABO、MNS 和 Rh 因子）截然不同。然而，他们的语言在某种程度上又与马来语有关。所有已知事实表明，现在的波利尼西亚人的祖先，包括第三历史时期的复活节岛岛民，从菲律宾海出发，顺着日本洋流到达美洲西北海岸，在西北海岸的岛屿上长期逗留后，才到达了现在的地区。从马来西亚直接去波利尼西亚海域的迁移路径并不符合波利尼西亚人血液中的遗传证据。

11. 我们在复活节岛上考察了一些迄今未经勘探的住所和避难洞穴，并证实了秘密储藏洞穴的存在。这些秘密洞穴里主要藏匿的是小石雕，也有一些尸骨、手稿、壶、木雕和现代贸易品。这些小石雕的风格与复活节岛迄今为止所知的所有古老和现代艺术风格完全不同。这些神秘的复活节岛石雕成熟的雕刻技艺、丰富的表现形式、复杂的雕刻图案和其他文化方面，其他波利尼西亚社会甚至古代南美洲都不可比拟。这些民族手工艺品的年代已无从考证。但是，我们发现，用于包裹尸骨和相关雕塑的托托拉芦苇垫子从分解的程度上看属于同一时期。

12. 有关墓葬，主要在墓地强制安葬，至少应该早于19世纪末基督教的传入。许多雕塑的风格和主题清楚地表明了一种从前欧洲时代幸存下来的艺术形式，而其他的则显示出文化交流的痕迹。很有可能，正如当地传统所说，整个秘密洞穴系统和把可运输的艺术珍品藏在地下的习俗始于内战时期。也就是说，在第二个历史时期结束之时。即使是短耳族也曾利用这些秘密洞穴。许多事实和材料表明，这一切在今天作为一种祖先崇拜的残留形式而存在。19世纪末传教士在引入基督教并清除当地的宗教象征时，反而促进了这一制度的发展。虽然岛上居民虔诚地信奉基督教，但隐秘的洞穴让受到新的文化熏陶的复活节岛岛民得以在雄伟石像的阴影下，默默地缅怀他们在岛上聪慧的异教徒祖先。

若想了解更多托尔·海尔达尔关于波利尼西亚人起源的介绍，

欢迎阅读他的著作《太平洋上的美洲印第安人》